KB235867

해체와 저항의 서사

최인훈과 그의 문학

김인호 비평집
해체와 저항의 서사
—최인훈과 그의 문학

펴낸날/ 2004년 4월 12일

지은이/ 김인호
펴낸이/ 채호기
펴낸곳/ (주)**문학과지성사**
등록번호/ 제10-918호(1993. 12. 16)

서울 마포구 서교동 363-12호 무원빌딩(121-838)
편집/ 338)7224~5   FAX 323)4180
영업/ 338)7222~3   FAX 338)7221
홈페이지/ www. moonji. com

ⓒ 김인호 2004. Printed in Seoul, Korea

ISBN 89-320-1497-3

* 지은이와 협의하여 인지는 생략합니다.
* 잘못된 책은 바꾸어드립니다.

해체와 저항의 서사

최인훈과 그의 문학

문학과지성사
2004

해체와 저항

내가 문학 연구의 길에 들어선 지 10년이 되었지만, 문학에 뜻을 둔 지는 30년이 넘었습니다. 아마도 최인훈의 『광장』을 민음사 판으로 읽은 지 그 정도 되었을 것입니다. 나는 70년대, 80년대, 90년대를 거치면서 많은 것들을 배우고 사랑하고 생각했습니다. 그리고 문학의 길에 들어서기까지 수많은 좌절을 겪었습니다. 그것을 바탕으로 문학을 해석하고 비평적 전망을 펼쳐내고 싶었습니다. 하지만 불혹의 나이에 비평가가 된 나에게 비평적 안목을 펼칠 기회는 많지 않았고, 그러다 보니 지금 읽어도 시대적 감각이 뒤떨어지지 않는 최인훈의 작품들을 좀 더 자세히 읽었던 것 같습니다. 그런데 그의 책을 한 번 읽고 덮는 것이 아니라 자꾸 되씹어 읽다 보니 더 깊은 맛을 느낄 수 있게 되었습니다. 네팔의 포카라에서 히말라야를 보면서 느꼈던, 가까이 다가가도 항상 멀리 있는 그 산을 나는 이제야 가까스로 중턱쯤 오르게 된 듯합니다.

30년 전 까까머리 고등학생 시절에 나는 좋은 소설을 쓰는 것이 꿈이었습니다. 그래서 대학 시절까지 한 10년쯤 소설을 쓰기 위해 정말이지 많이 노력했습니다. 그러나 나는 이명준 정도로 세련된 인물을 그려내지 못했습니다. 골방의 어둠 속에서 벌레처럼 살아가는 인물들을 그려낼 뿐, 세계를 인식하고 그에 따르는 책임을 물을 줄 아는 인물을 그려내는 데 실패했습니다. 때로는 극적 사건을 만들어보았고 때로는 자의식의 세계에 빠져든 인물을 그려보기도 했습니다. 하지만 번번이 소설을 망치곤 했습니다. 욕구와 의식과 형식이 달랐기 때문에 그리된 것이지요. 사실상 난 왜 그런 형식을 써야 하는지 알지 못했고, 그 형식에 대한 절실한 요구도 없었습니다. 그러니 숙련되지 못한 기술과 관념이 나올 수밖에 없었던 것이지요. 결국 나는 글쓰기의 어려움만 느낀 채 좌절하고 말았습니다.

시대가 바뀌면 선배들이 이루어낸 관념과 형식 들을 해체해야 합니다. 그것은 사람들의 의식이나 생활 방식이 바뀌었기 때문에 어쩔 수 없이 따르는 현상입니다. 세상이 바뀌었는데 그것을 담아내는 틀이 바뀌지 않는다면, 그것은 286컴퓨터로 인터넷 시대를 살아가려는 것과 같습니다. 근대에 들어서 칸트는 데카르트를, 헤겔은 칸트를, 마르크스는 헤겔의 관념을 극복하여 새로운 사유 방식을 보여주었고, 소설사에 있어서도 세르반테스, 발자크, 도스토예프스키, 프루스트 등은 관습적 형식을 무너뜨리고 자기 시대에 맞는 틀을 찾아냈습니다. 그것은 맹목적인 형식 실험이 아니라 세계를 인식하고 세계와 맞서 싸운 결과로 만들어낸 것입니다. 형식적으로 해체하고 내용적으로 저항하지 않은 문학이 위대하게 된 사례는 없습니다. 과학의 분야에서도 선배의 가설을 뒤집지 않고 어떤 법칙을 찾아낸 경우는 없습니다. 그런 점에서 최인훈의 소설들은 더욱 돋보입니다. 그는 전근대적 상황과 양대 이데올로기 틈새에서 세계에 대한 인식을 제대로 하고자 사투를 벌였고, 그로 인해 다채로운 형식들의 소설을 내놓았습니다. 그것들은 지금도 역사적 · 사회적 발언을 하고 있고 모더니즘 실험의 전범을 보여주고 있습니다. 더욱이 그것들은 관습을 뛰어넘되 전통적인 것들의 구조를 추출하여 '우리의 형식'을 탐색하고 있습니다. 그것들의 성과가 어떠할지 좀 더 두고 볼 일이지만, 지금까지 연구된 것만으로도 그 뛰어남을 의심할 여지는 거의 없습니다.

나는 한국 문학사에 대표적인 작가이면서도 『광장』 이외에는 잘 소개되지 않은 최인훈의 소설들에 대해서 이야기하고 싶었습니다. 그것은 『광장』 못지않게 뛰어난 작품들을 대중에게 안내할 지형도를 그리겠다는 생각으로 연결되었습니다. 그러나 그것은 쉽지 않았습니다. 시대와 역사에 대한 안목, 이데올로기 비판, 사랑의 아름다움, 판타지와 풍자로 보여주는 정치적 저항, 그리고 눈부신 형식적 실험에 대해서 이야기하다 보면, 내가 붙잡은 언어 기호들 속에서 '문학 자체'는 사라지고 없었습니다. 그래서 나는 그것들을 설명하기보다는 텍스트라는 '풍선'에 바람을 불어넣기로 했습니다. 그러자 텍스트가 입체적으로 부풀어오르고, 살아서 꿈틀거리기 시작했습니다.

나는 텍스트의 내부에 들어가 가상의 작가와 대화를 나누며 나의 이야기를 만드는 것이 즐겁습니다. 조금만 익숙해지면 그와 텍스트의 문맥 속에서 서로 칭찬하거나 핀잔주며 별별 이야기를 다할 수 있는 것입니다. 처음에 나는 그런 책읽기는 소설을 쓰는 데에만 도움이 되는 줄 알았습니다. 그런데 알고 보니 프랑스의 어느 철학자도, 미국의 어떤 문학 이론가도 그런 방식으로 책을 읽고 쓰고 있었습니다. 그렇다면 그것은 문학 연구라는 이름과 상관없이, 소설을 쓰는 것과 별로 다를 것도 없는 즐거운 놀이가 될 수 있었습니다. 위대한 소설을 써내지 못하는 한, 위대한 소설을 사랑하면서 살아가는 것도 좋은 일이고, 그야말로 '독자의 시대'에 소설 쓰듯이 소설을 읽으면서 살아가는 것도 소설을 쓰는 일만한 보람이 될 수 있다는 생각도 들었습니다. 거기다가 내 세계를 만들 수 있다면 또 얼마나 멋진 일이겠습니까? 나는 차츰 좋은 작가, 좋은 텍스트를 만나면 그런 모든 것이 가능하다는 것을 알게 되었습니다.

지금 나는 한 작가의 소설에 대한 나의 비평서를 내놓으려 하고 있습니다. 그의 텍스트에 들어가 놀았던 내 이야기라고나 할까요. 거기서 놀다 보니 저절로 세계와 문학을 보는 눈이 만들어졌고, 그걸 사람들에게 보여줄 정도가 된 것이지요. 그의 텍스트가 없었다면 아마 이런 일은 없었을 것입니다. 어쩌면 문학 연구 자체를 하지 않았을지도 모릅니다. 그런 점에서 나는 운 좋은 사람입니다. 그를 만났으니까요. 그의 소설을 만나면 별다른 고민도 없이 저절로 하고 싶은 이야기들이 떠올랐다고나 할까요. 그리고 그것은 이내 내 이야기가 되었습니다. 난 그렇게 최인훈의 소설에 대한 글들을 썼고, 그리고 그것들을 거의 10년 가까이 만지작거리다가, 지금 막 세상에 내놓으려 하고 있습니다.

　최인훈과의 만남을 생각해봅니다. 『광장』을 읽은 것은 고등학생 시절이었지만, 그의 소설에 본격적으로 관심을 갖게 된 것은 1994년 어느 봄날부터라고 생각됩니다. 아직 사람들은 소련의 철의 장막과 독일의 베를린 장벽이 무너진 충격 속에서 헤어나지 못한 채, 조금은 황당한 느낌으로 살아가고 있을 때였습니다. 다들 너무 충격을 받아 그걸 어떻게 받아들여야 할지 갈피를 잡지 못하고 있었던 것이지요. 양대 이데올로기는 동전의 양면과도 같은 관계라 할 수 있고, 혹은 서로 '기대면서' 20세기를 버텨왔다고 말할 수 있는데, 그 한쪽이 무너지자 다른 한쪽마저 정신을 차릴 수 없었던 것이지요. 그것은 반도의 남쪽 사람들에게 승자의 기쁨보다는 자기 존재가 부정당하는 것과 같은 정신적 충격을 주었다고나 할까요. 실제로 그것은 사람들의 삶의 양태마저 바꾸어놓았습니다. 대학생들의 의식이나 일반인들의 생활도 눈에 띄게 바뀌었고, 심지어 작가들까지 극심한 정신적 혼란 속에서 방향 감각을 상실하고 있었습니다. '광주'로 상징되던 80년대는 가고, 그때 왕성하게 활동하던 대다수의 작가들은 세계를 설명할 수 없어 침묵을 지키고 있었지요. 그건 나에게도 마찬가지였습니다. 그래서 그런 마음으로, 이럴 때 최인훈 선생 같은 분이 소설 한 편을 내주어야 다른 젊은 작가들도 방향 감각을 찾을 수 있을 텐데, 하고 나는 문학 비평을 하는 다른 친구에게 혼잣말로 푸념했던 것이 기억납니다. 그런데 며칠 뒤, 거의 20년 동안 소설을 쓰지 않았던 선생이 거짓말처럼 『화두』를 세상에 내놓았습니다. 그것도 두툼한 두 권의 책으로. 나는 그걸 이틀 밤을 꼬박 새워 읽었습니다. 조이스와 프루스트와 카프카, 그리고 베케트만이 위대한 작가인 줄 알았던 시절에 그것은 놀라운 일이었습니다.

8

내가 '문학 연구'의 길로 들어선 계기도 여기서 비롯됩니다. 그때 문학지에 실린 서평들은 『화두』에 대해 인색하기 짝이 없었습니다. 비로소 우리 문학도 세계 문학사에 내놓을 만한 소설 하나를 갖게 되었다고 생각했는데, 비평가들은 달랐던 것입니다. 그리하여 나는 그것이 좋은 문학이라는 것을 밝혀야 한다고 생각했습니다. 문학에 대한 나의 안목만은 양보하고 싶지 않았던 것이지요. 그러던 참에 은사이신 한용환 교수님이 『화두』에 대해 쓸 기회를 주셨고, 그리하여 처음 써본 문학 평론이 『임꺽정에서 화두까지』라는 책에 실리게 되었습니다. 그로 인해 나는 뒤늦게 박사 과정에 들어가게 되었고, 더욱이 입학 선물이라도 되는 양 「최인훈 『화두』에 대한 철학적 담론」이 동아일보 신춘문예에 당선되어 비평가의 길로 들어서게 되었습니다. 말하자면 나는 『화두』로 인해 문학 평론가가 되었고, 또 문학 연구의 길에 들어선 셈입니다. 그 뒤로 나는 석사와 박사 논문을 최인훈론으로 썼고, 또 그 이후로도 『광장』 개작의 문제, 형식 실험에 대한 문제, 주체성의 이행의 문제, 그 밖의 개별 작품론들을 정신없이 썼습니다. 그렇다면 나의 10년 세월은 최인훈 연구에 바쳐졌다고 해도 지나친 말이 아닐 것입니다.

그런데 나는 최인훈에 대해 아직도 할 이야기가 많이 남아 있습니다. 아무리 길어도 마르지 않는 샘이라고나 할까요. 보물 창고에서 보물을 찾아내자면 먼저 수수께끼를 풀어야 하는데, 그게 누워서 떡 먹기처럼 쉽고, 그리고 계속해서 보물이 나온다면 신나지 않을 사람이 어디 있겠습니까? 나는 텍스트에서 내가 부러워하는 몇몇 이론가들처럼 그 '보물'을 찾아내고 싶었습니다. 주네트가 『서사 담론』에서, 들뢰즈가 『프루스트와 기호들』에서 프루스트의 위대함을 찾아냈지만, 사실 그들은 거기서 자기 '보물'을 찾아냈던 것이지요. 그것을 통해 세계와 텍스트에 대한 자신의 인식 능력을 보여주었고, 그로 인해 그들마저도 위대해진 것이지요. 나도 그들처럼 되고 싶었습니다. 최인훈의 소설을 새로운 시대에 걸맞게 탐색하여 문학 이론적 지평마저 새롭게 펼쳐보이고 싶었던 것입니다. 만약 내가 그들이 프루스트에게 보냈던 관심과 열정을 갖게 된다면, 나라고 그들처럼 최인훈의 소설에서 새로운 이론적 틀을 찾아내지 못할 이유가 어디 있겠습니까? 뛰어난 소설은 같은 소설일지라도 달라진 시대마다 새롭게 해석됩니다. 세계를 해석하는 이론적 방법이 달라졌기 때문이지요. 나는 그 방법론을 찾는 과욕을 부려보고 싶었던 것입니다.

최인훈 선생님을 가까이 모시지 못했습니다. 선생님이 사시는 고양시 화정과 내가 사는 성남시 분당과의 거리는 너무 멀었습니다. 그전에 선생님이 갈현동에 사실 때 나도 바로 그 직경 이백 미터 거리에서 10년 가까이 살았는데, 선생님이 거기 사시는 것을 안 뒤로 한 달 뒤에 나는 분당으로 이사를 가야 했습니다. 그 묘한 인연이 선생님을 가까이 모시지 못하게 했다고 말할까요. 그리고 그간 너무 바쁘고 힘들게 살아왔다고 핑계를 댈 수도 있을 것입니다. 하지만 무엇보다도 문학 연구자의 자의식이 가장 큰 문제였지요. 선생님과 만나면 글에 어떤 영향을 받을지 모른다는 생각을 했고, 선생님보다 더 위에서 텍스트를 보아야 한다는 강박 관념을 가졌던 것도 사실입니다. 사실상 선생님을 무서워했던 것이지요. 하지만 지금은 후회됩니다. 선생님의 문학에 대해 더 풍부하게 말하기 위해서라도, 더 많이 선생님을 찾아뵙고 많은 이야기를 나누어야 했습니다. 그래도 2002년 가을, 선생님과 함께 다녀온 가을 부여 여행을 잊을 수 없습니다. 낙화암에서 백마강과 그 뒤로 펼쳐진 풍경을 바라보는 선생님의 눈길 앞에서, 한 사람의 삶을 좌우하는 것이 이데올로기와 사랑일 뿐만 아니라 '역사'일 수도 있다는 생각을, 문득 깨닫게 되었습니다. 정말이지 선생님의 눈길 하나만으로 백마강 건너편 짙푸른 가을 하늘에 걸린 '하늘의 다리'를 볼 수 있었던 것이지요. 거기엔 우리의 한정된 삶뿐만 아니라 '삶의 역사'에 대한 애정, 미의식에 대한 사투마저 담겨 있었습니다. 이제 그런 것들, 즉 선생님의 말 한 마디, 그리고 표정 하나에 담긴 의미들을 읽고 싶습니다. 텍스트를 그만큼 꼼꼼하게,

그리고 풍부하게 해석하고 싶다는 말입니다. 더 많이 찾아뵙고, 더 많이 대화를 나눌 때, 어찌 압니까? 에커만의 『괴테와의 대화』와도 같은 선생님의 문학적 세계를 정리한 책이 나오게 될지. 그리고 마침내 『최인훈과 기호들』과 같은 책을 내게 될지.

최인훈 선생님은 언제나 세계가 돌아가는 원리를 알고자 했습니다. 『광장』에서 남북한, 혹은 동서 이데올로기를 다룬 것이 「총독의 소리」 연작에서 제국주의적 음모를 밝히는 것으로, 그리고 『화두』에 이르러서는 미국과 소련을 방문하면서까지 그 문제의 끝을 파헤쳐보고 있습니다. 정치 현실에 대한 비판은 「그레이구락부 전말기」 『광장』 『구운몽』 『회색인』 『서유기』 「총독의 소리」 연작을 거쳐 다시 『화두』에서 다뤄집니다. 그에게 4·19의 기쁨은 잠깐이고 5·16과 10월 유신의 어둠은 훨씬 더 컸나봅니다. 심지어 그는 그로 인해 소설쓰기를 그만두었을 정도로 현실의 문제에 고뇌했습니다. 또한 친일파 척결 문제는 『광장』 『회색인』 『서유기』 『태풍』을 거쳐 『화두』에서 다뤄집니다. 사랑의 문제는 『가면고』 『광장』 『구운몽』 『회색인』 『서유기』 『태풍』 등에 이어지고 있습니다. 그리고 무엇보다 중요한 실험 의식은 『광장』에서 시작하여 『구운몽』 『서유기』 「하늘의 다리」 「총독의 소리」 연작, 『소설가 구보씨의 일일』을 거쳐 『화두』에서 총결산됩니다. 그것들은 치밀하고 집요하게 다루어졌고 서로 연결되어 있습니다.

나는 선생님과의 '대담'에서 현실과 문학에 대한 이런저런 이야기와 그동안 선생님의 문학을 연구하면서 궁금했던 것들을 하나씩 여쭤보았습니다. 선생님은 문학을 인생으로 알고 살아온 작가답게 솔직하고 막힘 없이 대답해주셨습니다. 지금까지 많은 대담이 있어왔지만, 아마 이번 것보다 최인훈 연구자의 궁금증을 풀어주는 대담은 없을 것이라고, 나로서는 성급하게 단언하고도 싶습니다. 선생님은 새로운 세기에 대한 인식과 문학으로서의 역할, 그리고 작가로서의 태도가 어떠해야 할지 말씀해주셨습니다. 선생님은 예전에 김현 선생이 헤겔주의자라고 말한 것과는 달리, 어쩌면 '포스트모던'하고 어쩌면 '다원주의자'라고 불러도 좋을 만큼 개방적인 사유를 하고 있었습니다. 그러면서도 선생님은 '민족'을 삶의 조건으로 보면서, 선부른 세계화주의의 음모 혹은 우리를 둘러싼 국제적·정치적 환경의 변화를 놓치려 하지 않았습니다. 선생님은 지난 세기를 움직인 작동 원리를 찾으면서, 그것을 견뎌낼 수 있는 삶의 길에 '민족'이라는 개념을 두고 있었던 것이지요. 그리고 대담을 통해 확인할 수 있었던 것은 선생님은 내용적으로 리얼리스트이면서 형식적으로는 모더니스트였다는 점입니다. 뭔가를 잘못 쓰면 죽기도 하는 세상에서, 선생님은 '형식'의 차원에서는 이상(李箱)의 정신, '내용'의 차원에서는 조명희의 정신을 이어받으면서 자신의 소설 세계를 만들어나갔던 것입니다. 그뿐만 아니라 왜 귄터 그라스처럼 정치적 발언을 하지 않느냐, 아쉬운 느낌이 드는 작품이 있는데 보완할 생각이 없느냐, 선생님의 작품에서 여성들은 너무 종속적 위치에 있지 않느냐, 하는 식의 노골적이고 짓궂은 질문에도 일일이 성의껏 대답해주셨습니다. 이 대담은 최인훈 문학에 관심을 가진 독자, 후배 소설가, 그리고 문학 연구자들에게 최인훈 문학을 이해하고 지평을 전환시킬 수 있는 좋은 기회를 제공하리라 생각됩니다.

최인훈 소설을 읽다 보면 조이스와 카프카와 무질을 뒤섞어놓은 듯한 어떤 작가가 떠오릅니다. 하지만 그는 난해한 실험만 하는 작가가 아닙니다. 오히려 그의 소설에는 어느 리얼리즘 못지않은 사회적·정치적 문제 의식이 담겨 있습니다. 실제로 「총독의 소리」나 『태풍』은 우리의 식민적 무의식의 근원을 밝히고 있고, 『회색인』 「크리스마스 캐럴」 등은 잘못 자리 잡아가는 우리의 근대 의식을 통렬하게 비판하고 있습니다. 게다가 60년대에 『회색인』과 『서유기』에서 보여주듯 그만큼 뚜렷한 역사 의식을 지녔던 작가나 학자가 그 당시에 얼마나 있었습니까? 다만 그의 소설은 풍속으로 자리 잡기 이전의 인식의 문제, 즉 방법론의 문제에 관심을 두고 있었기 때문에 조금 관념적으로 보인 것은 사실입니다. 하지만 그는 한 개인의 자의식을 다루는 소설을 쓰더라도 한 개인의 운명에 미치는 정치적 현실, 이데올로기적 문제 등을 한시도 놓치지 않았습니다. 그는 억압된 정치적 현실에서 숨겨서 말하기에 적합한 장치들을 찾아냈고, 그러다 보니 실험적 성격의 소설을 쓴 측면도 있습니다. 나는 「'최인훈 연구'의 현황과 향후 과제」에서 최인훈의 모더니즘적 성격을 검토하면서 그의 문학에서 정체성을 회복하고 틀 자체를 바꾸려는 의지에 대해 살펴보았습니다. 그것은 그가 '언어로 포착할 수 없는 세계' '보이는 것 너머의 세계'를 붙잡으려 했기 때문에 갖게 된 것입니다. 그리고 나는 『화두』를 배제시킨 연구는 최인훈 연구의 반을 빠뜨린 절름발이 연구라는 것을 지적했습니다. 그럴 정도로 『화두』는 재음미해야 할 중요한 작품이라고 생각했기 때문입니다.

「최인훈 문학의 내면성과 실험성」에서는 그의 소설의 특성을 '내면성 탐구'로 보면서 그의 실험 정신의 근본을 밝혀보고자 했습니다. 그의 대다수의 소설들은 저항의 정신과 형식적 긴장을 유지하면서, 순간적으로 등장인물의 내부 세계에 펼쳐진 '존재 자체'를 열어보입니다. 거기에 참 많은 것들이 담겨 있습니다. 심지어 『서유기』는 2층에서 1층으로 내려오는 짧은 순간의 이야기를 방대한 장편 소설로 그려내고, 「총독의 소리」 연작 중의 한 편은 서사의 시간이 제로(0)라고 할 수 있습니다. 아예 화자가 나오지 않고 방송만 계속 나오니 말입니다. 결국 그는 서사적 시간을 줄이고 내부 세계에 펼쳐진 기억과 무의식의 지층을 탐사하는 시간을 늘렸던 것입니다. 그 세계는 불안과 긴장으로 가득하지만, 그래도 아름답습니다. 거기에 '낯설게 하기'만 담긴 게 아니라 우리의 정서도 감추어져 있기 때문입니다. 그는 모더니즘적 실험만 한 것이 아니라 우리의 전통에서 구조를 빌려와 서사적 실험을 한 것입니다. 전통에서 모티프를 얻어오되 그야말로 그것을 환골탈태시켜 새로운 틀을 찾아낸 것입니다. 『서유기』에서는 이따금 손오공과 저팔계 냄새를 피우는 환각이 잠깐씩 등장하기도 하지만, 그 어느 곳에서도 전통의 냄새를 피우지는 않습니다. 마치 그것은 제임스 조이스의 『율리시스』에 거의 호메로스의 냄새가 풍기지 않는 것과 흡사합니다. 그는 반복과 답습을 하는 작가가 아니라 새롭게 창안하는 작가였던 것입니다. 물론 구조적으로 보자면, 그것은 『서유기』의 손오공이 부처님의 손바닥에서 놀아난 구조와 크게 다르지 않습니다. 하지만 그것은 전통적인 것도 서구적인 것도 아닌 완벽하게 새로운 우리의 것이었습니다. 어쩌면 지구상 혹은 문학의 역사상 단한 번도 실현된 적이 없는 것을 그는 실험하고 싶었던 것인지도 모릅니다.

「탈식민, 탈형식, 탈이데올로기」에서는 요즈음 논의되는 '탈식민성'의 문제점을 검토하면서, 그것이 내용 차원에서만 이루어지고 형식의 차원에서 이루어지지 못할 때, 오히려 식민적 무의식을 지니게 된다고 보았습니다. 그런 점에서 「총독의 소리」 연작은 정치 현실의 참혹함을 역설적으로 총독의 목소리를 통해 논평하고, 보다 적극적으로 식민지적 망령을 보여주면서 제국주의의 굴레에서 벗어나야 한다는 의식을 보여주는 소설이라고 보았습니다. 우리의 분단 현실은 포츠담 회담 이후의 세계 체제에 놓여 있기 때문에 그 제국주의자들의 음모를 밝혀내야만 마음을 다질 수 있고 또 거기서 벗어날 수 있는 가능성을 찾을 수도 있습니다. 게다가 「총독의 소리」 연작은 정치적 발언만 담은 것이 아니라 형식적으로도 탈식민성의 위치에 이르고 있습니다. 더욱이 그 소리를 듣는 사람이 시인이라는 점에서, 문학적 상상력을 어떤 지적 인식보다 강조했다는 것을 알 수 있고, 시인의 통찰이야말로 이데올로기적 조작을 밝힐 수 있다는 메시지도 담은 것처럼 보입니다. 시인은 스스로 누구도 가지 못한 이데올로기가 작동하는 위치까지 올라갔습니다. 그런데 그것이 너무 갑작스럽게 이루어져, 그는 잔뜩 겁을 집어먹고 그 상황을 설명하지 못한 채 뭉크의 「절규」처럼 머리카락을 쥐어뜯고 있다고나 할까요. 그와 같다면 문학이 혁명을 이루어내지는 못해도 그 단서를 만들어준다는 것을 알 수 있습니다. 서사 시간이 거의 제로에 가까워진 형식도 그만큼 더 긴장이 고조되는 상황을 보여주는 것입니다. 그것은 공연한 서사 실험이 아니라 작가의 절박한 현실 인식에서 나온 결과물입니다. 또 「신 없는 시대의 서사적 몸부림」에서는 『소설가 구보씨의 일일』을, 「환상으로 예견되는 미래의 미적 형식」에서는 「하늘의 다리」의 실험적 성격을 규명하고 있습니다. 여기서 환상은 현실적 억압에서 발생하여 미래의 징후를 나타내는 것으로서, 『서유기』의 '방공호의 어둠'에서 가져온 환상이 현실에서 어떤 양태로 문제가 되는가를 보여줍니다. 그것은 그저 심약한 사람에게 나타나는 헛것이 아니라, 억압된 무의식에 감추어진 진실을 드러내는 장치가 됩니다. 「하늘의 다리」는 그 환상의 문제가 그의 소설에서 어떤 역할을 하는지 밝히는 예술론적 소설이라고도 할 수 있습니다.

「『광장』 개작에 나타난 변화의 양상들」에서는 여섯 차례 개작을 통해 나타난 작가 의식의 변화를 살펴보면서, '광장'의 주제와 해석의 방법이 어떻게 변화되었는지 밝히고 있습니다. 어쩌면 그것은 작가가 평생에 걸쳐 행한 일이기에, 그것을 검토하는 것이야말로 최인훈 문학의 전모를 밝히는 일이 될 수도 있을 것입니다. 김현에게서 시작된 개작에 대한 추리의 여정은 그동안 지덕상·김욱동 등을 거쳐 세슘하게 검토되었고, 결국 그것은 언어를 다듬는 데서 머무르지 않고 갈매기의 상징성 등을 바꿈으로써, 사랑과 이데올로기의 문제, 그리고 이명준의 죽음의 문제 등까지 새롭게 해석할 수 있게 만들었습니다. 그리하여 결국 『광장』을 열린 텍스트로 만든 것입니다. 그럴 때 이명준의 죽음은 사랑과 탈이데올로기의 상태로 들어서는 것을 의미하지 자포자기 상태에서 죽은 것을 의미하지는 않습니다. 「텍스트의 유토피아와 삶의 변증법」에서는 「가면고」의 사랑을 텍스트의 사랑과 현실의 사랑을 구별해야 한다는 전제 아래, 그것이 현실 속에서 이루어지더라도 근대적 자아 이상을 추구하는 한, 자기 기만 속에서 이루어질 수밖에 없다는 것을 밝혔습니다. 그래서 현실 속에서의 사랑은 텍스트의 유토피아와 달리 구원의 사랑이 아니라 다시 모순될 수밖에 없는 삶의 문제가 되지요. 그리고 「주체를 찾아가는 긴 여정」에서는 『서유기』의 무의식 속에서의 긴 탐사가 결국은 주체를 세우려는 몸부림이었으면서도, 라캉의 '큰 타자'라고 할 수 있는 것과 생명에의 의지를 찾아가는 것이라고 할 수 있습니다. 최인훈의 소설은 근대적 주체의 이상을 펼치려고 고심했지만, 조금씩 근대적 합리성으로 잘 설명되지 않는 사랑과 생명의 문제에도 관심을 가졌다고 말할 수 있습니다.

이런 모든 논의는 『화두』에서 총결산됩니다. 어쩌면 그것들 모두 『화두』를 기다리기 위해 준비된 것이라고 말할 수도 있습니다. 결국 『화두』가 그만큼 중요한 의미를 지닌다는 뜻입니다. 여기 실은 『화두』에 대한 평론 세 편은 가장 초기에 씌어진 것들입니다. 「변화된 시대에 대응하는 새로운 담론」은 『화두』를 비판하는 논자들과 맞서 그것을 규명하려고 애쓴 글입니다. 「푸코로 『화두』 읽기」에서는 텍스트를 포스트모더니즘 방식으로 읽으려 했고, 「『화두』에 대한 철학적 담론」은 신춘문예에 당선된 평론으로서, 주체의 문제를 다룬 글입니다. 그야말로 『화두』는 작가가 평생 고민한 이데올로기의 문제를 말년에 여유 있게 돌아보면서, 그것의 실태를 보여주는 소설입니다. 그래서 연구자가 직접 그 속에 들어가면 할 이야기가 무척 많습니다. 또한 『화두』는 내용과 형식의 측면에서 통합을 이루어낸 문학사적 결정판이라고 말할 수도 있습니다. 그럼에도 불구하고 최인훈 연구에서 『화두』는 빠져 있는 경우가 많습니다. 왜 그럴까요? 『회색인』이나 「총독의 소리」 연작이 우리의 근대의 역사를 다 이해한 뒤에 씌어진 소설이라면, 『화두』는 이데올로기의 문제까지 다 파악한 뒤에 씌어진 소설임에도 불구하고 말입니다. 나는 여태껏 그런 소설을 만난 적이 없습니다. 그래서 그걸 읽는 동안 가슴이 터질 것만 같았고, 그것을 다 읽고 난 뒤에는 『광장』의 이명준이 그렇게 가고자 한 길을 알 것도 같았습니다. 만약 이명준이 동중국해 바다에서 살아났다면, 『구운몽』『회색인』『서유기』「총독의 소리」『소설가 구보씨의 일일』『태풍』을 거쳐 『화두』의 세계에 이르렀을 것입니다. 최인훈이 살아온 모든 것이 『화두』 속에는 있었습니다. 거기서 난 최인훈의 세계 인식과 그가 고민했던 것이 무엇인가를 알 수 있었고, 그가 '파격적인 형식'을 통해 도달하고자 했던 '해방'의 경지를 이해할 것 같기도 했습니다. 거기에는 그저 잔잔히 스며드는 물결과도 같은 리듬감이 있었고, 그 기억들의 파편은 화산재처럼 흩어져 있으면서도 교묘하게 배열되어 하나의 '종합'을 이루고 있었습니다.

최인훈이 만든 세계 속에서 '노는' 일은 늘 나를 행복하게 만들었습니다. 어느 때는 작가가 표현하고 있으면서도 말하지 못한 것을 찾아내는 기쁨을 맛보았고, 때로는 작가가 만들어놓은 길과 상관없는 엉뚱한 길로 가면서 나의 이야기를 만드는 행복한 시간 속에 빠지기도 했습니다. 텍스트와 유희하면서 나는 나의 세계를 만들었고 남의 세계를 해석하고 설명할 수 있게 되었습니다. DNA의 이중 나선형 구조는 단지 유전자 코드를 읽는 수동적인 역할만 하는 것이 아니라 그것이 읽힐 때 능동적으로 자신의 메시지를 변화시킨다고 합니다. 아마 최인훈의 소설이 그럴 것입니다. 수많은 문학 연구자와 비평가가 그의 소설을 분석했지만, 그 의미들은 여전히 새롭고, 또 그럴수록 더 풍부한 이야기가 나오는 듯합니다. 몇 개의 구조가 거기에 비선형적으로 교차하고 있기 때문에 그럴 것입니다. 껍질을 벗기면 또다시 껍질이 나오는 '양파의 구조'와 개미가 일렬로 늘어선 '개미굴 구조'가 서로 교차하고 있기 때문에 생기는 현상일 수도 있습니다. 적어도 그것은 평면적 공간에서 벌어지는 일이 아니라 입처적 상태에서 벌어지는 일입니다. 그래서 거기서 동일성을 찾아내는 것이 가능할 듯하다가도 점점 미궁으로 빠져드는 것과 같은 현상이 나타나는 것입니다. 나 역시 그의 텍스트 속에서 유희하다가 미궁에 빠진 것은 아닌지 모르겠습니다. 여러 논의들이 아직 무르익지 않았을지도 모르겠습니다. 하지만 여기까지가 내 능력의 한계입니다. 마지막까지 좋은 원고를 만들어보려고 욕심 부렸지만 아직 아쉬움이 많이 남습니다.

이 비평집을 낼 수 있게 도와주신 여러분들께 감사드립니다. 최인훈 선생님은 2002년 여름 『문학생산』이라는 잡지에 아주 오랜만에 대담을 허락해주셨습니다. 그것은 『화두』가 간행된 이후 8년 만의 대담이었는데, 그 잡지가 창간호만 내놓고 갑자기 종간되는 바람에, 그걸 독자에게 보여줄 기회를 놓치고 말았습니다. 최인훈 문학의 핵심을 밝힐 중요한 자료가 되리라 생각했는데 불발탄이 되고 만 것이지요. 선생님은 그것을 다른 잡지에 싣는 것을 허락하지 않고 이번 비평집에만 싣도록 했습니다. 이제 그 대담 원고가 두 번의 겨울이 바뀐 뒤에야 겨우 빛을 보게 되었습니다. 선생님께 죄송할 따름입니다. 하지만 그것을 계기로 이런 비평집을 내게 되었으니 선생님께서도 용서해주시리라 믿습니다. 그리고 늦게나마 독자들에게 선생님의 육성을 들려드릴 수 있게 된 것을 다행으로 생각합니다.

문학 연구를 한답시고 10년 동안 거의 가족들을 돌보지 못했습니다. 별탈 없이 잘 크고 있는 나의 아이들과 묵묵히 뒷바라지를 해준 아내에게는 항상 고마운 마음을 갖고 있습니다. 그리고 내 고향 정읍을 지키고 계신 노모님의 기도가 있지 않았다면, 나는 이 먼 길까지 달려오지 못했을 것입니다. 끝으로 어려운 여건 속에서도 출간을 결정해주신 문학과지성사의 무궁한 발전을 기원합니다.

2004년 3월
봄의 문턱에서
김인호

차례

제 1 부

탈이데올로기와 형식의 스펙트럼

'최인훈 연구'의 현황과 향후 과제

1. 연구의 현황과 아쉬움

최인훈 연구사를 검토하는 일은 그리 쉬운 일이 아니다. 백여 편의 학위 논문들과 수백 편의 평론들을 살펴야 할 정도로 그 자료가 방대하다. 게다가 표제에 '최인훈'이 붙지 않고 60년대 소설, 지식인 소설, 분단 소설, 소설 담론 연구 등으로 붙은 '감추어진 자료'까지 찾아내자면 그 수고로움은 배가된다. 다만 분명한 것은 대다수의 비평가나 문학 연구자들이 최인훈을 좋든 싫든 거론하고 있다는 점이고 그만큼 그는 우리 문학사에서 중요한 작가라는 사실이다. 그런데 아쉽게도 최인훈의 소설을 완전히 장악하고 있는 해석이 드물고 아직도 각각의 작품들의 관련성을 밝혀낸 연구물들이 부족하다. 더욱이 최인훈 문학이 다른 작가와 어떤 관계를 맺고 있는지 고찰한 연구물은 거의 없다. 그럴 때 당연히 작품의 위상을 제대로 문학사에 자리매김할 수 없게 되고, 또한 그런 연구물들이란 최인훈 문학에도 기여하지 못하게 된다. 그래서 이제부터라도 그걸 보완할 수 있는 심층 연구가 필요하다고 하겠다.

1959년 『자유문학』에 「그레이구락부 전말기」와 「라울전」을 발표하면서 문단에 등장한[1] 최인훈은 그 뒤 10여 년 동안 『가면고』(1960), 『광장』(1960), 『구운몽』(1962), 『회색인』(1963), 『서유기』(1966), 「총독의 소리」

연작(1967~68), 『소설가 구보씨의 일일』 연작(1970~72), 『태풍』(1973) 등과 같은 걸출한 소설들을 생산해내면서 우리 시대의 대표적인 작가로 부상했다. 그 밖에도 그는 적지 않은 단편 소설[2]을 썼고, 70년대에 매달렸던 여러 편의 희곡[3]과 80년대에 썼던 적지 않은 에세이[4]들을 가지고 있다. 이것들이 70년대 후반 문학과지성사에서 12권의 전집으로 간행되었고, 그것만으로도 그의 문학은 폭과 깊이를 인정받았다고 말할 수 있겠다. 그런데 여기서 간과해서는 안 될 것은 "소설을 방법으로 인생을 생각하고 인생을 방법으로 소설을 생각하려고"[5] 노력했던 그가 70년대 초반에 소설쓰기를 그만두고 희곡으로 전회했고, 그러다가 그마저도 그만두고 급기야 창작과는 무관한 예술론 등을 썼다는 사실이다. 그리하여 『태풍』(1973) 이후로 따지자면 무려 20년 만에 『화두』(1994)를 상재하게 된다는 점이다. 그런데 그런 오랜 기다림 끝에 『화두』가 나왔건만 비평가들은 외면한다. 그것은 '소설이라는 신화'를 뜯어고치는 『화두』란 텍스트에 거부감을 느끼거나 혹은 그것의 새로운 방식을 비평가들의 낡은 인식 체계로는 이해할 수 없었기 때문이다. 그러다 보니 『화두』가 그 이전의 소설과 어떻게 다른지, 왜 그런 소설

---

1) 「두만강」은 1970년에 발표되었지만, 작가 자신의 말마따나 등단 이전의 작품으로 보는 편이 타당하다. 하지만 여기서 특별히 그런 문제를 거론할 이유가 없기 때문에 논외로 둔다.

2) 최인훈의 단편 소설로는 「구월의 다알리아」 「우상의 집」(1960), 「囚」(1961), 「칠월의 아이들」 「열하일기」(1962), 「크리스마스 캐럴 1~5」(1963~66), 「금오신화」(1963), 「웃음 소리」 「놀부뎐」 「국도의 끝」 「정오」(1966), 「춘향뎐」 「만가」(1967), 「온달」 「옹고집뎐」 「열반의 배」(1969), 「두만강」 「낙타섬까지」 「하늘의 다리」(1970), 「무서움」(1971), 「전사(戰史)에서」(1979), 「달과 소년병」(1983) 등이 있다.

3) 최인훈의 희곡은 미국에서 귀국한 이후 주로 계간 문학 잡지 『세계의 문학』에 발표되었다. 「어디서 무엇이 되어 다시 만나랴」(1970), 「옛날 옛적에 훠어이 훠이」(1976), 「봄이 오면 산에 들에」(1977), 「둥둥 낙랑둥」(1978), 「달아 달아 밝은 달아」(1978), 「한스와 그레텔」(1981) 등이 있다.

4) 최인훈의 에세이집으로는 문학과지성사의 전집에 들어 있는 『문학과 이데올로기』와 『유토피아의 꿈』이 있고, 그외에도 『문학을 찾아서』(현암사, 1970), 『꿈의 거울』(우신사, 1990), 『길에 관한 명상』(청하, 1989) 등의 예술론을 묶은 책들이 있다. 하지만 중복되는 내용이 있기 때문에 세 권 분량이라고 말할 수 있다.

5) 최인훈, 『문학과 이데올로기』(전집 12), 문학과지성사, 1989, p. 12.

을 썼는지, 또는 그것이 우리 시대와는 무슨 관련이 있는지조차 제대로 파악되지 않고 있다.

김현은 최인훈을 일컬어 "뿌리 뽑힌 인간이라는 주제"를 "보편적 인간 조건으로 확대시킨 전후 최대의 작가"[6]라고 말한다. 최인훈의 소설이 「두만강」에서 『광장』에 이르렀다가 『구운몽』 『서유기』 등을 거치면서 그만의 독자성·세계성을 획득해나가는 과정을 살펴보면 그 말에 저절로 수긍이 간다. 『회색인』에서 보여주는 역사에 대한 안목이나 세계 인식도 놀랍지만 『서유기』나 「총독의 소리」 등에서 보여주는 그의 도저한 형식적 실험은 더욱 놀랍다. 그것들은 그 이전의 누구도 밟지 않은 문학의 영토를 넓히는 것으로 보인다. 그런 저력이 희곡의 영역에서도 빛나 그를 '거인' 극작가로 우뚝 서게 하고, 예술론의 경우에 있어서도 문학 이론가 못지않은 영역을 계발한 것으로 평가하게 한다. 그런데 『화두』에 대한 평가는 여전히 인색하기 짝이 없다. 어쨌거나 내가 보기에, 『화두』에서는 이전의 소설과는 판이하게 다른 방식의 글쓰기를 통해 '청년 최인훈'에서 '원숙한 최인훈'으로 이행한 모습을 보여준다. 그의 글을 읽으면 일제 강압기에서 분단 상황에 이르기까지 진행되어온 우리의 현대사와 만나게 되고, 또 언제나 새롭기 때문에 다시 읽어도 진부하지 않은 현재성과 만나게 된다. 그에 대한 연구가 멈추지 않고, 또 계속해서 그의 텍스트가 새롭게 해석되고 있는 것도 그 때문이다.

그동안 최인훈 연구는 주로 『광장』에 모아졌다.[7] 40여 년 전에 씌어진 작

---

6) 김현·김윤식, 『한국 문학사』, 민음사, 1989, p. 250.
7) 주로 70년대까지의 『광장』에 대한 비평은 다음과 같다. 김윤식, 「최인훈론」, 『월간문학』, 1973. 1-2, 「개인과 사회: 『광장』고」, 『대학신문』, 1974. 5. 30; 김현, 「상황과 극기: 최인훈 문학의 구조」, 『광장』 해설, 민음사, 1973, 「사랑의 재확인: 『광장』의 개작에 관하여」, 『광장/구운몽』(전집 1), 문학과지성사, 1976; 송상일, 「소설의 현상: 최인훈 『광장』 연구」, 『현대문학』, 1981. 7; 유종호, 「소설의 정치적 함축: 『광장』과 『회색인』의 경우」, 『세계의 문학』, 1979년 가을호; 윤성희, 「『광장』의 이미지 구조물」, 『제더학보』 제18집, 1977; 임헌영, 「『광장』론 시비」, 『문학 논쟁집』, 태극출판사, 1977; 천이두, 「밀실과 광장」, 『문학과지성』, 1976. 12; 홍사중, 「탈출과 좌절: 『광장』」, 『현대 한국 문학 전집』, 신구문화사, 1974 등이 있다.

품이 아직까지 연구 대상 텍스트로서의 시효성을 유지하고, 또 여섯 차례를 개작하여 일곱 가지의 판본을 가질 정도로 작가가 그 작품에 기울인 애정도 관심거리이지만, 무엇보다도 개작한 작품들을 살펴보는 것만으로도 최인훈 문학의 폭과 깊이가 어떻게 변했는가를 확인할 수 있다는 사실이 놀랍다. 단순히 갈매기의 상징성이 윤애에서 '은혜의 딸'로, 이명준의 죽음이 자살에서 '실족'으로, 공산주의에 대한 견해가 '꼬뮤니즘'에서 '스탈리니즘'으로 바뀐 것만이 아니라 『광장』이 개작되면서 근본적으로 작가 의식도 변했던 것이다. 그리하여 개작된 작품은 '이데올로기적 도식성'에서 벗어나 '열린 구조'로 나아가게 된다.[8] 하지만 아무리 그것이 대표작이라고 할지라도 『광장』 하나만으로 최인훈 문학의 전모를 밝힐 수는 없다. 어떤 점에서 최인훈 문학 연구는 『광장』을 넘어설 때 비로소 시작된다. 그래야 문학 외적인 관심에서 벗어나 최인훈 문학이라는 거대한 봉우리와 만나게 된다. 「두만강」『가면고』『광장』 등은 비교적 뚜렷한 사건의 경로와 서사성을 유지하지만, 『구운몽』과 『서유기』는 꿈이나 무의식의 표출을 목적으로 삼고, 「총독의 소리」 연작처럼 아예 화자가 사라지고 서사를 거부하는 소설이 있는가 하면, 「소설가 구보씨의 일일」 연작처럼 에세이 형식으로 씌어진 소설도 있다. 따라서 그것들은 각각 전혀 다른 영역에서 대표성을 지니고 있고, 그러다 보니 연구자의 선호도에 따라 대표작이 달라지고, 그런 가운데 다양함과 깊이가 잘 해독되지 않는 경우도 발생한다. 또 그것은 하나의 관점에서 다른 관점으로, 즉 얼른 보기에는 비슷한 것 같지만 속을 들여다보면 전혀 다른, 예컨대 『구운몽』의 '꿈 이야기'에서 『서유기』의 '기억과 환상의 이야기'로 바뀌어 같은 차원에서 논의하기 어려운 일들이 종종 벌어진다. 하지

---

8) 『광장』 개작에 대한 연구로는 김욱동의 『'광장'을 읽는 일곱 가지 방법』(문학과지성사, 1996)이나 김인호의 40주년 장정본 『광장』(문학과지성사, 2001)의 해설, 「『광장』 개작에 나타난 변화의 양상들」을 참고하기 바란다. 그 밖에 김현·김병익·지덕상·권봉영·한기의 논문을 참고하기 바란다.

만 그것들은 모두 큰 의미로 보자면 하나의 '강물' 속에서 곁가지로 흐르고 있다. 최인훈은 세계사의 변화를 몸으로 받아들이면서도 결코 세계에 대한 인식을 포기하지 않았고, 또한 텍스트 내부에서 '틀바꾸기'를 시도함으로써 그에 적극적으로 대처했다. 그것은 또 소극적인 대로 정치적 저항의 의미를 지니게 된다.

이런 관점에서 기존 연구에 대해 간략하게 점검하고, 최인훈 문학의 중심 문제라고 할 수 있는 모더니즘과 관념성의 문제를 살펴보기로 한다. 그러다 보면 최인훈이 세워놓은 방법적 토대도 찾아내고 형식에 대한 전복적 의지를 확인하면서 『화두』에 이르는 길을 찾아내게 될 것이다. 그리고 저절로 최인훈 연구의 향후 과제도 무엇인지 짐작할 수 있게 될 것이다.

2. 기존 연구에 대한 점검

논자들은 대체로 최인훈을 관념적긴 작가, 이데올로기를 비판하는 작가, 인간 존재의 본질을 탐구하는 작가, 혹은 다양한 형식을 실험하는 작가 등으로 바라본다. 그런 점에 이의를 달 사람은 없겠지만, 그에 대한 평가를 자세히 살펴보면 연구자들의 입장은 제각각 다르다. 김현의 정리[9]를 따르자면, 최인훈의 작품을 비판하는 '사실주의를 옹호하는 입장'[10]과 반대로 '전위적 실험을 옹호하는 입장'[11]이 있다. 그리고 비판적인 정치관과 예술적

---

9) 김병익·김현, 『최인훈』, 은애, 1979, p. 3.

10) 구중서, 「중요한 무엇」, 『현대문학』, 1966. 10; 김윤식, 「관념의 한계」, 『한국 현대 소설사』, 일지사, 1981; 신동환, 「확대 해석의 의의」, 서울신둔, 1960. 12. 14; 이동하, 「최인훈 『광장』에 대한 재고찰」, 『현대 소설의 정신사적 연구』, 일지사, 1989; 이보영, 「최인훈론」, 『문화비평』, 1973년 봄호; 정명환, 「전쟁과 한국 작가」, 『한국 작가와 지성』, 문학과지성사, 1978; 조남현, 「광장, 똑바로 다시 보기」, 『문학사상』, 1992. 8.

11) 권오룡, 「시간이여, 강낭콩 꽃빛으로 흘러라」, 『문학과사회』, 1999년 겨울호; 김상태, 「익사한 잠수부의 증언」, 『문학사상』, 1984. 8; 김인호, 「변화된 시대에 대응하는 새로운 담론」,

성향을 어떻게 볼 것인가, 출세작이자 대표작인『광장』의 지속적인 개작을 어떻게 볼 것인가, 1970년대에 보여준 연극에의 경사를 어떻게 받아들일 것인가에 따라 연구자들의 입장이 제각기 달라진다. 그런 식으로 최인훈 문학의 코드를 찾는 시도는 백여 편이 넘는 학위 논문과 수백 편에 달하는 비평문에서 시도되었다.

필자가 살펴본 127편의 학위 논문을 개괄하자면, 먼저 직접적으로 최인훈 소설이나 희곡을 대상으로 삼은 박사 학위 논문이 7편[12]이고, 적어도 최인훈 작품을 부분적으로 중요하게 다룬 박사 학위 논문이 5편[13]이다. 그리고 석사 학위 논문은 연변대학에서 나온 것[14]을 포함해서 백여 편에 이른

『임꺽정에서 화두까지』, 문학아카데미, 1995, 「신 없는 시대의 서사적 몸부림」, 『동악 어문논집』 33호, 1998. 12, 「허깨비로 예견하는 미래의 미적 형식」, 『작가세계』, 2000년 봄호, 「최인훈 문학의 내면성과 실험성」, 『시학과 언어학』 1호, 2001; 김주연, 「분단 시대의 지식인의 사랑」, 『최인훈』, 은애, 1979; 김치수, 「지식인의 망명」, 『문학과지성』, 1971년 가을호; 김현, 「죄인, 혹은 소외의 문학」, 「헤겔주의자의 고백」, 『한국 문학사』, 민음사, 1973, 「최인훈의 정치학」, 『사회와 윤리』, 일지사, 1974, 「책읽기의 괴로움」, 『세계의 문학』, 1984년 봄호; 백철, 「하나의 돌이 던져지다」, 서울신문, 1960. 11. 27; 송재영, 「꿈의 연구: 최인훈의 초현실주의 소설」, 『작가세계』, 1990년 봄호; 이선영, 「지식인의 의식 구조」, 『세계의 문학』, 1977년 겨울호; 이태동, 「문학의 인식 작용과 야누스의 얼굴」, 『세계의 문학』, 1978년 여름호; 천이두, 「나와 남들과의 관계: 『구운몽』」, 『현대 한국 문학 전집』 16, 신구문화사, 1967; 한형구, 「최인훈론: 분단 시대의 소설적 모험」, 『문학사상』, 1989. 4.

12) 김기주, 「최인훈 소설 연구」, 동국대 박사 학위 논문, 2000; 김인호, 「최인훈 소설에 나타난 주체성 연구」, 동국대 박사 학위 논문, 2000; 서은주, 「최인훈 소설 연구」, 연세대 박사 학위 논문, 2000; 양윤모, 「최인훈 소설의 '정체성 찾기'에 대한 연구」, 고려대 박사 학위 논문, 1999; 이인숙, 「최인훈 소설의 담론 특성 연구: 서술 층위를 중심으로」, 고려대 박사 학위 논문, 1998; 허영주, 「최인훈 소설의 정신 분석학적 연구」, 계명대 박사 학위 논문, 1995; 홍진석, 「최인훈 희곡 연구」, 우석대 박사 학위 논문, 1996.

13) 이는 김민수, 「1960년대 소설의 미적 근대성 연구」, 중앙대 박사 학위 논문, 1999; 김유미, 「한국 현대 희곡의 제의 구조 연구」, 고려대 박사 학위 논문, 2000; 김주언, 「한국 비극 소설 연구」, 단국대 박사 학위 논문, 2001; 오현일, 「소설 속의 에세이적인 것에 관한 연구」, 고려대 독문학 박사 학위 논문, 1979; 이호규, 「1960년대 소설의 주체 생산 연구」, 연세대 박사 학위 논문, 1999 등 5편인데, 최인훈의 작품이 부분적으로 연구된 것은 '분단 현실'이나 '1950년대' 혹은 '1960년대'의 표제가 붙은 것들의 대다수로서 정확히 조사할 수 없을 정도로 방대하다.

다. 또 세목별로 따지자면 희곡을 분석한 논문이 30편, 서사 구조나 담론을 분석한 것이 12편, 패러디 분석이 8편, 그리고 작가 의식이나 관념성 혹은 환상성을 다룬 논문들이 그 뒤를 잇는다. 그리고 작품별로 보면 『광장』이나 『소설가 구보씨의 일일』을 다루고 있는 논문들이 60여 편에 이른다.[15] 심지어 1994년에 발표된 『화두』를 분석하고 있는 논문도 두 편에 이른다.[16] 김기주는 이런 연구사를 검토하면서 그 문제점을 다음과 같이 지적한다. 1) 특정 텍스트에 대한 연구, 특히 『광장』과 『소설가 구보씨의 일일』에 관련된 연구가 압도적으로 많다. 2) 텍스트 자체의 서사 구조적 요인에 대한 분석 등 내재적 연구가 상대적으로 부족하다. 3) 가치 평가에 있어 극단적으로 대립하는 흑백 논리적 양상이 강하다. 4) 가별 텍스트들 사이의 변별성과 연관성을 추적하는 텍스트 통합적 연구가 부족하다.[17]

또 평론이나 단평 등 최인훈 관련 자료 297편을 조사해보면 대다수 우리 시대 대표적인 비평가들은 모두 최인훈을 거쳐갔다는 것을 알 수 있다. 좋든 싫든 그를 거치지 않고는 문학사를 써나갈 수 없었던 것이다. 그중에서 특별히 최인훈에 관한 평론을 많이 쓰는 비평가는 필자를 비롯해서 김현·김윤식·김병익·김치수·김주연·김인환·오생근·이태동·천이두·염무웅·이동하·한기·김유미·서은선·이은숙 등이 있다. 이들은 많게는 10편, 적게는 4편 이상을 발표한 사람들이다. 이는 물론 단평이나 기사문과 같은 자료도 포함하고 있기 때문에 엄격한 평가라고 말할 수 없지만, 적어도 최인훈에 대한 관심이 얼마나 깊고 넓은가를 잘 알려준다.

---

14) 허련화, 「구쏘련과 한국 현대 소설 문학 속의 '리념 선택 곤혹형 인물 형상' 연구」, 연변대학 석사 학위 논문, 1996.

15) 물론 작품론으로는 『광장』이 가장 많고 그 뒤로 『소설가 구보씨의 일일』이 뒤따르고, 『구운 몽』 『회색인』 『서유기』 연구가 다섯 편 내외로 그 뒤를 따른다. 그리고 단편 소설, 『가면고』 『화두』 등에 관한 논문들도 두세 편씩 산출되었다.

16) 김기우, 「최인훈 『화두』의 구조와 예술론의 관계에 대한 연구」, 동국대 석사 학위 논문, 1998; 김인호, 「최인훈 『화두』에 대한 해체론적 읽기」, 동국대 석사 학위 논문, 1996.

17) 김기주, 위의 글, p. 22.

최인훈은 누구보다도 우리의 분단 현실에 대한 객관적인 인식을 보여주었다. 그의 문학은 양윤모의 지적대로 "남북 분단과 이데올로기 대립, 남북한 정치 체제의 문제점, 미국과 소련의 실상과 일본의 재무장에 대한 경계, 일제 잔재 청산의 미흡, 전통 문화의 붕괴와 서구 문화의 맹목적 수용과 왜곡 등"[18] 우리의 온갖 현실적 문제를 다룬다. 이는 정치적·이데올로기적·역사적 현실에 대한 그의 관심을 보여준다. 다만 그는 그것을 실험적 형식을 통해 보여주었기 때문에 그 실험성이 부각되면서 사회적 발언의 강도가 약한 것처럼 여겨질 따름이다. 그는 4·19 이후에 발현된 정치 의식을 정확히 짚어내면서도, 또 누구보다도 이상의 정신에 충실한 모더니즘 전통을 계승하고 있었다. 그런 점에서 『광장』은 출간한 지 40년이 지났건만 120쇄 이상을 찍은 스테디셀러가 되었고 '『광장』 발간 40주년 기념 심포지엄'에서 알 수 있듯이 그에 대한 열띤 논의는 여전히 식지 않고 계속되고 있다.[19]

반면에 최인훈의 소설에 비판적인 연구자들도 적지 않다. 그들은 그의 소설이 난해하고 관념적이라고 비판하거나 등장인물의 생활 태도나 윤리 의식에 문제를 제기한다. 그렇다면, 그들의 논리대로 단순화시켜 되묻자면, 소설이 동화처럼 쉽고 등장인물이 윤리적이고 모범적이면 칭찬해야 할까? 당대의 관습을 거부하며 형식적 실험을 시도해 편안하게 읽히지는 않지만, 그런 모더니즘 소설이 독자들에게 더 큰 희열을 주는 경우도 많다. 그래서 그 비판자들의 논평[20]에 수긍할 수 없지만, 그래도 몇몇 비평가들의 견해를

---

18) 양윤모, 위의 글, p. 2.

19) 2001년 4월 세종문화회관 컨퍼런스홀에서 열린 심포지엄은 아침부터 저녁까지 청중이 들끓었다. 심포지엄 당시 발표되었던 논문들은 『시학과 언어학』이라는 학술지 창간호에 실려 있다. 『광장』론(정호웅), 『태풍』론(정과리), 실험성과 현재성(김인호), 희곡론(최준호), 예술론(김태환) 등 다섯 분야에 걸친 발표와 청중들과의 질의 응답이 있었다. 그리고 그 심포지엄에 대한 풍경은 김현주의 「새롭게 시작하는 '최인훈학'」(『문학과사회』, 2001년 여름호)을 참고하기 바란다.

20) 염무웅, 「상황과 자아」, 김병익·김현 편, 『최인훈』, 은애, 1979; 이순, 「상황에서 괴리된 참여 문학의 오류」, 『연세어문학』 4, 1973; 이보영, 「최인훈론」, 『문화비평』, 1973년 봄호; 천이두, 「밀실과 광장」, 『문학과 지성』, 1976년 겨울호; 신경득, 『한국 전후 소설 연구』, 일지

알아보자면, 먼저 염무웅은 『광장』이 "기교적 희롱이며 지적 스노비즘의 세계"[21]를 그리고 있다고 비판한다. 하지만 등장인물이 '지적 속물'이면 또 어떤가. 그 인물이 서사적 재미를 제공하고 더 큰 효과를 이루어낸다면 그것은 성공적인 장치가 된다. 점잖은 인물보다 이명준처럼 약간 모순적 성격을 지닌 인물이 우발적으로 행위하고, 격정적으로 사랑하고, 심지어 죽음의 위기에 놓이기도 쉽다. 따라서 『광장』이 남북 이데올로기와 사랑을 논하고 나아가 '서사적 재미'를 제공했다면 그것은 칭찬받을 일이지 비난받을 일은 아니다. 오히려 염무웅이 최인훈 소설의 중요한 미덕들을 발견하지 못한 셈이 된다. 또 천이두[22]는 최인훈의 문학을 주관적 서술문으로 일관된 반사실주의적 문학이라고 규정하면서 그를 이단적 작가로 몰아세운다. 그러면서 최인훈이 환상에서 현실로 돌아올 때 높은 차원으로 승화된 작품이 될 것이라고 격려한다. 그런데 최인훈이 단 한시라도 현실에 눈감은 적이 있을까? 사회적 메시지가 직접적이지 못해서 비판한다면 그런 연구자는 소설보다는 삐라나 유인물을 연구하는 편이 낫다. 따라서 천이두의 격려는 최인훈 문학의 심층을 들여다보지 않은 결과일 뿐이다. 이 밖에도 비판적 연구자의 견해들을 더 살펴보자면, 결코 최인훈이 이순의 말처럼 "사회 상황과 작가 의식의 괴리 및 전통과 단절된 의식 속에서 사고한 작가"[23]라고 비난받을 이유는 없다. 이는 유종호가 「소설과 정치」에서 최인훈을 "문학적 상상력과 정치적 이데올로기 사이의 상호 작용"[24]을 가장 잘 포착한 작가라고 했던 평가만으로도 쉽게 뒤집힌다.

　물론 김현은 최인훈의 관념 남발을 부정적으로 보는 견해들을 통박하면서 '현실과 관념의 엇물림이 서로 떼어놓을 수 없는 관계'[25]라고 말한다.

사, 1983 등이 있다.

21) 염무웅, 「상황과 자아」, 김병익 · 김현 편, 『최인훈』, 은애, 1979, p. 23.

22) 천이두, 「밀실과 광장」, 『문학과 지성』, 1976년 겨울호.

23) 이순, 「상황에서 괴리된 참여 문학의 오류」, 『연세어문학』 4, 1973, p. 135.

24) 유종호, 「소설과 정치」, 『동시대의 시와 진실』, 민음사, 1995, p. 260.

역설적으로 「총독의 소리」는 관념을 낯설게 하여 현재성을 획득한다. 이태동은 리얼리즘적·사실적 표현보다 '내면적 실상의 표출이 더욱 사실적이다'[26]라고 말하며 최인훈의 문학을 '고차원적인 사실주의'라고 부른다. 송재영은 최인훈을 비판하는 것은 '반사실주의적인 것에 대한 신경질적이고 고루한 불신감 탓'[27]이라고 주장한다. 또한 김인환[28]은 근대 공간의 외적 모순과 내적 모순을 동시에 받아들이는 최인훈의 방법론을 긍정적으로 바라본다. 오생근[29]은 잘못 수입된 근대 공간에서 현실을 받아들이면서도 또한 한쪽에서는 거부할 수밖에 없는 에고의 갈등을 통해, 최인훈이 개인주의의 표피적 윤리와 안일한 삶의 태도를 비판한다고 말한다. 그리고 최인훈의 기법을 옹호하는 연구자들은 사회적 한계를 극복하려는 작가 의식으로 패러디나 꿈과 환상 등을 도입했다고 말한다. 박용숙[30]은 최인훈의 그러한 경향을 현실 세계에서 결여된 것들을 미래에 실현하고자 하는 것이라고 주장한다. 송재영[31]은 논리적으로 설명 불가능한 세상의 현상을 무력한 지식인의 전형을 통해 보여주고 있다고 지적한다. 이 밖에도 권오룡·한기·이광호·박혜경 등이 90년대 들어 최인훈 문학에 대한 긍정적인 연구물을 내놓고 있다.[32] 또한 근래에 들어 『화두』를 적극적으로 옹호하는 오생근·진선주·김인호 등의 글들이 돋보인다.[33]

---

25) 김현, 『사회와 윤리』, 일지사, 1974, p. 204.

26) 이태동, 「문학의 인식 작용과 야누스의 얼굴」, 『세계의 문학』, 1978년 여름호, p. 81.

27) 송재영, 「분단 시대의 문학적 방법」, 『서유기』(전집 3), 문학과지성사, 1993.

28) 김인환, 「모순의 인식과 대응 방식: 최인훈론」, 『문예중앙』, 1982년 봄호.

29) 오생근, 「믿음의 세계와 창의 세계」, 김병익·김현 편, 『최인훈』, 은애, 1979.

30) 박용숙, 「작가는 왜 과거로 향하는가」, 『문학사상』, 1974. 6.

31) 송재영, 「꿈의 연구: 최인훈의 초현실주의 소설」, 『작가세계』, 1990년 봄호.

32) 권오룡, 「시간이여, 강낭콩 꽃빛으로 흘러라」, 『문학과 사회』, 1999년 가을호; 한기, 「분단 시대의 소설적 모험: 최인훈론」, 『전환기의 사회와 문학』, 문학과지성사, 1991; 이광호, 「몽유의 형식과 의식의 고고학」, 『환멸의 시학』, 민음사, 1995; 박혜경, 「고전 문학의 현대적 수용 양상」, 『작가세계』, 1993년 여름호.

33) 오생근, 「『화두』와 기억의 소설적 형식」, 『현대 비평과 이론』, 1994년 가을·겨울호; 진선주,

한편 최인훈 작품의 변모 과정을 고찰하는 경우를 살펴보면, 박혜주[34]는 최인훈이 사실주의에서 반사실주의적 성향으로 변모해가는 것을 밝혀나가면서 화자의 시점을 살핀다. 한형구[35]는 소설적 형식을 통한 주관성/객관성의 문제를 살핀다. 김갑수[36]는 최인훈의 소설이 리얼리즘에 대한 찬반 양론을 포용할 수 있다고 전제하고 이러한 극복의 방법으로 꿈을 사용한다고 말한다. 김인호[37]는 최인훈 소설에서 주체성의 이행을 설명하면서, 『가면고』와 『광장』이 일단의 서사성을 지니고 있는 이데올로기 틀의 단계라면, 『구운몽』이나 『서유기』는 억압적 현실의 모순을 극복하기 위해 '억압된 무의식'을 탐사하고, 급기야 『화두』에 이르면, 기억 속에 담긴 모든 것들을 펼쳐 보임으로써 해방의 경지로 나아간다고 주장한다.

3. 모더니즘과 전복에의 의지

최인훈은 이상의 모더니즘의 전통을 계승하면서 형식의 새로움에 관심을 쏟는다. 그러면서도 그는 모더니즘의 반(反)사회적 특성이나 무절제한 아방가르드에 빠지지 않고 여느 작가와도 다른 소설적 형식들을 추구한다. 김우창의 지적대로 그의 소설은 "재미없고 일고의 가치도 없게 상투적인 생각들"[38]이 전혀 없을 정도로 내용에 충실하면서 형식적으로도 새롭다. 물론

「최인훈 『화두』의 마뜨료쉬카 인형의 '이피퍼니'」, 『충북대 어문 논총』 4, 1995; 김인호, 「최인훈 『화두』에 대한 철학적 담론」, 『신동아』, 1997. 3; 「변화된 시대에 대응하는 새로운 담론」, 한용환·홍기삼 편, 『임꺽정에서 화두까지』, 문학아카데미, 1995.

34) 박혜주, 「최인훈 소설의 사실성과 비사실성 연구: 화자의 시점을 중심으로」, 이화여대 석사 학위 논문, 1984.

35) 한형구, 「최인훈론: 분단 시대의 소설적 므험」, 『문학사상』, 1989. 4.

36) 김갑수, 「최인훈 소설에서의 꿈과 리얼리즘의 관계」, 『국어국문학 논문집』, 동국대, 1983.

37) 김인호, 「최인훈 소설에 나타난 주체성 연구」, 동국대 박사 학위 논문, 2000.

38) 김우창, 「남북조 시대의 예술가의 초상」, 『소설가 구보씨의 일일』(전집 4), 문학과지성사, 1991, p. 341.

그것은 일부 비평가나 연구자들에게 서사성의 약화로 보여 비판의 빌미를 제공하지만,[39] 서사성의 약화가 다 비판받을 것도 아니고, 최인훈의 방식에 현실과의 대결 의지가 부족했던 것만도 아니라면, 최인훈의 모더니즘은 엄밀한 재검토가 필요하다. 오히려 그의 작품의 심층에는 '리얼리즘의 정신'이 뿌리내려 사회 비판과 사회 고발적 요소를 많이 지니고 있다. 다시 말해 그는 절대적으로 형식을 강조하기보다는 형식을 통해 내용을 말하려 했다. 다만 그는 평이한 서사적 기법들을 싫어해 사건이 전개되는 방식보다는 이미 벌어진 사건의 현상을 고고학적으로 파헤치는 기법을 택했다. 그것은 프루스트의 『잃어버린 시간을 찾아서』와 무질의 『특징 없는 사나이』의 전통을 이어받은 것으로서, 전통 소설이 끝나는 곳에서 시작되는, 즉 플롯을 포기한 지극히 전복적인 기법이다.

패러디도 그와 마찬가지의 효과를 위해 사용된다. 그것은 전통에서 형식을 빌려오지만 궁극적으로는 전통적 형식을 뒤집으려 한다. 거기에는 정체성의 회복과 '틀 자체'를 바꾸려는 의지가 뒤섞여 있다. 『구운몽』은 5·16 직후의 혼란상을 몽유담을 빌려 나타낸 것이지만 먼저 독고민의 악몽이라는 점에서 김만중의 그것과 다르고, 더 처절하게 독고민이 얼어 죽는 현실을 보여준다는 점에서 또 그것과 다르다. 그것은 꿈에서는 구원받았지만 현실에서는 얼어 죽는다는, 또 그런 가운데 새로운 사람들은 살아간다는 이야기를 담고 있다. 반면에 『서유기』는 손오공이 삼장법사를 따라가듯 독고준이 '자신의 근원'을 찾아 여행한다는 점에서는 일치하지만, 바깥 세계와 내부 세계를 잇는 한 지점에서 한꺼번에 전체를 바라본다는 점에서 원전의 그것과는 다르다. 손오공의 수많은 경험들이 '부처님 손바닥' 안에서 일어났다는 원전의 인식과는 달리, 독고준은 어떤 충격을 받는 순간 자기 자신을 이

---

39) 최인훈 문학의 서사성 부재 현상을 다룬 논문으로는, 김경욱, 「최인훈 소설의 이데올로기 비판 담론 연구」, 서울대 석사 학위 논문, 1998; 양인, 「최인훈 소설의 서사 형식과 사회적 담론 연구」, 서강대 석사 학위 논문, 1995.

루는 조건들을 되짚어봄으로써 스스로 구원의 가능성을 연다. 따라서 『구운몽』「금오신화」「열하일기」 등이 고전의 표제를 빌려왔을지라도 우리의 정신적 맥락에서 근대적인 것을 찾으려는 것이지 '상고주의'를 지향하려는 것은 아니다. 그것은 현실에 걸맞는 관념을 찾고 현대적 소설이 나아가야 할 바를 찾자는 것이지 결코 전통으로 회귀하자는 말은 아니다.

오히려 최인훈은 '환각'이나 '환청'의 문제를 등장시켜 '보이는 것 너머'의 문제를 거론한다. 암울한 정치적 상황에서 현실을 그대로 드러낼 수 없다면 진실을 드러내는 방식은 '숨은 그림 찾기'가 되거나 오히려 '낯설게 하기'가 된다. 결국 그것은 익숙한 것을 낯설게 감추는 방식이다. 그는 허깨비를 드러내되 그 의미를 깊이 숨김으로써 지배와 억압의 문제를 교묘하게 거론한다. '환각'은 세계와 화합하지 못하는 나약한 정신에서 발생한 것이지만 무의식에서 출현한 것으로서 세계를 새롭게 해석할 단서를 제공하기도 한다. 「하늘의 다리」에서 '잘린 다리'는 이데올로기 틀 속에서 허우적거리는 사람에게 나타나는 것이지만 그걸 벗어나고 싶은 열망이 나타난 것이기도 하다. 주관적 심상이 날아가 객체로 자리 잡은 그 현상은 『광장』의 '갈매기'에서 선보인 것인데 그것이 꼭 대상을 지시하지 않는다는 점에서 본질적으로 '문학'과 닮았다. '문학의 현실'은 현실을 문학적으로 재현한 것이 아니라 자기만의 방식으로 새로운 현실을 만든 것이다. 현실에서는 불가능해도 『광장』의 갈매기나 「하늘의 다리」의 다리가 문학 속에서는 얼마든지 자연스럽다. 또한 그것은 언어도 세계를 온전히 포착하려는 것이 불가능하고, 또 세계를 포착하고자 하면 할수록 '미궁'에 빠질 수밖에 없는 것을 보여주지만, 최인훈은 그런 미궁을 보여줌으로써 우리의 현실을 구체화하고, 그런 현실 속에서 탄생한 예술적 주체가 현실의 억압된 틀을 벗겨낼 수 있다는 것을 보여준다. 그것은 문학이라는, 해석한 세계를 다시 이야기하고, 그것도 환상을 통해서 다시 이야기하는 방식을 통해서 가능한 일이다.

만약 모더니즘이 모더니티를 구현하는 방식이라면, 그것은 아방가르드를 위해서 존재하는 것이 아니라 '현실의 문제'를 더 중시한다고 말할 수 있다. 어찌 보면 아방가르드 자체도 정치적이다. 누구라도 내면의 실체를 들여다보고 기존의 틀이 잘못되었다는 걸 깨달았다면 뻔한 길보다는 익숙하지 않은 길로 돌아갈 수밖에 없다. 말하자면 모더니즘이 '낯설게 하기' 방식을 택하는 것은 가기 싫더라도 어쩔 수 없이 우회해가는 길을 찾아낸 것이지 일부러 이상한 길을 찾아낸 것은 아니다. 모더니즘 소설은 모더니티를 구현하다 보면 저절로 새로워진다. 최인훈에게 형식적 실험과 근대적 정신의 구현은 서로 다른 지점에서 일어난 것이 아니라 '동시에 한 곳'에서 발생한 것이다. 그만큼 그는 형식적 실험을 하면서도 세계 인식에 비중을 두었다. 아니, 세계 인식을 하다 보니 저절로 새로운 형식을 찾게 되었다. 그것은 그런 혼란을 겪어야만 정치적·역사적 주체가 확립될 수 있다고 말한 것인지도 모른다. 그것은 『오디세이』에서 오디세우스가 트로이에서 이타카로 귀향하는 장면과 그다지 멀지 않다. 다만 『광장』의 이명준은 돌아갈 고향이 없어, 차라리 고향에서 더 멀리 떠나는 구조를 택하고, 그것도 성공적으로 떠나지 못하고 실족하여 죽는 모습을 보여주지만, 기본적으로 이상적 세계를 지향한다는 점에서는 『오디세이』와 동일하다. 또한 키르케와 칼립소의 유혹에 시달리는 오디세우스의 모습이 『서유기』에서는 이유정의 방에 들어갔다 나오는 독고준의 모습으로 그려진다.

어떤 점에서 최인훈은 세계를 인식하고 그것을 소설적 형식으로 그리는 데 일생을 걸었다. 그럴 때 현실적 상황을 이해하지 못한다는 것은 근거 없는 아방가르드에 빠지는 걸 의미했다. 근본적으로 현대modern의 정신을 이어받지 못하면 현대 소설이 되지 못한다. 따라서 어설프지만 근대성을 확립하려고 애썼던 이광수가, 미적 근대성을 구현한다는 발상 아래 키르케의 지팡이에 돼지가 된 '복녀'와 같은 반근대적 인물을 그리고 만 김동인보다는 훨씬 더 낫다. 다만 이광수는 계몽을 '근대적 이성의 구현'이 아니라 '농촌 계몽'쯤으로 잘못 이해한 것이지만, 소설이 근대의 산물이라면 모더니티를 구현하려고 노력한 그의 태도는 높은 평가를 받을 만하다. 이광수의 그런 노력은 최인훈에 이르러서 빛을 발한다. 그는 진정한 근대적 이성으로 계몽하고자 했고, 또 우리의 토양에 뿌리박은, 우리의 현실을 이야기할 수 있는 방법을 찾고자 했다. 그런 최인훈에게, '우리의 현실 하나만을 천편일률적으로 이야기한다,' 혹은 "주제 의식이 다양하지 않다"[40]고 말하는 것은 부당하다. 설혹 최인훈이 남북 분단과 그로 인해 파생된 현실의 문제에 깊이 빠져 있었을지라도 그것은 사랑과 환상 혹은 기억의 저변에 깔려 있는 문제였지 단일한 주제는 아니었다. 오히려 그는 거기서부터 현실 이면에 숨어 있는 진실을 찾아내고, 의식과 함께 무의식을 파헤치고, 이데올로기에서 사랑의 문제까지 폭넓게 다뤘다. 그래서 『구운몽』의 독고민이 정부군이나 사회적 유혹을 피해 달아날지라도 그것을 사회적 현실만을 다룬 소설이라고 말할 수 없고, 『태풍』에서 오토메나크가 고국 애로크로 귀환하려고 하나 그러지 못하고 제3국에 거주하고 마는 것도 현실만의 문제라고 말할 수 없다. 물론 그는 그 속에 우리의 현실에 대한 저항과 폭로의 정신을 감추고 있다. 그러면서도 그는 구원을 위한 여러 방법을 찾는다. 『구운몽』에서 병원 벤치에 앉아 얼어 죽은 독고민의 악몽을 '필름'으로 찍어 보여주는 것은 그것을 본 '또 다른 독고민'에게 사랑의 입맞춤을 하도록 하기 위해서이고, 또한 『서유기』에서 독고준이 악몽 같은 환각에서 헤매지만 온갖 유혹을 피해 달아나면서도 어린 시절 여름날의 '방공호의 여인'을 찾는 것은 새로운 삶에 대한 각오를 다지기 위해서이다. 오디세우스가 10년 동안 에게해의 섬들을 헤매도 결코 고향 이타카를 포기할 수 없었던 것처럼 득고민은 사랑을 포기하지 못하고, 독고준은 '그 여름'을 잊지 못한다. 『화두』에서 말하듯이 최인훈이 설화와 모국어의 현실, 혹은 조명희와 톨스토이 등 문학의 세계로 돌아올 수밖에 없었던 것도 언제나 그런 그리움과 이상을 가슴에 품고 살아

---

40) 양윤모, 앞의 글, p. 3.

왔기 때문이다. 그리하여 『화두』의 '나'는 구보씨처럼 거리를 떠도는 것을 그만두고 다시 소설을 쓸 수 있게 된다. 문득 낙동강 물소리에 잠겨 기억 속의 온갖 곁가지의 물줄기를 받아들이게 된다. 이런 관점에서 최인훈의 문학은 다채롭게 해석된다.

4. 관념과 방법적 토대

  소설이 근대적 산물이라는 말은 그것이 근대적 제도에 부합하고 그 이상을 지향하는 양식이라는 뜻이다. 그래서 소설은 어떤 특정한 형식을 거부하면서도 합리성을 실현하고 세계를 설명하고자 한다. 물론 소설은 제멋대로 '세계'를 해석하고, 어떤 점에서는 불합리성을 옹호할 정도로 근대의 과학 정신과는 다른 길을 가는 것처럼 보인다. 하지만 그것조차도 작가가 세계를 읽어낸 것만큼 기술되고 전략을 통해서 통제된 것이다. 따라서 텍스트의 의미가 해체되고 지워졌을지라도 맹목적으로 파괴 행위를 한 것이 아니라 철저한 기획 아래 이루어진 것이다. 그렇지 않다면 그것은 문학도 아니다. 작가의 직관으로 우연히 포착한 것일지라도 그것은 오랫동안 숙련된 결과로 얻어지고 세계에 대한 사랑과 인식을 통해 붙잡은 것이다. 어차피 언어가 환상이고, 그렇기 때문에 그것만으로 대상을 붙잡을 수 없다지만, 차라리 언어의 그런 측면을 잘 활용해 소설 속에서 독자적인 현실을 만들게 된다면, 결국 그것이 소설에 대한 '존재'의 의미를 회복시켜줄 것이다. 예컨대 「하늘의 다리」에 떠오르는 환각이나 「총독의 소리」를 지배하고 있는 환청이 소설 전체를 장악하고 있다면 그것은 기법의 문제일 뿐만 아니라 또 소설 자체의 문제와도 관련된다. 그런데 그것을 환상적 기법을 통해 한국 문화의 무질서성과 황폐성 등 현실의 문제를 보여준다[41]고 말한다면, 그것은 최인훈 소설의 표층만 이해하고 심층은 이해하지 못한 것이다. 『구운몽』과

『서유기』에서 문화의 억압에서 탈출하려는 사람의 의식과 무의식이 무질서하게 그려졌다고 할지라도 그것은 문화의 무질서성을 강조하려는 것이 아니라 오히려 그 문화의 억압과 폐해를 폭로하고 있는 것이다.

최인훈은 근대의 정신, 즉 모더니티를 우리식으로 구현할 수 있는 방법을 찾았다. 하지만 방법적 토대 없이 그것을 세우기는 무척 어려웠다. 그 어려움을 그는 다음과 같이 토로했다. "좀 더 행복한 문학사에서라면 이런 힘들의 파도를 자연스럽게 '타면서' 보통 한 작가의 창조는 살쪄갈 것인데도 나는 나 자신이 그 '파도'까지도 만들어내야 하도록 몰리고 있는 듯이 느꼈다. 나의 문학 의식의 이런 사정 자체가 힘의 원천이기도 한 것이 사실이었으나 우주 공간에서의 무중력 상태 같은 의미에서의 무력감의 원천이기도 하였다. 입이 찢어지게 웃고 있는 태양 아래 돛을 다 올리고 파도의 머리카락을 밟고 내달린다는 느낌을 가지기 어려웠다. '모든 밸브 열어!'로 달리고 있다는 믿음이 내게는 찾아오지 않았다."[42] 토대가 없는 상태에서는 아무리 노력해도 모더니티를 구현하는 데 한계가 있고, 거기서 때때로 무력감이 발생한다는 것이다. 그것을 최인훈의 용어로 말하자면 '관념'이 자리 잡지 않았기 때문에 발생한 일이다. 그래서 그는 두 배로 힘이 들면서도 올바른 길로 들어섰는지 확신하지 못했던 것이다.

최인훈에게서 관념은 근대적 주체를 확립하는 과정에서 획득되어야 할 필수적인 것들 중의 하나이다. 구체화된 현실을 재현하는 것보다 고도화된 언어적·지적 유희를 보여주는 것이 독자에게 더 흥미로울 수도 있다. 이야기를 할 때는 그것의 효과를 위해 그 조건을 성숙시키고 자신의 능력을 극대화시키는 것이 중요하지 어떤 특정한 법칙에 매달리는 것이 중요한 것은 아니다. 어차피 소설이 허구인 걸, 왜 억지로 허구를 허구 아닌 척 감추어야 하는가? 시치미를 뚝 떼고 이야기할 수도 있고, 별거 아닌데도 대단한 것처

---

41) 정혜영, 「최인훈 소설의 환상성 연구」, 숭실대 석사 학위 논문, 1992.
42) 최인훈, 『화두』 1, 민음사, 1994, p. 99.

럼 포장할 수도 있다. 때로는 계속해서 허구를 일깨워주고, 그것에 속아 넘어가지 않도록 욕하고 꼬집으면서 독자를 직접 텍스트에 불러들일 수도 있다. 따라서 관념적이라고 해서 문제되는 것이 아니라 그것이 텍스트의 효과를 극대화시키기 위해서 고안된 장치인가, 현학성을 뽐내기 위해서 동원된 것인가에 따라 달라진다. 최인훈은 세계에 대한 인식을 꼭 상징이나 알레고리로 표현하는 것이 아니라 때때로 직접적으로 표출함으로써 자아 형성의 과정에서 발생하는 어려움을 보여준다. 이미 인간이 상징적 질서에 들어선 이상, 자아는 막연히 주어지는 것이 아니라, 진지하고 치열한 자기 검증을 통해 확립된다. 따라서 그런 가운데 일정한 정도로 관념의 세계로 빠져드는 것은 부득이한 일이다. 더욱이 '잘못된 역사'가 해일처럼 덮쳐 한 작중 인물의 삶을 망칠 수도 있을 때, 인식의 능력 없이 그것을 피할 방도는 없다. 『광장』의 이명준과 『서유기』의 독고준은 그 방도를 찾기 때문에 관념적일 수밖에 없다.

최인훈은 '관념의 근대성' 없이는 근대성을 이룰 수 없다고 생각했다. 그는 실제로 『회색인』에서 '관념＝풍속＋방법'이라는 도식을 제시하면서 우리 시대에 모더니티가 이론적으로도, 또는 생활 풍속에도 제대로 뿌리내리지 못했다고 보았다. 그래서 최인훈의 작품에는 우리만의 근대성을 이루려는 온갖 방법들이 동원되고 있다. 다시 말해 서구에서 받아들인 '근대적 원리'가 우리의 풍속으로 체화되는 가운데 만들어지는 것이 '관념'인데 『서유기』 「크리스마스 캐럴」 「열하일기」 등은 그것이 만들어지기 어려운 점을 적절히 보여준다. 세계가 돌아가는 원리를 파악하지 못하고서는 소설은 이루어지지 않는다. 게다가 최인훈은 단순히 관념을 드러낸 것이 아니라 세계와 맞서고 적절한 형식을 찾아내면서 우리 문학의 근대적 토대를 세우려는 거대한 꿈을 키우고 있었다. 그럼에도 불구하고 그걸 관념적이라고 탓할 것인가?

우리는 제임스 조이스의 『율리시스』를 관념적이라고 탓하지 않고, 그 속의 주인공인 불룸이 속물적이라고 탓하지도 않는다. 이명준이나 독고준 같은 '지적 룸펜'은 그런 원리 속에서 모순적으르 행동하고 성적 리비도를 제어치 못한다. 그렇기 때문에 사건은 전개되고 소설 속 관념은 딱딱함을 벗어난다. 그런 장치를 통해 『율리시스』의 깊은 세계가 펼쳐지듯이 『서유기』도 독고준의 '문제성' 때문에 소설의 깊이를 획득하게 된다. 사건은 모범적 인간보다는 경우는 다르지만 '문제적 인물'이 훨씬 다채롭게 이끌어간다. 그런 인물이 '이데올로기'나 '성적 욕구' 등의 문제에 대해서 더 자유롭게 대처하고 주체의 위기를 효과적으로 드러낸다. 어떤 등장인물이나 화자를 선택하는가는 작가의 고유한 권한이다. 도둑이건 남색가건 그 내용과 형식에 최대한의 효과를 거둘 수 있다면 그것으로 족하다. 오히려 너무 멀쩡한 인물을 등장시켜 소설을 밋밋하게 하거나 터무니없게 그로테스크한 인물을 등장시켜 소설을 우스꽝스럽게 만들 수도 있다. 그리고 복잡한 성격의 인물이어야 내면의 일그러짐을 보여주고 억압과 해방 사이의 갈등을 보여줄 수도 있게 된다. 무조건 실험을 해야 한다는 의식으로 좋은 형식을 창안해낼 수 없다. 세계를 그렇게 인식했기 때문에 『구운몽』이나 『서유기』, 그리고 『화두』의 형식들이 나온 것이다. 만약 그것이 아니라면 자칫 언어의 질서 속에서 사물 자체나 진실을 찾는 노력은 헛수고가 되고 만다. 욕망이 들끓는 분열된 인간이 사랑을 꿈꾸고 이데올로기를 극복하기 위해서 안간힘을 쓴다는 게 얼마나 '인간적'인가? 그런데 그것을 사실적으로 나타내려고 하는데 저절로 '실험적' 성격을 띠게 된다. 내용들이 형식 속에 녹아든 것이다. 즉 그것은 '관념'의 승리다. 최인훈 문학의 '관념'의 깊이는 그렇게 해서 생겨난 것이다.

최인훈의 관념은 전후 실존의 문제에 빠져들었던 장용학의 관념을 어떤 식으로든지 받아들이면서도 그것을 극복하고 있다. 예컨대 최인훈은 장용학의 「요한시집」이나 「현대의 야(野)」의 관념을 받아들이되 그것들을 되씹어 독자적 영역으로 만들었다. 장용학의 「요한시집」에서 누혜가 철조망 위

에서 자살하는 장면이 『광장』에서는 이명준이 바다에 실족하여 죽는 장면
으로 바뀌는데, 그것들이 공통적으로 남북의 이데올로기 문제를 다루고 있
더라도, 그것을 상징적인 측면에서 따져보자면 「요한시집」의 경우가 너무
의도적이라서 '나쁜' 상징성을 이루고 있다면 『광장』의 그것은 훨씬 세련된
'좋은' 상징성을 유지하고 있다. 억지로 '철조망(휴전선)' 위에서의 비극을
강조하는 것보다 이데올로기의 문제를 사랑의 문제로 한 단계 더 승화시킨
것은 우리 문학이 한 단계 더 성숙했다는 것을 보여준다. 그것은 관념이 소
설 속에 무르녹았기 때문에 가능해진 일이다. 또 이런 측면에서 최인훈의
관념성이 후배 작가들에게 어떤 영향을 미쳤는지 살펴보는 것도 흥미로운
일이 될 것이다.

5. 『화두』로 이르는 길

　『화두』로 이르는 길은 복잡하고 멀다. 그것은 단순히 한 작가의 한 작품
으로 생각할 수 없을 정도로 다양한 세계와 복잡한 양식을 보여주고, 작가
가 많은 시간적 단절을 딛고 일어선 작품이기 때문인지 기존의 인식과는 크
게 변화된 모습을 보여준다. 그래서 그것을 단순히 최인훈의 다른 작품의
연장선상에서 해석하면 그 코드가 풀리지 않고, 기존의 연구자의 입장을 빌
려서 해석하면 소설도 아닌 것이 된다. 그러다가 『화두』는 오랜 시간 동안
풀리지 않는 '화두'가 되고 말았다.
　최인훈 문학은 「두만강」에서 『광장』에 이르기까지의 리얼리즘적 태도,
그리고 『구운몽』부터 『화두』에 이르기까지의 모더니즘적 태도로 크게 나눌
수 있다. 그런데 『구운몽』 『서유기』 「총독의 소리」에 이르는 실험적 작품들
은 말하고자 하는 것을 안으로 '숨기는' 방식이라면, 『화두』는 그와 반대로
그것을 겉으로 '드러내는' 방식이다. 5·16에서 비롯되는 독재 정권이 역설

적으로 최인훈의 뛰어난 모더니즘적 소설을 출현시켰다면, 『화두』는 구소련의 붕괴 이후 정권이 군부에서 민간으로 이양되면서 출현한 소설이다. 그런 점에서 『화두』는 최인훈에게서 단순히 또 하나의 작품이 탄생된 것 이상의 의미를 지닌다. 그것은 곧 새로운 세계의 열림을 의미한다. 『태풍』까지 '감싸기'를 통해 의미들을 텍스트 속에 감추었다면, 『화두』에서는 무의지적 기억마저 '펼쳐내면서' 현상의 비밀을 푼다. '감추기'에서 '드러내기'로 문학적 세계 자체가 바뀐 것이다. 웅크리며 감출수록 펼쳐지는 것도 있고, 풀면서 펼쳐낼수록 감추어지는 것도 있다. 『화두』 이전의 소설이 '고고학적 파편'들을 보여주면서도 그것이 완전히 해독되기를 바랐다면, 『화두』는 '계보학적 공간'에서 힘들의 유동을 보여주면서 그 틈새에서 독자들의 역할을 강조한다. 이런 『화두』에 대해 관심을 보이지 않는다면 최인훈 문학의 연구는 반쪽 연구에 불과하다. 비평가들은 역설적으로 최인훈 문학의 넘보기 어려운 성곽이 『화두』에 이르면 너무 쉽게 풀릴 수도 있다는 점을 놓치고 있는 것이다. 『화두』를 읽다 보면 열린 구조 사이로 그의 작품들끼리 저절로 소통하는 모습이 보인다. 하지만 언뜻 보인 그것은 잘 붙잡히지 않고, 그래서 그걸 발견한 순간부터 연구자의 길은 험난해지기도 한다. 하지만 그 코드를 풀어낼 때부터 또한 행복은 시작된다.

아직 『화두』에 대한 연구는 다양하게 이루어지지 않고 있다. 만약 『화두』에 문제가 많다면 그에 대한 비판이 뒤따라야 한다. 그렇지 않다면 「두만강」에서 『화두』에 이르는 경로를 잘 살펴 어떻게 해서 『화두』가 출현했고, 『화두』 이전과 이후가 어떻게 다르고, 왜 그런 방식의 글쓰기를 하게 되었는지 분석해야 한다. 최인훈의 작업을 『광장』까지의 리얼리즘, 그 뒤의 모더니즘적 실험의 시기, 그리고 희곡의 시기로 나눌 수 있지만, 크게 보아 『화두』를 중심으로 전기와 후기로 나눌 수 있다. 나는 등단 작품 「그레이구락부 전말기」에서 70년대 희곡을 쓰던 시기까지를 전기로 보고, 『화두』를 후기로 본다. 물론 『화두』에는 『회색인』 『서유기』 『소설가 구보씨의 일일』

에서 탐구했던 문제 의식이 여전히 담겨 있고, 그것이 변화되고 있는 모습을 보여주기도 한다. 그러나 『화두』는 전기의 기획과는 커다란 차이를 보이며 시대적 현실 탓도 있지만 작가의 세계관의 변화를 뚜렷하게 보여준다.

『화두』의 화자는 앞으로 잃어버릴 수도 있는 기억들을 찾아나선다. 그것들이 사실은 '나'를 이루고 있기 때문에 지금의 '나'를 잃어버리기 전에 제대로 된 '나'를 찾아보자는 것이다. 또 그것은 소설을 쓰고 있는 '나'를 관찰하고 한 개인의 기억을 들추어내면서 한 세기의 역사를 복원한다. 최인훈 문학의 등장인물들은 이제까지 주체를 찾아나섰지만 진정한 주체를 찾지 못하고, 사랑을 찾았지만 완성된 사랑을 이루지 못하고서 헤맸다. 근대적 계몽의 기획을 『태풍』에서 완수한 것이 아니라 더 절망의 나락에 빠졌던 것이다. 그러나 『화두』에서는 억지로 주체를 추구하지 않음으로써 오히려 주체를 회복한다. 화자가 미워했던 지도원 선생마저 받아들이게 되는 '기억의 힘'이야말로 주체의 능력이고 사랑의 힘의 다른 이름이다. 최인훈의 등장인물들은 대체로 '에고의 방'에서 안주하고 있었지만, 『화두』의 '나'는 밀실의 '창'을 열고 밖으로 나간다. 제국주의라고 할 수 있는 미국과 소련을 찾아가고, 이태준의 생가를 찾아보며, 군부대의 기억의 장소를 찾아가며, 조명희의 문건을 찾아낸다. 관념 속에 은둔하고 있던 등장인물들이 '밖'으로 나와 소통을 시도하는 것이다. 그냥 앉아서 기억하는 것과 창을 열고 밖으로 나가 기억들의 실체를 확인해보는 것 사이에는 엄청난 차이가 있다. 각자의 기억 속에 존재하는 '나'들이 서로의 벽을 허물고 '종합적인 나'를 이룰 때 새로운 '광장'은 탄생된다. 그걸 깨달은 '나'는 환희에 차서 『화두』라는 그 방대한 글쓰기를 시작하게 된다.

『화두』의 화자는 기억 속을 뒤짐으로써 그를 구속하던 모든 것에서 해방된다. 신은 '돌아보지 말라'고 했지만, 화자는 그 말을 거역함으로써 탈이데올로기의 기쁨을 누린다. 그 기억의 힘, 뒤엉킨 시간의 힘의 원리를 우리는 밝혀야 한다. 그래야 최인훈 문학의 실체가 드러나고 각 작품들과의 관계는 풀린다. 이런 점에서 『화두』는 최인훈 문학 연구의 단서를 제공하고, 나아가 최인훈 문학 연구의 출발점이 될 수도 있다. 문득 조명희의 「낙동강」의 노 젓는 소리를 무의지적으로 따라가다가 갑자기 거대한 분량의 『화두』를 해독해낼지 어찌 아는가.

최인훈 문학의 내면성과 실험성

1

헤겔은 『정신현상학』에서 "이질적이며 우연적인 그렇게도 많은 사물들이 정신의 내부에서 공존할 수 있다"[1]고 말한다. 그의 견해대로 내부 세계의 사물들은 정지해 있지 않고 끊임없이 동요한다. 그리고 그 사이를 뚫고 나온 의식이 외부 세계를 바라보는 독자적인 관점을 갖게 되며, 그것의 올바름은 내부 세계를 어떻게 거쳤느냐에 따라 결정된다. 그걸 보아 알 수 있듯이 내부 세계도 외부 세계 못지않게 깊고 풍부하다. 또 프로이트가 무의식의 영역을 발견한 이래 그 세계의 폭은 더 넓어졌다. 그 속에는 성적 본능과 같은 것만 숨어 있는 것이 아니라 외부 세계를 살아가면서 자리 잡은 사회적 환경, 그 시대의 풍속, 그리고 역사적 상황 등이 담겨 있고, 또 관행을 유지하려는 윤리적 힘과 그 억압을 뚫고 자유(혹은 쾌락)를 누리려는 힘이 뒤엉켜 있다. 그리고 문학은 그 복잡한 세계를 관찰하는 일을 통해 외부 세계를 변동시킬 에너지를 제공받기도 한다. 내부 세계를 묘사하는 문학은 보이는 것보다도 더 많은 것들을 이야기하며, 그로 인해 마침내 헤겔이 말하는 '개념성'[2]마저 넘어선다.

---

1) 장 이폴리트, 이종철 · 김상환 옮김, 『정신현상학』 1, 문예출판사, 1994, p. 327 재인용.
2) '헤겔주의적 미학'은 문학 작품을 개념화하고, 한 특정 '개념성'에 모든 미적 작업들을 종속

우리는 문학을 통해서 인간의 내면적 본질을 엿볼 수 있고, 또한 시대와 사회 그리고 역사를 바라보는 작가의 독자적인 인식을 만날 수 있다. 특히 최인훈의 문학은 세계와 싸우는 인식 주체의 개별성을 보여주고, 그것이 우리 시대의 유효한 정신으로 어떻게 자리 잡아가는지 보여준다. 그것은 최인훈이 주인공의 내면 심리뿐만 아니라 현실의 복합적인 모습을 동시에 담아냈기 때문에 가능해진 일이다. 지금 읽어도 '안'과 '밖'을 조화시킨 그의 문학적 감성은 빛난다. 그런데 그의 텍스트에 그려진 내부 세계의 모습은 역동적이라서 한 가지 의미로 고정되지 않는다. 아무리 절묘하게 그 움직임을 포착해도 이미 그것은 흘러가버려 해석되지 않고 다만 그 흔적만 남아 있다. 어떤 점에서 최인훈은 '흐르는 물'을 떠보이거나 거기에 말뚝을 박기보다는 독자를 그 흐름에 끌어들인 작가라고 말할 수 있다.

『광장』(1960)을 비롯한 전집 12권과 『화두』(1994) 두 권의 방대한 최인훈 문학을 한 올로 꿰어 설명하기란 거의 불가능하다. 단지 그의 텍스트에 담긴 문학적 방법론에 기대어 그 구조에 접근해볼 수 있을 따름이다. 때때로 그는 직접 자신의 문학을 설명하고 있는 것처럼 보인다. 『서유기』(1966)에 기술된 '공간론(空間論)'[3]을 살펴보면, 그가 얼마나 균형 잡히고 정확하게 세계를 인식하기 위해 노력했고, 또한 관심의 대상을 점점 외공간(외부 세계)에서 내공간(내부 세계)의 문제로 옮겨갔는가를 알게 된다. 그것은 5·16을 겪은 뒤, 내공간에 대한 탐색을 거쳐야 근대적 방법론을 제대로 체득할 수 있다는 작가의 확신이 작용한 결과이다. 잘못된 풍속은 『회색인』(1964)에서 말하듯 '사랑과 시간'을 가지고서 깊이 탐구할 때라야 고칠 수 있는 그런 건지도 모른다. 그러나 무엇보다도 『구운몽』(1962)에서처럼 꿈과 환

시킨다. 이럴 때 모든 문학 작품은 하나의 개념적 등가물(세계관이나 이데올로기)에 환원되는 타율적인 것이 되고 만다. 이러한 헤겔주의적 입장은 내용 층위를 강조한다. 페터 지마, 허창운 옮김, 『문예미학』, 문예출판사, 1993, p. 17.
3) 최인훈, 『서유기』(전집 3), 문학과지성사, 1994, pp. 200~22 참조.

상의 영역을 다룰 때, 혹은 『서유기』에서처럼 역사와 분단 현실의 문제마저 포함된 내공간의 영역을 본격적으로 탐사할 때, 그것은 제대로 바로잡힌다. 그런 소설들은 현실의 시간이 지극히 짧아지고 내면의 탐사에 할애된 시간(지면)은 점차 늘어난다. 그리고 그러면 그럴수록 그것들은 당연하게도 실험적인 소설이 된다.

'공간론'의 논리를 따라가보면, 내부 세계와 외부 세계가 만나는 '탄력점'에 주체가 놓여 있다. 그 주체가 있어야 그 두 세계는 서로 소통한다. 그런데 외부 세계와 대등할 정도의 비중을 가진 내부 세계에 대해 사람들은 대체로 무지하고 무관심하다. 외부 세계가 지각될 수 있는 세계라면 내부 세계는 혼돈의 상태라서 구체적 형상으로 붙잡히지 않기 때문에 더 그렇다. 그래서 사람들은 내부 세계를 부정하거나, 혹은 그 속으로 들어가는 것을 두려워한다. 그러나 예술적 주체는 언제나 내부 세계로 들어가는 문을 찾고, 그것을 그려내고자 한다. 예술적 유희란 그 문을 여는 카니발적 상황에서 벌어지는 일들이다. 『서유기』에서 독고준은 이유정의 방에 들어갔다가 아무 짓도 하지 못하고 나온 뒷머리가 뜨끔할 정도의 충격 때문에 내부 세계의 문을 연다. 결국 존재의 기호와 같은 것은 외부 세계보다는 '제 그림자'와 싸울 때, 혹은 '감각적 기호'[4]의 충격에 휩싸일 때 문득 찾아지는 그런 것일지도 모른다. 『구운몽』『서유기』「총독의 소리」 등은 제 그림자와 싸움으로써 외부 세계의 음모를 밝혀낸다.

그런 최인훈 소설의 특성을 '내면성 탐구'라고 말한다면, 내면성은 주체의 내부에 존재하지만 자아와 세계를 동시에 포괄할 수 있는 어떤 것이 된다. 그래서 "주체가 세계에 대해 자신을 연다는 것은 주체가 열 수 있는 그 무엇을 갖고 있다는 것, 즉 내면성을 갖고 있다는 것을 전제한다. 주체는 세

---

4) 들뢰즈는 프루스트의 『잃어버린 시간을 찾아서』를 해석하는 글을 통해서 '마들렌'을 입에 물 때 온몸으로 스며드는 콩브레의 추억을 감각적 기호의 결과라고 설명한다. 질 들뢰즈, 서동욱 · 이충민 옮김, 『프루스트와 기호들』, 민음사, 1997 참조.

상에 대해 자신의 내면성을 연다."[5] 내면성 없이는 세계와 만나지 못한다. 그래서 내면성의 탐사는 한낱 도피가 아니라 외부 세계로 나가는 방법을 찾는 일이 된다. 결국 모든 세계의 비밀은 자신의 내면성 속에 담겨 있다. "인간은 '미로' 속에 살고 있는 것이 아니라 인간 자신이 '미로'인 것이다."[6] 세계가 미로가 아니라 내면성이 미로이고, 그리고 그것을 그린 형식이 미로다.

2

『광장』은 '타고르호'에서 하루 남짓한 시간 동안 이명준이 중립국으로 가게 되기까지의 전쟁 전후의 삼사 년 간을 회상하는 소설이다. 그리고 『구운몽』은 독고민이 '관 속' 같은 어둠과 추위 속에서 벗어나 살려고 발버둥치다가 결국에는 병원 앞 벤치에서 얼어 죽는, 그 시간은 명시되지 않았지만 많아야 죽기 직전까지의 한 시간 남짓의 악몽에 시달리는 소설이다. (물론 이것은 다층적인 액자 소설이기 때문에 김용길 박사나 고고학자 등의 내면성이라고 말할 때의 시간이 달라지고, 독고민이 새벽 3시까지 잠을 못 이루고, 사흘 뒤 일요일에 영화를 보고, '미궁'에서 게 시간을 기다린다는 내용을 현실 상황으로 보게 되면 그 시간은 늘어날 수도 있을 것이다.) 또한 『서유기』는 독고준이 이유정의 방에서 2층 자기 방으로 올라오기까지의 이삼 분 동안의 짧은 시간 동안 자신의 내면을 들여다본 이야기다 여기에는 W시에서 보냈던 소년 시절과 그의 무의식을 이루고 있는 유령과 같은 존재들, 그리고 이데올로기적인 방송들에 의해 쫓기는 이야기들이 포함되어 있다. 이처럼 짧은 순간 자신의 내부 세계를 응시하여 '존재 자체'를 열어보이는 것이 최인훈 소

---

5) 이종영, 『지배와 그 양식들』, 새물결, 2001, p. 152.
6) 최인훈, 『화두』 1, 민음사, 1994, p. 388.

설의 중요한 특징이다. 「총독의 소리」 연작은 화자가 없거나 화자와 환청의 거리가 거의 제로에 가까운 소설이다. 거기서는 '지금-여기' 창가에 서 있는 시인의 내면성을 지배하고 있는 망령의 목소리가 들려올 뿐이다. 그런가 하면, 『화두』라는 방대한 소설은 글을 쓰는 순간으로서의 내면성이 자기 전 생애의 기억을 이루고 있다는 것을 고백하는 형식이다. 최인훈은 「두만강」이라는 리얼리즘 소설에서 출발하여 점점 서사적 시간을 줄여가지만 반대로 내부 세계를 탐사한 시간을 넓혀간 셈이다. 『가면고』 『광장』 『회색인』 『태풍』 정도가 일정한 서사성을 가지고 있다면, 『구운몽』 『서유기』 「총독의 소리」 『화두』 등은 외부 세계에 대한 묘사보다는 내부 세계를 파고드는 방식을 택하기 때문에 극도로 서사성이 약화된다.

　　때때로 평자들은 이러한 최인훈의 문학이 사회 참여에 미온적이라고 비판한다. "이때 문학은 모든 사회적 불만의 정체를 모호하게 만들면서 대중의 관심을 관념적 내면의 문제로 변질시키거나 소비적 향락 추구로 유도하고 만다"[7]는 것이다. 그런데 과연 자신의 내면 속에 담긴 사회와 역사를 읽어내는 방법이 잘못된 것일까? 최인훈 소설이 만약 정신적으로 파탄에 빠진 인물이나 황량하고 부도덕한 시대상을 보여준다고 할지라도, 그것조차도 그대로 세계와의 불화이자 사회에 대한 발언이지 '사회적 불만의 정체'를 모호하게 만들려는 것은 아니다. 직접적으로 제도권에 저항하는 모습을 보여주면 참여 소설이 되고, '관념적 내면의 문제'를 파헤치면 현실 도피적 소설이 된다는 생각은 잘못이다. 겉으로 이데올로기를 공격한다고 해서 누구나 그 핵심에 이르는 것은 아니다. 자칫 그것은 구호와 선전이 될 뿐이다. 그래서 저항에 앞서 무엇보다 주체의 욕망을 살펴보고 또 그 내부에 내화된 이데올로기의 흔적들을 검토해야 한다. 그렇지 못할 때 사회적 참여란 한낱 빛 좋은 개살구에 불과하다.

---

7) 염무웅, 「상황과 자아」, 김병익·김현 편, 『최인훈』, 은애, 1979, p. 15.

최인훈의 '짧은 순간의 긴 이야기'는 자아의 의지, 타자의 욕망, 그리고 거기에 미치는 역사와 이데올로기의 작용 등을 모두 합해 '지금의 나'를 보여준다. 우리는 그 '나'의 '발굴된 고고학적 유물과 파편들'을 통해 한 개인의 욕망과 사회적 고통을 이해하게 된다. 그리고 그 사회적 불만의 정체와 잘못된 것의 근본 원인을 깨닫게 된다. 한 개인의 내면성은 현실에서 살아가는 모습을 직접적으로 보여주지 못할지라도 그가 이데올로기에 억압된 모습을 실감나게 보여준다. 내부 세계를 다룬 『구운몽』이나 『서유기』가 외부 세계에서의 이데올로기적 갈등을 다룬 「두만강」이나 『광장』보다 훨씬 더 그 실감이 생생할 수 있다. 『구운몽』은 『광장』처럼 사회에서 직접적으로 당하는 수모를 보여주지 않는 것 같아도, 오히려 긴급 체포되고 감옥에 갇히고 이데올로기라고 할 수 있는 방송들, 즉 정부군, 혁명군, 바티칸 방송 등에 시달리다가 마침내 사살된다는 점에서 사실적 재현보다 훨씬 더 공포스럽다. 『서유기』에서도 온갖 이데올로기적이라고 말할 수 있는 방송들이 와글거리고, 심지어 역사적 인물들마저 등장하여 당대의 이데올로기를 독고준에게 강요한다. 그러다가 「총독의 소리」에 이르면 우리 모두 악령의 지배하에 살고 있다고 생각할 수밖에 없을 정도로 이데올로기적 소리들만 남는다. 떨쳐낼 수 없는 망령의 목소리를 들으며 흐느끼는 시인, 작가 자신일 수도 있는 그 시인은 역사적 진실을 되새겨볼 수 있는 '총독의 목소리(이데올로기적 음모)'를 들은 자가 너무 없어 슬픈 것이기도 하다.

이처럼 최인훈의 소설은 실험적이 될수록 이데올로기의 정체를 더 확실히 폭로한다. 내부 세계의 탐사가 실제로는 외부 세계의 모순마저 해결하려 한다. 그렇다면 최인훈은 결코 이데올로기를 외면하거나 사회 참여를 거부했던 것이 아니다. 내면성의 탐구로 이데올로기에서의 해방을 꿈꾸고, 사회적 실천의 가능성을 찾았던 것이다. 특히 문학적 실천으로 이데올로기의 틀을 벗어나기 위해 연대기적 서사를 거부하고 『서유기』처럼 무의식의 지층을 탐사하거나 『소설가 구보씨의 일일』처럼 에세이식의 형식을 개발했다.

『구운몽』의 다층적 액자 구성이나, 그것을 발전시킨『서유기』의 무의식의
공간화, 그리고『화두』의 기억의 중층성을 이루는 마트료시카 인형의 구조
가 바로 그런 경우에 해당한다.

3

　최인훈은 우리 현대사에 대한 뛰어난 통찰을 보여주고 우리 문학의 근대
성 확립에 크게 기여했지만, 무엇보다도 독자적인 미적 장치를 창안했다는
점에서 독보적이다. 문학도 관습적 언어를 사용한다는 점에서 이데올로기
적 장치들 중의 하나로서 문화 산업 등의 외부적 힘에 이끌려 작동되는 경
우가 많다. 그러나 때때로 일상적·논리적 언어의 틈새를 비집고 들어가 그
이데올로기적 상황에 저항하는 문학의 언어도 존재한다. 최인훈의 문학이
그렇다. 그는 메타 픽션, 패러디, 판타지 등의 기법을 통해 제도화되지 않은
미적 장치를 찾아낸다. 혹은 무의식에 관심을 기울임으로써 문학의 형식에
대해 새롭게 질문한다.

　그는 끊임없이 '소설이란 무엇인가'를 탐구하고 기존의 틀을 거부하며
새로운 규범을 만들어온 작가이다. 그의 실험은 그 자체로 세계 인식의 산
물이다. 그가 무의식의 영역을 본격적으로 탐색하다 보니 그에 부합하는 형
식이 나오고, 이데올로기에 저항하다 보니 그것마저 담을 수 있는 형식이
만들어진다. 그런 점에서 최인훈은 프루스트, 조이스, 카프카, 베케트의 뒤
를 잇는 서사적 실험가이면서도, 그들 못지않게 이데올로기적 상황과 맞선
작가이다. 그는 그 누구와도 같지 않은 소설적 형식을 통해서 시대와 사회,
그리고 역사에 대한 근대적 저자의 목소리를 들려주었다. 주인공 중심·사
건 중심의 소설에서는 말할 수 없는 것들을 효과적으로 말할 수 있는 방법을
찾아냈다. 그렇다고 그가 맹목적으로 형식의 파괴를 일삼았던 것은 아니다.

60년대의 『광장』 초간본에서 여섯번째 개작된 90년대의 전집 판을 비교해보면, 작품의 세련미나 형식적 완결미 등에서 놀라울 정도로 변했다는 것을 알게 된다. 또 내용을 살펴볼 때, 초간본에서는 이성적으로 좌절하던 이명준이 최종본에서는 뭔가에 홀려서 죽는 것처럼 그려지는데, 개작되는 동안에 주체 중심의 세계관이 타자의 영역까지 촉수를 뻗치는 세계관으로 확대된 것을 알게 된다. 환각에 대한 의미를 보강함으로써 그렇게 된 것이다. 이명준은 '허깨비—갈매기—은혜의 꿈'로 이어지는 고리를 통해 그 자신의 '잠재된 소망'을 찾아내는 방식을 보여준다. 그리하여 그 다음 작품인 『구운몽』에서 리얼리즘 방식을 벗어나 무의식이나 환상의 기법으로, 그리고 훗날에 『소설가 구보씨의 일일』이나 『화두』에 이르면 좀 더 자유스럽게 작가의 사유를 펼쳐낼 수 있는 에세이나 종합 장르적인 형식으로 나아갈 수 있는 전기를 마련한다. 이런 점에서 최인훈의 실험은 이데올로기에 예속된 주체가 저항의 단계를 거쳐 해방의 길로 나아간다고 말할 수 있다. 다소의 도식성을 묵인한다면, 「두만강」은 관습적 현실에 안주하는 형식이고, 『가면고』와 『광장』은 최면술이나 환각을 통해 주체의 영역을 확장시키고, 『구운몽』과 『서유기』는 그 영역을 무의식까지 확대하면서 기존의 주체를 거부하고, 『화두』는 거의 모든 억압에서 해방된 주체의 모습을 보여주는 형식이 된다.[8] 이런 결과로 최인훈의 문학은 『광장』과 『화두』를 사이에 둔 '저항의 형식'이 된다.

최인훈이 얼마나 형식적 실험을 중요하게 여겼는지는 다음과 같은 말을 통해서도 확인된다. "표현하면서 파괴하는 것이 아니라, 표현이 파괴이며, 파괴가 곧 표현인 그런 모순의 몸짓을 고안해내는 것이다. 이런 긴장이 없는 예술은 그것이 쓴 허울이 무엇이건, 하느님이건, 민족이건, 민중이건, 자아이건, 혹은 고양이건 예술 아닌 다른 무엇인가다."[9] 이 철저한 저항의 정

---

8) 김인호, 「최인훈 소설에 나타난 주체성 연구」, 동국대 박사 학위 논문, 2000, pp. 18~22 참조.
9) 최인훈, 「예술인이 되기 위한 문명한 의식」 『길에 관한 명상』, 청하, 1989, p. 40.

신. 그러면서도 붙잡으려 한 형식적 긴장감. 『광장』에서 『구운몽』과 『서유기』를 거쳐, 희곡의 세계 혹은 『화두』로의 변신은 가히 혁명적이다. 심지어 『화두』에서는 남의 시와 소설, 연설문 등을 빌려와 짜깁기하기도 한다. 『광장』에서 시 한두 구절이나 논설문 형식의 글을 조금 썼던 것이 그만큼 변하게 된 것이다. 거기서 소설이라는 장르와 고투한 작가의 의식을 엿볼 수 있다. 게다가 우리의 언어가 뿌리내릴 수 있는 방법에도 관심을 기울여, 개작된 『광장』에서 고유어 쓰기를 실천하고, 「총독의 소리」나 「놀부뎐」 등에서 글의 리듬감을 추구한 것을 볼 때, 그의 서사적 실험은 세계의 복잡함과 인식의 한계를 극복한 형식을 보여주려는 의지의 소산이라고 말할 수도 있다. 아무튼 그는 현실의 무거움을 몽환적으로, 즉 현실을 '혼돈 속의 미궁'과도 같은 모습으로 그려낸다. 환상이나 무의식을 하나의 현실로 받아들일 때 텍스트의 현실은 미궁이 되고, 급기야 실험적인 소설이 된다. "나는 마음속의 괴물들과 얽혀서 싸웠다. 중국 소설 『서유기』의 틀을 사용한 그 소설에서 나는 내 마음속 갈피와 동굴 속에서 저희들대로 살고 있는, 내 안에 있으면서 내 힘 밖의 힘으로 대항해오는 그림자들과 싸웠다."10) 내 내부의 그림자이지만, 사실은 '내 힘 밖의 힘'으로서 나를 괴롭히는 그 그림자는 주체 내부에 내화된 타자의 욕망이고 내면성 속에 자리 잡은 이데올로기적 소음이다. 나는 그들과 싸우며 혹은 그들과의 관계를 통해서 존재한다. 그러나 무엇보다 그들의 실체를 알게 됨으로써 자신을 억압하는 것에 대해 저항할 수 있게 된다. 『서유기』에서 독고준은 재판을 받으면서 자신을 억압한 지도원 선생을 공격한다. "당신은 공화국의 벗을 만들어내는 것이 임무였음에도 불구하고 공화국의 적을 만들었습니다. 그것도, 있지도 않은 적을 말입니다."11) 그리하여 그는 무의식 속에서 저항함으로써 현실로 걸어나오고 자신의 정체성을 찾게 된다.

---

10) 최인훈, 『화두』 2, 민음사, 1994, p. 175.
11) 최인훈, 『서유기』(전집 3), 문학과지성사, 1994, p. 278.

거기까지는 문제가 없었다. 그것들은 소설이었던 것이다. 그런데『화두』에 이르면, 문제는 달라진다. 이번에는 장르의 특성마저 거부한다. 거기서는 시, 소설, 희곡, 에세이, 논설문 등의 형식들을 자유롭게 사용하면서 그것들을 뒤섞는다. 그것은 소설을 의문시하는 소설이다. 주체가 이데올로기에 물들어가는 과정을 추적하고, 또 그것과 작가로서의 길이 어떤 관계에 놓여 있는가를 추적한 결과로 얻어진 형식이다. 이데올로기에 대한 저항은 고정된 주체를 거부하고 그 주체가 안주할 수 있는 형식을 거부하는 것이다. '나'를 이루게 된 지도원 선생과 작문 선생이라는 두 축. 자신의 내면을 지배하던 그 이데올로기적 코드들을 파악하고 그리고는 그것들을 해체할 때, 곁가지 강물(기억)들이 저절로 떠올라『화두』라는 소설을 이룬다. 그런데 그것은 작가로서의 화두였고 인생으로서의 화두였다. 마침내 15년 간이나 절필하던 '나'는 글을 쓸 수 있게 된다. 문학보다는 사회주의 쪽에 더 비중을 두다가 꿈도 펼쳐보지 못한 채 숙청당했던 '나'의 이상적 자아였던 조명희는 스승으로서 제자인 '나'에게 마지막으로 충고한다. 요약하자면 '한눈팔지 말고 작가로서의 네 길을 가라'인 셈이다.

4

세계에 대한 정확한 인식 없이는 근대성의 문제, 분단 상황에서 정체성의 확립, 이데올로기 벗어나기 등의 문제에 답하기 어렵다. 그런데 최인훈이『회색인』에서 제기한 근대적 조건으로서 '사랑과 시간,' 그리고 '방법과 풍속의 조화' 등은 지금 이 시대에도 그대로 적용될 수 있다. 바로 그런 점들이 오랜 기간 동안 그의 소설에 대한 관심을 불러일으켰을 것이다. 근대성에 대한 문학적 담론을 그만큼 진지하게 끌고 온 작가를 찾아내기란 쉽지 않다.

　무의식의 영역을 포착하고 타자를 발견하는 일은 근대적 주체에 대해 반성하고 탈근대성을 열 수도 있는 획기적인 사건이 된다. 최인훈은 68혁명 이후에 펼쳐진 탈구조주의나 포스트모더니즘, 그리고 해체론으로 설명할 수 있는 여러 요소들을 이미 그 이전부터 자신의 텍스트에 제시하고 있었다. 『구운몽』이나 『서유기』에는 타자의 욕망들이 바글거리고 이데올로기적 음모가 자행되는 모습을 보여줌으로써 현대적 주체의 험난한 행로를 그대로 보여주는 것처럼 보이기도 한다. 「총독의 소리」에서는 화자나 사건조차 사라짐으로써 엉뚱하게 '소설의 위기'나 '저자의 죽음'마저 되묻게 한다. 「하늘의 다리」에서는 하늘에 떠 있는 허깨비를 밝히게 함으로써 예술의 현대성에 대해 근본적으로 질문하게 한다. 그리고 『화두』에서는 사실과 허구의 경계를 무너뜨리며 곁가지로 솟아오르는 기억들을 통해 인간의 내적 본질을 탐색할 수 있게 한다. 그러한 실험적 요소들은 언제나 문학의 생생한 현장감을 유지시켜준다.

　그런데 무엇보다도 최인훈의 소설에서 돋보이는 것은 해석의 현재성이다. 그의 소설은 롤랑 바르트식으로 말해서 여러 약호를 따라갈 수 있는 판독의 '희열'을 제공한다. 그의 내면성이 제공한 다양한 약호들은 언제나 입체적이다. 그것들은 잘 해석되지 않거나 다양하게 해석된다. 무수한 평자들과 문학 연구자들이 비평적 논문을 써내지만 그의 텍스트에 대한 명료한 해석을 들려주지 못하는 것도 그 때문이다. 누구의 관점에도 잘 포착되지 않는 그의 소설은 다분히 독백적이면서도 그만의 독창적인 열린 구조를 가지고 있다. 그래서 그에 대한 다양한 해석은 이후로도 계속될 것이다. 얼마 전 『'광장'을 읽는 일곱 가지 방법』이라는 책이 나올 정도로 그의 작품은 다양한 방법으로 다뤄지고 있다. 그것은 그의 텍스트의 생명력을 되새겨보게 하는 '사건'이다. 그외에도 그에 대한 수많은 비평적 관심은 그가 이데올로기와 맞서면서도 내면성의 완성을 위해 노력했고, 그리하여 새로운 미적 장치를 만들어낸 작가이기 때문에 얻게 된 영예라고 생각된다.

　최인훈의 문학은 이미 고전의 반열에 들어섰다. 신이 죽은 시대, 신화가 사라진 시대에 신비주의와 소재주의에 빠지지 않고 자기의 방법론으로 개발한 내면성 탐구의 문학은 그야말로 눈부시다. 그가 문학적 관습을 벗어나면서 만든 것들은 미래 세대들이나 확실하게 이해할 수 있는 그런 것일지도 모른다. 그러나 그럴수록 그가 보여준, 아직도 전혀 낡지 않은 근대성에 대한 관심이나 이데올로기에 대한 저항, 그리고 새로운 형식에 대한 탐구는 더욱 빛난다.

탈식민, 탈형식, 탈이데올로기
―「총독의 소리」

1. 식민적 무의식을 감춘 형식들

　텍스트 내부의 '식민성'을 밝히는 일은 문학적 평가를 위한 기초 작업으로 중요하고, 부분적으로 텍스트 분석을 위해 중요하지만, 그것을 밝혔다고 해서 문학을 다 이야기한 것은 아니다. 그것이 어느 정도까지 서구적 사유 방식을 따르고, 또 어떻게 전통적인 것을 억압하는지 따질 때는 요긴하겠지만, 정작 문학성 자체를 논할 때에는 방해가 될 수도 있기 때문이다. 어쩌면 식민성만으로 텍스트를 평가할 때 『오디세이』의 오디세우스가 제국주의적 전쟁에 참여했다고 비판하고, 또 셰익스피어나 괴테가 동양을 잘못 기술한 내용을 확대 해석해서 그들의 문학성 자체를 잘못 재단하는 일이 될 수도 있다. 어떤 문학 텍스트도 특정한 언어를 사용하는 특정한 관습 속에서 기술되기 때문에 그런 요소가 완전히 사라질 수는 없다. 어떤 보편적 가치를 추구하는 텍스트일지라도 부득이하게 타자를 무시하고 억압할 수 있다. 하지만 어떤 텍스트가 먼 훗날에 고쳐지게 될 사회적 · 시대적 편견을 지니고 있더라도, 그것이 좋은 문학이라면 전체적으로 올바른 관점을 유지해야 하고 그 편견을 극복하고도 남을 더 많은 요소들을 지녀야 한다. 문학 언어의 미덕은 재료로서 일상 언어의 한계를 인정하면서도 그것을 넘어서는 데 있다.

　텍스트에서 식민성의 문제는 광범하게 다뤄질 수 있다. 그것은 제국주의적 침략만을 문제삼는 것이 아니라, 보다 근본적으로 서구적 근대성이 어떻게 제3세계를 지배하는 원리가 되었고, 그 영향 아래서 텍스트가 어떻게 산출되었는지 살필 수도 있기 때문이다. 자본주의 도래 이후 실질적인 제국주의 개념이 생겨났다면, 그것과 동시에 발생한 계몽의 개념이나 그것의 도구로 사용된 합리성의 개념에서도 문제점을 찾아낼 수 있다. 어쩌면 근대의 과학이나 기술, 혹은 언어마저도 그 비판의 범주에서 자유롭지 못하다. 게다가 그것이 전 세계로 퍼져나가면서 동시에 식민화가 이루어졌다면, 탈식민성을 논하는 일은 식민성을 밝히는 문제일 뿐만 아니라 때로는 근대성 자체를 재검토하는 일이 된다. 그렇다면 근대 이후에 성립된 각국의 문학 텍스트 중에서 그 비판의 칼날에 걸려들지 않을 것들이 얼마나 되겠는가? 아랍 민족들의 입장에서 보면 서구 문화의 거의 대부분이 아랍을 적으로 삼고 그것을 토양으로 완성된 것이라는 생각을 지우기 어렵다. 심지어 『오디세이』마저 승리에 도취한 오디세우스가 섬의 원주민들을 지배하는 과정이라고 말할 수 있게 된다. 그래서 탈식민성에 충실하자면, 서구에서 발생한 문화와 학문을 모두 거부하고, 그로 인해 세계와 고립된 채 근대성에서 뒤쳐지고, 그러다가 독재자만 살판날 세상을 만들어주는 경우도 생겨날 수 있다. 그렇다면 어찌해야 하는가? 이라크의 후세인은 서구가 만든 독재자이면서, 또 말을 듣지 않는다는 이유로 서구가 제거한 인물이다. 그런 제국주의적 간섭 속에서는 어떤 나라도 독자성을 유지하며 근대화를 이루어내기 어렵다. 물론 그렇다고 해서 서구 문화 전체를 배척할 필요는 없다. 서구인들이 다른 민족을 타자화시키는 가운데 자기 종족의 우월성을 증명하는 측면도 있겠지만, 그들이 민주주의나 개인의 자유와 같은 보편적 가치를 지켜내기 위해 '피 흘린' 것도 사실이고, 또한 그것을 맹목적으로 막으려고 했다가는 나라가 몰락할 위기에 처할 수도 있기 때문이다.

일이 이쯤 되면 근대화와 식민화를 구분하기는 불가능해진다. 그것이 식민지로 유린된 민족의 문제로 들어가면 계몽과 수탈을 분간할 수 없을 정도로 사태는 꼬인다. 최인훈 소설 『태풍』의 주인공인 오토메나크는 자기가 식민지국 백성이라는 사실조차 모른 채 제국주의의 '훌륭한' 군인이 된다. 그에게는 이데올로기가 "제2의 혈액형"[1]이었고 태어날 때부터 정보와 차단되어 있어서 그리된 것이겠지만, 그렇다고 일제 강점기 말기에 별다른 의식 없이 창씨 개명을 하고, 제국주의가 판을 짜놓은 전쟁 속에 끼어 꼭두각시 춤을 춘 것이 용서되는 것은 아니다. 식민지 시대 최고의 지식인이라고 일컬어지던 이광수·최남선·최재서 등만 그런 것이 아니라 무지에서 비롯된 평범한 사람의 친일도 용서하기 어렵다. 최인훈은 『태풍』을 발표할 당시에 영구 집권을 획책하던 박정희의 식민적 무의식을 밝혀내고 싶었는지 모른다. 「총독의 소리」를 읽어보면 알 수 있듯이, 일본의 패망을 우리나라의 패망으로 여겨 철수하는 일본인에게 "공손한 송별 태도"[2]를 보인 사람들의 노예 근성을 질타하고 싶었는지 모른다. 우리는 서로 그것을 알고서 한 행동이 아니라고 묵인할 수 있지만, 설혹 그렇다고 할지라도 그 행위에 대한 부끄러움이 사라지는 것은 아니다. 그리고 우리의 가슴 밑바닥에 아무리 감추려고 해도 감출 수 없는 식민적 무의식을 제거하지 않는 한 우리는 역사 앞에서 떳떳할 수 없다. 「총독의 소리」 연작은 제목에서부터 우리 내면의 식민적 무의식을 듣게 하고 그런 반성 행위를 가능하게 한다. 『광장』의 이명준은 아버지에게, "도시 어떻게 된 영문인지, 일본놈들 밑에서 벼슬을 지내고 아버지 같은 애국자를 잡아 죽이던 놈들이 무슨 국장, 무슨 처장, 무슨 청장 자리에 앉아서 인민들을 호령하고 있"[3]다고 따진다. 정말로 당시에 총독부에 빌붙어 백성들을 선동한 정치가나 지식인들까지 어물쩍 넘어가려고 한다면, 그것은 파렴치한 일이다. 그리고 그런 사람들이 큰소리치고 떵떵거

---

1) 최인훈, 『태풍』(전집 5), 문학과지성사, 1994, p. 37.
2) 최인훈, 『총독의 소리』(전집 9), 문학과지성사, 1994, p. 69. 이후로 『총독의 소리』에서 「총독의 소리」 연작과 「주석의 소리」를 인용할 경우에는 본문에 면수만 표기함.
3) 최인훈, 『광장/구운몽』(전집 1), 문학과지성사, 1998, p. 116.

리며 살게 한 우리의 무지와 둔감함 또한 죄악이다. 그런데 『태풍』의 오토메나크는 자신이 나파유(일본)군 장고가 된 것을 부끄러워하며 은연중에 조국을 도울 뿐 귀국하지 않음으로써 자신의 행위를 회개한다. 적어도 당시 집권자인 박정희도 그 정도는 되어야 한다고 작가는 말하고 싶었는지 모른다. 그런데 각 분야에서 책임을 질 만한 많은 사람들은 자신의 과오를 인정하지 않았고 또 이후로도 더 못된 짓을 했다. 그로 인해, 그들의 영향권 안에서, 우리의 윤리 의식은 점차 타락하게 되었고, 진실을 왜곡하던 버릇은 심지어 학문과 예술마저 그릇된 길로 나아가게 하였다.

시대적 진실을 말하지 않는 문학은 몰락한다. 적어도 문학이 그 시대를 지켜야 할 이유가 사라진다. 실제로 소설은 타락한 현실과 맞서 감추어진 진실을 폭로하면서 근대 문학의 꽃이 되었다. 그것이 개인의 정념의 문제거나 양심의 문제거나 다르지 않았다. 소설은 항상 소수의 의견에 귀 기울이면서 기꺼이 고행의 길을 걸어왔기 때문에 근대의 지배적 담론 형식의 하나가 된 것이다. 어떤 점에서 작가는 세계를 인식한 결과를 형식으로 나타냄으로써 그 자신이 인식한 것을 실천한다. 그것이 소설이다. 프루스트나 카프카, 그리고 보르헤스 등도 자신이 인식한 것을 가장 효과적으로 담아낼 수 있는 형식을 찾아냈다. 최인훈의 경우에도 그의 세계 인식은 『구운몽』 『서유기』 「총독의 소리」 연작, 그리고 『화두』 등의 형식으로 나타났다. 어떻든지 이야기하고 싶은 것을 이야기할 방법을 찾아냈기 때문에 그것은 이야기될 수 있었다. 조세희의 『난장이가 쏘아올린 작은 공』이 우화적 형식으로 유신 시대의 검열을 통과하고 현실 고발을 넘어 정치적 저항마저 가능하게 했다면, 최인훈의 소설들은 '뒤틀린' 형식과 풍자성으로 그것들을 수행했다. 최인훈은 독재 정권 속에서 결코 말할 수 없는 것들을 그런 방법으로 유포시켰다. 그것이 너무 우회적이라서 무슨 말인지 알아들을 수 없다는 불평도 들려왔지만, 『태풍』에서 친일파 장교를 등장시켜 뼛속까지 세뇌된 식민적 무의식을 제거하도록 한 것처럼, 그것들은 문득 읽는 사람의 머릿속에

스며들어가 언젠가 다른 형태로 터져나왔다. 사실상 적의 입을 빌려 말하는 「총독의 소리」 형식에는 『회색인』이나 『서유기』보다 더한, 죽음을 각오하지 않고서는 말할 수 없는 내용들이 숨어 있다. 일단 총독의 이야기를 듣다 보면 우리는 저절로 우리를 지배하고 있는 제국주의의 힘을 깨닫게 되고, 또 우리들 내부에 감추어진 식민성을 깨우치게 된다. 겉으로는 저항적이지만 속으로는 식민적 무의식을 지니고, 내용적으로는 저항적이지만 형식적으로는 그렇지 못한 텍스트들도 얼마든지 많은 시대에, 그것만으로도 「총독의 소리」는 예사로운 소설이 아니라고 말할 수 있다. 게다가 그것의 탈식민성은 유난히 빛을 발한다.

탈식민성은 의도한다고 해서 이루어지는 일은 아니다. 탈식민주의의 삼인방[4]에 속하는 가야트리 스피박의 「젖어미」 해석도 따지고 보면 그렇다. 그녀가 아무리 내용적으로 탈식민성을 강조해도 형식적 차원에서 탈식민성을 이뤄내지 못하면, 그것은 그녀의 말대로 이중의 억압을 고발하는 것이 아니라, 깊게 감춰진 허위를 또 한번 옹호한 것이 되고 만다. 김동인 소설 「감자」의 '복녀'를 식민주의에 희생당하는 인물로 해석할 수 있겠는가? 아마 아무도 그렇게 생각하지 않을 것이다. 그렇다면 스피박의 「하위 주체의 문화적 재현」의 내용을 「감자」의 '복녀'에 대입시켜 생각해보자.

마하스웨타 데비 자신의 설명에 따르면 「젖어미」는 탈식민 이후 인도에 대한 우화다. 주인공 자쇼다처럼 인도는 고용된 어머니이다. 전후 신흥 부자들, 이데올로그들, 토착 관료들, 이산(離散)민들, 새 국가를 보호하겠다고 맹세한 사람들 할 것 없이 모든 계층의 사람들이 자쇼다를 남용하고 착취한다. 자쇼다를 살리기 위해 아무 할 일도 그녀에게 되돌려줄 것도 하나 없고 또 과학의 도움도 너무 늦게 온다면, 그녀는 암으로 죽고 말 것이다. 우리가 이 우화

---

4) 에드워드 사이드, 호미 바바, 가야트리 스피박을 일컫는다.

를 확대한다면 '인도'라는 이데올로기적 구축물은 힌두인 대다수가 갖는, 여신으로 오염된 역전된 성차별주의로 너무나 깊이 물들어 있다는 결말을 '의미하게' 될 수도 있다.[5]

「감자」는 식민지 조선에 대한 우화다. 주인공 복녀처럼 조선은 자기 의사와는 상관없이 몸을 팔고 강대국에게 수탈당하고, 전략적으로 이용당하다가 끝내 죽음에 이른다. 실제로 복녀를 둘러싼 남편, 송충이잡이 감시원, 왕서방 중 그 누구도 복녀를 농락하지만 도움을 주지는 않는다. 그럼에도 불구하고 복녀는 그것을 자신의 현실로 받아들이고 사랑한다. 그러다가 끝내 자기를 사랑하지도 않는 왕서방을 찾아가 낫을 휘두르고는 생죽음을 당한다. 이렇게 해석한다면 복녀와 자쇼다는 뭐가 그리 다른가? 우리의 식민지 현실은 우리 자신을 '조선인(조센징)'이라고 부른다고 분노하며, 일본 본토와 똑같이 대접해달라고 외치던 당대 지식인들의 모습에서 얼마든지 읽을 수 있다.[6]

이쯤 되면 이상하지 않은가? 김동인 또한 친일적 행각을 한 사람이고, 그의 미적 근대성이란 국적도 없이 새로움을 추구하는 문제성 많은 것이지만, 스피박의「젖어미」해석을 따르자면 그의 소설이 가장 애국적인 소설, 다시 말해 탈식민성을 실천하는 소설이 될 수도 있다. 이런 모순은 탈식민성을 실천하기가 얼마나 어려운가를 보여준다. '복녀'나 '자쇼다'의 모습에서 근대성을 발견하기란 어렵다. 그렇다고 남자 주인공들의 모습에서 근대성을 발견할 수 있는 것도 아니다. 김동인은 단문 위주의 세련된 근대적 형식을 보여준다지만, 그것은 이광수와 차별성을 거두는 데 성공했을지 몰라도 근대적 의식을 보여주지 못하기에 공허하다. 복녀라는 한 '짐승'의 삶에 근대

---

5) 가야트리 스피박, 태혜숙 옮김, 『다른 세상에서』, 여이연, 2003, p. 485.
6) 이 예문은 필자가 형식에 대한 천착이 없는 스피박의 견해가 문제성이 많다는 것을 밝히기 위해 그의 인용문을 패러디해서 작성해본 것이다.

적 의식이 스며들지 못한 것이다. 또한 「젖어미」는 내용적 차원에서 분노를 불러일으키는 점에서는 성공하고 있지만, 분노를 담는 형식을 만들지는 못했다. 그것은 새롭게 만들어지는 리얼리즘이거나, 적어도 인도의 현실에 걸맞는, 최인훈식의 용어로 말해 '방법과 풍속이 일치된' 그런 작품이어야 했다. 아쉽게도 스피박이 칭찬한 「젖어미」는 내용적으로 가혹한 현실을 폭로하고 있으되 형식적으로는 식민성을 담지한 형식 자체에 머물러 있다. 그러면 우리의 현실에서 벌어지고 있는 탈식민성에 대한 사례를 통해, 「총독의 소리」가 추구하는 것이 무엇인지 살펴보도록 한다.

2. 탈식민성에 대한 잘못된 논의들

「총독의 소리」 연작은 「주석의 소리」를 포함하여 총 5편으로 1967년 8월부터 1976년 10월까지 9년의 기간에 걸쳐 발표되었다. 1편이 67년 8월에 『신동아』에, 2편이 68년 4월에 『월간중앙』에, 3편이 68년 12월에 『창작과 비평』에, 「주석의 소리」가 69년 6월에 『월간중앙』에, 그리고 7년 후인 76년 10월에 4편이 『한국문학』에 발표되었다. 이는 이 연작이 2년 안에 「주석의 소리」까지 집중적으로 발표되었다가, 한참 뒤에 그것을 보완하는 방식으로 이루어졌다는 것을 알게 한다. 여기서 「주석의 소리」는 다른 제목으로 발표되고 작가도 전집에서 연작으로 묶고 있지 않지만, 그것이 「총독의 소리」 연작과 같은 형식이고 내용면에서도 연작의 완성을 기획하고 있다는 점에서 대상 텍스트에 포함시킨다. 그리고 그것을 제외하면 연작의 의도가 불분명해진다. 1편이 한국인의 노예 근성과 부정 선거의 관계를, 2편이 김신조 일당의 1·21 사태와 푸에블로호 납치 사건을, 3편에서는 가와바타 야스나리의 노벨 문학상 수상을 계기로 공산주의 내면에 잠재해 있는 국수주의의 실상을 밝히고 있다면, 「주석의 소리」는 앞의 소설들을 종합하여 식민화하려는 제국주의자들의 음모를 밝혀내고 있다. 마지막 4편은 포츠담 회담에서 비롯되는 세계 정세의 본질을 밝혀냄으로써 식민지 상황에서 벗어날 수 없는 약소 민족의 현실을 암울하게 보여준다. 이런 점에서 4편은 「주석의 소리」에서 미비했던 것들을 보완하는 소설이라고 말할 수 있다. 「주석의 소리」를 쓴 지 7년 만에 발표된 4편은 이미 최인훈이 소설을 쓰지 못하던 시기에 발표되었다는 점에서도 중요하지만 「주석의 소리」의 내용을 확대 · 심화시키고 있다는 점에서 더욱 중요하다.

실제적으로 최인훈은 73년 『태풍』을 발표함으로써 그 자신 소설의 시대를 끝낸다. 72년 10월 유신으로 박정희가 영구 집권을 하고 민주주의가 실종되자, 최인훈은 73년 초만 해도 기세 좋게 일본군 장교(박정희도 일본군 장교 출신이었다)의 정치적 · 인격적 심층 분석을 『태풍』에서 다루었지만, 이내 그는 분량상으로 보자면 더 많이 써야 했을 소설의 연재를 서둘러 종결짓고 미국으로 떠난다.[7] 유신 전기에 그 정도로 고도한 입장에서 집권자를 비판한 소설이 어디에 있는가? 그 이후로 그는 3년 만에 간신히 「총독의 소리 4」를 발표하고, 또 3년 뒤에 짧은 소설 「전사에서」를 발표할 뿐 침묵을 지킨다. 6년이라는 기간 동안에 쓴 그 두 편의 소설은 소설쓰기를 재개한 것이라기보다는 그 이전에 썼던 것들을 간신히 마무리한 차원으로 보아야 할 것이다. 그렇다면 그의 소설의 시대는 10월 유신과 함께 끝난 것이라고 말할 수 있다. 그 뒤로 그는 주로 희곡을 발표했기 때문에, 어쩌면 이제 다시 찾아오지 않을 '소설의 시대'를 정리하고 싶었다고나 할까? 「총독의 소리 4」는 비슷한 시기에 발표한 희곡들에서처럼, 비극적 세계 인식을 보여준다. 그저 선량하게 살아가는 사람들이, 세계가 어떻게 돌아가는지 모르기 때문에 자기도 모르게 죽어가는 모습을, 그것들은 공통적으로 보여준다. 결국 그것은 이데올로기적 죽음이다. 「전사에서」와 「옛날 옛적에 훠어이 훠

---

7) 최인훈은 73년 초부터 일 년 동안 중앙일보에 『태풍』을 연재한다. 그리고 마지막 부분들을 한 꺼번에 신문사에 보낸 뒤 미국에서 초청한 국제적인 작가 모임에 참석한다.

이」 등에서 그것을 읽을 수 있고, 「총독의 소리 4」는 그것의 결정판이라고 할 수 있다.

　「총독의 소리」 연작에 대한 비평적 글들은 많지 않다. 서사와 플롯이 사라진 형식이 너무나 파격적이고, 직접적으로 쏟아지는 관념적 내용이 부담스러워서인지 문학 연구자들은 「총독의 소리」 연작의 이면을 들여다보려고 하지 않았다. 김현은 「허무주의와 그 극복」이라는 글에서, 최인훈의 경우에 허무주의는 개인의 파탄에서 찾아오는 것이 아니라 상황의 무기력성에서 온다고, 넌지시 총독이라는 아주 섬뜩한 인물을 등장시킨 작품의 사회적 배경에 대해서만 논평을 한다. 더 이상 무엇을 이야기할 수 있었겠는가? 무엇이 허무주의적인 것인지, 어떤 상황에서 그것이 나왔는지 설명하다가는 무슨 봉변을 당할지 모르는 세상이었다. 그는 그 정도까지 알고 있었다. 하지만 '풍자적 방식'을 사용한다고 해서 모두 허무주의적인 것은 아니다. 4·19의 '짧은 빛 속'에서 『광장』이 출현했다면, 그 이후로 상황이 그보다 못했기에 좀 더 '뒤틀린' 형식이 출현한 것이지만, 그래도 『구운몽』과 『서유기』는 독자적인 형식으로 시대와 맞서 시대를 이야기했고, 「총독의 소리」는 좀 더 풍자적으로 암울한 현실을 고발했다. 카프카의 절망이든, 최인훈의 절망이든 절망 자체를 각인시키는 것만으로도 그것은 시대 상황에 대한 적극적인 고발이 된다. 성(城)에 들어가지 못했으면서도 성의 억압적 위용과 성 바깥의 어둠을 부각시킬 수 있듯이, 총독의 목소리를 들려줌으로써 총독이 나올 만한 상황이나 총독을 나오게 할 만한 사람들을 고발할 수 있다. 그런데 「총독의 소리」에 대한 시선은 곱지 않다. 김윤식은 "「총독의 소리」 계열의 작품은 방법론적 참신함을 주축으로 한 것이며, 관점에 따라서는 일종의 고등 요설로 비판될 수도 있다. 환상적 측면만 제거한다면 방법론적 정체가 금방 탄로날 수도 있기에 그러하다"[8]고 말한다. 방법론적으로 재주를 피운

---

8) 김윤식, 「'우리' 세대의 작가 최인훈」, 『총독의 소리』(전집 9), 문학과지성사, 1994, p. 448.

것이지, '환상적 측면을 제거'하면 별거 아닌 소설일 수도 있다는 말일까? 그는 끝내 「총독의 소리」의 저항적 측면에 대해서는 언급하지 않는다. 또한 그는 작가가 찾아낸 독특한 형식을 '고등 요설'이 될 수도 있다고 말함으로써 그것이 '소피스티케이션적'인 듯한 인상을 준다. 그렇다면 그것은 텍스트라는 구조물을 지탱하고 있는 '철근'을 보지 못하고, 그 공법을 이해하려고 하지도 않고, 다만 못이 박혀 있지 않으니 잘못 지어진 집이라고 단정짓는 것과 흡사하다. 그런데 조금만 거꾸로 생각해보자. 어디엔들 환상성을 지니지 않은 소설이 존재하는가? 또 '환상적 측면을 제거한다'는 말은 그걸 소설로 보지 않겠다는 말이 되는데, 어찌 비평가가 그런 말을 쉽게 사용할 수 있는가? 게다가 김윤식은 '환상'의 껍데기만 보고 속을 들여다보지 못했다. 헤겔식으로 현실에 발을 디뎌야만 존재할 가치가 있는 환상도 있겠지만, 환상 자체가 현실이고 진실인 그런 환상도 존재한다. 「총독의 소리」의 환상은 '그것이 없으면 진실을 드러낼 수 없는 장치'로서의 환상이고, 뿐만 아니라 그것이 담긴 텍스트는 내용과 형식이 절묘하게 부합된 것이다.

최인훈은 「총독의 소리」에 대해, "나는 이 소설에서 문학의 형식을 파괴하면서라도 온몸으로 부딪쳐야 할 위기 의식을 느꼈다"고 말하면서도, 곧이어 "단지 이 소설은 별다를 것 없는 풍자 소설의 적자(嫡子)다"[9]고 에둘러 말한다. 그러면서 그는 또 "이 작품의 형식은 소설의 가장 원초적인 형태인 서간문 또는 일인칭 형식의 변형"[10]이라고 말해 아예 그것이 평범한 소설인 것처럼 딴전을 피운다. 하지만 그런다고 그것들이 평범해지는가? 그것은 작가가 검열자의 초점을 흐려놓기 의한 계산된 진술일 뿐이다. 실제로 그는 말할 수 없는 상황에서 말하면 큰일 날 내용을 말하면서 시치미를 떼고 있고, 그것도 형식적 차원에서 전무후무한 실험을 하면서 그렇게 말하고 있다. 어느 최인훈 연구자는 말한다. "한국인의 입장에서 한국사와 한국

---

9) 최인훈, 「원시인이 되기 위한 문명한 의식」, 『길에 관한 명상』, 청하, 1989, p. 39.
10) 최인훈, 「나의 문학, 나의 소설 작법」, 『현대문학』, 1983. 5, p. 298.

인의 민족성, 한국의 정치와 사회의 문제에 대해 비판한다고 할 때 어느 누구도 이 문제에서 자유로울 수 없다."[11] 그렇다. 너무나 부끄러워 말하기 곤란한 것도 있을 테고, 정치적 탄압이 무서워 말하지 못하는 것도 있을 것이다. 그럴 때 그것을 말할 수 있는 방식을 찾다 보니 이런 형식이 나온 것이다. 누구라도 당대의 담론의 질서에서 자유로운 사람은 없다. 특히 그 당시에는 시사적 문제를 잘못 말했다가는 목이 달아나는 시대였다. 양윤모는 그런 상황에서 "한국의 현실 문제에 대해 신랄한 비판을 할 수 있는 사람은 한국의 외부에 있는 인물"[12]밖에 없다고 말한다. 그런 과정을 통해 작가는 총독처럼 다시 한반도를 식민지로 삼으려는 인물을 택해, 세계사적 안목에서 남북한의 정치 체제나 한반도 주변의 국제 정세를 거침없이 말하도록 만든다. 결국 최인훈은 우리 정치 현실의 참혹함을 총독의 발언을 통해 반어적으로 논평하는 방법을 택한 것이다. 소설은 총독이 말하듯 제국주의자가 식민지 국가를 유혹할 도구로 삼은 적도 있지만, 이 소설에서는 오히려 그런 음모를 폭로하고 저항의 싹을 자라게 한다.

그런데 부분적인 것에 초점을 맞춘 나머지 그것을 놓치고 있는 연구자들도 적지 않다. 하정일은 『화두』를 대상으로 삼기는 했지만 「탈식민 서사와 식민적 무의식」이라는 글에서 최인훈의 작업이 겉으로는 탈식민성을 다루고 있지만 내부적으로는 식민적 무의식을 지니고 있다고 비판한다. 차라리 『태풍』의 오토메나크의 식민적 무의식을 다뤘다면 얼마나 좋았을까? 그는 『태풍』이나 「총독의 소리」 연작은 전혀 검토하지 않은 채 『화두』의 지극히 부분적인 면을 부각시키면서 자신의 논리를 전개시킨다. 그런데 작가와 화자마저 구분하지 못하는 그는 끝내, 작가가 『화두』의 말머리에서 '이것은 소설이다'라고 밝히고 있는 점마저 무시한 채, 그것을 '자서전'인 양 취급

---

11) 양윤모, 「최인훈 소설의 '정체성 찾기'에 대한 연구」, 고려대학교 박사 학위 논문, 1999, p. 108.
12) 양윤모, 위의 글, p. 108.

한다.

　작가가 미국에서 체류하던 시기들이 하나같이 한국 사회가 역사적 격변에
휩싸여 있던 때라는 점에도 유의할 필요가 있다. 유신 시대의 초기와 말기,
그리고 민주화 투쟁의 절정기였던 87년. 이 격변의 시대에 작가는 미국에 머
물면서 작가 교류 프로그램에 참여하거나 연극 공연을 준비하고 있다. 그래
서 한국에서 벌어지는 사태는 먼 곳에서 들려오는 풍문이 되고, 작가는 국외
자로서 그것을 관찰할 따름이다. 반(反)유신 투쟁과 6월 항쟁이야말로 한국
인들이 벌인 처절한 투쟁이었다는 점에서 그 투쟁의 체험과 기억이 빠진 『화
두』의 탈식민 서사에는 진정성이 부족하다.[13]

　여기서 이에 대해 일일이 답변할 필요조차 느끼지 않는다. 이 지면이 『화
두』를 논하는 자리가 아니기 때문이기도 하지만, 위의 인용문만으로도 알
수 있듯이 이 글이 반독재·민주화 투쟁의 서기 노릇을 한 작가를 찾아내려
는 것인지 알 수 없고, 또한 작가에 대한 비판도 전혀 설득력이 부족하기 때
문이다. 하정일은 특히 작가가 중요한 시기마다 도피 행각을 벌인 것처럼
기술하고 있는데, 설혹 화자를 작가로 인정한다고 할지라도, 작가로서는 사
뭇 억울한 일이다. 작가가 '국제적 작가 프로그램'에 참석하거나 자기의 희
곡이 무대에 올려지는 것을 보기 위해 잠시 외국을 방문하는 것마저 도피라
고 말할 수 있는 것일까? 그리고 어머니의 임종이라는 비보를 듣고 가족의
만류에 따라 미국에서 3년 간 머물다가, 그 뒤 「장수설화」를 발견하고는 10
월 유신의 정점이던 1976년 서둘러 '악몽의 현장'에 귀국하는 『화두』의 화
자를 '국외자'라고 말할 수 있는 것일까? 게다가 최인훈은 권력자 누구에게
도 협조한 적이 없었다. 어떤 이는 유신 정권에 대한 설문 조사를 하고 다녔

---

13) 하정일, 「탈식민 서사와 식민적 무의식」, 『작가연구』 14, 깊은샘, 2002, p. 122.

고, 또 어떤 이는 독재자에게 제5공화국을 찬양하는 노래마저 바쳤지만, 그는 단지 소설을 쓰지 못하고 있었을 따름이다. 한국에서 가장 영향력 있다는 작가가 유신을 찬성하면 ○, 반대하면 × 표시를 하라고 설문 조사를 하고 다니던 시절에,[14] 더 이상 「총독의 소리」 방식으로도 이야기를 끌고 갈 수 없어 절망하던, 그리하여 글쓰기의 방향마저 전환하여 희곡을 쓰게 된 것이 그리 큰 흠이 될까?

　게다가 하정일은 『화두』를 오독하고 있다. 『화두』에서 화자가 러시아의 아이들과 만나는 장면은, 그가 어린 시절 지도원 교사에게 상처trauma받은 것을 치유하는 핵심적 장면이다. 그때 '나'가 귀여운 아이들에게 무심결에 1달러씩을 주자 잠시 후에 그 아이들은 돌아와 '나'에게 '작은 배지' 하나씩을 되갚는다. 생각 없이 한 '나'의 행위가 설혹 서로 증표를 교환한 행위가 되었을지라도 그것이 '몰락한 소련'을 무시한 처사가 될 수 있었기에 '나'는 마음속으로 깊이 뉘우친다.[15] 그런데 하정일은 그것을 문제삼아 화자가 '식민적 무의식'을 지녔다고 비판한다. 정말 그럴까? 이미 최인훈은 「총독의 소리」에서 "변질된 사회주의에 대한 탈식민적 비판"[16]을 가했고 『태풍』에서 일본 장교 출신의 뼛속까지 오염된 '식민적 무의식'의 실상을 보여주었다. 그래도 하정일은 그것들을 놓친 채 『화두』의 한 부분만 물고 늘어진다. 포츠담 회담 이후의 국제 정세 속에서 스탈린의 사회주의는 제국주의였고, 그 당시에 사회주의 이상을 찾아 모스크바에 갔던 조명희는 당연히 처형당할 수밖에 없었다고 『화두』 속에서 은연중에 드러낸 것이 불만이

---

14) 김우종은 안남일과의 대담을 통해, 김동리씨가 유신 헌법과 관련하여 찬성과 반대를 묻는 '○×표' 설문지를 돌렸는데 반대 의사를 나타내면 15년 징역이었고, 그것은 '우리 문인은 모두 이렇게 찬성했습니다'라는 조작된 충성심을 문단의 여론으로 박정희에게 갖다 바치려고 한 것이었다고 말한다(「순수 문학 비판과 참여 문학의 도정」, 『작가연구』 14, pp. 270~71 참조).

15) 최인훈은 『화두』에서 '마음에 걸린다, 미안하다, 잘못이다, 사과한다, 내 자신을 꾸짖는다, 자기 비판한다' 등의 말을 10여 차례 반복한다(『화두』 2, pp. 448~50).

16) 하정일, 앞의 글, p. 122.

었을까? 하정일은 그걸 보고 최인훈이 중산층이라는 계급적 제한성에 갇혀 변질된 사회주의를 '진정한' 사회주의로 잘못 판단하고, 현실 사회주의의 몰락에 함축된 복합적 의미를 제대로 짚어내지 못했다고 비판한다. '계급 문제'만 들면 모든 걸 다 비판해도 된다는 것인지, 그는 탈식민성을 이룰 수 있는 방법도 설명하지 않은 채, 소련식 사회주의를 미화한다. 그는 이데올로기에 개방적 자세를 지니지 못했고, 소련 붕괴 이후로도 십 수년이 지났건만 아직도 교조적 이데올로기를 버리지 못하고 있는 것이다.

특히 구소련의 여행에서의 변주는 여러모로 각별한 의미를 담고 있다. 함께 사진 찍은 아이들에게 1달러씩 주었던 행위에 식민주의적 오만이 담겨 있었음을 자기 비판하는 과정에서 자아 비판의 환상이 등장한다. 사실 이 대목은 작가가 자신의 식민적 무의식을 발본적으로 성찰할 수 있는 좋은 기회였다. 작가와 아이들 사이에 맺어져 있는 식민주의적 역관계의 바탕에는 바로 계급적 서열이라는 자본주의적 논리가 깔려 있었기 때문이다. 하지만 자기 비판이 자아 비판의 환상으로 이어지면서 그 기회는 날아가고 만다. [……] 더구나 그 환상의 주인공이 작가에서 조명희로 슬그머니 바뀌면서 계급 문제가 권력 문제로 곧장 치환된다. [……] 마침내 작가와 조명희가 동일시되고 일제와 소비에트가 동일시되면서 식민주의는 권력 문제로 축소되고 작가는 식민주의의 희생자로 정당화된다.[17]

하정일은 『화두』에 '자본주의적 논리'가 깔려 있다고 비판한다. 그의 논리대로 여행자는 여행지의 가난한 아이들보다 계급적으로 우위에 있고, 아무래도 자본주의 국가에서 오랫동안 살다 보니 귀여운 아이들에게 돈 몇 푼 쥐어주는 습관이 불쑥 나타날 수도 있다. 그래서 예전에는 '나'의 반을 이

---

17) 하정일, 앞의 글, p. 126.

루는 정신적 축의 발생지에서 아이들을 동정하는 일이 발생한 것이다. 그런
데 그것을 깨닫고 여러 차례 반성하는 화자에게 '식민주의적 오만'(실제로
는 '제국주의적 오만'이다)이라는 표현도 우습지만, 그런 식으로 '자기 비
판'을 오용하는 하정일의 방식은 더 큰 문제다. 최인훈은 『광장』에서부터
그랬듯 자본주의든 사회주의든 어떤 이데올로기도 최종적인 것으로 받아들
이지 않으려 했다. 그러면서 『서유기』가 자기 내부로의 여행을 통해 이데올
로기를 벗어나고자 했다면, 「총독의 소리」 연작은 세계 인식을 통해 독점
자본주의와 소련식 사회주의의 제국주의적 성격을 폭로했고, 그리고 『태
풍』에서는 오토메나크가 제국주의에 세뇌되었다가 그 진상을 파악하는 과
정을 통해, "자신의 지난 삶이 곧 착각"이고 자신도 "돌이킬 수 없는 잘못을
저지르고 말았다"[18]고 반성할 수 있게 한다. 『광장』에서 시작한 남북 이데
올로기 비판이 환상에서의 W시로의 여행과 환청으로 듣는 제국주의 분석
을 통해 더 깊어진 것이다. 그리고 그것이 『태풍』을 거쳐 『화두』에서 종합
되는 것이다. 그리하여 『화두』의 화자는 직접 미국과 소련을 방문하면서 제
국주의 국가들의 실체를 확인하고 서구적 근대성의 문제점을 살피기도 하
지만, 무엇보다도 그들에 의해 갈라져 살아야 하는 민족의 '부끄러움'의 실
체를 파악하고 자기 자신을 비판함으로써 이데올로기에서 자유로워진다.
『화두』의 화자를 작가로 치환시켜 말해본다면, 최인훈은 "스스로 부끄럽지
않을 때 무엇을 쓸 수 있는 마음이 생긴다"[19]고 말할 수 있고, 그로 인해 유
신 시대에 입을 다물었던 작가가 마침내 20년 만에 소설을 쓰게 되는 것이
다. 그것은 아이들에게 용서를 빌고, 자기 자신을 비판하고, 오랫동안 말을
아끼며 시대적 문제 의식과 사투했기 때문에 가능해진 일이다. 그런데 하정
일은 『화두』에서 '나'가 지도원 교사의 행위나 조명희의 죽음 등을 통해 사
회주의를 부정적으로 보는 점만을 문제삼아, 최인훈이 중산층으로서의 계

18) 최인훈, 『태풍』(전집 5), p. 111.
19) 최인훈, 『화두』 2, p. 450.

급을 해체당할까 두려워 사회주의를 왜곡하고 있다고 비판한다.

이성조차 '도구적 이성'으로 비판받고, 과학적 체계나 합리성마저 타자를 양산하는 이데올로기적 틀이라고 비판받는 시대다. 그런데 하정일이 믿는 '순결한 사회주의'는 어떤 것일까? 그리고 그것은 어린 중학생을 붙잡아 그 소년이 '중산층이라는 계급적 의식'을 버리지 않았다고 자아 비판을 시켜도 되는 것일까? 실제로 사회주의를 상징하는 지도원 교사는 운동장의 바위를 치우지 않은 것을 비판한 벽보를 붙인 어린 중학생을 붙잡아 밤이 이슥하도록 교탁 뒤의 어둠 속에서 촛불을 켜놓고 심문한다. 왜 본인이 직접 치울 생각을 하지 못했냐는 것이다. 그리고 그것은 "사상적 태만에서 나온 반동적 생활 작풍"[20] 때문이라고 비판한다. 그것은 크게 보아도 회초리로 한 대 때려주면 될 일이지 어린아이를 부르주아 반동으로 몰아세울 만한 사건은 아니다. 그런데 이번에는 하정일이 '1달러'를 가지고 최인훈을 인민 재판하고 있다. 게다가 교탁 뒤의 어둠 속에서 심문을 받던 소년이 어른이 되도록 그 충격에서 벗어나지 못한 것과 하정일이 말하는 '식민적 무의식'은 무슨 관련이 있는 것일까? 그는 왜 최인훈에게 그 혐의를 덮어씌우고 싶었던 것일까? 하정일은 한 작가의 도저한 탈식민적 의식을 놓친 채 엉뚱하게도 시대에 뒤떨어진 지도원 교사를 흉내나고 있다.

3. 세계 인식과 제국주의자들의 음모

최인훈은 초기 소설에서부터 이데올로기를 문제삼고, 개인적 운명들을 결정짓는 것들을 살피면서 그것들로부터 자유로운 삶을 찾고자 했다. 『광장』에서 남북한 이데올로기를 살핀 그는 『구운몽』『회색인』『서유기』 등을

---

20) 최인훈, 『화두』 1, 민음사, 1994, p. 27.

거쳐 「총독의 소리」 연작에 이르러 분단을 만든 힘들의 실체를 추적한다. 그걸 모르는 한 개인의 자유는 보장되지 않기 때문이다. 자신의 의사와 상관없이 북에서 남으로 피난을 떠나와야 했던 작가에게 그것은 절박한 문제였을 것이다. 그래서 그는 제국의 부활을 꿈꾸는 총독의 입을 빌려서라도 제국의 동향을 지적하고 우리의 처지를 일깨우고 싶어 했다. 적어도 총독의 입을 빌리면 우리 사회의 민감한 부분, 심지어 우리 사회에서는 말하기 힘든 정치적 견해마저 쉽게 드러낼 수 있었다. 그것은 총독이 지하 방송을 통해 조직원들에게 메시지를 보내는 형식을 지니고 있지만, 손쉽게 우리 정부의 잘못과 다른 제국주의자들의 흉계를 알려줌으로써 저절로 제국주의적 침략의 본질을 깨닫고, 나아가 우리 내부의 식민적 무의식마저 깨우치게 했던 것이다.

총독은 남북한 어느 쪽도 독립 국가로 보지 않는다. 남북 모두 제국주의의 하수인이 권력을 장악하고 있고, 그래서 다른 제국주의 국가가 얼마든지 그걸 먹잇감으로 삼을 수 있다는 입장이다. 그런데 이 말을 당시의 학자나 작가가 공식적으로 말했다면 어찌 되었을까? 그는 남북한 어디서도 목숨을 부지하기 어려웠을 것이다. 하지만 총독의 입으로, 한반도의 백성들은 아직 독립할 자격을 갖추지 못했고, 언젠가 한반도는 부정부패로 썩어 문드러져 제국주의 국가들의 먹이가 될 것이라고 말하는 것은, 싫어도 용서할 수밖에 없다. 그것은 담론의 질서에 위배된 이야기를 하고 있으면서도, 교묘하게 문책을 피할 수 있는 언어를 사용하고 있기 때문이다. 그런데 마침내 그것은, 읽는 이들을 자기 모욕을 넘어 분노로 들끓게 한다. 그리고 그것을 우리의 '뼈아픈' 현실로 어쩔 수 없이 이해하게 만든다. 그리하여 이제 우리는 '외국 세력'에 빌붙어 간·쓸개 다 빼주고는 곧 망할 것이라고 텍스트에서 말하는 것을, 사실로 받아들이게 된다. 적어도 10월 유신과 같은 독재가 지속되는 한 그렇다. 그것은 「열하일기」에서 이미 다루어졌던 기법이고 내용이다. 이 한반도의 주민들이 부패하고 아둔에 빠질수록, 그리하여 결코 독재자에게 저항하지 않을수록, 누가 좋아하겠는가?

> 반도는 갈 데 없는 제국의 꿈, 제국의 비밀입니다. 무엇과도 바꿀 수 없고,
> 무엇과도 비길 수 없는 영원한 사랑입니다. (100)

이 역설. 제국주의자는 반도를 식민지로 삼을 수 있는 기회가 있는 한 사랑한다. 총독의 지령은 반도인들이 스스로 무덤을 파도록 조장하면서 제국의 꿈을 달성하는 것이다. 게다가 한반도에 전운이 감돌면 그의 꿈이 이루어질 가능성은 더욱 커진다. 「주석의 소리」에서 주석은 그런 제국주의자의 음모를 어떻게 읽어야 할지 보여준다. 그것은 이미 「총독의 소리」의 이면에 숨어 있었고, 그래서 눈치 빠른 사람이었다면 훨씬 전에 깨달았을 것이기도 하다. 분명한 것은 제국주의자들이 약소 국가에게 은혜를 베풀어주는 법은 없다는 점이다. 아무리 제국주의자들이 식민지 국가의 "자본주의 발전을 도모한다 할지라도 동시에 그 식민지의 궁핍과 반항을 도발 조정"(39)하는 것이다. 근대적 상황이라는 것도 선진국이 약소 국가에게 시혜를 베풀기보다 더 많은 것을 빼앗아가는 제국주의적 상황일 뿐이다. 거부할 수도 없고, 그렇다고 그대로 받아들일 수도 없는 상황을 만들어놓고, 그들은 근대적 물결을 식민지 국가의 주민들에게 받아들이도록 요구한다. 그때 우리는 사실상 소수의 제국주의자들을 위해서 존재하는 타자가 된다. 누구도 그들의 요구를 거부하지 못할 정도로 제국주의적 요소는 우리의 정신 속에 침투해 들어오고, 심지어는 삶의 한 양식이 된다. 이런 관점에서 보면 서구인이 근대에 이룩한 "민주주의와 테크놀로지라 불리는 이 두 가지 인류적 달성"(43)조차도 제국주의자들이 약소 국가를 유괴하기 위한 '미끼'에 불과한 것일 수도 있다. 거기에 자유와 진리와 정의 같은 것들은 존재하지 않는다. 제국주의 국가들의 담합이 있고 이해에 따라 약탈의 경중(輕重)이 있을 따름이다. 그들은 자신의 이익을 위해서는 적국과도 손을 잡았다. 미국이 전후에

소련과 갈라서고 중국과 손을 잡는 과정을 보아도 알 수 있다. 그것이 현재에는 더욱 심해져 우리가 거기서 자유로워질 가능성은 거의 없다. 우리는 일본이 전쟁에 져서 어부지리로 독립을 얻었지만, 다시 제국주의 국가들의 '땅따먹기놀이'에 희생되어 분단이 되었고, 또다시 수백만의 동족들이 희생당하는 전쟁을 치러야 했다. 그것은 우리들 자신이 못난 탓이기도 했지만, 근본적으로는 제국주의들의 야욕을 피해갈 방법이 우리에게는 없었기 때문이다.

이런 현실에 대한 투철한 인식 속에서 '총독'이라는 허깨비는 나타났다. 그리고 지하에서 총독의 목소리가 울려나오는 것은 설혹 그게 판타지라고 할지라도 실제로 우리의 현실이 일제 식민지 상황과 다를 바 없다는 것을 의미한다. 아무리 그것이 총독의 잔당을 사상적으로 고무시킬 목적으로 행해진 것이라고 할지라도, 그걸 읽는 독자가 한반도 주민들이라면, 그것은 그들에게 보내는 메시지가 되고, 또 그걸 제대로 해독해야 현실을 현실답게 살아가게 된다. 그러면서 한반도의 내부적 문제와 국제 정세를 다시 뒤돌아보게 된다. 그리하여 거꾸로 제국주의적 음모를 밝혀내고, 그 하수인 역할을 하는 정치적 세력들을 고발할 수 있게 된다. 이런 점에서 최인훈의 판타지는 현실과 괴리된 환상이 아니라 현실에 대한 해결책을 제시하는 '수수께끼적인' 환상이다. 그것은 「하늘의 다리」에서의 '여자의 다리'처럼 우리를 공중에서 '즈려밟고서,' 그것을 해독해야 삶의 뿌리를 내리게 해주는 역할을 한다.

「총독의 소리」의 내용은 다음과 같은 사실을 말해준다. 현재 지구촌 국가 대다수는 20세기 초에 이루어진 포츠담 회담의 구역 설정에서 크게 벗어나지 못했다. 물론 얼마 전 소련이 붕괴되었고, 많은 동구권 국가들이 새로 독립했지만, 대다수 국가들은 그때 그렇게 갈라진 그대로, 혹은 그보다 더 가난하고 비참한 채 그렇게 살아가고 있다. 그리고 방식이 좀 달라졌을 뿐 실제적으로 제국주의적 침략은 계속되고 있다. 가난은 가난을 낳고, 그 가난한 사람들로 인해 부자는 더 부자가 된다. 제국주의자들의 경쟁 속에서 약소 국가의 민중들은 더 착취당하고 그들이 인간답게 살아남을 방법은 이제 거의 없어졌다. 냉전이나 데탕트라는 것도 제국주의자들이 자기 편하게 제국을 경영하려다가 이해가 상충하자 그에 대해 맞서거나 양보하는 데서 기인한 것이지, 세계의 질서를 근본적으로 변화시킨 것은 아니다. 거기서 조금 무리하게 욕심을 낸 결과가 한국 전쟁이었고 현재의 입장에서 말하자면 이라크 전쟁이었다. 그래서 그런 가운데 새 집권자가 생긴다고 해도 그는 이미 제국주의의 꼭두각시일 뿐, 더 이상 어떤 역할도 하지 못한다. 우리의 남북의 지도자들도 예외는 아니다. 방송의 내용을 듣다 보면 저절로 알게 된다. 남한의 이승만이나 북한의 김일성도 그렇다. 하지만 그것은 무엇보다도 유신 개헌을 통해 영구 집권을 획책한 박정희의 정체를 폭로하고 있다. 그에 대한 어떤 이야기도 들어가 있지 않지만 그래서 어지간한 검열자로서는 읽어내기 어려운 것이지만, 그래도 거기에는 '임금님 귀는 당나귀 귀!'라고 말하는 것과 비슷한, '박정희는 총독의 하수인'이라는 외침이 숨어 있다. 실제로 10월 유신 직후에 발표한 『태풍』은 오토메나크가 얼마나 깊이 제국주의에 세뇌되었는가 보여줌으로써 일본군 장교 출신의 독재자를 풍자한다. 또 「총독의 소리」 연작을 읽다 보면 겉으로는 그저 총독의 관념적이고 복잡한 이야기를 마주 대하게 되지만, 그 이면에는 한반도의 주민들에게 혁명의 불길을 지펴주는 폭로와 저항이 담겨 있음을 알 수 있다.

　[……] 반도인들이 만일에 꿈과 현실의 분리라는, 의식에 있어서의 방법적 조작 기술을 깨우치고, 꿈을 도구삼아, 현실을 개선하는 요령을 터득한다면, 이것이 가장 불령(不逞)한 일이 될 것입니다. 꿈과 현실의 분리나, 추출을 허락하지 않고, 토속적 실감의 지면에서 일어서지 못하는 파충류에 머무르게 하는 것이 무엇보다 힘을 들여야 할 방향입니다. 왜냐하면 '꿈'을 가진다는 것은 '꿈의 육화로서의 제국'이라는 아국체로부터의 절도 행위이기 때

문입니다. 제국의 행동은 그대로 꿈이며, 꿈이 즉 행위입니다. 반도는 제국의
꿈입니다. 반도인들이 꿈을 가진다는 것은 그러므로 제국의 영토를 절도하는
일이 됩니다. (152)

총독은 반도인들이 민주주의와 같은 것을 꿈꾸고 그것을 실천하려고 하
는 것을 가장 두려워한다. 그럴 때 제국이 반도를 다시 차지할 가능성이 사
라지기 때문이다. 그래서 그는 반도인들이 일차원적인 일에 아귀다툼을 벌
이고 눈앞의 자기 이익에만 연연해하는 '파충류'가 되기를 고대한다. 그리
고 그 일차원적 인간들이 '꿈 가진 자'를 다 잡아먹기를 기다리고 있다. 입
에 단것이 좋고 쓴것이 싫은 현상에만 매달리는 자들에게는 '눈에 잘 보이
는 것'만이 최고의 가치를 지닌다. 「주석의 소리」에서 주석은 그것을 비판
하며 "1) 엄연한 우리가 그 속에 있는 현실에서 2) 자신을 인식하는 현실 감
각을 잃어버리고 3) 자기를 현장에서 소외시키며 그렇게 해서 주체로서의
자신을 잃어버리는 것"(50)이 우리에게는 가장 큰 문제라고 지적한다. 그에
따르면 현실을 제대로 인식하지 못하는 것은 자신의 존재를 부정하는 것과
유사하다. 그 현실 의식이 없어 우리는 나라마저 빼앗기게 되었던 것이다.
특히 지식인은 "민족 국가의 독립을 지키고, 사회 정의를 실천하고, 사회적
부의 증대를 가져오기 위한 과학적인 방법을 연구하고, 이것을 사회에 보
고"(55)해야 하는데 우리의 경우에는 그렇지 못했다. 그래서 제대로 된 독
립을 쟁취하지 못하고 민족적 연대를 이루지 못했다. 주석이 보기에 우리
정부나 기업가 계층, 그리고 지식인 모두 자신의 역할을 충실히 수행하지
못해 나라를 빼앗겼던 것이다.

이런 총독의 소리를 듣는 시인은 결국 우리의 위기를 읽게 된다. 다만 그
는 그 위기를 어떻게 대처할지 몰라 몹시 혼란스러워할 뿐이다. 하지만 그
가 정신을 차리게 될 때 총독이나 그 밖의 제국주의자들과 맞서 싸우지는
못할지라도 사람들에게 제국주의의 침략을 일깨워주고 진정한 독립을 지

향하게 만들 것이다. 물론 그것이 「총독의 소리」 연작에서만 나오는 것은 아니다. 『서유기』에 보면 "선장실에 올라가는 계단은 썩어서 무너져 있었다"[21]는 장면이 나온다. 제국주의자들의 농락과 그 하수인들의 부패 속에서 익숙해지다 보면 '선장실로 이르는 길'이 없어진다. 이제 다시는 우리 민족의 장래를 우리 스스로 이끌어갈 수 없게 된다는 말이다. 선장이 없다면 배는 제멋대로 흘러갈 것이다. 아니 정확히 말해 갑판의 누구도 그 가는 곳을 모르게 될 것이다. 그런데 그때, 아무도 올라가지 못했던 선장실에 문득 시인이 올라가게 된 것일까? 시인이 총독의 이야기를 듣게 된 상황은 그렇다. 그는 자기도 모른 채 '사다리'도 없이 거기로 올라가 멀미를 하면서 그 이야기를 듣고 있다. 그것이 「총독의 소리 4」에 이르면, 거의 정신 분열 직전의 상황에 이른 것처럼 보이기도 한다. 그러기도 할 것이다. 문학을 통해 세상을 바라보고, 느끼고, 이야기하는 시인에게 혁명가나 지식인이 해야 할 일이 닥쳐왔을 때 그런 정도의 혼란은 당연할지도 모른다. 그는 끝내 '선장실'에 적응하지 못할지도 모른다. 문학의 세계 인식과 시대적 통찰력, 그리고 어떤 이데올로기에도 굴복하지 않는 특성 때문에 선장실에 올라갔지만 '선실'에서 싸우고 사랑하는 사람들을 이끌 지도자의 능력을 그는 갖추지 못한 것이다. 하지만 그것만으로도 시인은 사람들과 부대끼고 싸우는 모습만을 그려낸 문학보다 더 훌륭한 문학이 존재할 수 있다는 것을 일깨워준다.

　『화두』의 화자는 「총독의 소리」의 시인보다 훨씬 차분해져서 '선장실'에서 세상을 내다보고 기억을 반추하고 있다. 결국 『화두』는 밀실에서 오랫동안 인간 구조를 탐구했고 『태풍』과 「총독의 소리」 연작을 20년 가까이 가슴속에서 발효시킨 뒤에야 찾아낸 결과물이다. 「총독의 소리」가 외부 세계의 상황 인식에 초점을 맞추고 있다면, 『화두』는 그 혼란들을 주체의 내면에서 다 수습한 뒤에, 그 감회로 우리의 20세기 전체를 풀어내고 있다. 그러다 보

---

21) 최인훈, 『서유기』(전집 3), 문학과지성사, 1994, p. 53.

니 좀 길어지기도 했지만, 정말로 그것은 이데올로기를 뛰어넘어 그렇게 되기까지의 과정을 담담하게 기술할 수 있게 된다. 이런 점을 미루어보더라도 결국 「총독의 소리」 연작은 『화두』의 준비 작업이었다. 「총독의 소리」에서 이데올로기가 작동되는 선장실에 올라갔다가 거기서 내려오는 길을 찾기까지 17년이라는 기간을 소모했다면 당신은 믿겠는가?

4. 시인이 본 환상과 그 진실

김윤식은 해설에서 "「총독의 소리 1」에서 싱싱하던 관념은 10년 후에 다시 씌어진 「총독의 소리 4」에 오면 그 힘을 잃"(450)고 "텅 빈 공간 속의 청중 없는 유령의 목소리만으로 일관되고 있"(451)다고 말한다. 여기서 '청중 없는 유령의 목소리'가 무슨 뜻인지 정확히 알 수는 없지만 아마도 「총독의 소리 4」에서 도무지 무슨 뜻인지 알 수 없는 시인이 나오는 장면 때문에 그렇게 표현한 것 같다. 그런데 설혹 그것이 자기 자신의 기대와는 다르게 씌어졌을지라도 그렇게 말해야 했을까? 비평가라면 그것이 무슨 역할을 하고, 왜 씌어졌는지, 적어도 거기에 나오는 관념들이 왜 '싱싱하지 않은' 것인지 설명해야 하지 않았을까? 하지만 그는 별다른 답변 없이 이런 정도로 끝내고 만다. "다시 돌아온 서울에서 귀 기울여 듣는 총독의 방송은 이제 들리지 않았다. 주파수가 틀렸거나 혼선 때문이었을까. 요컨대 방송의 목소리는 계속 웅웅대지만 알아듣는 청중이 이 작가의 머릿속에는 이미 없었다"(451). 이는 자신이 알지 못하는 것을 작가 탓으로 돌리는 것 이상이 되지 못한다. 또는 「총독의 소리 4」를 발표했는데도 '방송'이 들리지 않는다는 것은, 이제 그것을 소설로 인정할 수 없을 뿐만 아니라 노골적으로 최인훈의 작업에 불만을 쏟아내고 있는 것으로 볼 수밖에 없다. 그것은 '혼선'된 것도 아니고 '주파수가 틀린 것'은 더군다나 아니었다. 최인훈은 「총독의 소리」 연작을 쓰던 시절에 가졌던 의식을 『태풍』에서 시드하고 『화두』를 쓰면서 풍부하게 증명해보인 것으로 보아, 오히려 그것은 그가 평생의 '화두'로 삼고 풀었던 문제라는 것을 알 수 있다.

「총독의 소리」 연작은 서사성이 지극히 약화된 소설인데, 제3편은 심지어 방송을 듣는 시인조차 나오지 않을 정도로 장르의 관습적 틀을 완전히 무시하고 있다. 그 외의 소설들은 나중에 '시인'이 잠깐 등장하더라도 단순히 수화자(청자)가 될 뿐 거의 작중 인물의 역할을 하지 못한다. 그리하여 소설은 어떤 사건도 일어나지 않고, 특별한 심리적 반응을 보이지도 않은 채 끝나고 만다. 그래서 시인이 등장하는 장면은 읽는 사람에게 무중력 상태처럼 여겨지고 또 그들을 당혹스럽게 만든다. 다만 거기에 묘사된 비 내리는 밤에 우울하게 창밖을 바라보는 시인의 모습이 많은 것을 생각하게 한다. 하지만 자세히 들여다보면 "눈구멍에 최루탄이 박힌 아이의 신음 소리"나 "총독의 피 묻은 너털웃음"(88)을 듣는 일은 『구운몽』이나 「열하일기」에서도 나와 있고, 이런 방송의 형식은 『구운몽』이나 『서유기』에서 부분적으로 사용했던 기법으로서 새삼스러울 것도 없다. 그렇다면 작가는 '시대적 파편'들로 그 핵심을 포착해내려는 고고학적 방법을 더욱 밀고 나가고 있는 것이지 갑작스럽게 근거 없는 형식을 내보인 것은 아니다. 다만 시인이 "계시를 찾아내려 애쓰면서 끊어진 다리를 이어놓기 위하여"(102) 안간힘 쓰지만, 그것들이 잘 연결되지 않아 더욱 힘들어하는 것은 사실이다. 진실을 알아보는 사람이 드물고, 그것을 진실이라고 말하는 사람은 더욱 드문 시대에, 촉수를 뻗쳐 그 소리들을 붙잡은 시인에게 밀려온 중압감이라고나 할까. 물론 그것이 조금은 혼선된 것처럼 들려올 수도 있다. 하지만 시인은 끝내 '선장실'까지 올라갔고 적어도 '그 옆 어딘가'에서 울려오는 총독의 방송을 듣고 있다. 그것만으로도 어딘가. 시인만이 거기까지 올라갔고, 거기에 감추어진 상징과 은유, 그리고 풍자를 읽어내고 있으며, 또 그것을 다른 사람들에게 알려주고 있다. 『천일야화』의 세헤라자데가 목숨 걸고 이야기했다면, 「총독의 소리」의 시인은 진실을 말할 수 없는 정치적 상황 속에서 멀고 먼 우회의 길을 택해 '임금님 귀는 당나귀 귀'라고 이야기했다. 그래서 「총독의 소리」 연작은 제국주의의 하수인인 독재자가 나라를 망치고 이 세상이 온통 잘못되었다는 사실을 고발한다. 그것이 환청 속에 숨은 진실이다.

그런데 그러면 또 뭐한가? 그것을 듣고서도 메시지를 해독하지 못하면 그것의 의미는 없어진다. 그럴 때 그것은 시대의 거짓을 폭로하는 소설이 아니라 그 자체가 거짓인 소설이 되고 만다. 그리고 총독의 흉계를 폭로했다고 무고죄로 고발당할지도 모른다. 하지만 지금 당장 일어날 일은 아니더라도, 그것은 적어도 우리를 위기에서 구해준다. 서서히 그리고 저절로 담론으로 형성되면서 그에 대한 대비책을 세울 수 있게 한다. 물론 김현의 말마따나 그런 상황을 만든 상황에 절망할 수도 있다. 그리고 아직 희망의 가능성보다는 절망의 크기가 더 크게 느껴질 수도 있다. 하지만 그것이 시인 자신의 내부에서 들려왔다면 적어도 우리 사회에는 시대적 진실에 귀 기울이는 사람이 있다는 안도감을 가질 수 있다.

하지만 시인은 자신이 올라간 '선장실'을 감당하지 못하다. 그는 너무 높이 올라갔다. 그래서 비 오고 어두운 '창밖'으로 나가지도 못한다. 아무리 시인이 상황 인식을 끝냈다고 하더라도 '계단'이 사라진 선장실은 무서운 것이다. 창밖은 낭떠러지이고 그 밑은 바다다. 누가 키를 조정하는지 알 수 없는 배에서 자칫 밖에 나가 발을 헛디디면 떨어져 죽는다. 「그레이구락부 전말기」에서 보이는 창밖의 밤 풍경, 거의 같은 시기에 발표한 「라울전」에서 라울이 모든 것을 버리고 떠나기를 결심한 날 밤 바라보는 어둠의 풍경, 『서유기』에서 제정신으로 돌아온 독고준이 바라보는 비 내리는 밤 풍경, 그리고 「주석의 소리」에 이르기까지 그 '밤 풍경'들은 최인훈의 절망과 고독을 보여준다. 그 바깥으로 나갔을 때 미래는 전혀 예측할 길이 없다. 어떤 일이 벌어질지 아무도 알 수 없는 것이다. 실제로 『광장』의 이명준은 그러다가 떨어져 죽었다. 그래서 시인은 올라갔으되 내려오지 못하는 것이다. 그러니 어찌 그를 탓할 수 있겠는가? 그러나 시인은 아직 창밖으로 나가지는 못했지만 진실을 외면하지는 않았다. 생각해보라. 유신 시대에는 독재 정권에 저항하는 사람이 몇이나 있었던가? 그 당시 지식인들은 침묵하면서 앞날을 기약할 것인가, 거리에 뛰쳐나가 산화할 것인가, 둘 중에서 하나를 선택해야 했다. 물론 시인이 실천하지 않고 이상(理想)만을 꿈꾸었다고 탓할 수도 있다. 하지만 그는 실천하지 않았지만 결코 쉽게 굴복하지도 않았다. 그러다가 저절로 '그의 목구멍 속'에서 비명이 터져나온 것이다.

우리의 현실이란 어떤 경우에는 너구나 혼란스러워 자신도 어떻게 살아가는지 모른 채 살아간다. 시대적 진실은 없고 '거짓 마술사'를 가려내기는 더욱 어려운 시대이다. 게다가 "악귀와 적들이 우리를 호리기 위하여 우리들이 가는 길목과 생각의 갈피에 짐짓 떨어뜨려놓은 독이 든 먹이"(102)도 너무 많다. 누가 이 수렁에 발을 빠뜨리지 않고 건너갈 수 있겠는가? 그것은 거의 불가능하다. 그래도 시인은 '엄청나고 부끄러운 이데아의 꿈'(102)을 꾸고 "이 세상에 태어난 것이 태어나지 않은 것보다는 낫다"(103)고 생각하면서 또 꿈을 꾼다. 그것이야말로 총독의 뜻을 거스를 수 있는 힘이다. 물론 그는 나약해서 밤을 몰아낼 '횃불'을 밝히기 전에 미리 '교수대'를 생각하는 사람이다. 그렇다고 그를 비겁하다고 갈하려는가? '분뇨' 속에서 빠져나와 담을 둘러치고 꽃을 가꾸면서 고전에 대해서 얘기하면서 살아가기란 참으로 어렵다. 서구의 역사가 증명하듯이 그만한 대가를 지불하지 않고 그것이 주어진 법은 없다. 어쩌면 "피와 땀과 절단된 사지와 연막과 전차와 파헤쳐진 농토의 무너진 집들과 그보다도 더 막심한 상처"(64)가 있어야 그것이 우리에게 찾아올지도 모른다. 그런 고통 없이, 죽을 각오 없이 '상처'를 치유할 길은 없다. 또한 '사라진 계단'을 찾아낼 방법도 없다. 하지만 언제나 그렇듯이 '인식하고 있다'는 사실은 해결책을 찾아낼 가능성을 열어놓는다.

「총독의 소리 4」에서는 총독의 소리뿐만 아니라 이제 귀축(미국)과 적마(소련)의 방송까지 동시에 들려온다. 다시 한반도는 제국주의의 각축장이 된 것이다. 그러면서도 독재자의 권력을 지켜주는 '순라군의 밤'은 계속되고 있다. 그러니 아무리 새벽이 올 '종소리'를 기다려도 짙은 어둠 속에서 혼선된 것만 같은 방송이 들려올 뿐이다. 그래서 시인은 "밤이여 깊어라. 밤이여 익어라. 땅이 썩고 눈이 먹물처럼 흐리도록 밤아 익어라"(163)고 절규할 수밖에 없게 된다. 그렇다면 '단두대'의 공포를 느끼면서도 포기할 수 없는 우리의 '횃불'을 언제 밝혀야 할 것인가? 그래서 그는 다시 외친다.

더 많은 재앙을. 풍성한 재앙을. 햇빛처럼 우박처럼 원자의 재처럼 푸짐한 재앙의 시간 속에서 아이들은 잉태되고 죄의 첫 공기를 숨쉰다. 죄악의 목마 위에서 착함을 배운다. 밤의 바닷물결에 헤엄치는 것들. 집과 길과 찻집과 호텔과 시험 공부와 얼어터진 손과 실성한 머리와. 초상난 집에서도 밥을 짓듯이 빼앗긴 들에도 봄은 온다. (164)

그 혼돈의 재앙 속에서도 끝내 포기할 수 없는 '봄,' 그 확신. 아무리 탱크들이 그 어둠을 유지하기 위해 도시의 거리를 지키고 있다고 할지라도, 최인훈은 긴급 조치와 위수령과 계엄령이 판을 치던 시대 속에서도 임금님 귀는 당나귀 귀, 라고 이야기한다. 그러다가 다시 입을 여는 데 20년 가까운 세월이 걸리지만, 그래도 그는 '불면제(不眠劑)'를 먹으면서 눈을 부릅뜨고 있었기 때문에 다시 입을 열게 된 것이다. 결국 말을 아끼는 것이 말을 지킬 수 있게 된 것이다. 「총독의 소리」 연작에서 『화두』까지의 공백의 의미는 그러한 것이 아닐까?

신 없는 시대의 서사적 몸부림
——『소설가 구보씨의 일일』[1]

1. 완결되지 않은 서사

60년대 후반 「총독의 소리」 연작까지 왕성한 활동을 하던 최인훈은 1970년에 이르러 '소설가 구보씨의 일일'로 이름이 붙은 일련의 소설과 중편 「하늘의 다리」를 발표한다. 그것들은 형식적으로나 내용적으로 그의 60년대의 글쓰기 방식을 마무리하고 또 다른 변신을 꾀한다고 할 수 있었다. 김윤식의 지적대로, 그것들은 『광장』 『회색인』 『서유기』의 다음 차례에 놓일 수 있는 서사적 변이 형태를 보인다.[2] 『소설가 구보씨의 일일』은 『서유기』의 다음 단계를 잇기 위해, 그리고 「하늘의 다리」는 그러한 것을 밝힐 수 있는 '예술론'으로 씌어진 것이다. 이 두 텍스트는 다른 양식으로 씌어지지만 연계성을 지닌다. 그것들은 서로 서사적·미학적 회로를 열어놓고 있다. 이 글에서는 『소설가 구보씨의 일일』에 초점을 맞추고, 거기에 「하늘의 다리」에 표현된 예술론을 적용시켜봄으로써 최인훈의 서사적 실험이 어떻게 전개되는지 살펴보고자 한다.

박태원의 구보씨처럼 서울 거리를 헤매며 새로이 자기의 뿌리를 확인하려는 최인훈의 구보씨가 찾은 것은 무엇일까? 왜 그는 그동안 쌓아놓았던

---

1) 최인훈, 『소설가 구보씨의 일일』(전집 4), 1991.
2) 김윤식, 「어떤 한국적 요나의 체험」, 김병익·김현 편, 『최인훈』, 은애, 1978, p. 135.

미학적 균형을 무너뜨리고 형식적인 방만함을 보여주는 것일까? 그것이 작가 의식의 포기가 아니라면, 또는 그것이 우연히 획득한 형식이 아니라면, 그가 구보씨 계열로 나오게 되는 원인은 무엇일까? 실제로 그는 1973년 『태풍』을 쓴 이후로 '소설 집필'을 멈추는데, 나는 그 단서가 『소설가 구보씨의 일일』에 숨어 있다고 생각한다. 그것은 시대·사회적 맥락에서 찾아낼 수 있을 뿐만 아니라 서사적 이행의 맥락에서도 살펴볼 수 있다. 세계를 인식했지만 행위할 수 없는 작가로서의 좌절감과, 우리의 풍속에 자리 잡지 못한 소설의 형식을 바로잡아보려는 작가의 의지가 거기 담겨 있다. 최인훈은 거기에서, 우리 시대 혹은 우리 자신만의 형식은 어디에 있는가, 질문하고 있다.

　단 한 사람도 글 위에서 죽으려 하지 않으니 보리는 땅속에서 썩지 못한다. 누구도 소금이 되기를 원하지 않고 추잉껌과 캐러멜이 되기를 원한다. 더 많은 재앙을. 풍성한 재앙을. 햇빛처럼 우박처럼 원자의 재처럼 푸짐한 재앙의 시간 속에서 아이들은 잉태되고 죄의 첫 공기를 숨쉰다.[3]

최인훈에게 70년대는 그렇게 열린다. 그는 그동안 자신이 해낸 작업의 공과를 떠나서 기꺼이 60년대의 사유 방식을 떨쳐내고자 한다. 그래야 다시 무수한 열매를 맺을 수 있다고 믿은 것이다. 그래서 그는 그것이 소설이냐고 비판받을지라도, 그걸 감내하면서 새로운 실험에 몸을 맡긴다. 적어도 그는 서구의 형식을 모방한 '추잉껌' 같은 소설을 쓰고 싶어 하지 않았다. 그것보다는 차라리 자기 멋대로의, 혹은 관습을 전복시킨 서사를 새롭게 만들어내고 싶어 했다. 물론 그것은 쉬운 일이 아니다. 문학에 완성된 형식이란 존재하지 않는다면 그의 꿈은 시시포스의 바위 굴리기가 될 수도 있다.

---

3) 최인훈, 『하늘의 다리/두만강』(전집 7), 1994, pp. 90~91. 이후로 『소설가 구보씨의 일일』과 「하늘의 다리」의 내용을 인용할 경우에는 본문에 작품 이름과 면수만 표기함.

그래도 그는 쉬지 않고 문학적 형식을 찾아내는 일에 매달렸다. 『소설가 구보씨의 일일』은 그런 노력의 결과물이다. 그것은 우리에게 완결되지 않은 느낌 그대로를 전해준다. 다분히 연작의 형식을 지니고 있는 그 소설은, 그 것을 꼭 그렇게만 말할 수도 없고, 또 그것이 끝났다고 말할 수도 없는 그런 요소를 지니고 있다. 그리하여 그것은 새로운 소설이 된다. 그렇다면 그것은 무슨 의미일까?

최인훈은 문학의 형식을 통해 스스로 변모하고 싶어 했다. 그에게 부여할 수 있는 문학사적 의미는 문학적 '형식 찾기'를 통해 자신의 문학을 구축했다는 점에 있다. 그리하여 그가 한낱 객체에 머물지 않고 주체적 문학을 이루어냈는지 알 길은 없다. 하지만 적어도 그가 그러한 길을 찾아 계속 헤매고 있는 것만은 분명해 보인다.

2. 길이 끊어진 곳에서 시작되는 여정

명망 있는 소설가 구보씨가 사회나 문화의 중심부에 편입되지 못한 채 서울의 '사막 지대'를 헤맨다. 69년 등짓달부터 72년 5월까지의 3년 가까운 시간 속에서 구보씨는 스스로 역사적 주체가 될 수 있는 길을 찾지 못한 채 거리를 헤매며 '시대'를 괴로워한다. 중공이 유엔에 가입하는 세계 정세의 변화 속에서, 우리나라의 대학에는 위수령·휴업령이 내려지고, 남북 대화가 이루어지는 듯하면서도 무장 공비가 침투한다. 도무지 알 수 없는 세상의 변화 속에서 그는 작가로서의 근대적 이상을 펼치지도 못하고 자기의 목소리를 내지도 못한다. 그런 가운데 구보씨가 홀로 북쪽에서 피난 온 지는 20년이 넘어선다. 그런데도 그는 아직 자신의 역할을 찾지 못하고 있다. 시대 정신을 꿰뚫는 어떠한 목소리도 내지 못하고, 자신의 삶을 관통하는 어떠한 문학적 형식도 찾아내지 못한 채 문학과 현실과의 괴리만을 맛보고 있는 것이다. 그럴 때 자기 자신은 주체가 아니라 "역사의 객체, 꼭두각시"[4]에 불과한 것처럼 여겨진다.

구보씨는 그런 자기의 상황을 정직하게 그려낸다. 그런 그의 작업에 대해 김우창은 말한다. "내 생각으로는 우리 소설은 『소설가 구보씨의 일일』에 이르러서 비로소, 상투적인 틀이나 경험적 탐색을 기피하는 수단이 아니라, 본격적으로 살아 움직이는 의식 작용의 정밀한 반사경이 되는 관념을 얻었다고 할 수 있을 것 같다."[5] 다시 말해 『소설가 구보씨의 일일』은 단순히 작가와 흡사한 사람의 생활 세계의 모습을 나열한 것이 아니라, 한 사람이 이 세상에 바로 서려는 몸부림을 '새로운 형식'에 담아 보여준 것이다. 물론 겉으로 보기에 피난민이면서 독신자인 구보씨는 권태롭게 고향을 생각하고, 소극적으로 정치 현실에 대해 관심을 가지며, 관념의 유희를 즐기는 사람처럼 보인다. 그러나 그것은 "자기 집을 헐고 자기 껍질을 벗겨서 따져보는 그러한 누에"(『소설가 구보씨의 일일』: 20)가 되고자 한 행위였지, 대가연한 지적 유희를 벌였던 것은 아니다.

원산에서 LST를 탔을 때부터 시작되는, 즉 '길이 끊어진 곳'에서부터 시작되는 최인훈의 여정은 현대인들의 근원적인 방황을 보여준다. 그것은 최인훈이 김현과의 대담에서 밝힌 바대로 '좌절을 완성했다'는 것의 연장선상에 있다. 그리고 그것은 끊임없이 새로운 형식을 찾는 것으로 나아간다. "내가 생각하고 있는 예술이라는 것의 어떤 기준으로 볼 때 늘 찜찜하고 어떤 절정에 도달하지 못한 것의 연속이었다는 얘기이고, 내가 희곡을 쓰기까지 지금 전집으로 묶여 있는 분량의 소설을 쓰면서 소설로서는 무엇인가 할 수 있는 것을 다한 정도였는데 그래도 역시 마음에 차지 않았다는 얘기일 것입니다."[6] 그는 90년대의 『화두』에 이르기까지 서사적 형식에 대한 방황

---

4) 김우창, 「남북조 시대의 예술가의 초상」, 『소설가 구보씨의 일일』(전집 4), 1991, p. 333.
5) 김우창, 「남북조 시대의 예술가의 초상」, 위의 책, p. 245.
6) 최인훈, 『꿈의 거울』, 우신사, 1990, p. 228.

을 계속한다.

한 발 잘못하면 자기뿐만 아니라 남까지도 그 허무의 공간 속에 떨어지게 할 위험을 막기 위한 약속 —그게 연대다. 돋숨의 이어짐? 자연의 뜻에 의해 이미 연대되어 있지 않느냐고? 그런 '밖'의 이어짐, '나'와 상의함이 없이 그 옛날 누군가가 팽이에 시동(始動)을 주듯이 결정해버린 목숨의 타성 —그것은 '나'가 아니다. '나'는 그 목숨의 연속의 밖에 있는 어떤 '깨어남'이다. 그 목숨의 거울, 그림자다. 목숨이 있는 것처럼 그림자도 '있다.' '나'란 그렇게 약하고 그렇게 아슬아슬하다. 약하고 아슬아슬한 것이 발을 헛디디지 않으려면 굳세고 든든하게 되어야 할 것이 아닌가. 물론, 그런데, 그 굳세고 든든하다는 것은 '소망'이긴 하지만, 결코 그 '소망'만큼한 '실현'은 없는 법이다. 덜 이룬 '실현'을 다 이룬 '소망'의 실현이라고 우긴다면 하루 이틀이면 몰라도 너무 오래면 그것은 틀림없이 탈이 된다. (『소설가 구보씨의 일일』: 17~18)

구보씨는 자신의 주체가 허약하기 짝이 없다는 것을 발견한다. 그래서 그 허약함을 감추기 위해서 부단히 애쓴다. 하지만 그 자신은 팽이와도 같아서 '팽이에 시동을 거는' 누군가가 없으면 쓰러지고, 그 누군가에게 의존하면 주체를 가진 것이 아니게 되는 딜레마에 빠져 있다. 그래도 구보씨는 '의존적인 목숨'에서 벗어나고자 한다. 그러나 주체가 행위의 주인이지 못하고 그저 그것을 비추어주는 '거울 속의 그림자'일 때, 저 혼자서는 아무것도 하지 못한다. 저 혼자 '돌아가고' 있지만, 그나마 힘이 가해지지 않으면 그 대로 멈춰 서버리고 마는 것이다. 그렇다고 주체를 포기할 수도 없는 것이 근대적 인간의 처지이다. 구보씨가 여전히 '완전한 인간'을 꿈꾸는 것도 그 때문이다. 그것이 근대적 인간의 숙명일까? 물론 그는 자신이 '덜 이룬 실현'의 상태에 있고, 사람들이 '다 이루었다'고 믿는 것이 '탈'이라는 것도 잘 알고 있다. 그에게 소외가 발생하고, 세상에 대한 괴리감이 늘어가는 것도 그 때문이다.

그러다 보니 구보씨는 자신도 모른 채 불만을 터뜨리게 된다. 그는 자주, '에익 신가놈,' 하고 중얼거리는 것이 버릇이 되었다. "신가놈이란 '神哥놈'이란 말로서, 즉 神을 가리킨다"(『소설가 구보씨의 일일』: 98). 그런데 그 말은 어찌 보면 '제길헐' 하고 푸념하는 소리와 크게 다를 것이 없다. "언제부턴가 구보씨는 어떤 사물이나 사건이나 심경 같은 것에 부딪힐 때, '에익 신가놈' 하고 뇌는 버릇이 생겼다. 그저 두루뭉실한 답답함이라든지 아리송한 것이라든지 한스러운 일이라든지 그럴싸하다든지 장하다든지 할 때면 이 말이 불쑥 나오는 것이었다. '쯧쯧'이라든지 '원 저런'이라든지 '맙소사'라든지 '오냐 그러기냐'라든지 '요것 봐라' '어렵쇼' '그러면 그렇지' ― 이런 따위의 뜻을 가진 말로 구보씨는 쓴다"(『소설가 구보씨의 일일』: 266~67). 그것은 별다른 뜻도 없는 말이겠지만, 그래도 구보씨가 근대적 주체를 확립하고자 하는 모습을 잘 보여준다. 그게 무심결에 나온 말이라고 할지라도 그는 무의식적으로 신과 대립하고 있는 것이다. 그는 근대 이후의 작가들처럼 '문학의 신'의 위치에 도달하고 싶었지만, 척박한 시대적 토양 속에서 그 꿈을 실현하기가 불가능하다는 것을 잘 알고 있다. 그는 아무리 노력해도 단테처럼 '역사의 주체'를 그려내지 못하고, 세상은 자신의 인식 능력과는 전혀 상관없이 굴러가고, 그러다 보니 그는 시대와 사회 현실에 대해 아무런 대비도 하지 못한 채, 언제나 '봉변'을 당하는 꼴로 살아가는 것이다. 그러니 자신이 꿈꾸던 '신'에게 불평을 쏟아낼 수밖에 없다. 물론 그것을 자신의 능력에 대한 불만이라고 말하는 것이 더 적절할지도 모르지만, 그렇듯 자기 자신을 자조하면서 나오는 '에익 신가놈'이란 말은 자신의 염원을 담은 한숨 소리고 신음 소리이기도 하다.

구보씨는 이성이나 진리를 믿었다. 그래서 '진리'를 어렵지 않게 찾아낼 수 있다고 믿었다. 어린 시절에 그는 '진리'라는 것이 '일본 왕의 칙어를 담은 까만 상자'와 같은 것에 담겨 있는 줄로만 알았지만, "인생의 반허리까지 살고 보니 진리란 '있는' 것이 아니라 만드는 것이며 더 바르게 말한다면 '있게 하는' 것이 아닌가, 하고 생각하게끔 되었다"(『소설가 구보씨의 일일』: 179). 그러고 보면 그는 진리를 찾아다니는 헛수고도 한 셈이지만, 진리에 대한 인식의 변화를 통해서 스스로 그것을 만들고자 노력하게도 되었다. 이런 생각을 하면서부터 구보씨는 글쓰기를 진리를 찾아낼 중요한 방법 중의 하나로 삼았다. 하지만 그것 또한 쉬운 일이 아니었다. 그가 예전에 자신이 믿었던 신이나 진리를 받아들이지 않았듯이 완벽한 글쓰기란 것도 존재하지 않았고, 거기서 진리를 구현하기도 쉬운 일이 아니었던 것이다. 그래서 그는 "마음이여, 악하여다오. 마음이여, 야무져다오"(『소설가 구보씨의 일일』: 139)라고 되뇌며 자기를 강호한다. 차라리 의심하고, 모질어야 관습적 글쓰기의 형식을 부수고 새로운 글쓰기를 찾아낼 수 있다. 또 그래야 다시는 '진리'란 거짓 이름에 속아 넘어가지 않게 될 것이었다. 주체를 가졌다고 뻐겨대는 문명인일수록 "진리라는 이름으로 위장한 거짓 교주"의 함정에 빠져, 천황이나 히틀러나 스탈린에게 충성하는 경우도 없지 않았다. 어딘가 그런 것이 있다고 믿는 한, 아무리 '과학'에 의존한다고 하더라도 우상을 세우게 되고, 또 그 우상은 횡포를 부리게 되는 법이다. 그렇다면 어떻게 해야 새로운 미적 방법론을 찾아낼 수 있을까? 구보씨와 「하늘의 다리」의 김준구는 소설가와 화가로 다른 영역의 예술을 추구하지만, 추구하는 바는 같다. 그들은 한 작가의 같은 뱃속에서 나온 다른 자식들인 셈이다. 그래서 『소설가 구보씨의 일일』을 탐색하기 위해서 「하늘의 다리」를 분석하는 것도 좋은 방법이 된다.

3. 환상으로 예언되는 미래의 서사학

「하늘에 다리」에서는 구보씨의 관념적 탐구가 김준구의 미적 인식을 통해 그려진다. 그러면서도 두 텍스트의 형식은 다르다. 「하늘의 다리」가 『소설가 구보씨의 일일』에 대한 예술론으로서 그려지지만, 표현된 방법은 다른 것이다. 그것들은 서로 보완하면서도 독자적이다. 적어도 두 텍스트는 그런 정도의 관련성을 가지고 있다. 그래서 준구를 구보씨로 환치시켜볼 때 글쓰기의 문제는 그림의 문제가 되고, 그림의 문제는 글쓰기의 문제가 된다. 두 텍스트에는 그대로 최인훈의 서사의 방법론에 대한 고뇌가 담겨 있는 것이다. 그런 전제하에서 '하늘의 다리'가 어떤 의미를 지닐 수 있는지 살펴보자.

'하늘의 다리'는 밤하늘에 떠오르는 환상이다. 그것이 하늘과 도시 사이에 걸려 있다. 준구에게는 그것이 미학적 기호나 상징으로 보인다. 그래서 그것을 풀어야 그림을 그릴 수 있는데, 그것은 쉽게 풀리지 않고, 그런 준구의 고뇌는 곧바로 새로운 서사적 방법론을 찾는 최인훈의 고뇌와 연결되고, 거리를 배회하는 구보씨의 고뇌와도 관련된다. 다만 문제는, 그것이 너무 비약적으로 미래의 '성물(聖物)'로 자리 잡고 있다는 데 있다. 준구나 구보씨나 그 차이를 메우기가 너무 힘들다. 준구가 그것을 해석하지 못하는 것은, 아직 그것이 풍속과 단절되어 있다는 말이고, 그것을 극복하는 과정이 준구가 그림을 그리는 일이고, 구보씨가 거리를 배회하는 일이다.

준구에게 은사 한동순은 삽화가의 길로 들어서는 계기를 만들어준 사람이지만, 무엇보다도 잊혀질 수도 있는 고향의 기억을 간직하고 있는 유일한 인물이다. 또한 은사의 단란한 가정은 그가 찾아야 할, 돌아가야 할 고향을 알려주는 기호이기도 하다. 그런데 문득 파탄에 처한 은사의 편지가 송달된다. 아내와 아들이 죽고 딸이 가출했다는 것이다. 그것은 전통과의 단절, 고향의 사라짐을 함축한다. 준구는 '소중하게 맡겨두었던 물건'을 잃어버린 듯한 당혹감에 빠진다. 그렇다면 '고향' 없는 시대에 그는 어떤 그림을 그릴 수 있을까? 그때 하늘의 다리가 떠오른다. 그것은 어떤 신호인가?

발을 아래로 제대로 허공을 밟고 선 다리는 한쪽뿐인데 허벅다리 위에서 끝나 있다. 그런데 그 끊어진 대목이 마네킹과 다르다. 끊어진 대목에서 피는 흐르지 않는다. 있어야 할 둥근 절단면이 없는 것이다. 아무리 뒤로 돌아가서 절단면을 보려고 해도 보이지 않는다. 절단면은 자기 그림자를 밟으려고 할 때처럼 시선에서 벗어난다. 끊어진 다리. 그런데 끊어진 자리가 없다. 그것은 마네킹의 다리가 아니라 분명히 살아 있는 다리였다. 여러 번 보아서 그런지 이제는 부자연스럽지도 않다. 땅 우에서 올라가는 밤의 도시의 색깔 섞인 불빛의 힘이 다해서 스러져가는 언저리보다 훨씬 높이, 별빛만으로 차고 맑게 빛나면서 살찐 발가락들이 부드럽게 하늘을 즈려밟고 있다. (「하늘의 다리」: 57)

준구는 '하늘의 다리'를 이해하지 못한다. 그것은 부조화스러우면서도 '별빛'처럼 빛나는데, 한쪽 다리만을 지니고 있기에 완전한 생명체라고 말할 수도 없고, 또한 이전의 사유로 풀 수 없는 암호문처럼 하늘에 떠 있다. 그것이 준구의 화폭에 그려질 때, 그것은 비로소 새로운 형식으로 정착되고, 환상에서 현실로 돌아올 수 있을 터인데, 그것의 비밀은 좀체 풀리지 않는다. 전통과의 단절이냐, 지속이냐? 그것은 모더니즘의 운명을 보여주는 것 같기도 하다. 준구가 은사의 딸인 성희를 만난 후에는 그 모습이 좀 더 구체적으로 떠오른다. 성희는 새로운 세대기면서도 '고향의 산물'이다. 그렇다면 그녀의 '부도덕함과 제멋대로의 행위'마저 전통의 산물이라고 할 수 있다. 따라서 준구는 그녀를 사랑해야 하는가? 맥주집 접대부인 성희와 하늘의 다리는 잘 연결되지 않는다. 그녀는 하늘의 다리와 마찬가지로 입 언저리의 완강한 선을 통해 '막다른 골목의 벽' 같은 인상을 준다. "너무 많은 것을 묻고 있는 건지, 아무것도 묻지 않고 있는 건지 도무지 알 수 없는 얼굴"(「하늘의 다리」: 42~43)을 한 그녀는 스핑크스와도 같은 미궁을 떠오르게 한다. 하지만 그녀는 아름답다. 그런 그녀를 사랑해야 하는가? 준구는 알 수 없다. "예술은 폭력의 나라다. 폭력의 근거를 따질 마음이 일지 못하게 강제된 폭력의 세계다. 예술을 사랑한 사람은 예술을 만들지 못한다. 무서움. 삶의 무서움에 대해서 또 하나의 무서움을 만들어내는 것. 그게 예술이다. 아름답다는 것 ── 아름다움은 흉기다. 흉기를 만드는 사람은 흉기보다 더 흉악하지 않으면 안 된다"(「하늘의 다리」: 48). 이렇듯 예술과 오버랩되는 성희가 '흉기'처럼 웃고 있다. 곧 '하늘의 다리'와 '성희'는 후대의 예술 형식을 말하고 있는 것이다. 그는 두려움에 떨면서도 허깨비들의 기호를 풀기 위해 적극적으로 매달린다.

성희를 만난 후 갑자기 준구의 삽화가 좋아진다. 그러면서 그는 자신도 모른 채 사랑에 빠진다. 그래서 성희를 자신의 집, 즉 세속의 세계에 묶어두려고 하자, 그녀는 곧바로 사라지고 만다. 곧이어 은사는 세상을 뜬다. 그렇다면 그에게 고향을 떠올릴 만한 것들은 다 사라진 셈이다. 그는 섣달 그믐날 '낙상'한다. 이제 준구는 자신에게 가치롭던 모든 것을 잃고 만 것이다. 그러나 그러한 낙상은 다시 새롭게 진정한 의미에서의 '그림'을 찾아나서게 한다. 그래서 그는 삽화가에서 화가로 되돌아온 것이다. 그는 '하늘의 다리'를 그리고자 한다. 세상에 혼자 남겨진 그에게 모든 것은 그 자신만의 일이며, 자신만의 책임이라는 것을 깨달으며.

밤 속에서 몰려오는 소리의 홍수들. 크낙한 홍수의 밑바닥에 누워서 아우성치는 홍수 소리를 듣는다. 너무 큰 아우성치는 홍수 소리를 듣는다. 너무 큰 아우성은 소리도 없다. 커다란 다리가 밤의 하늘 한가운데 떠 있다. 글씨처럼. 다리는 밤을 밟고 있다. 풍선처럼 밤 위에 떠 있다. 배처럼. 다리는 솟아 있다. 안테나처럼. 소리들은 하늘로 올라가 다리가 된다. 오작교처럼. 죽은 쥐들과 짓밟은 말과 허송한 시간들은 하늘로 올라가 다리가 되었다. (「하늘의 다리」: 91)

근대적 물결은 모든 것을 휩쓴다. 그리고 모든 가치들은 '죽은 쥐들과 짓 밟는 말과 허송한 시간들'이 된다. 그런데 그것들이 하늘로 올라가 '오작 교'와도 같은 다리를 이룬다. 이전의 모든 가치들은 뒤바뀌었지만 사라진 것은 아니다. '하늘의 다리'는 불완전한 것이지만 그것들이 만들어낸 생명 과 희망의 상징이다. 준구는 그런 깨달음으로써 그것을 그려보고자 한다. 그러나 그것은 환상이기에, 아직 존재하지 않는 것이기에, 그려지지 않는 다. 미래의 예술을 예언하는 '하늘의 다리.' 아직 그것은 미궁으로 존재하 지만, 언젠가 존재할 수 있는 가능성을 지니고 있다.

그때 은사의 유물인 트렁크가 배달된다. 그러자 갑자기 "하늘의 다리는 성스러운 물건이 닿은 물건처럼 후광에 쌓여 있다." 그러나 다음 순간 후광 은 순식간에 사라진다. 미래의 예술, 기래의 서사학은 그렇게 예언된다. 그 것은 한순간에 영원을 비춰주는 섬광이었던 것이다. 그는 빛 속에서 그 예 언의 소리를 들었고, 아직 그것을 화폭에 '가두지' 못했지만, 미적 본질을 알아버렸다. 그는 현실을 재현하려는 태도와 거리를 두면서 환상의 중요성 을 부각시키고자 한다. 다만 새로운 예술은 저절로 출현하는 것이 아니라 '은사의 유물'이라도 매개가 되어야 나타나는 것이라는 사실을 보여준다. 새로운 미적 형식이라는 것은 전통과 단절된 상태에서 이루어지는 것이 아 니라 그러한 것의 매개에서 나타나는 것이다. 그러니 전통적 기법을 고수하 는 리얼리즘 소설가가 어떻게 성희의 이야기를 쓸 수 있겠는가? 준구는 친 구인 소설가에게 묻는다. "자네는 늘 자신 있는 양한데 자넨 무슨 자신이 있는가. 어느 전능한 양반한테서 자네한테만은 무슨 기별이 있던가?"(「하 늘의 다리」: 118).

이로써 한국 소설은 양식상의 후퇴를 접고 구보씨의 실험을 기다리게 된 다. 거짓 풍속을 단절하고 허깨비에서 진리를 찾아내려는 노력을 『소설가 구보씨의 일일』은 보여준 것이다.

4. 언어로 재생되는 부활 의식

「하늘의 다리」에서 말해지는 것처럼 최인훈은 그의 에세이를 통해『소설가 구보씨의 일일』에 대해서 말한다.

> 자기가 표현한 것을 동시에 파괴하지 않으면 안 된다. 표현하면서 파괴하는 것이 아니라, 표현이 파괴며, 파괴가 곧 표현인 그런 모순의 몸짓을 고안해내는 것이다. 〔……〕 그리하여 구보라는 소설가의 마음의 레이더에 들어오는 생활의 파편들을 미분하고 적분하면서 그의 이성과 정서의 장세를 각각으로 추적해보았다. 나는 이 소설을 지극히 소시민적으로 풀어 쓴 '나의 율리시스'라 부르겠다.[7]

최인훈은 리얼리즘 소설 등 기존의 양식에 만족하지 못한다. 그것은 어떤 고정된 형식이 소설의 근본 정신과 부합되지 않는다고 보았기 때문이다. 근대 이후로 소설은 끊임없이 형식 자체를 변화시킴으로써 서사 문학에 있어서 근대의 맹주로 자리 잡았다. 그러면서도 소설은 보편에 대한 감각을 잃지 않았다. 작가들은 맹목적으로 특수성을 추구한 것이 아니라 변화 속에서 보편을 붙잡으려고 한 것이다. 최인훈은 그 보편에 대해서 말한다. "작중 인물들의 특수성에 대한 관심을 충실히 따라간 것은 옳은 일이었으나, 모든 인간이 특수하게밖에는 살지 못한다는 이 사실에 가려서 그 인물의 특수성의 밖에 있는 것들, 즉 다른 특수성들과 비교할 수 있는 보편적 척도를 마련하지 못하게 되는 경우가 너무 많다는 것이 소설사의 현실이었다."[8]

「하늘의 다리」에서 허깨비는 아직 명확하게 포착된 것은 아닐지라도 보

---

7) 최인훈, 『꿈의 거울』, pp. 246~47.
8) 최인훈, 위의 책, p. 137.

편의 형태를 지니고 있다. 환상을 갖지 않은 리얼리즘 소설이 현실의 모습을 더 잘 보여주겠지만, 그것 또한 인간의 삶이나 인간의 내면성을 다 보여줄 수 없다면, 환상의 영역도 현실의 지점에서 제외시킬 수만은 없다. 그래서 환상을 통해 현실의 이면을 보여준다면 그것이 보편이 될 수도 있다. "우리는 문학 작품을 읽으면서 우리가 아닌 세계를 아무 이의 없이 받아들인다. 우리는 나무가 되고 물고기가 되고 새가 되기도 한다. 그러면서 우리는 여전히 우리로 남는다."[9] 하지만 그러면서도 우리는 거기서 보편을 만난다. 우리는 현실을 재현하는 기법과 다르게 나무나 물고기나 새가 되더라도 거기서 그것만의 현실을 만나고 또 새롭게 주체성을 확립할 수도 있다. 어쩌면 작중 현실이란 것은 현실의 인간이 죽었다가 언어로 재생되는 부활의 의식을 거치기 때문에, 리얼리즘의 객관성이라는 것도 한낱 환상에 불과한 것일 따름인데 그것을 부정함으로써 예술적 상상력을 고갈시키고, 나아가 상상력이 제공하는 틀 너머의 세계에 이르려는 미적 꿈을 잃게 만들 수도 있다. 그렇다면 풍부한 환상이야말로 소설에서 보편에 다가가는 지름길일 수 있다.

　　정의를 위해서도 시샘하는 사람들도 꿈같에서 미인 콘테스트의 계단을 올라간다. 수영복을 입고서. 휴머니즘의 아이섀도를 짙게 칠하고. 리얼리즘의 살찐 유방을 내밀면서. 내가 제일 이쁘죠. 겨울의 계단의 시멘트 틈바구니에 말라붙은 지난해의 잡풀은 봄을 단념하였다. (「하늘의 다리」: 88)

　　최인훈은 온갖 기교를 부리는 얼치기 리얼리즘 소설의 틈바구니에서 말라가는 '소설의 봄'을 안타까워한다. 그에게 있어 문제는 사실보다는 '진실'에 있다. 그는 '잘 만들어진 소설'보다는 '살아 있는 이야기'를 원한다.

---

9) 최인훈, 앞의 책, p. 143.

'잡풀'만큼이라도 생명을 가진 소설을 원한다. 리얼리즘의 고정된 틀은 예술의 핵심적인 것들을 고갈시킨다. 그래서 그는 미끈하게 잘빠진 '수영복을 입은' 소설보다는 '잡풀'을 원하는 것이다. 구미에 맞게 성적 호기심을 불러일으키고 서스펜스와 서프라이즈로 긴장의 끈을 놓지 않으면서도 으레 휴머니즘을 강조하는 리얼리즘 소설을 거부하고, 그는 거칠지만 자기 틀을 부수고 나서는 소설을 택한다. 시대나 사회가 변했을 때 반드시 그 형식도 달라져야 한다. 그래야 문학도 살아남게 된다. 그런데 '잡풀'은 말라붙었다. 그렇다면 '하늘의 다리'를 통해서 무얼 찾아내야 하는가? 그것을 찾아 구보씨는 생활 세계를 떠돈다. 구보씨는 김윤식의 지적대로 "풍속이라는 가면이 없으면 춤출 수 없기 때문"[10]에 산책을 나서는 것이 아니라, 특별한 사건도 없이 거리를 헤매는 것만으로도 소설이 된다는 것을 보여준다. 그리하여 최인훈은 '생명이 깃든 서사'를 찾아냈는지 단언적으로 말할 수는 없지만, 그는 산책하는 현실 속에서 '서사적 형식'을 찾아냈다.

그러나 최인훈은 여전히 자신의 탐구에 대해서 불안해한다. 그가 '자신의 율리시스'를 쓴다는 이야기는 제임스 조이스의 실험 정신을 이어받겠다는 뜻이겠지만, 그런 식으로라도 끊임없이 형식의 새로움을 모색하는 것이 완전한 '생명체'를 찾아내는 것을 의미하지는 않기 때문이다. 물론 그렇다고 해서 그가 전적으로 서구의 형식에 의탁하는 것은 아니다. 『소설가 구보씨의 일일』은 박태원의 동명 텍스트를 패러디하면서 『율리시스』를 닮고 싶어 하지만, 거기엔 그 어느 텍스트와도 변별되는 최인훈만의 특성이 담겨 있다. 구보씨는 김중배와 「솔저 블루」라는 영화를 보고 나오면서 이야기한다. 그는 거기에 '톰소여' '마농 레스코' '카르멘' '아라비아의 로렌스' '오디세이' 등의 모티프가 있다고 말한다. 그러자 그 모티프로 소설 한 편을 쓸 수 있지 않겠느냐고 김중배가 묻고, 구보씨는 서구의 모티프를 빌려와 적당

---

10) 김윤식, 앞의 글, p. 137.

히 결합시키는 그런 소설은 쓸 수 없다고 잘라 말한다. 그는 우리의 것이 아니기 때문에, '사무침'이 없는, 기계적인 소설을 쓰고 싶지 않다는 것이다. 그러면서도 구보씨는 자신이 완전히 새로운 형식을 갖추지 못한 것을 '단테'의 입을 빌려 한탄한다. "단테는 구보씨의 몸에서 빠져나와야겠는데 구보라는 작자는 마치 자기 것인 것처럼 단테를 생활하고 있는 것이었다. 그러다 보니 어떤 순간에는 단테 자신도 구보이기나 한 것 같은 실수를 하는 것인데 환장할 일이었다"(『소설가 구보씨의 일일』: 93).

구보씨는 소설쓰기가 어려웠다. "세상을 보는 이치가 날 때부터 환한 태평성대라면 또 모르되, 입 가진 사람마다 입 생긴 대로 풀이하는 세상이고 보면 그럴듯한 이야기 한 꼭지 지어내는 것이 어렵고 어려웠다"(『소설가 구보씨의 일일』: 149). 그래서 그는 중심을 잃지 않기 위해서 '악전(樂典)'에 의존한다. "보통 같으면 악전을 몰라도 콧노래가 나가면 그게 음악이라는 것을 알게 마련인데 구보씨는 한사코 악전 없는 콧노래를 부르고 싶지 않다는 물구나무선 생각을 가졌던 것이다"(『소설가 구보씨의 일일』: 150). 그런 과정 속에서 자신만의 미학 원리를 찾으려는 최인훈의 작업은 서서히 이루어진다. 다만 최인훈에게는 오디세우스처럼 '돌아갈 고향'도 없고, 당장 바다를 항해할 준비도 되어 있지 못하다. 그래서 그는 '바다'에 들어가지도 못한 채, LST에서 내려 부산 앞바다를 응시할 뿐이다. 그는 피난민인 단테의 『신곡』을 읽으면서 '피난'이라는 용어가 '표류' '유랑' '방랑'의 의미로 쓰일 수 있다는 것을 깨닫지만, 아직 적극적인 '유목민'으로 나아가지는 못하고 있다.

5. 생명의 서사를 찾아서

최인훈이 1970년에 불쑥 처녀작이라는 이름으로 「두만강」을 발표한 이유는, 그것이 대학 시절에 쓴 개인적 뿌리에 해당되는 작품이라고 하더라도, 무엇보다도 자기 자신이 리얼리즘 소설을 쓸 수 있다는 것을 보여주기 위해서였다. 그렇게 되면 그는 리얼리즘 소설을 쓰지 못해서 쓰지 않는 것이 아니라 실험 정신을 가지고서 서사적 방법을 개척해나간 것으로 볼 수 있게 된다. 그런 그가 이번에는 희곡을 발표하기 시작한다. 70년에 「어디서 무엇이 되어 다시 만나랴」를 발표하는데, 76년부터는 아예 소설쓰기를 그만두고 희곡만을 발표하는 것이다. 그건 또 어째서일까?

희곡은 언어와 침묵이 '상황과 몸짓'의 중재를 받으며 극도의 대립을 이루는 문학 장르이다. 그러면서도 그것들이 잘못 전달되는 일은 없다. "구보씨에게 '탄식'인 것이, 독자에게는 어떤 드높은 '외침'으로 받아진다는, 이 어찌할 수 없는 뒤바꿈"(『소설가 구보씨의 일일』: 171)을 최인훈은 견뎌내지 못한다. 그래서 그는 아예 희곡의 글쓰기를 택한다. 그렇다면 희곡을 쓰기 전 단계에서 이루어지는 『소설가 구보씨의 일일』은 서사적 방법으로 따지자면 거의 마지막 단계에 이른 열린 글쓰기이다. 하지만 구보씨는 거기에 만족하지 못하기 때문에 소설에 대한 고뇌는 더욱 깊어간다.

연극은 제일 실물 크기의 예술이겠지?/ 그렇지, 삶의./ 아무리 실물 크기라도 역시 압축이나 생략이 있어야 하는데, 압축량이 너무 많아버리면 실물이라는 효과를 낼 수 없잖은가?/ 무용이 돼버리든지 그렇게 되지./ 동작은 무용이 되고, 대사는 음악이 되고 말이야./ 그래서 아예 그런 작품을 쓰고 싶다는 말인가?/ 소설에서 이놈의 진짜 비슷하게 써야 한다는 소리가 신물이 날 지경인데 연극에서도 또 그놈을 쓰자고 하니 짜증이 나더군. (『소설가 구보씨의 일일』: 108)

모더니티를 추구하는 구보씨는 '비슷하게 써야 한다'는 사실을 무엇보다도 싫어한다. 그래서 차라리 연극이라는 장르를 통해 '무용'이나 '음악'을 지향하는 것도 괜찮은 방법이라는 생각을 하기 된다. 소설이 소시민적 인물을 택해 고도로 발달한 인간학적 지식의 해부칼을 사정없이 휘둘러왔지만, 결국 "소설에 나오는 사람이 저마다는 세밀화처럼 꼼꼼하게 계산되고 밝혀져 있는데도 그것들을 다 모아봐야 사회라는 괴물은 조금도 해명이 안 되는 것"(『소설가 구보씨의 일일』: 198)이라면, 차라리 가장 도식적인 장르가 더 유효할 수도 있다고 생각한 것이다. 이에 대해 구보씨는 말한다. "문학은 삶의 도식화에 대해서 끊임없는 해독제·보완의 원리로서 작용해야 한다는 말입니다. 아니 어떤 도식의 고정에 반대한다고 하는 게 옳겠습니다. 다만 강조하고 싶은 것은, 내 의견으로는 '도식'에 대항하는 것은 '비도식(非圖式)'이 아니라 '보다 나은 도식'이라는 점입니다. 예술은 지금 당장의 실현 여부에 상관없이 '가장 뛰어난 도식'이라고 말할 수 있겠습니다"(『소설가 구보씨의 일일』: 253~54). 예술은 보다 나은 도식을 위해서 언제나 '껍질'을 벗길 준비가 되어 있어야 한다. 그러지 못할 때 그것은 이내 썩게 된다.

"희곡을 해보니까 나도 예술가가 아니었던 것은 아닌 것 같고, 경험의 견고함이라든지 땅의 향기라든지 섹스의 헐떡임이라든지 하는 것에 대해서 완전히 감각을 상실한 사람은 아직은 아니다는 것을 알 수 있게 되었지 않나, 그렇게 생각을 해요."[11] 그런 면에서 희곡은 최인훈에게 서사적 실험으로서도 의미가 있지만 문학의 근본 정신을 도 찾는 과정으로서도 중요한 의미를 갖는다. 그러면서 그는 잃어버린 감각을 되찾고, 리얼리즘 소설보다 더한 객관성의 정신도 되찾게 된다. 그렇다고 그가 '도식'으로 돌아간 것은 아니다. 그는 언제나 '비도식'을, 아니 '가장 뛰어난 도식'을 원했다. 때때로 그는 관념의 유희라는 소설의 형식에서 벗어나 서사적 낭비를 줄이고도 싶었던 것이다. 적어도 희곡은 형식적 엄격성을 지키고, 공연이라는 형태의 테스트를 견뎌야 하고, 또한 배우라는 악보를 상정해야 하기 때문에, 도식

---

11) 최인훈, 『꿈의 거울』, p. 229.

에 대한 고민 없이도 자신의 사유를 담아낼 수 있었다. 하지만 연극사의 입장에서 보면, 여기서 상술할 수는 없지만, 최인훈의 희곡은 획기적인 실험정신을 보여준다.

이러한 견해들이 최인훈이 희곡으로 전향한 것을 모두 설명해주는 것은 아니다. 더욱이 희곡을 서사적 방법의 이행의 과정으로 보는 것은 많은 무리가 따른다. 그래도 관념의 세계에서 '희곡적 실천'을 찾아내기까지 계속해서 '서사적 실험'이 모색되었던 것은 틀림없는 사실이다. 최인훈을 너무 소설가로 국한시키는 문제점이 있지만, 그에게는 희곡도 서사의 한 형태인 셈이고, 결국 그는 '허깨비'를 세상에 정착시킬 방법을 찾기 위해 장르를 초월해 몸부림쳤던 것이다. 그는 희곡적 형식에서 설화를 담을 수 있는 형식, 또는 그것의 힘을 실을 수 있는 형식을 찾아낸 것이지, 소설적 형식을 포기한 것은 아니다. 그것이 먼 훗날 『화두』의 형식으로 출현하는 것을 보아서도 알 수 있다. 그는 누구도 흉내내지 못할 서사적 실험을 하고 있었던 셈이고, 나아가 장르를 초월한 종합적인 형식을 추구했다고 말할 수 있는 것이다. 그렇다면 오히려 희곡에로의 전향이 최인훈의 서사적 관심을 더 적절히 보여준다고 말할 수도 있다. 그것은 『소설가 구보씨의 일일』이나 『태풍』에서 제대로 실현하지 못했던 서사의 문제를 새롭게 구현하는 것이다. 그런 면에서 그의 희곡에로의 이행을 새로운 서사로의 이행이라고 말할 수 있다. 그리하여 그는 「한스와 그레텔」을 쓰고는 희곡마저 중단하고, 에세이나 문학 이론을 쓰면서 90년대의 『화두』를 기다리는 것이다.

안팎으로 만나는 자를 모두 죽여라. 부처를 만나면 부처를 죽이고, 스승을 만나면 스승을 죽이고, 나한을 만나면 나한을 죽이고, 부모를 만나면 부모를 죽이고, 친척을 만나면 친척을 죽여야만 비로소 해탈을 할 수 있다. (『소설가 구보씨의 일일』: 254~55)

　그렇다면 새로운 형식, 혹은 우리만의 형식은 어디에서 나올 수 있는가? 구보씨는 샤갈의 그림을 보면서 생각한다. "그림 속의 물건들은 현실의 기호가 아니라 감정의 기호들이다. 감정의 세계는 어떤 인간이, 자기 삶의 추억들을 머릿속에서 모두 불러 세워놓고 그것들에서 받은 자기의 희로애락을 기준삼아(이 세상 신분을 거들떠봄이 없이) 내려준 작위의 서열에 따라 통제되어 있다"(『소설가 구보씨의 일일』: 155~56). 그러나 샤갈처럼 현실의 기호가 아니라 감정의 기호를 찾아낼 때, 혹은 이중섭처럼 '자유로운 꿈의 색깔과 꿈의 발자국'을 찾아낼 때, 그림은 미적 구체화를 이루게 된다. 샤갈은 우화나 환상을 통해 어쩌면 눈에 보이는 세계보다도 더 현실적인 것을 그려냈고, 이중섭은 아이와도 같은 꿈으로 현실을 잊으려 함으로써 더 현실적인 것을 그려냈다. 「하늘의 다리」에서 준구는 길을 잘못 들었다는 생각과 잘 들었다는 확신을 번갈아 하면서 그림을 그리고자 한다. "환상적인 그림 속의 다리와 하늘과 도시가 이 캔버스 안에서만 어김없이 서로 밀고 당기면서 넘어지지 않는다면 그것은 그림일 수 있는 것이었다"(「하늘의 다리」: 109). 만약 그것이 넘어지지만 않는다면 미래의 미적 형식이 될 수 있다. 그리고 하늘의 다리가 현실의 문제를 지시할 수도 있게 된다.

　구보씨나 준구는 좌절을 할지라도 새로운 미적 형식을 찾는다. 그것은 그들에게 '바다'처럼 보편으로 존재한다. 준구는 "바다는 있는 대로가 바다야. 바다는 진화하지 않은 동물이야'(「하늘의 다리」: 117)라고 말하고, 구보씨는 "알거나 말거나 바다는 저대로 있는다"(『소설가 구보씨의 일일』: 275)고 말한다. 그렇게 해서 그 어떤 실험적 소설에서도, 투박한 형식의 『소설가 구보씨의 일일』에서도 '바다의 출렁임'을 담아내게 된다. 거기에 바다의 생명력이 어느 정도로 잘 담겼는지 묻는 것은 부질없는 일이다. 바다는 그런 것을 원하지도 않는다. 그런 마음으로 최인훈은 적극적으로 미래의 미적 형식을 찾았다. 바다를 통해 '생명의 형식'을 찾을 수 있고, '잡풀'을 통해서도 그것을 찾을 수 있다. 들꽃 한 송이의 생명력이 우람한 집채(미학적 형식)를 다시 솟아오르게 할 수도 있는 것이다. 『소설가 구보씨의 일일』은 그런 정신으로 만들어낸, 거기에 바다와 잡풀의 생명력을 담고 있는 서사적 구현체이다. 소설을 방법으로 인생을 생각하고, 인생을 방법으로 소설을 생각하려고 노력했던 최인훈은 지금도 "다 못 한 이야기"(『소설가 구보씨의 일일』: 328)를 해야 한다고 생각하며 서사의 꿈을 꾸고 있으리.

환상으로 예견되는 미래의 미적 형식
―「하늘의 다리」

1. 허깨비라는 성물

최인훈이 1970년에 발표한 「하늘의 다리」는 김윤식의 지적대로 『광장』 『회색인』『서유기』의 다음 단계를 잇기 위한 '예술론'으로 씌어진 소설이다.[1] 그 작품은 비교적 분명한 서사를 보여주지만 '하늘의 다리'라는 풀리지 않는 허깨비, 혹은 미적 암호가 작품 전체에 등장하여 서사를 지연시키고 독자를 미지의 세계로 안내한다. 아직 그 기호는 어느 누구에 의해서도 해석되지 않았다. 만약 그렇다면 그것은 작품 전체의 맥락이 풀리지 않았다는 말이고, 문학 연구자들은 최인훈 문학의 중요한 기호 하나를 놓치고 있는 셈이 된다. 명백하게도 허깨비는 작품 전체를 관통하는 핵심과 연결되어 있다. 그것이 병적 징후이거나 삶의 수수께끼적 기호이거나 간에, 그것은 성물(聖物)의 후광처럼 부풀어올라 작품 전체를 감싼다. 그것은 그의 이전의 작품에서 나타나던 환상들과 같은 뿌리를 지니고 있지만, 대단히 독자적이다. 『광장』의 '갈매기'나 『서유기』의 '방공호의 여인'과는 또 다르게 그것은 전면적이다. 구체적 현실 속에서 누구의 다리인지 알 수 없는 '끊어진 다리'가 생생하게 하늘에 걸려 있다. 누구라도 그것을 딱 부러지게 아무런

---

1) 김윤식, 「어떤 한국적 요나의 체험」, 김병익·김현 편, 『최인훈』, 은애, 1979, p. 135.

의미가 없는 허깨비라고 몰아세울 수도 없고, 그렇다고 실제적인 기억이나 상황을 들이댈 수도 없는, 그야말로 그것은 허깨비 이외엔 아무것도 아니면서도 허깨비를 넘어서는 것처럼 보이면서 하늘과 도시를 연결해주고 있다. 물론 그것은 인간을 둘러싼 채 인간에게 작용하고 있는 '보이지 않는 어떤 것'을 지칭한다. 그런데 그것은 또 작가의 의도와도 상관없이 저 혼자 자라나 의미를 확장시켜나간다. 그리하여 「하늘의 다리」는 '비밀'로 가득 찬다.

최인훈 소설의 주인공들은 주로 '창'을 통해 바깥의 광장을 내다보지만 유리에 차단된 채 결국은 창에 비친 자신의 내면을 들여다보는 사람들이다. 물론 거기에는 광장의 그림자가 어른거린다. 하지만 그것은 창에 비친 자신의 모습을 더 일그러뜨릴 따름이다. 바로 그 순간 허깨비가 나타난다. 그렇다면 허깨비는 내부 세계와 외부 세계가 소통하는 과정 속에서 소통이 잘되지 않거나 외부 세계에 문제가 생겼을 때 발생한다. 물론 창밖에 세계는 펼쳐져 있고, 그것만으로도 사람들이 광장을 꿈꾸고 광장의 정신을 습득하고 광장과의 소통을 모색해보는 데에는 별 지장이 없다. 하지만 외부 세계의 '따뜻한 손길'도 유리를 거치면 '차가운 사물'이 된다. 게다가 '보여진' 기호란 얼마든지 착란을 일으키는 위장된 것일 수 있다. 그럴 때 중요한 것은 유리 내부에 앉아 있는 사람의 표정이나 창의 그림자로 얼핏 나타나는 무의식의 이면이다. 그렇듯 외부 세계와 같은 비중의 내부 세계를 이해해야 그 관점을 갖고서 외부 세계에서 벌어지는 일들을 파악할 수 있게 된다. 그러자면 오히려 바라본 내용보다 '바라보는 상태'를 점검함으로써 더 나은 인식을 얻어낼 수 있다. 최인훈은 자기 그림자와 씨름하는 주체의 내부를 추적함으로써 세계를 그리고자 한다. 그런데 내부 세계와 외부 세계 사이에 허깨비가 떠 있다. 그걸 잡으려고 김준구는 그림을 그리고, 도시의 거리를 산책하고, 바다를 찾는다.

허깨비는 자아의 허약함을 나타내는 기호라서 거기에는 주체의 내부 혹은 외부의 '병적 징후'가 담긴다. 그래서 그것을 통해 잘못된 풍속의 근본적인 치유책을 마련할 수도 있다. 그리고 주체가 소외된 원인도 알아낼 수 있다. 다시 말해 허깨비를 관찰하고 분석하는 일은 주체를 확립하고, 주체를 감싸고 있는 환경을 점검하는 데 기여한다. 최인훈은 『가면고』의 '다문고,' 『광장』의 '갈매기,' 『서유기』의 '방공호의 여인,' 「총독의 소리」의 '환청' 등의 문제와 씨름하면서 인식의 지평을 넓혀나간다. 어떤 점에서 각 작품들의 주인공들이 자유를 열망하면 할수록 허깨비는 더 극성을 부린다. 그것은 인식과 행위의 불일치 속에서 비어 있는 지대가 더 넓어진다는 표시이고, 선험적 지대부터 노정된 타자의 몸부림이 그만큼 극심하다는 것을 보여주는 것이다. 그런데 혹자는 그것을 이성에 대한 신뢰를 훼손하는 것이라고 회의주의적인 태도로만 바라본다. 그러나 그것은 우리가 회피할 수 없는, 우리 내부에 담긴 반드시 풀어야 할 기호라는 점에서 중요하다.

　「하늘의 다리」는 최인훈의 대표작으로 거론되거나 비평적 검토가 다양하게 이루어진 글은 아니지만 그의 소설에서 소홀히 다룰 수 없는 중요한 작품이다. 특히 김윤식은 그 소설이 '정신의 '높이'를 첨예하게 드러낸 예술론"[2]을 함축하고 있다고 말하면서 그것을 정밀하게 분석한다. 작가 또한 어떤 대담에서 「하늘의 다리」가 "어떤 의미에서는 그 전반기의 『광장』까지도 포함해서 어느 것보다도 미학적인 의미에서 자기의 고유한 정신적인 초점이 잡혀 있는, 흔적 같은 것이 있는. 비교적 유연하고 작품의 무게가 손상되지도 않고, 아까 말한 쌍두마차라고 하는 것이 합쳐지는, 완벽하게 합쳐졌는지는 모르되 전작들하고는 분열상이라고 할까 그런 것이 비교할 수 없이 정돈된, 상당히 뭔가 달라진 것 같은"[3] 작품이라고 스스로 비중 있게 평가한다. 그러나 「하늘의 다리」에 대한 비평적 언급은 김윤식의 글을 제외하고는 전무한 실정이다. 그것은 쉽게 해독되지 않는 복잡한 기호나 관념 때문에, 혹은 최인훈 소설을 이데올로기 중심으로만 보았기 때문에 그런 것일

---

2) 김윤식, 앞의 글, p. 140.
3) 최인훈, 「기억을 찾아가는 소설의 길」, 『상상』, 1994년 여름호, p. 218.

수 있는데, 필자는 김윤식의 미적 안목을 신뢰하면서도 그것을 다시 면밀히
살펴보고자 한다.

2. 원초적 기억의 현장에서 걸어나온 환상

　최인훈은 『회색인』에서 ‘관념＝방법＋풍속’이라는 도식을 통해 우리의
근대적 공간의 문제점을 갈파한다. 근대를 이룬 서구의 정신이 들어왔으나
그 정신의 본질은 들어오지 못하고 풍속만 괴상스럽게 자리 잡아 올바른 관
념이 형성되지 못했다는 것이다. 그런 가운데 방법과 풍속의 괴리 속에서
환상이나 환각이 생겨나고, 『서유기』나 「총독의 소리」 연작 등에서는 그것
들을 비중 있게 다룬다. 하지만 「하늘의 다리」에서는 허깨비가 ‘성물의 공
간’으로 표현됨으로써 그것이 좀 더 복잡한 양상을 띤다. 그것은 ‘부실한’
풍속을 보여주면서도 사회적 억압의 상황에서 찾아내야 할 미적 형식을 보
여준다. 그런 점에서 그것은 형식적 실험의 개가이다. 그러면서도 최인훈은
시대나 사회에 대한 비판의 정신을 놓치지 않는다. 다만 곧이곧대로 쓰면
정치적 박해를 받기 때문에 우화나 풍자의 방법을 택하거나 서사성을 완전
히 약화시킴으로써 거기에 함의된 뜻을 감춘다. 물론 그것은 저항의 한 형
태이다. 그러나 김윤식은 최인훈의 환상적 성격을 보이는 작품들에 대해서
우려를 표명하면서, 「하늘의 다리」에서는 그런 ‘허깨비’와 싸워 이길 수 있
어 최인훈이 풍속의 세계로 돌아올 수 있었다고 안도한다. 최인훈이 풍속의
세계로 돌아온 것인지는 더 따져보아야 할 문제지만, 적어도 그의 견해는
나에게 「하늘의 다리」를 높이 평가하기보다는 최인훈의 기법 자체에 불만
을 표시하는 것처럼 보인다. 최인훈에게서 환상적 성격의 작품을 빼면 아무
것도 남지 않는다. 게다가 김윤식은 허깨비를 너무 풍속에 옭아맨다.

모든 것을 방법론으로 분리해놓을 때 남는 것은 추상의 결과일 수 있다면 그 속에 자신을 감출 그림자가 없어지는 법이고, 이 불모의 자리 지킴은 생명이 깃들일 소지를 없애버리기 쉽다. 풍속이라는 가면이 없으면 춤출 수 없기 때문이다.[4]

김윤식의 말마따나 어떤 소설이라도 인간사를 무시할 수는 없다. 어쩌면 사람들의 삶을 다루지 않은 소설이란 존재하지 않는다. 심지어 소설은 작가의 세계 인식의 결과물이라고 말할 수도 있다. 그래서 최인훈도 삶을 이야기하지 '불모의 자리 지킴'을 하지 않는다. 그리고 잘못된 풍속을 지적하고 바로잡기 위해 그토록 애쓴다. 그는 결코 풍속을 거부하려는 것도 추상화시키려는 것도 아니다. 다만 그는 허깨비를 주체에게 배제된 타자의 몸부림으로 보면서 환상을 일으키는 풍속의 틈새에서 의미를 발견한다. 그렇다면 그에게 허깨비 놀음은 '추상의 결과'가 아니라 '생명'이 깃든 공간을 찾는 일이 된다.

다시 김윤식의 견해를 들어보자. "이 작가는 『구운몽』「총독의 소리」에서 맹렬히 허깨비를 찌르고 있었다. 정신의 자유가, 해탈이 얻어질까 해서였다. 그 허깨비는 번번이 이 작가를 우롱하면서 성장해갔다. 허깨비를 찌르는 무기가 졸렬했기 때문만은 아니다."[5] 그는 최인훈이 허깨비를 통해서 자유와 해탈을 구하려 한다는 불만스러움으로, 「하늘의 다리」가 "허깨비로 바라본 환상에 실체를 부여했다"[6]고 칭찬하면서도, 그 표현의 이면에 허깨비가 작가를 "우롱하면서 성장해갔다"는 수사를 감춤으로써 작가에 대한 자신의 감정을 간접적으로 드러낸다. 그렇다면 작가가 환각을 버리지 못하는 것을 탓해야 하는가? 『광장』의 이명준은 허깨비의 이형태인 '갈매기'를

---

4) 김윤식, 앞의 글, p. 137.
5) 김윤식, 앞의 글, p. 159.
6) 김윤식, 앞의 글, p. 157.

총으로 쏘려고 하다가 그것들이 자신을 지켜주는 근원적인 힘이라는 것을 깨닫고는 환각의 상태에서 갈매기의 세계(바다)로 들어간다. 『가면고』에서 나타나는 '불성실한 방관자'나 '피에로'도 민의 삶의 태도를 바로잡아주는 역할을 하는 정도에서 그치지만, 『서유기』의 '방공호의 여인'에 이르면 그것은 거의 독고준을 구원에 이르게 하는 매개물이 된다. 이와 같은 허깨비들은 언뜻 보기에 '익명의 공포'로 감지되지만, 결국에 각각의 주인공들은 그 공포를 통해 사태의 핵심을 깨우친다. 다시 말해 '그 여름'이나 '하늘의 다리'는 존재에 대한 불안에서 비롯되는 것이기는 하지만, 단순한 병적인 환상이 아니라 '사물화되지 않는 미적 세계'를 보여준다는 점에서 작가의 긍정적인 인식의 산물이라고 말할 수 있다. 그렇게 해서 발생했을 허깨비는 작품의 중요한 미적 근원이 되고, 작품에서 중요한 역할을 맡게 되며, 결국 "허깨비가 만들어지는 현실의 고통"을 "존재를 발견하는 무의식의 기쁨"으로 변화시킨다.

때때로 허깨비는 의식의 표층을 뚫고 내적 본질로 들어가는 통로가 되기도 한다. 『서유기』에서 독고준은 이유정의 방 앞 계단 위에 서서 자신의 실존의 근거를 찾아 무의식의 세계로 빠져든다. 그때 구원과 파괴를 동시에 일깨워준 '그 여름'이라는 기호가 나타난다. 그것은 그에게 자살에의 충동과 '자기 기만'의 부끄러움을 동시에 느끼게 해준 것이기도 하다. 다시 말해 그 폭음의 여름, 방공호의 어둠, 여인의 손길, 더운 숨결, 그리고 살 냄새 등의 원초적 기억을 한꺼번에 되살려준 '그 여름'의 섬광의 순간은 그의 영원 속에 자리 잡고서 때때로 그 자신의 내부 세계를 비춰준다. 그렇듯 환상에는 삶의 비의를 깨닫게 해주는 '믿음의 성지'와도 같은 것이 있다. 독고준이 '그 여름'의 도움을 받아 무의식의 세계에서 현실의 세계로 돌아나오게 되는 것도 그 때문이다. 그러나 그는 주체 내부에 내화된 타자들을 행위의 동력으로 이끌어내지 못하고 아직 현실에서의 자유도 구가하지 못한다. 단지 '그 여름'에 의해 구원되어 현실로 걸어나왔을 뿐이다. 「하늘의 다리」

의 환상도 그와 유사한 특성을 보이면서 깊은 인상을 남긴다.

갠 밤하늘에 여자의 다리 하나가 오늘도 걸려 있다. 허벅다리 아래만 뚝 잘린 다리다. 쇼 윈도에 양말을 신겨 거꾸로 세워놓은 마네킹의 다리가 하늘 한가운데 애드벌룬처럼 떠 있는 것이다. 창백한 큼지막한 달이 떠 있는 하늘은 밝고 싸늘하다. 다리는 달빛을 받아 별처럼 빛난다. 발을 아래로 제대로 허공을 밟고 선 다리는 한쪽뿐인데 허벅다리 의에서 끝나 있다. 그런데 그 끊어진 대목이 마네킹과 다르다. 끊어진 대목에서 피는 흐르지 않는다. 있어야 할 둥근 절단면이 없는 것이다.[7]

「하늘의 다리」는 『서유기』의 그 원초적 기억의 현장에서 '방공호의 여인'을 송두리째 떠올리지 못하고 '다리' 하나만을 가지고 현실로 걸어나오게 됨으로써 일어난 사건이다. '여자의 다리'가 허공에 떠 있다. 그 살진 발가락들이 부드럽게 하늘을 '즈려밟고' 있다. 그것은 뚜렷한 환상이면서도 『서유기』에서와는 달리 실제 현실에서 일어난 상황이다. 그런데 그 끊어진 다리는 부자연스럽지 않고 '살아 있다.' 그 다리가 어느 때는 몇 시간이고 그대로 머물러 있을 때도 있다. 그것이 성희의 다리를 닮았다면 제법 육감적일 수 있을 테고 그것이 '끊어진' 것이라면 사뭇 비극적일 수도 있다. 그것은 대체로 김준구의 병이 그만큼 심해졌다는 표시이지만 타락한 현실 속에서 그의 이상이 사라지지 않았다는 증거도 된다. 그런데 그 다리는 이상(하늘)을 즈려밟고 있으면서도 현실(도시)과 연결되지 못한다. "머릿속으로 그 자리에 억지로 다리를 그려보아도 그것은 오려 붙인 그림처럼 벗겨져 날아가버린다. 마치 그 빈자리가 가짜 딱지를 튕겨내는 것 같았다"(27). 특히 그것을 의식적으로 기억해내자면 그렇다. 이와 같은 사실에서 알 수 있듯이

---

7) 『하늘의 다리/두만강』(전집 7), 문학과지성사, 1994, p. 26. 이후로 「하늘의 다리」의 내용을 인용할 경우에는 본문에 면수만 표기함.

그것은 김준구의 의식이 비어 있는 경우에만 나타난다. 그런데 하늘의 다리는 토막 난 다리의 환상이기 때문에 누구에게 묻기도 곤란하고 해석하기도 어렵다. 게다가 그것을 언어로 표현하고자 하면 이내 그 ‘살아 있음’이 사라진다. 물론 그것은 그림을 그리려면 어색해진다. 그것은 나타났으되 유동체의 허상인 것이다. 그런데 김윤식은 “허깨비로서의「하늘의 다리」환상이 문화의 측면으로 길들여질 때 그는 작가 이전에 인간으로 구제당할 것이리라”[8]고 말한다. 물론 허깨비는 문화의 억압에서 발생한 것일 수도 있고 새로운 문화의 측면을 제시한 것일 수도 있다. 하지만 그것이『서유기』의 ‘그 여름’과 같은 큰 타자에서 발생한 것이라면, 길들여져야 할 것은 하늘의 다리가 아니라 풍속이라는 사실이 명백해진다. 오히려 길들이는 것보다는 하늘의 다리를 “살아 있는 여인 전체의 모습”으로 복원하는 것이 더 중요한 일일 수도 있다. 그래야 ‘방공호의 어둠’이 없어도 현실에서 구원받고 사랑받게 될지도 모른다. 그리고 “원초적 어머니의 지대”를 통해 다시 태어날 수 있게 된다. 그런데 하늘에 걸린 ‘여인의 다리’를 단선적으로 ‘피난민 의식’의 산물로 본다면 많은 것들을 놓치고 만다. 그리고 그 기호도 전혀 해석되지 않는다. 그것은 ‘억압된 무의식’이 현실로 나오려다가 상처를 입은 불완전한 표상이다.

3. 절망 끝에 찾아낸 미래 예술의 가능성

풍속이 안정된 시대에는 허깨비가 생겨나지 않는다. 그러나 이상이 현실과 괴리되고 불가능한 꿈으로 자리 잡을 때 허깨비는 생겨난다. 그것은 다른 상황, 다른 세계가 도래할 조짐처럼 나타나 언젠가 바뀔 수도 있는 현실의

---

8) 김윤식, 앞의 글, p. 141.

모습을 보여준다. 다른 형식의 예술도 처음에는 그렇듯 낯설게 '사적 성물의 공간'에서 나타나 점차로 공적 공간으로 확대되어나간다. 그 낯선 상태를 극복하지 못해 '죽은' 예술도 적지 않다. 예술은 폭력적으로 다가오되 그 속에 씨를 뿌려 꽃을 피운다. 꽃은 폭력을 뚫고 폭력적으로 솟아난 것이다.

> 예술은 폭력의 나라다. 폭력의 근거를 따질 마음이 일지 못하게 강제된 폭력의 세계다. 예술을 사랑한 사람은 예술을 만들지 못한다. 무서움, 삶의 무서움에 대해서 또 하나의 무서움을 만들어내는 것. 그게 예술이다. 아름답다는 것―아름다움은 흉기다. 흉기를 만드는 사람은 흉기보다 더 흉악하지 않으면 안 된다. (48)

다시 말해 예술은 아름답지만 폭력적이다. 아름답기에 폭력적이기도 하다. 그리고 그 아름다움의 폭력은 이전의 미적 질서를 위협한다. 세상이 바뀔 때마다 새로운 미적 질서가 나타나고 그에 따라 이전의 미의 개념은 무너진다. 사람들은 그 예술의 '흉기와도 같은 폭력성'을 이해하지 못한 채 아름다움만 사랑한다. 하지만 그것이 어디 쉬운가? 그것을 획득하는 일은 폭력의 공포를 딛고 일어설 때만 가능하다. 게다가 그것은 생활에 안주한 사람에게는 나타나지 않는다. 이데올로기의 구성체에 갇혀 거기에 너무나 익숙해져서 그것의 횡포나 불편함을 알아차리지도 못할 때 그것은 다가오지 않는다. "커다란 소용돌이 속에 살면서도 그 소용돌이의 의미를 알기는 어렵다. 아는 것 같으면서도 실은 도른다, 는 게 당대―변화가 심한 당대를 사는 모든 사람의 실정이다"(56). 예술의 역사는 이데올로기의 틀을 거부하고 그것을 파괴하는 과정으로 진행된다. 오직 예술만이 이데올로기의 횡포와 맞선다. 그래서 "예술이란, 불러내는 것. 먼 데 것을 불러내는 것. 가라앉은 것을 인양하는 것. 침몰한 배를 끌어올리는 것. 기억의 바다에 가라앉은 추억의 배를 끌어내는 것. 바닷가. 포류물을 벌여놓은 바닷가. 그렇게 캔버스 위에 기억의 잔해 찌꺼기들을 그러모으는 일"(65)이라고 말할 수 있게 된다. 그것은 단순히 '향수'와 같은 것을 너절하게 불러내자는 것이 아니라, 예술의 근원적인 힘을 불러내어 이데올로기의 횡포와 맞서자는 것이다. 그러나 그것은 어렵다. 대부분의 사람들에게는 그것과 맞서 싸울 연장도 체력도 기술도 없다. 이데올로기의 실체를 모를 때 그것을 벗어날 수 있는 방법은 더군다나 없다. 그 속에 갇혀 사는 사람들은 '판잣집 지하실'을 그저 '호화 빌라'로 생각하며 살아간다. 그럼에도 불구하고 그걸 문제삼는 사람에게 '바깥의 꿈,' 즉 환상이 나타난다.

김윤식은 "당대의 풍속을 철저히 단절하기 위해서는 자기 자신이 풍속 자체로 되어야만 비로소 가능하다"[9]고 말한다. 그것은 풍속과 멀어져서는 어떤 새로운 풍속도 만들지 못한다는 뜻이리라. 그런데 풍속을 만든 것이 이데올로기라면, 풍속에 푹 젖어 있을 때 어떻게 풍속과 단절하고 거기에서 빠져나올 수 있을까? 자칫 그것은 이데올로기에 더욱 예속되자는 말이 될 수도 있다. 주로 풍속은 이데올로기에 조종당하며 이데올로기 구성체 속에서 벗어날 수 있는 단서를 인멸한다. 그래서 그 속에서는 겉보기에는 거기서 벗어난 것 같아도 구조를 만드는 '누군가의 음모'에 놀아나게 된 경우도 많다. 그럴 때 아무리 '예술이 생활로 돌아와야만 한다'고 말하더라도 그것은 거기에 빠져든 속된 예술가들의 은폐된 몸짓에 불과하다. 김준구는 그 말의 속뜻을 명확히 알아차린다. 그는 이데올로기가 환상을 싫어하는 것을 알기 때문에 환상을 버리지 못한다. "예술에 있는 두 개의 극. 장식과 모험. 모험의 몫을 맡은 게 근대 미술이다. 삶을 위해 삶을 떠나는 삶의 모습— 예술"(71). 그는 그것을 확실히 인식하고 있는 것이다. 그래서 김준구는 모험을 택해 화폭에 새로운 틀을 고안해내고자 한다. 하지만 그것은 쥐어짠다고 나오는 것이 아니다. 더욱이 '신'[10]의 입김이 미치고 있다면 문제는 더

---

9) 김윤식, 앞의 글, p. 156.
10) 필자는 「하늘의 다리」에 나오는 '신'이 주로 '이데올로기'의 성격을 지니고 있다고 생각한다.

복잡해진다. 도대체 허깨비의 능력이 어느 정도 되는지 알 수 없다. 그에 비해 이데올로기나 신적인 힘은 너무나 크다.

김준구는 허깨비를 화폭에 담아내고자 한다. 그것만이 모순투성이 삶에 대한 저항이고 살 길이다. 그런데 그것이 화폭에 쉽게 들어올 리 없다. "하늘은 유리처럼 단단한데 다리는 나비 같다. 억지로 하늘 속에 밀어넣으려고 하면 연약한 몸짓이 터져 창자가 나온다"(100). 설혹 그는 허깨비의 정체를 순간적으로 파악했을지라도 그것을 공적으로 보여주기에는 능력이 부쳤던 것이다. 하늘의 다리가 그림 속에 들어와주지를 않는 것이다. 그것은 그만큼 이데올로기의 틀이 '유리처럼' 견고하다는 것이고 그 자신이 지니고 있는 관습적인 타성을 버리기가 그만큼 어렵다는 말이기도 하다. 아직 그에게는 모험의 정신이 부족하고 '유리처럼 단단한 하늘'을 깨뜨릴 만한 힘도 없다. 따라서 '절단면이 보이지 않는 끊어진 다리'를 화폭에 담을 수 없었고 도시와 하늘을 연결시킬 수 없었다. 그렇다면 어찌해야 하는가? 진정한 예술로서의 '강물의 소리'는 언제 들을 수 있다는 말인가?

근대적 유산이 풍속으로 자리 잡자면, 먼저 그것의 부산물이 썩어 발효될 때만이 '추한 독초'라도 꽃피우게 된다. 그래서 먼저 철저히 절망해보는 것도 하나의 방법이다. "밤이여 깊어라. 밤이여 익어라. 땅이 썩고 눈이 먹물처럼 흐리도록 밤아 익어라"(89), 하는 김준구의 외침은 풍속에 대한 도저한 절망의 표현이지만, 그 이면에는 순결을 잃은 말의 힘을 회복해야 한다는 절박감이 담겨 있다. 물론 그런 절박감만으로는 거짓된 풍속을 다스릴 '한 줄의 시'도 쓸 수 없다. 그래도 계속해서 "하수도가 하수도를 구하기 위해"(90) 애쓴다면 시인은 그 절망과 싸우는 시시포스의 기록이라도 남길 수 있게 된다. 그럴 때 그 좌절의 기록은 좌절에 그치지 않고 우리에게 활력을 준다. 결국 소설은 글쓰기를 통해서 좌절을 완성시키는 것이다. 그리고 시시포스가 지닌 삶의 추동력을 얻게 되는 것이다. 허깨비의 세계에 들어가 그것을 표현해내는 일도 그러한 역할을 한다. 허깨비가 벙어리처럼 말이 없더라도 소설은 '언어로 표현할 수 없는 것'을 표현함으로써 살아 있게 한다. 세속의 현실에서 신성에 다가설 수 있는 가능성은 그렇게 해서 생기고, 성물의 공간에 충만한 에너지는 그렇게 해서 획득된다. 그리하여 예술은 시체들과 타락한 말들과 허송한 시간을 딛고 서 있는 허깨비를 '단절면 없이' 하늘에 가득 채우게 된다. 그렇게 해서 도시의 하늘에 떠오른 허깨비는 구원의 형식이 된다. 예술이 된다.

그런데 김준구의 눈은 아직 거기서 구원의 형식을 찾아내지 못하고 있다. '제2의 손(화가)'은 그림을 그리고 있지만 '제3의 손(신)'은 그것의 완성을 방해하는 것이다. 선과 색, 그리고 명암 따위는 화가가 만든 것이 아니라 신이 잠시 빌려준 재료이다. 따라서 주체는 그것을 사용하면서도 그것을 만든 자의 입김을 벗어나기 어렵다. 특히 시각 중심의 인식을 하고 있다면 더욱 그렇다.

내가 내 속에서 빠져나오려 한다. 내가 나를 잡는다. 나는 내 속에 빠진다. 진흙으로 빚은 눈이 진흙 속에서 보려 한다. 눈 속에 들어오는 진흙을 밀어내면서. 진흙 속에서 안간힘 하는 진흙. 자기의 눈을 자기가 보고 싶어 하는 이 구(球)형의 소용돌이 ― 눈. (101~02)

이 도저한 절망. 그는 '나'를 찾으려고 끊임없이 노력하지만 신이나 이데올로기의 굴레에서 벗어나지 못한다. 신의 '색,' 신의 '언어'를 유물처럼 사용하기 때문에 허깨비를 그리지 못하고 그만 진흙탕 속에서 허우적거리게 되는 것이다. 허깨비를 의식적으로 붙잡으려고 하면 '바람 속'에 흩어지고 '진흙 속'에 풀어지고 마는 것이다. 그래서 진흙탕을 벗어날 근본적인 대책이 마련되지 않는 한 그림을 그릴 수 없게 된다. 그가 그림 그리는 일을 중단하고 바다를 찾게 된 것도 그 때문이다. 물론 그는 아직 그림을 포기하지 않았다. 캔버스를 그대로 놓아둔 것을 보아서 알 수 있듯이, 그는 아직 완성에의 욕구를 버리지 않았다. 다만 그는 신적인 힘에 대한 저항을 하기 위해서 좀 더 효과적인 방법을 마련하고자 했을 따름이다. 적어도 정신적으로 재무장이라도 하고자 했다. 그러다 보니 그의 좌절과 방황이 더 심해졌을 뿐이다. 따라서 "자네는 늘 자신 있는 양한데 자넨 무슨 자신이 있는가. 어느 전능한 양반한테서 자네한테만은 무슨 기별이 있던가?"(118)라고 묻는 한명기에게 띄우는 그의 편지는, 신에 대한 절망이라기보다는 신에 대한 저항의 한 형식이 된다. 그는 조소하면서 주체를 세우고자 하고 미래의 미적 형식을 꿈꾸는 것이다.

4. '창밖'의 광장으로

중요한 것은 다시 태어나야 한다는 사실이다. 근원부터 다시 시작해야 하는 것이다. 그래서 새로운 미적 형식은 바다의 심연에서 파도와 함께 바닷가로 나와야 한다. 김준구는 모래사장에서 자신이 이제 막 바다에서 나온 것 같다는 착각에 빠진다.

바다는 부지런한 동물이야. 모래사장을 걷다가 나는 잠시 발부리 밑을 내려다봤네. 파도가 내 발부리에 닿을락말락하는군. 이상한 생각에 사로잡히네. 내가 금방 바다에서 나온 것 같은 생각 말일세. 나왔다는 건 탄생했다는 말일세. 생명은 바다의 미생물에서 생겼다지? 하나 내가 이상스럽다는 건 그런 게 아니지. 지금 금방 내가 이 바닷속에서 갑자기 생겨나왔다는 애길세. 바다와 나는 틀림없이 한 탯줄로 이어진 사이야. 그런데 그 탯줄이 보이지 않는군. 바다와 미생물에서 지금의 나에게 이어지는 모든 사건의 연속이라는 탯줄. 그래서 나는 이렇게 여기 서 있다는 게 매우 당돌하게 느껴지네. (116)

이와 같을 때에도 김준구가 절망하면서 바다를 찾았다고 말할 수 있을까? 오히려 위의 글에서는 희망이 넘친다. 새로운 '나의 탄생'이 엿보인다. 김윤식은 「하늘의 다리」가 "김준구의 철저한 패배"[11]의 기록이라고 말하지만 그것은 절망 끝에 찾아낸 희망의 기록인 것이다. 설혹 그가 탈진한 상태에서 바다를 찾았다고 하더라도 이미 그는 그것을 극복해낼 방법을 마련한 뒤였고, 그에게 '탯줄'이 보이지 않더라도 그것이 바다라는 근원을 회의할 만한 일이 되지는 못했다. 그리고 하늘의 다리가 '단절면'이 없이 '탯줄로 이어졌다'는 말은 자신이 문명을 상징하는 도시 위, 즉 그 세속에 발 딛고 서 있고 하늘과 맞닿은 이상을 꿈꾸는 존재이지만, 아직 그가 자신을 가두고 있는 언어적 질서를 넘어서지 못했기 때문에 '한쪽 다리'를 절고 있다는 것을 보여주는 말이기도 하다. 그러면서도 그는 유기체적 생명력을 유지하며 존재의 본질에 다가선다. 다만 인간 자신을 곧바로 하늘과 연결시키려 할 때 창자가 삐져나오고, 승용차 안에서 피살체의 다리가 발견되고, 와우아파트가 붕괴될 수도 있다. 신이나 이데올로기는 그것을 자신에 대한 도전으로 간주하여 용납하지 않는다. 허깨비를 성물의 공간에 위치시키는 것은 그만큼이나 어려운 일이다. 그것은 이데올로기에 익숙한 사람에게는 '재앙'처럼 여겨질 수도 있다. 인간과 하늘을 이어주는 '투명한 탯줄'이 있다는 사실조차 놀라운 일일 수 있다. 하지만 그것들 사이에 있는 '유리'의 틈새를 열고 그것들을 소통시키게 하는 사람도 존재한다.

새로운 미적 형식을 이루어내자면 이데올로기의 벽을 무너뜨리지 않고서는 불가능하다. 그래야만 오래전의 '광장'으로 나갈 수 있게 된다. 미래의 예술은 그걸 위해 먼저 허깨비로 떠오른 광장을 보여준다. 그런데 김윤식은 '하늘의 다리'가 풍속이라는 이름의 이데올로기의 구조틀 속으로 내려와야 한다고 말한다. 그와 같을 때 「하늘의 다리」는 어떤 미적 본질에도 이르지

---

11) 김윤식, 앞의 글, p. 153.

못한 채 그야말로 '허깨비'의 문제도 끝나고 만다. 아무리 "허깨비를 언제나 허깨비로만 하늘 높이 떠올려 바라본다는 것은 문화가 아니라 공포이며 향수 이상일 수 없고, 그 결과 정신의 자유는 영영 피안 속에 매몰되고 말 것이다"[12]라고 말하더라도, 환상은 현실에 내려오되 예전의 현실이 아닌 새로운 현실로 걸어나와야 하는데, 그것을 공포나 향수로 생각하며 현실에서 길들이고자 할 때 그것은 무용지물이 되고 만다. 그것은 그대로 둔 채 '유리'를 깨뜨려야 한다. 김준구만 하더라도 허깨비를 해석하고자 시도함으로써 자신의 존재를 다시 생각하고, 급기야 놓았던 붓을 다시 잡게 된다. 그렇다면 그는 허깨비를 통해, 즉 허깨비의 힘을 빌려 '정신의 눈'으로도 찾아내지 못한 활력을 획득하게 되었다고 말할 수 있게 된다. 그렇게 해서 하늘의 다리는 성물이 되고, 구원을 주고, 미래 예술의 가능성이 되는 것이다. 그리고 또 예술은 이데올로기와의 싸움을 계속할 수 있는 여력을 갖게 되는 것이다.

이데올로기에 길들여진 사람은 그 틀 속에서 안주하지만 진정한 예술가는 이데올로기에 상처받은 몸을 이끌고서라도 그 구조 바깥에 있는 또 다른 질서를 찾아나선다. 따라서 허깨비는 풍속이 되지 못해 하늘에 떠오른 것만이 아니라 풍속의 잘못, 구조의 잘못을 일깨우기 위해, 혹은 또 다른 질서로 들어가는 입구를 제시하기 위해 하늘에 떠오르는 것이다. 그런데 그것이 '하늘의 유리'에 비친 것이다. 그것은 자신이 속한 구조가 잘못되었다는 것을 알려주면서도, 특히 바깥 세상을 외면하며 자신의 예술 세계에만 빠져 살았던 사람들에게 등불이 된다. 그리하여 「하늘의 다리」의 김준구는 좌절을 극복하며 자신이 처한 구조를 열고 새로운 상황으로 나아가게 된다. 그는 하늘의 다리를 캔버스에 그리지는 못했지만, 「하늘의 다리」라는 소설은 그 과정을 보여줌으로써 그것 자체로 성물이 된다. '쓸 수 없는' 것을 쓰게

---

12) 김윤식, 앞의 글, p. 157.

되었기 때문에 그것이 우리의 몸에 전율로서 다가오고, 예술혼을 불러일으키고, 오랫동안 그 후광의 여운을 남긴다. 그럴 때 김윤식의 다음과 같은 말은 다시 씌어져야 한다. "'하늘의 다리'라는 허깨비를 지적 방법론으로 넘어서려는 것은 지적 오만일지도 모른다. 뿌리를 내리지 않은 의식은 이 허무를 끝내 창조에로 전환시키지 못할 것이다."[13] 예술가라면 누구라도 허깨비를 볼 수 있지만 그것을 창조에로 전환시킨 작가는 많지 않다. 최인훈은 허깨비를 통해 이데올로기의 억압에서 벗어나고, 미래의 미적 형식으로 나아갈 길을 제시한다. 그리고 마침내 허깨비의 세계를 열고 존재의 실상을 보여주는 새로운 글쓰기의 전범을 찾아낸다. 그리하여 「하늘의 다리」 이후로 최인훈은 『소설가 구보씨의 일일』의 에세이적 실험, 「옛날 옛적에 훠어이 훠이」 같은 희곡의 실험을 거쳐, 웅장한 교향악과도 같은 『화두』의 세계로 나아가게 되는 것이다. 그에 대한 설명을 뒤로 미루더라도, 그것은 최인훈 자신만의 승리가 아니라 우리 문학사 전체의 승리라고 말할 수 있다.

---

13) 김윤식, 『한국 현대 문학사』, 일지사, 1976, p. 249.

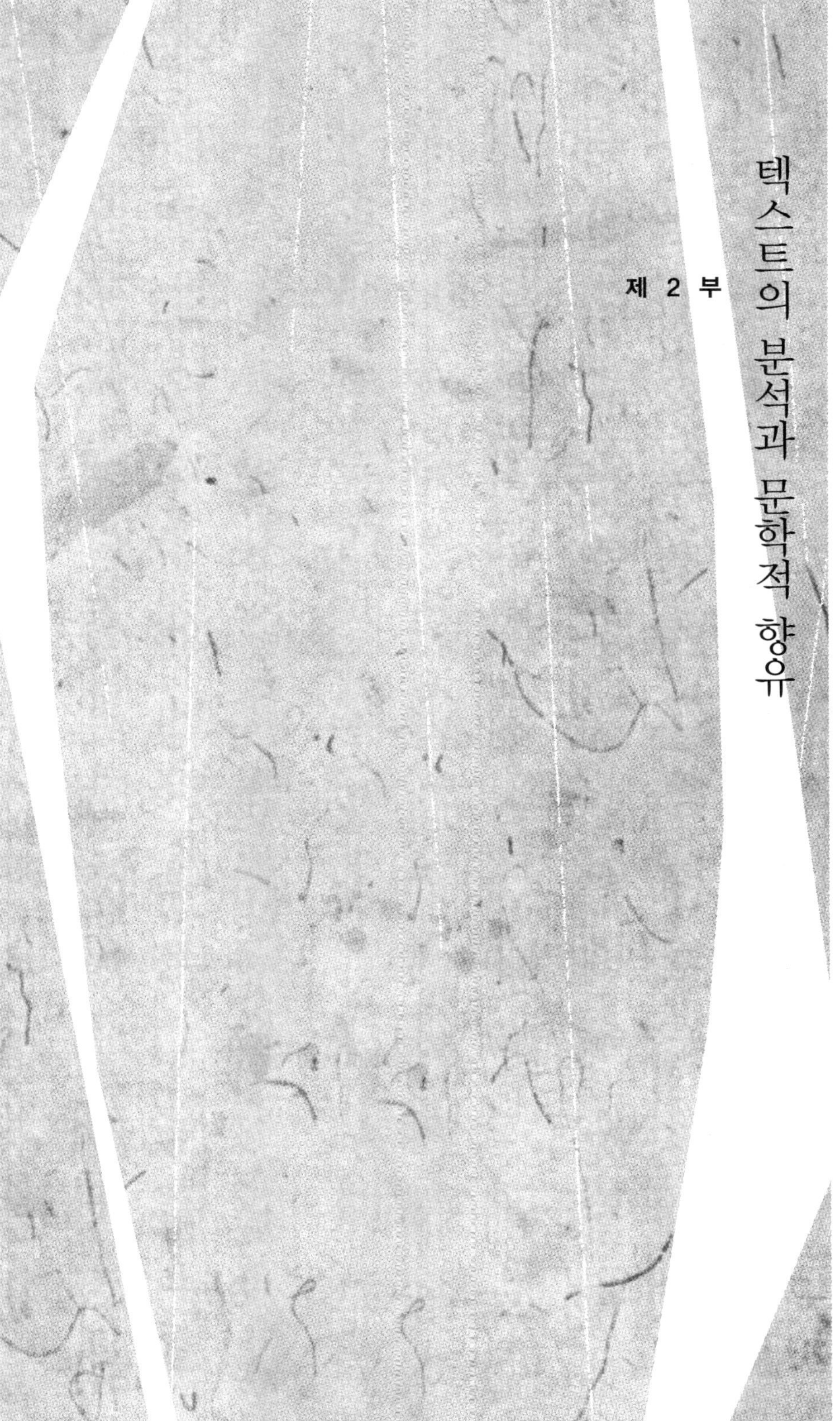
제 2 부

텍스트의 분석과 문학적 향유

『광장』 개작에 나타난 변화의 양상들

1. 개작에 대한 논의들

작중 상황에서는 50여 년이 흐르고 이 소설의 발표로부터는 40년이 지난 오늘날에 이르기까지 감동의 밀도를 유지하고 있는 소설이 있다는 건 놀라운 일이다. 해방과 분단, 그리고 전장의 소용돌이 속에서 세계를 인식하고 현실을 비판하며 삶을 사랑하던 한 젊은이가 모든 걸 잃고서 새로운 삶을 찾아가다가 자살(?)한다. 4·19의 빛 속에서 태어난 그 이야기에는 6·25를 전후한 시대적 아픔과 이데올로기, 그리고 아름다운 사랑이 고스란히 담겨 있다. 그리고 김현이 전집 판 해설에서 '소설사적 측면에서 1960년은 『광장』의 해'라는 수사를 붙일 정도로, 그것은 뛰어난 문학적 성과를 거두고 있다.

『광장』은 남과 북, 밀실과 광장, 사랑과 이데올로기 등의 문제에 대해 지금도 우리에게 질문한다. 분단과 관련된 문제들이 그토록 오랫동안 관심의 대상이 되는 것이 가슴 아픈 일이기도 하지만, 한편으로는 우리가 그토록 오랫동안 공동의 관심사를 가진 소설을 가졌다는 사실이 다행스럽기도 하다. 세계사의 물결에 뒤뚱거리던 20세기 중반의 한반도에서 한 젊은이가 나라와 이념마저 버리고 제3국으로 떠나는데 그걸 아는지 모르는지 갈매기들이 뒤따라온다. 이데올로기와 사랑. 그 문제는 쉽지 않았던 모양이다. 최인훈은 여섯 차례에 걸친 개작을 통해 『광장』의 문제가 끝나지 않은 문제임을 밝힌다.

　필자는 70년대 중반, 민음사 판으로 처음 『광장』을 읽었다. 자본주의 비판도 그렇지만 공산주의를 입에 올리는 것만도 어렵던 시절이었다. 게다가 『광장』은 남한보다 북한의 여성을 더 사랑하고, 제목에서도 뭔가 비밀스러운 데가 있는 그런 소설로 느껴졌다. 그리고 김일성의 남침을 조롱하고 북한의 실정을 공격하면서도 결국 전쟁 포로로 붙잡힌 이명준의 이야기는, 역설적으로 북한에도 '사람'이 있다는 것을 깨닫게 해주었다. 그것만으로도 그것은 반역적이었다. 또한 그 당시 마르크스를 괴물로만 배웠던 무지한 까까머리에게 '마르크스적인 낙원'이 있을지도 모른다는 생각은 막연한 대로 충격이었다. 그런 충격의 여운을 안고 『광장』과 같은 상황의 소설이 나오기까지 20여 년의 세월을 기다려야 했다. 그러나 아직도 그 실감이 손에 잡히는 소설을 만났다고 자신 있게 말하기 어렵다. 오히려 다시 읽은 『광장』이 전과 다른 전혀 새로운 느낌으로 다가왔다.

　『광장』 개작의 역사를 살펴보는 일은 한 텍스트의 변화 과정을 통해 작가의 정신적 변화를 알아내기 위한 것이지만, 텍스트의 완성도가 어느 정도에 이르고, 어느 방향으로 발전되었는가를 알아보는 일도 된다. 작가는 전집 판 「서문」에서 '이명준의 사람됨과 그의 걸어간 길을 독자에게 좀 더 가깝게 느끼게 하는 데 조금은 보탬이 되도록 개작을 했다'고 밝힌다. 작가라면 누구나 오해를 살 만한 여지를 줄이고 완성도를 인정받을 만한 글을 남기고 싶어 한다. 그러나 단어나 문장 하나까지 전면적으로 개작하면서도 텍스트의 구조에 큰 변화 없이 그 흐름을 원활히하도록 했다는 작가의 말은 아무래도 수상쩍다. 그것은 사실이면서도 한편으로는 사실이 아니다. 단어 몇 개만으로도 글 전체에 결정적인 영향을 미치는 것이 문학 텍스트라면, 전집 판의 개작은 단순한 보완 차원을 훨씬 넘어선 것이다. 1960년 『새벽』이라는 잡지에 발표된 것과 '문학과지성사 전집 판'을 대조해보면 텍스트가 전체적으로 얼마나 달라졌는지 알 수 있다. 그야말로 같은 문장 하나를 발견하기가 어렵다. 그와 같다면 내용의 변화도 어뗘할지 짐작이 가건만, 놀라운 건 초간본의 중심 사건이 거의 바뀐 게 없다는 점이다. 작가는 원형을 손상시키지 않은 채 문학적 효과를 극대화시켰던 것이다. 1961년 정향사 판에서 가장 많이 바뀐 전집 판(1976)으로의 변화를 살펴보더라도 갈매기의 상징성이 '윤애'에서 '은혜의 딸'로, 갑판 위에서 '김'이라는 사내와 싸우던 이명준을 저지한 것이 그 사내의 '사마귀'에서 '허깨비'로, 그리고 '컴뮤니즘'이라는 용어가 '볼셰비즘' 그리고 '스탈리니즘' 등으로 바뀐 것 정도가 전부이다. 그런데 작가는 정작 「1989년 판을 위한 머리말」에서 '주인공이 그렇게 힘겨워한 일들의 뒤끝이 이토록 오래 끌리라고는 예감하지 못하였다'고 고백한다. 곧 그 뒤끝은 일곱번째 개작에 이르고, 누구도 그것을 최종본이라고 자신 있게 말하지 못한다. 그렇다면 『광장』은 과연 초간본에서 어느 지점까지 달려온 셈일까?

　『광장』 개작에 대한 연구는 상당히 진전되었다. 김욱동이 『'광장'을 읽는 일곱 가지 방법』에서 가장 꼼꼼히 검토하고 있고, 지덕상이 학위 논문에서, 권봉영 · 김현 · 한기 · 김병익 등이 비평적 글을 통해서 개작의 변화 양상을 살피고 있다. 이들의 논의는 대화적이다. 대부분의 논의는 내용 차원에서 이루어지고 있는데, 주로 변화된 의미를 이데올로기보다는 '사랑'에 두고 있다. 홍미로운 것은 주인공이 바라보는 갈매기가 '객체'에서 '주체의 그림자'로 바뀌었다는 지덕상의 견해이다. "초간본에서는 객체로서의 '갈매기'가 주체의 의식 속에 들어와 여인들로 이해되는데, 개정본에서는 주체의 의식 속에 있던 '그림자'가 객체인 '갈매기' 쪽으로 나가서 '갈매기'를 상징화한다"[1]는 것이다. 초간본에서는 갈머기가 긱체로서 주인공의 '밖'에 이미 주어져 있었다면, 전집 판에서는 주인공의 의식 '안'에서 싹튼 그림자가 밖으로 나가서 갈매기가 되었다는 것이다. 그리하여 그것이 갈매기를 '윤애'

---

1) 지덕상, 「『광장』의 개작에 나타난 작가 의식」, 고려대학교 석사 학위 논문, 1982, p. 50.

에서 가족의 구성원인 '딸'로 변하게 하였고, '우리'라는 주관적 요소가 강한 의미를 만들게 되었다는 것이다.

권봉영은 전집 판에서 바뀐 내용인 '은혜의 수태'에서 구원의 의미를 찾아낸다. 갈매기가 '은혜의 딸'이 됨으로써 희망 쪽에 무게를 싣게 되었다는 것이다. "은혜의 뱃속은 바다이다. 그러므로 바다의 투신은 훨훨 나는 자유로운 갈매기처럼, 다시 탄생하여 구원을 얻겠다는 주인공의 처절한 극복의 의지이다. 여기서의 죽음은 중심, 즉 구원에 이르기 위한 하나의 희생, 혹은 통과 제의로서의 의미를 가진다."[2] 그런데 이명준이 타고르호 안에서 어떤 극복의 의지를 보여주었고 그의 죽음이 어떻게 해서 구원에 이르게 된 것인지 설명이 없다. 사실상 은혜는 윤애만큼 소설 전체에 걸쳐서 갈매기와 관련이 없다. 다만 그가 은혜의 가슴에서 '먼 해조음(海潮音)'(정: 185)[3] 혹은 '먼 바다 소리'(문 3: 162)를 듣고, 그녀의 배꼽에서 '짭사한 바닷물'(문 3: 183) 맛을 느끼고, 또 은혜의 자궁 속 '물의 바다'에서 "그들의 딸이라고 불릴 물고기 한 마리가 뿌리를 내렸다"(문 3: 183)고 표현하기는 하지만, 그것이 꼭 갈매기와 연결되는 것처럼 보이지는 않는다. 게다가 그는 헛것에 쫓기고, 그 헛것의 정체가 갈매기이고 은혜의 딸이라는 걸 알게 되면서 구토를 한다. 딸의 등장이 더욱 간절한 사랑의 추억에 빠져들게 하는 것이겠지만, 그렇다고 그것이 구원에 이르는 단서를 제공하는 것 같지는 않다.

김현의 해석도 권봉영과 유사하다. 김현은 전집 판의 해설 「사랑의 재확인」에서 "그 이전의 판본에서 이명준의 죽음은 중립국에서도 별로 보람 있는 삶을 찾을 수 없으리라는 것을 깨달은 자의 죽음이지만, 전집 판에서의 이명준의 죽음은 사랑이 무엇인가를 투철하게 깨달은 자의 자기가 사랑한

---

2) 권봉영, 「개작된 작품의 주제 변동 문제」, 김병익 · 김현 편, 『최인훈』, 은애, 1979, p. 177.
3) 앞으로 『광장』의 일곱 가지 판본을 머리 글자를 따서 표기한다. 이를테면 『새벽』은 '새'로, 정향사(正向社) 판은 '정'으로, 신구문화사 판은 '신'으로, 민음사 판은 '민'으로, 문학과지성사의 초판 텍스트는 '문 1'로, 재판 텍스트는 '문 2'로, 제3판 텍스트는 '문 3'으로 표기한다.

여자와의 합일, 작자의 표현을 빌리던 '무덤 속에서 몸을 푼 여자의 용기'에 해당하는 행위"[4]라고 말한다. 민음사 판까지가 이데올로기적인 죽음이라면 전집 판에서는 사랑을 재확인하는 것으로 바뀐다는 것이다. "그 이전의 판본에서 작가는 이명준이 그와 그의 애인들과의 과거에서 자유스러울 수 없다는 것을 깨닫고 그녀들이 있는 곳으로 돌아간다고 묘사하고 있는데, 전집 판에서 그는 그에게 기쁨을 준 바다로 되돌아가는 것처럼 묘사되고 있다. 그의 뿌리를 받아준 바닷속으로 그는 그의 몸을 던져 들어가는 것이다. 바다는 단순한 죽음의 장소가 아니라, 자신이 몸을 던져 뿌리를 내려야 할 우주의 자궁이다."[5] 그렇게 된다면 이명준의 죽음은 영광스러운 행위로서 우주에 회귀하는 일이 된다. 김병익은 이런 김현의 해석을 이어간다. "무엇보다도 『광장』의 사랑이 가장 훌륭하게 받아들여져야 하는 것은, 그 사랑이 구체적인 인간을 향해 열려 있는 사랑이고 이데올로기와 그 현실적 체제를 넘어서는 사랑을 보여주기 때문이다."[6] 그러면서 그는 "절망으로의 포기이든, 승화에로의 투신이든, 원초적인 세계로의 회귀이든, 그가 죽음을 통해 우리에게 남겨놓은 유서는 '사랑에의 의무'였다"[7]라고 덧붙인다.

반면에 한기는 사랑보다는 '이데올로기'가 여전히 중요하다고 말한다. 『광장』의 사랑은 "이념의 부재 또는 상실이 확인된 마당"[8]에서야 펼쳐지는 것이라서 이데올로기적 성격이 더 강하다는 것이다. "『광장』은 그 시대적 배경이 해방 공간에서 휴전으로 이어지는 역사적 공간을 취하고 있기는 할망정 본질적으로 특정한 역사적 시기와 상관없이, 분단 시대의 본질을 추상화한 공간에서 주인공이 뛰놀고 있는 형국입니다. 이것이 이 작품의 현실적 실감의 이유입니다. 그것은 다시 말하면 이 작품의 주역이 실상 주인공 이

---

4) 김현, 「사랑의 재확인」, 『광장/구운몽』(전집 1), 문학과지성사, 1998, p. 321.

5) 김현, 위의 글, p. 321.

6) 김병익, 「다시 읽는 『광장』」, 『광장/구운몽』(전집 1), 문학과지성사, 1998, p. 341.

7) 김병익, 위의 글, pp. 341~42.

8) 한기, 「『광장』의 원형성, 대화적 역사성, 그리고 현재성」, 『작가세계』, 1990년 봄호, p. 90.

명준의 성격과는 아무 관계 없는 남북 이데올로기 자체임을 뜻합니다."[9] 이런 한기의 견해를 논박할 뚜렷한 증거를 '사랑론'을 설파하는 이들의 견해에서 찾기는 쉽지 않다. 전집 판에서 사랑이 강조되었을지라도 이명준은 여전히 이데올로기의 피해자이기도 한 것이다.

그러나 갈매기의 변화로 인해 이명준이 사랑으로 구원받았건 아니건 간에 누구도 주제 변동의 과정을 설명하지 못한다. 다만 작가의 관심이 외부 세계에서 내부 세계로 이동했다는 것을 지덕상이 지적할 따름이다. 남북한을 거쳐 중립국으로 가는 이명준이 이데올로기를 넘어섰다면, 그때 타고르호에 나타난 갈매기는 사랑의 천사여야 할 터인데 그를 죽음으로 이끌고, 그것에 대해 누구도 적절한 설명을 들려주지 못한다. 논의들은 분분하지만 왜 초간본의 '합리적인' 이명준이 전집 판에서 허깨비를 보는 '나약한' 사람으로 변했는지, 그리고 죽고 싶지 않은 그가 죽게 되었어도 '우주로의 회귀'나 '사랑에의 의무'가 될 수 있는지 설명해주지 않는다. 그것은 『구운몽』이나 『서유기』, 그리고 「총독의 소리」 등에서 다루고 있는 환각의 문제를 소홀히 다루고 있기 때문에 나타난 일이다. 전집 판에서 보강된 '허깨비'의 문제를 푸는 길은 70년대 개작을 하기까지 작가가 무엇을 고심했는가를 찾아내는 일이기도 하다.

2. 개작의 언어 의식

먼저 일곱 개 판본의 개작 내용을 훑어보고 그에 따른 작가의 언어 의식에 대해 말해보자. 적어도 그렇게 많은 개작이 이루어졌다는 사실만으로도 작가의 의식에 적잖은 변화가 있었으리라고 짐작해볼 수 있다. 어떤 점에서

---

9) 한기, 앞의 글, p. 95.

『광장』한 편에 작가로서의 모든 열정과 능력을 다 쏟았다고 말할 수도 있다. 신구문화사 판을 낼 때 이미 『서유기』를 발표했고 「총독의 소리」를 쓰고 있었다. 민음사 판을 낼 때는 『소설가 구보씨의 일일』을 끝내고 한동안 절필하기 직전의 마지막 소설 『태풍』을 쓰고 있었다. 그리고 1976년 미국에서 돌아와 전집 판을 낼 때는 「옛날 옛적에 훠어이 훠이」 등의 희곡에 전념하고 있을 때다. 마지막으로 여섯번째 개작인 전집 제3판을 낼 때는 15년간의 절필을 끝내고 『화두』를 발표한 직후이다. 그렇다면 『광장』의 개작은 작가의 전 생애에 걸쳐서 진행되었다고 말할 수 있다.

최인훈은 『광장』을 1960년 11월 원고지 600여 매 분량으로 『새벽』지에 발표했다가, 이듬해 2월 원고지 200여 매를 추가해서 정향사 판 단행본으로 출간한다. 그리고 1968년 1월 신구문화사에서 『현대 한국 문학 전집』 제16권으로 나오기까지 그 내용은 크게 변하지 않는다. 그런 점에서 '초간본'이라 일컬을 때 이 세 가지 판본을 말한다고 생각하면 된다. 정향사 판에서는 잡지 『새벽』의 사정으로 줄였던 작품의 일부를 복원시켰기 때문에 내용상으로는 엄청난 변화가 있지만 거의 동일한 작품이라고 추정된다. 그러나 긴 단락을 짧은 단락으로, 긴 문장을 짧은 문장으로, 연속적 사건이 아닌 경우에는 단락과 단락 사이에 빈칸을 둠으로써 시각적 효과를 살리고, '映像' '厭惡' '熔接濟' 등의 한자를 빼고, 'Ding an sich'나 'cell' 'ego' 등을 '물자체' '셀' '자아' 등으로 고침으로써 단순히 원본을 회복시킨 것 이상의 작업을 한다. 하지만 신구문화사 판에 이르기까지 오자들을 고치고 외래어나 우리말을 그 무렵의 맞춤법 표기에 맞추는 정도여서 정향사 판을 초간본의 결정판이라고 말해도 무리는 없다.

1973년 8월 민음사에서 나온 단행본은 초간본과 전집 판의 중간에 놓인다. 단락을 손보고 문장을 덧붙이거나 삭제했을 뿐만 아니라 한자어를 순수한 우리말로 바꿨다는 점에서 그것을 전집 판으로 넘어가는 과도기적 과정이라고 말할 수 있다. 아직 전집 판의 수준에 이르지는 못했지만 외래어는 물론이고, 명사와 동사와 형용사와 부사, 그리고 심지어는 문장 전체를 통째로 우리말로 고치는 경우도 많다. 그리고 갈매기의 상징성도 바뀌기 시작한다. 이제까지의 윤애의 이미지가 약화되고 은혜에 대한 묘사가 강화된다. 그리고 이명준은 제정신이 아닌 것처럼 묘사되기 시작한다.

1976년 8월 문학과지성사에서 간행한 전집 판은 거의 손을 대지 않은 곳이 없을 정도로 전면적으로 개작된다. 초판에서 전체적인 개작이 이루어지고, 1989년 6월에 나온 재판에서는 세로쓰기를 '가로쓰기'로, 1994년 8월에 나온 제3판에서는 약간 내용이 수정 보완될 따름이어서, 전집 판이라고 말하는 것은 거의 초판의 경우에 해당된다. 거기선 대다수의 한자어가 우리말로 바뀐다. 생략해도 좋을 문장의 주어가 생략되고 시제가 현재형으로 바뀌어 속도감을 주고, 김욱동의 지적대로 쉼표를 자주 사용하여 단조롭기 짝이 없는 산문 문장에 시적 리듬감을 부여한다. 그런 문체에 대한 개작이 40대에 이르러서 실현된 만큼 필연적으로 20대 때와는 다른 세계관의 변화를 보여준다. 자세히 살펴보면 '컴뮤니즘'(정: 189)이 '볼셰비즘'으로 변하고 공산주의에 대한 비판이 더 강도 높게 행해진다. 그런데 무엇보다도 중요한 것은 갈매기의 비중이 더욱 커졌다는 점이다. 이성(理性) 못지않게 몸을 중시하고, 사실 못지않게 환상(허깨비)을 중시하는 태도가 갈매기의 의미에 변화를 가져온 것이다. 1989년에 나온 '가로쓰기 조판'은 시대적 물결에 부응하면서 새로운 독자층과 만난다는 데 의미가 있다. 그것의 변화는 미미하지만 이 경우에도 긴 단락을 짧은 단락으로, 기독교와 공산주의를 비교하는 도식에서 한자를 한글로 바꾸는 등의 변화가 있다. 그리고 볼셰비즘이 '스탈리니즘'으로 바뀐다. 마지막으로 1994년 『광장』의 일곱번째 개정판에서는 몇몇 오자와 외래어를 바로잡은 뒤, 포로가 된 이명준이 판문점에서 유엔군 측 대표자들과 면담하는 장면을 상상하는 것처럼 처리한다.

정향사 판과 전집 판 초판이 대폭적으로 개작되었다면, 다른 텍스트들은 비교적 부분적인 손질에 그쳤다. 하지만 그 어느 텍스트의 변화도 무시할 수 없다. 그『광장』개작의 방향을 개괄해보면 다음과 같다. 1) 되도록 초간본의 정신을 지키고 그 골격을 보완하는 차원에서 그친다. 2) 쓸데없는 군더더기를 바로잡고, 과잉된 감정의 표출을 억제한다. 3) 문장을 다듬고 단락을 균형 있게 나눈다. 4) 주어를 생략하고 어미를 현재형으로 바꿔 속도감을 높인다. 5) 쉼표를 적절히 사용하여 언어의 리듬감을 살린다. 6) 한자어를 고유어로 바꾸어 쓴다. 7) 남북한 비판에 균형을 맞추고 미흡한 부분을 보강한다. 8) 갈매기의 상징성을 변화시킨다.

이러한 조건에 따르려고 할수록『광장』의 최종본은 자꾸 지연되었다. "소설을 방법으로 인생을 생각하고 인생을 방법으로 소설을 생각"[10]한 작가가 건재하는 한 개작이 끝났다고 말할 수는 없다. 하지만 틈틈이 발표한 그의 언어 의식에 대한 글을 살펴보면 이제 거의 결정판에 이르렀다는 걸 확인할 수 있다. 심지어 그는 미래의 모국어가 어떤 모습일지 생각한 작가이다. 그가 말하는『광장』을 고쳐 쓴 까닭을 들어보자.

누구나 인생을 모두 알고 난 다음에 인생을 시작하지는 못한다. 현대에서 무엇인가 말을 한다는 것은 참으로 어려운 일이다. 남도 말고, 내가 지어낸 작품들을 내가 읽어볼 때마다 괴로워진다. 나는 그것을 가지고 내가 소설을 만들어온 현대 한국말이라는 것이 상품 이름이나 광고 노래의 가사보다 그렇게 썩 나은 어떤 틀이나 본때를 만들지 못하고 있음을 차츰 알게 되었다.[11]

누구나 인생을 알고서 이야기하는 것은 아니지만 나중에 그 내용을 돌이켜보면 얼굴이 후끈 달아오를 때가 많다. 짜놓은 틀이라는 게 어설프고 세계 인식의 내용이 너무나 보잘것없기 때문이다. 게다가 그 당시 어투를 다

---

10) 최인훈, 「어떤 '머리말'」, 『문학과 이데올로기』(전집 12), 문학과지성사, 1989, p. 12.
11) 최인훈, 「소설 『광장』을 고쳐 쓴 까닭」, 『문학과 이데올로기』(전집 12), 문학과지성사, 1994, pp. 363~64.

시 확인할 때의 쑥스러움이란, 참으로 견디기 어렵다. 최인훈은 그것을 극복한, 급속히 변하는 시대 속에서도 살아남을 언어를 찾았다. 정련된 언어만이 텍스트의 운명을 결정한다. 그런데 초기의 최인훈은 외래어나 관념어를 위주로 한 주관적 서술문을 많이 썼기 때문에 그의 글이 마치 요설문처럼 보이기도 했다. 그래서 천이두는 등단 초기의 최인훈의 문장이 '고도한 소피스티케이션으로 무장되어 있다'[12]고 우회적으로 비판했다. 최인훈이 그런 비판을 겸허하게 수용한 것인지 모르겠으나 그의 언어 의식은 바뀌어 간다. "『광장』의 어휘들을 그렇게 고친 것은 한문의 연원을 따질 필요 없는 글로 대치시킴으로써 내용과 표기 체계 사이의 감각적인 거리를 가능한 한 접근시키고자 했던 겁니다. 현대에 와서는 문학의 언어가 무형, 무취, 무미의 것이 되고 말아서 잘못하면 아무 깊이도 없이 공중에 떠도는 말이 될 수도 있지 않겠는가 하는 의구심이 있어요."[13] 최인훈은 내용과 표기 체계, 즉 기의와 기표가 일치하는 언어, 시대의 마모에 견뎌낼 수 있는 언어, 도구적 수단에서 해방된 언어를 찾는다. 그래서 개작이 거듭될수록 청각적 운율성과 같은 시적인 효과마저 거두게 된다. 또 전지적 작가의 시선을 좀 더 주인공에게 밀착시킴으로써 해설적 진술이 '의식의 흐름' 기법의 효과를 자아내게 한다. "말에 대해서 그 원래 뜻의 이상도 이하도 아닌 무게를 줄 때 비로소 말은 제 값을 지니게 된다. 그렇지 못할 때 말은 허풍, 거짓말, 주문이 되고 만다."[14] 언어 스스로 삶을 찾게 해주자는 의식이 전집 판의 전면적인 개작으로 연결되는 것이다.

전집 판에서는 사어(死語)나 일부러 사전을 봐야만 뜻을 알 수 있는 토속어를 사용하는 것은 아니지만, 어떤 방식으로든지 외래어나 한자어를 거부하고 한글 문체만으로 홀로서기를 시도한다. "문학적인 심미 의식도 글의

---

12) 천이두, 「밀실과 광장」, 김병익 · 김현 편, 『최인훈』, 은애, 1979, p. 123.
13) 이창동, 「최인훈의 최근의 생각들」(대담), 『작가세계』, 1990년 봄호, p. 56.
14) 최인훈, 「사고와 시간」, 『문학과 이데올로기』(전집 12), p. 357.

지음새의 창조적인 고안에 의존해야지, 표기의 이중 장부 제도에 기대는 것은 문학을 안에서 좀먹는 일이 된다."[15] 우리말의 테두리를 넓혀나가면서 우리말만으로 문학적 세계를 열어내고자 하는 일이야말로 독창적인 행위다. 따라서 『광장』의 개작은 『구운몽』 『서유기』 「총독의 소리」 등의 실험 소설과 마찬가지로 작가의 창조적인 의식에서 나온 행위라고 말할 수 있다.

그러나 무엇보다도 중요한 것은 거작된 텍스트가 이데올로기적 도식성에서 벗어나 텍스트를 열린 구조로 만들었다는 점이다. 전집 판에서부터 나오는 허깨비의 등장과 갈매기의 상징성 변화는 초간본에서 브여준 이명준의 자살과는 완전히 다른 의미를 갖게 한다. 이경준이 정상적이냐 헛것을 보았느냐에 따라서, 그리고 갈매기가 누구를 지칭하느냐에 따라서 작품의 내포는 달라진다. 그리하여 전집 판에서의 이명준의 죽음은 이데올로기와 사랑의 문제를 되묻고, '허깨비'의 진실이 무엇이고, '작은 새'가 왜 출현했는가를 끊임없이 묻게 함으로써 그것을 열린 구조로 만든다. 이덩준은 죽었지만 그 바다와 하늘 위에서 뛰노는 갈매기의 환영은 우리의 뇌리에서 쉽게 지워지지 않는다.

3. 갈매기와 무의식

환상은 내부 세계와 외부 세계의 갈라진 틈새에 존재한다. 사람들은 그 틈새에서 환청을 듣고 환각을 보지만, 어느 순간 거기서 인식 주체의 허구성에서 벗어나 자신의 실상Réel[16]으로서의 무의식을 발견하게 된다.[17] 거

---

15) 최인훈, 앞의 글, p. 365.
16) 'Réel'은 외적인 실재와는 전혀 무관한, 인간의 행동을 지배하는 마음속의 무의식의 모습이다. 이를 흔히 실재계라고 하지만, 그것이 하나의 장(場)에 대립되는 다른 장의 개념이 아니기 때문에 실상(實相)이라는 용어가 더 적합하다.
17) 여기서 '주체'란 라캉식의 개념이다. 자아가 의식적인 자각을 통해 허구적으로 만들어진 상

기에는 상징계에서 축출된 실재의 모습이 담겨 있고 이데올로기에 억압된 주체들의 모습이 기록되어 있다. 그런데 지금까지 쌓아온 정신력을 지키려는 주체는 그 모습들을 알려고도 보여주려고도 하지 않는다. 자신의 허약함이나 상처trauma가 드러나는 것이 무섭기 때문이다.

아직 초간본의 갈매기는 윤애와 은혜를 연상시켜주는 매개물일 뿐 내부 세계를 들여다보는 통로가 되지 못한다. 갈매기는 객체로서 그대로 있는데 이명준이 두 여인을 생각하고 있다.

> 바다 끝까지…… 오, 바다 끝까지 딿아 오겠다구, 그럼 거기서부터는 너희들은 돌아가렴, 아니, 그땐 너희는 또 무얼루 변신할까, 제발 나를 놓아다구, 아니 그럼 나는 어떻게 해야 된다는 거냐? 하라는 대로…… 그때 마스트 우에서 날카로운 꾸짖음이 날아왔다. 매정한 소릴 하셔! 우리처럼 갈매기가 돼야지, 그리고 같이 날아가야지요. 멀리 우리들만의 나라로. (새: 243)

최초의 발표지 『새벽』에는 처음부터 짙게 드리운 죽음의 그림자와 싸우는 이명준의 모습이 그려진다. "제발 나를 놓아다구"라고 말하며 삶에 대한 절박한 욕구를 보여주기도 하지만, 갈매기가 "같이 날아가야지요. 멀리 우리들만의 나라로"라고 부를 때 그의 죽음은 거의 예정되어 있다. 살고 싶지만 삶의 의미를 찾을 수 없는 것이다. 초간본의 이러한 내용은 전집 판에서 모두 삭제된다. 그리하여 겉으로는 자살에 대한 의지가 별로 엿보이지 않게 되었지만 속으로는 그 상처가 더욱 깊어진 것으로도 보인다. 작가는 어떤 글에서 전집 판의 이명준에 대해서 말한다. "작품의 마지막에 이르면 그는 심리적으로 파괴되어 있다. 그는 환각에 압도되어 있다. 이 직접적인 순간이 회피되었더라면 그는 살았을지도 모른다."[18] 결과적으로 그는 온전치 못

___

상적인 개념이라면, 주체는 상징적 질서로 걸어나옴으로써 분열을 겪는 무의식에 상응하는 개념이다.

한 정신 상태로 태어나지도 않은 '딸'을 부르다가 죽고 싶지 않은데 죽었다
는 것이다. 그렇다면 그것은 '실족'에 더 가까운 죽음이다. 정말 그럴까? 그
죽음의 장면을 각각의 판본을 통해서 알아보자.

그는 자신이 엄청난 배반을 하고 있었다는 생각이 들었다. 제三국으로?
그녀들을 버리고 새로운 성격을 선택하기 위하여? 그 더럽혀진 땅에 그녀들
을 묻어놓고, 나 혼자? 실패한 광구를 버리고 새 굴을 뚫는다? 인간은 불굴
의 생활욕을 가져야 한다. 아니다, 아니다, 아니지. 인간에게 중요한 건 한
가지뿐. 인간은 정직해야지. 초라한 내 청춘에 '신'도 '사상'도 주지 않던 '기
쁨'을 준 그녀들에게 정직해야지. 거울 속에 비친 그는 활짝 웃고 있었다.
(정: 214/신: 127)

그는 자신이 무엇에 홀려 있었음을 깨달았다. 그녀들을 피하려 하고, 총으
로 쏘려고까지 한 일을 생각하면 꼭 무엇에 씌웠던 것 같았다. 큰일 날 뻔했
다. 물속에 가라앉을 듯 탁 스치고 지나가는가 하면 다시 수면으로 내려오면
서 바다와 희롱하고 있는 모양은 깨끗하고 넓은 잔디 위에서 흰옷을 입고 뛰
어다니는 순결한 처녀들이었다. 거기로 가면 그녀들과 만날 수 있지 않나. 그
는 비로소 마음이 놓였다.
거울 속에 비친 남자는 활짝 웃고 있었다. (민: 210)

자기가 무엇에 홀려 있음을 깨닫는다. 그 넉넉한 뱃길에 여태껏 알아보지
못하고, 숨바꼭질을 하고, 피하려 하고 총으로 쏘려고까지 한 일을 생각하면,
무엇에 씌웠던 게 틀림없다. 큰일날 뻔했다 큰 새 작은 새는 좋아서 미칠 듯
이, 물속에 가라앉을 듯, 탁 스치고 지나가는가 하면, 되돌아오면서, 그렇다

---

18) 최인훈, 「『광장』의 주인공 이명준에 대한 생각」, 『길에 관한 명상』, 청하. 1989. p. 181.

고 한다. 무덤을 이기고 온, 못 잊을 고운 각시들이, 손짓해 부른다. 내 딸아.
비로소 마음이 놓인다. 옛날, 어느 벌판에서 겪은 신내림이, 문득 떠오른다.
그러자, 언젠가 전에, 이렇게 이 배를 타고 가다가, 그 벌판을 지금처럼 떠올
린 일이, 그리고 딸을 부르던 일이, 이렇게 마음이 놓이던 일이 떠올랐다. 거
울 속에 비친 남자는 활짝 웃고 있다. (문 1: 200/문 2: 169/문 3: 188)

위의 글들은 이명준의 죽음을 각각 다르게 표현한 장면들이다. 초간본에
서 그는 "그녀들에게 정직해야지"라고 말하며 적극적으로 자살에 임한다
면, 민음사 판에서는 "그녀들과 만날 수 있지 않나"라는 기대를 하며 반쯤
넋이 나간 상태에서 죽음을 맞이한다. 그러면서 초간본의 '거울 속에 비친
그'가 민음사 판에서는 '남자'로 변한다. 여기서 '남자'는 '그'에게서 분열
된 '또 하나의 나'이다. 그러다가 전집 판에 이르면 신내림의 엑스터시 상
태에서 '헛것을 보는 나'와 '정상적인 나'가 뒤섞임으로써 상황은 좀 더 복
잡해진다. 더욱이 한 번도 본 적이 없을 '내 딸'의 등장은 그야말로 헛것이
구체화된 모습이다. 따라서 초간본에서는 자살을 결행하는 근대적 자아의
모습이 비교적 뚜렷하게 제시된다면, 그 이후로는 환영이나 무의식의 현실
에서 타자와 갈등하거나 어우러진 주체의 모습을 보여준다. 전집 판부터 등
장한 뭔가에 홀려 있음을 '깨달은 나'와 '깨닫지 못한 나,' 전자는 총을 쏘
려고 한 나이고 후자는 언젠가 이 배를 타고 가다가 딸을 부른 적이 있는 나
인데, 이런 또 다른 나의 모습을 찾아냄으로써 주체의 내부 세계는 더욱 확
장된다. 그런데 처음에 '분열된 나'들은 서로 상반되기 때문에 "마음의 거
울 속에서는 자꾸 연지가 빗나가고 곤지가 번진다"(문 3: 39). 그리고 그 속
에서는 "핏발 선 눈, 꺼진 볼, 흐트러진 머리"(문 3: 177)를 하게 된다. 그러
다가 "무엇을 할 것인가?"(문 3: 105)라는 '타자의 목소리'를 듣게 되고, 또
그게 자신의 내부에서 들려온 소리라는 걸 '진땀을 흘리면서'(문 3: 183) 깨
닫게 된다. 그런 뒤 그는 '심한 뱃멀미'(문 3: 181)를 하고, 마침내 허깨비의

정체를 알아차린다. 주체가 무의식을 만나는 순간, 혹은 내부 세계를 여는 순간 그런 일들이 벌어진다. 그건 결국 주체가 자신의 상처를 감추고 싶기에 그것을 들추어내려는 힘에 저항하는 것이지만, 그럼에도 불구하고 무의식의 영역은 살며시 고개를 내민다. 그리고 신내림을 경험하고 갈매기를 딸로 받아들이는 순간, '나'는 '서로 다른 나'들과 함께 카니발적 상황을 이룬다. 그러자 내부 세계에서 은혜와 딸과 그의 웃음소리가 울려 퍼진 것이다. 이러한 결말이 초간본과 달라진 전집 판의 상황이다.

이명준은 이데올로기에 좌절하고 사랑을 잃지만 회의하는 근대적 인간으로서 최선을 다해 살았다. 그런 합리주의자가 전집 판에서 허깨비에 씌워 죽는다는 사실은 아무래도 비정상적이다. 그가 그런 허깨비 놀음을 했을 리 만무한데, "이번에도 잊어서는 안 될 무언가를 잊어버리고 있다가, 문득 무언가를 잊었다는 것을 깨달은 느낌"을 가지며, "무엇인가는 언제나처럼 생각나지 않는다. 실은 아무것도 잊은 것은 없다"(문 3: 21)고 횡설수설하는 것을 보면, 지각 너머의 세계를 어렴풋이 깨닫고 있다는 것을 알 수 있다. 환상의 속성에는 사실이 아니라고만 갈할 수도 없는 그런 요소가 있다. 물론 이명준이 은혜의 죽음 앞에서 반쯤 정신이 나가고, 무의식적으로 그녀와의 사랑을 되새기다가 자살한 것일 수도 있다. 그러나 초간본처럼 별로 사랑하지도 않고 죽지도 않은 윤애가 갈매기가 되는 것도 문제지만, 전집 판처럼 다하지 못한 사랑이 태아를 통해 달성된다는 식의 해석은 더욱 큰 문제다. 문제의 핵심은 '얼굴 없는 눈'이 '허깨비'로, '갈매기'로, 그리고 '딸'로 바뀌는 과정이고, 그것이 발견의 과정이라는 점이다. 그것은 지덕상의 견해처럼 가족인 '우리'를 의미하거나 김현과 김병익의 견해처럼 '사랑'만을 더 강조하는 것이 아닌, 신내림의 상태에서 '억압된 무의식의 세계'를 여는 일이다. 바다, 그 원체험의 공간에서 '이데올로기'와 '사랑'이라는 암초에 걸려 끝내 물 위로 떠오르지 못한 이명준이 사실은 자신의 내부 세계 안에서 '황홀하게' 익사한 것일 수 있다는 근거가 여기서 만들어진다.

그것이 '거울 속에 비친 남자'가 활짝 웃고 있는 까닭이다.

갈매기의 의미 변화를 살펴보자. 처음에 갈매기는 '탐스러운 뭉게구름'을 통해 '누우드'(정: 87)를 연상시켜 '성적 욕망'을 나타내다가, 윤애가 '저것, 갈매기……'(정: 93)라고 말한 뒤부터는 어떤 행위를 방해하는 '자아 검열자'의 역할을 하게 된다. 이런 이드나 초자아의 역할과 더불어 초간본에서는 과거의 두 여인을 직접적으로 기억 속에서 불러내는 구실을 한다. 그런데 전집 판에서는 그 내용들에다가 '허깨비'가 첨가된다. 갈매기들은 동일한데 서로 다른 의미를 부여함으로써 '무의식'에서 전의식으로 떠오르는 그림자를 엿보게 한다. 또 그 '헛느낌'은 언어로 표현할 수 없는 어떤 것을 되찾게 해준다. '작은 새'는 태어나지 못했으되 환영처럼 우리 앞에 날아다닌다, 터졌지만 완성하지 못한 4·19처럼. 이렇게 되면 『광장』은 시가 되고 마는데, 아무튼 최인훈은 그 동굴 속에 묻힌 슬픈 역사를 '작은 새'로 복원한다. 동굴 속에서 잉태되어 죽었다가 다시 태어난 작은 생명, 그건 그야말로 그의 '억압된 무의식'에서 출현한 그림자다. 작가가 유신 상황에서 새로 쓰는 『광장』에 그런 상징성을 부여했던 것이다. '한여름 낮은 비탈에서의 신내림'(문 3: 36)을 체험했던 그가 작은 새와 뒤섞이는 엑스터시를 맛본다. "내 딸아. 비로소 마음이 놓인다"(문 3: 188). 그는 언젠가 체험했을 것 같은 억압된 무의식의 세계로 들어간다. 작은 새는 무의식으로 들어가는 통로였던 것이다.

갈매기를 어떻게 보느냐에 따라서 이명준의 죽음을 '신내림'의 상태에서 에피파니를 경험하는 것이라고 말할 수 있다. 그 순간 "온 누리가 덜그럭 소리를 내면서 움직임을 멈춘다"(문 3: 36). 그와 같은 순간에는 누구나 이데올로기를 벗어난 자유로운 주체가 된다. 그가 다시 어떻게 현실로 돌아오는가는 차후의 문제다. 그는 그렇듯 저도 모른 채 무의식의 바다로 들어간 것이다. 「1973년 판 서문」에서 말하듯 '삶의 바닷속'에 내려간 이명준이 다시 떠오르지 않았지만 그 무의식에 대한 탐사는 그것대로 중요한 의미를 지닌다. 그로 인해 '새 생명'의 필요성을 전집 판에서 그려나갈 수 있게 되는 것이다. 그리하여 '작은 새'의 발견은 허깨비의 놀음이 아니라 그의 내부 세계를 생명의 기운으로 가득 차게 만든다. 그는 그 속에서 언젠가 『파우스트』에 등장하는 호문클레스와 같은 생명력으로 자라나 독고준이나 구보씨로 다시 태어날지도 모른다. 그리고 거기서 빠져나와 『화두』를 이야기하게 될지도 모른다.

거꾸로 정리해보자. 주체가 허약해져서 만나게 된 허깨비는 일그러진 내면성의 한 모습이다. 그 내면성 속에는 서정적인 내용도 담겨 있지만 억압된 주체의 모습도 감추어져 있다. 그래서 내면성을 관찰하는 일은 이데올로기를 벗어나는 일의 전제 조건이 된다. 그리고 바다가 '푸르고 육중한 비늘을 무겁게 뒤채면서' '내 딸'을 낳는 모습, 즉 무의식의 생산성을 지켜볼 수 있게 한다. 전집 판에서는 "마음은 돌을 따른다"(문 3: 86)라는 말을 새로 첨가할 정도로 죽은 '이념'보다는 '삶'을 중시하면서 생명의 기운을 붙잡고자 한다. "삶이란, 끝 가는 데를 모르는 욕정 탓에 괴로운, 애 잘 낳는 여자의 아랫배 같은 것"(문 3: 86). 이 '삶'이 초간본에서는 '역사'로 표현되었다. 최인훈은 '역사'를 만들지 못한 채 좌절한 이명준을 어떤 식으로든지 전집 판에서 '삶' 속에 되살려놓고 싶었던 것이다.

허깨비는 주체가 타자를 받아들였을 때만 주체 내부에서 그림자로 자라나 '밖'으로 나간다. 그리고 다시 주체의 내부로 돌아와 억압된 무의식의 실상을 알려준다. 그래야만 주체와 억압받던 타자가 서로 부르고 춤추게 된다. 그 실상을 논리적으로 설명할 수 없지만 『광장』은 그 카니발적 상황을 보여준다. 문학은 그 충격의 순간을 가짐으로써 존재에 이르는 사닥다리에 오르게 된다. 따라서 『광장』의 개작은 작가로서의 개가라고 말할 수 있게 된다.

4. 주체와 탈이데올로기

『광장』의 주체는 거울 단계에서 상징계로 나온 주체이다. 그것도 거울 속에서 막 빠져나온, 처음으로 밀실에서 광장으로 나온 주체이다. 그래서 그는 밀실의 그리움에 울고 광장의 무서움에 떤다. 실제로 S서에서 벗어난 이명준은 "꿈속의 무서움이 아니다. 등허리가 쭈뼛한 꿈 밖의 무서움"(문 3: 59)에 떨고 있다. '꿈 밖'이란 현실이고, 현실의 이데올로기 억압 장치는 '에고의 방문'을 부수고 폭행하고 협박한다. 그런 가운데 그는 사랑도 없이 윤애를 만나러 가고, 꼭 그래야 할 이유도 없이 북으로 넘어간다. 굳이 그 '즉흥성'에 시비를 걸자면 그렇다.

아무리 광장을 견딜 수 없을지라도 광장에서 광장을 보지 못하는 것은 문제다. 사랑하는 여인에게서 사랑을 찾지 못하는 것은 더 큰 문제다. 윤애와의 사랑은 사랑하지 못하고 주체끼리 대립하기 때문에 실패한다면, 은혜와의 사랑은 환각에 빠진 것과 같은 사랑이기 때문에 주체끼리 진정으로 연대하지 못한다. 그래서 은혜와의 절박한 사랑도 이데올로기로부터의 도피가 될 수 있는 것이다. 은혜를 만나는 장면을 보자. "그는 꿈을 꾸었다. 광장에는 맑은 분수가 무지개를 그리고 있었다. 꽃밭에는 싱싱한 꽃이 꿀벌들 닝닝거리는 음향 속에 웃고 있었다. 〔……〕 아름다운 처녀가 분수를 보고 있었다. 그는 그녀의 등 뒤로 다가섰다. 돌아보는 얼굴을 보니 그녀는 그의 애인이었다"(정: 124). '음향'이라는 단어가 빠질 뿐 전집 판까지 바뀌지 않는 이 만남은 그야말로 환상과도 같은 장면이다. 이로 인해 이명준은 이데올로기를 잊지만, 잠시 잊은 것에 불과하다는 데서 『광장』의 비극은 싹트고 있었다.

주체가 허약해지거나 위기를 느낄 때 환각이 발생한다. 자신의 의식과는 무관하게 나타나는 허깨비들. 그야말로 무의식적으로 고개를 내밀며 주체를 괴롭히지만 그렇다고 그것이 꼭 주체만의 잘못으로서 나타나는 것은 아니다. 정신이 심약해진 것이라면 그것을 그렇게 만든 원인이 있을 것이고, 급박한 위기감을 느낀다면 그렇게 만들고 있는 힘이 있을 것이다. 아직 허깨비를 느끼고 있는 주체는 그것과 맞설 힘이 없다. 단지 무시할 수 없는 줄 알면서도 무시할 뿐이다. 그렇지 않으면 그 상황을 견뎌낼 수 없기 때문이다. 게다가 그것을 허깨비라고 매도하는 이데올로기의 눈길을 피할 방법이 없고, 잠시 한눈을 팔다가 역사의 흐름에서 밀려날지도 모른다는 불안감을 해소할 방법이 없기 때문이다.

명준이 조바심이 나게 된 것은 전쟁 때문이었다. 그때까지 그는 늦추 잡고 있었다. 견뎌야 할 오랜 시간이, 이 사회를 바른 모습으로 돌리고, 그런 모습에 맞춰 남녘을 끌어붙일 때까지 사이에는 놓여 있는 것이라고 짐작했다. 그러자 전쟁이 터지고, 인민군은 물밀듯 남으로 밀고 내려갔다. 혼자서 마음 '안'에서 해낸 꼼꼼한 계산보다, 당장 눈앞에 보이는 '밖'의 운직임이 더 그럴듯해 보였다. 겁이 났다. 역사란 하나 다음에 둘이 오는 것은 아니었던 모양인가? 속물로 보인 사람들이 실은 정치적 '어른'이었던 것인가? 잘못하면 '역사'는 자기를 남겨두고 줄달음칠 것 같은 무서움이 덮쳤다. (문 3: 155)

이렇듯 전집 판에서 보충된 내용은 기명준이 이데올로기의 실체를 파악하지 못하지만 거기서 밀려날까 봐 안달하는 모습을 보여준다. 숱한 정치 모임을 외면하다가 '벌어지고 있는 일의 뜻'(문 3: 82)을 모르게 될까 봐 허둥거리고, 뒤늦게 '주체적 증오'를 가져보려 하지만 그것마저도 그르치고 마는. 물론 아무나 '하느님의 문서'와도 같은 것을 해독할 수 있는 것은 아니다. 이데올로기가 그것을 방해한다. 그리고 "제 머리로 생각해보고 싶어 하는 사람들에게 눈을 부라리고"(문 3: 137) 해석의 권리를 혼자 독차지하려 한다. 그럴 때 마르크스주의라는 이데올로기도 한낱 '도깨비놀음'이 되고 만다. "사람이 살다가 으뜸 그럴듯하게 그려낸 꿈이, 어쩌다 이런 도깨비놀음이 됐는지 아직도, 아무도 갈피를 잡지 못해서, 행여 내일 아침이면 이 멍에가 도깨비방망이로 둔갑할까 기다리면서"(문 3: 123). 아직도 사회주의적 이상이 펼쳐지길 완전히 포기하지는 못했지만 도깨비방망이가 조화 부리기를 기다리는 그런 상태라면 이미 개작된 전집 판에서는 북쪽의 광장에 대한 어떤 기대도 존재하지 않게 된다. 그래서 이명준의 공산주의 비판은 결국 절망으로 바뀐다.

이번에는 '남'에게 탓을 돌릴 수 없는 진짜 절망이 찾아왔다. 신문사와 중앙도서실의 책을 가지고 마르크시즘의 밀림 속을 헤매면서 이명준은 처음 지적 절망을 느꼈다. 참으로 그것은 밀림이었다. 그럴듯한 오솔길을 발견했다 싶어 따라가면 어느새 그야말로 '일찍이' 다져진 밀림 속의 광장에 이르는가 하면, 지금 자기가 가진 연장과 차림을 가지고는, 타고 내리기가 어림없는 낭떠러지가 나서는 것이었다. '전세계 약소 민족의 해방자이며 영원한 벗'들도, 이 밀림의 어디선가에서 길을 잘못 든 것이 틀림없었다. 그렇다면 이 밀림에는 다져진 길도, 따라서 지도도 없으며, 다 제 손으로 할 수밖에 없다는 말이 된다. 목숨에 대한 사랑과, 오랜 시간이 있어야 할 모양이었다. (문 3: 137~38)

최인훈은 70년대 중반에 이미 소련이건 동구권이건 사회주의가 근본적으로 잘못되어가고 있다는 걸 알고 있었고 그것이 개작에 영향을 미쳐 위의 인용문과 같은 공산주의 비판으로 이어졌다. 이명준의 절망은 '전세계 약소 민족의 해방자이며 영원한 벗'들이 길을 잃은 내용이기도 했다. 그렇다면 이제 공산주의의 이상은 사라지고 '스탈리니즘'만 남게 된다. 초간본에서 편향된 자본주의 비판이 전집 판에서는 노골적인 공산주의 비판을 겸하게 되는 것이다. 이명준은 정치적 유토피아니즘을 거의 포기하고 최소한 누릴 수 있는 인간적 삶을 찾는 것이다. 『회색인』에서 제시되던 '사랑과 시간'은 전집 판에서는 '목숨에 대한 사랑과 오랜 시간'으로 바뀐다. '목숨,' 즉 삶이 더 중요해진 것이다. 이쯤 되면 『광장』은 『회색인』 이후의 작품이 되고 말지만, 전집 판에서는 지독한 절제를 통해 이런 단계에서 멈춘다. 그보다 더 나아가면 이제 『광장』이 될 수 없기 때문이다.

'삶'을 찾기 위해서는 자신의 내면성을 살펴 잘못된 코드부터 바로잡아야 한다. 결코 외부 세계를 기웃거리는 것만으로는 문제가 해결되지 않는다. 무엇보다도 '억압된 무의식' 속에서 이데올로기의 정체를 밝혀내야 하는 것이다. 예컨대 이명준이 윤애를 그문하는 순간 '갈매기 울음소리'를 들었다면 그것의 의미를 알았어야 자신의 잘못을 바로잡을 수 있었다. 그러나 그는 그걸 무시했다. 이데올로기의 잘못을 지적할 능력도 없었지만, 해독 이후의 두려움과 살아남기 위해 진실을 감추는 '무지에의 욕망'이 훨씬 더 강했기 때문이다. 게다가 이데올로기가 그걸 곧 잊게 했다. 그리고 얼마 되지 않아 낙동강 전투에서 은혜를 만났다. 그리고 그는 그 절박한 사랑에 빠져들었다.

이명준은 은혜의 죽음과 함께 모든 것을 잃어버렸다. 그래서 그는 처음이자 마지막으로 이데올로기로부터 자유로운 주체가 되고자 중립국으로 가는 배를 탄다. 하지만 그 자주적 선택을 조롱하듯 온갖 허깨비들이 바글거린다. 결국 그가 움직인 곳은 외부 세계의 마지막 난간이었고, 그렇기 때문에 벼랑이 나타났다. 더 이상 갈 곳은 없었다. 그는 그 절벽 위에 선 채 어질머리를 느끼며 갈매기를 보면서 구토를 하고 심지어 갈매기에게 총질까지 하려고 한다. 그때 갑자기 태어나지도 않은 '자기의 딸'이 환영으로 나타난다. 그것은 이데올로기의 톱니바퀴가 정상 궤도를 이탈했을 때, 즉 우리를 작동시키는 기계가 고장났을 때에만 나타나는 것이다. 하지만 누가 조작한 것도 시킨 것도 아닌 상태에서 무의식적으로 나타난 것이다. 적어도 그것은 현실적 구조의 잘못을 지적해준다. 그리하여 그것은 다른 구조로, 혹은 다른 삶으로 나아가는 계기를 만들어준다. '작은 새'의 역할이 그것이다. 그것이 '부채' 속에 갇혀 있을 때는 날지 못하지만 부채를 펼칠 때는 작동되어 길이 되고 빛이 된다. "부채를 쭉 편다. 바다가 있고, 갈매기가 있는 그림이 그려져 있다. 부채를 접었다 폈다 하다가, 스르르 눈을 감는다. 머릿속으로 허허한 벌판이 끝없이 열리며, 희미한 모습이 해돋이처럼 차츰 떠올라온다"(문 3: 186). 그 펼쳐진 부채의 끝에 그의 모든 삶의 경험들이 자리 잡고 있다. 그리고 '작은 새'가 날아오를 때 내부 세계도 열리기 시작한다. 그리하여 거기서 생명의 기운이 새벽 기운처럼 퍼져오른다.

이명준은 그동안 당한 억압과 상처를 치유해줄 수 있는 순간을 맞이했다. 그런데 너무 늦었다. 그는 부채꼴의 사북 자리 끝에 간신히 서 있었으나 이미 자신을 지탱할 힘이 없는 것이다. 그는 갑판 위에서 '두 발바닥이 차지하는 넓이'를 느끼면서, 마침내 바다에서 은혜와 딸과 자신이 마음껏 날아다니는 순간을 맛보다가 '활짝 웃으며,' 영원히 무의식의 세계로 들어간다. 이로써 '움직임' 없는 무의식의 지대에 빠져드는 이명준의 나르시시즘은 완성된다. 훗날 그는 이데올로기를 벗어난 기쁨을 내게 이야기해주리.

텍스트의 유토피아와 삶의 변증법
—「가면고」

진정한 예술 작품에는 언제나 '존재하지 않는 어떤 것'이 나타난다. 이는 작품이란 것이 즌재자의 산재된 요소들을 환상을 통해 묶어놓은 것만은 아니기 때문이다. 작품은 요소들에서 어떤 짜임 관계를 만들어내며 이는 또한 암호가 된다. 여기서 암호화된 것은 신의 출현의 한 측면인데, 그것은 자연미와 마찬가지로 판단의 일의성을 거부한다.

—아도르노, 『미학 이론』

1. 인식과 행위의 불일치

최인훈은 4·19와 더불어 등장한 작가이다. 이 말은 그가 근대 의식이 분출하는 시대의 한복판에서 작가로 출현했다는 의미를 지닌다. 특히 「가면고」와 『광장』은 4·19와 5·16 사이에 발표된 것으로서 비로소 시대적으로 자리 잡기 시작하는 우리의 근대에 대한 인식들을 뚜렷이 보여주는 소설들이다. 그것들은 자아 완성, 분단 이데올로기 등의 문제를 들고 나와 60년대를 연다. 그리고 그 태도는 이후로도 오랫동안 최인훈의 작품 세계 전체를 관류한다. 그런 점에서 「가면고」에 대한 분석은 그 당시에 형성되고 있는 근대 의식을 알아보는 데에도 유용하지만, 앞으로 작가가 확립할 미적 세계를 미리 그려볼 수 있다는 점에서도 중요하다.

근대는 이성의 힘을 믿고 합리성을 추구하는 시기이다. 이 시기에 개인적 자유와 과학 문명이 꽃피었지만, 비합리적인 것으로 보이는 것들은 더욱 억압당했고 자연의 수많은 종들은 지구상에서 사라졌다. 그리고 제3세계의 힘없는 사람들은 더욱 짓밟히고 약탈당했다. 그래도 인류는 전체적으로 보자면 번영했고 주체는 위력을 떨쳤다. 그리고 근대적 인식 주체를 추구하는 사람들만이 현대적 삶을 올바르게 살아가는 것처럼 여겨졌다. 그런 가운데 우리의 20세기 초반의 공간은 제국주의의 물결에 휩쓸려 나라를 빼앗기고 국제적 약탈장이 되었다. 그것은 우리의 근대적 토양이 성숙하지 못했기 때문에 벌어진 일이지만, 우리의 힘만으로는 어쩔 수 없어 그리된 것이기도 하다. 1950년대까지 우리는 식민지와 전쟁을 겪느라고 정신이 없었고, 그래서 그 이후로 친일파가 득세하고 독재자가 정권을 잡아도 그에 대해 제대로 항변조차 하지 못했다. 그런데 1960년 4월 시민적 힘이 하나로 모여 4·19를 이루어냈다. 그러자, 이제 비로소 본격적으로 근대성의 문제는 우리의 삶의 문제가 되었다. 그래도 우리 스스로 주체를 세우기는 역부족이었고, 이후로도 오랫동안 우리는 주체를 찾기 위해 안달해야 했다. 하지만 그 당시로 보자면, 우리는 마치 근대적 이상이 다 펼쳐지기라도 한 양, 기쁨에 들떴다. 물론 그것은 1년쯤 지나 5·16으로 인해 한낱 부질없는 꿈이라는 게 밝혀졌다. 어떤 점에서 21세기에 이른 현재까지도 우리에게는 근대성이 형성되지 못했다는 자기 비판이 있을 정도이니, 그 당시의 좌절감이 어땠을까 짐작해볼 수 있다. 지금은 좀 나아졌지만, 인식과 행위의 불일치는 여전하고, 문명의 이기가 오히려 거꾸로 인간에게 미치는 해는 제대로 파악조차 되지 않고 있다. 제대로 된 인식을 하지 못해서 그러기도 하는 것이겠지만 우리에게는 아직 그것을 소화할 능력이 없었다. 최인훈은 소설의 밑바닥에 그런 전제를 깔아놓고서 그의 주인공들이 어떻게 그것을 돌파해나가는지 그 자신의 세계 인식 능력을 통해 보여주었다.

누구라도 자기의 인식을 행위로 옮기는 일은 쉽지 않다. 특히 언어로 미적 실천을 행하는 경우에 있어서 주체성을 추구하는 일이란 쉽지 않다. 그것은 주체 인식의 문제와 상관없이 주체 이외의 다른 지점들 또한 텍스트 속에 많이 그려지기 때문이다. 아무리 소설에 의도적으로 합리성을 부여해도 결국 거기에는 합리성만으로 이해할 수 없는 세계가 담기는 것이다. 따라서 문학의 주체성이란 다른 학문의 그것과는 다를 수밖에 없고, 또 그것은 다른 양상으로 나타날 수밖에 없다. 「가면고」는 등장인물이 사랑을 터득해나가는 과정 속에서, 합리와 비합리 사이에서 고뇌하는 모습을 보여준다. 주인공 '민'은 미적 이상은 물론 사랑 자체마저 합리적으로 이루어내기를 열망한다. 하지만 그가 그 꿈을 이루고자 자아에 집착하고 자기 세계관을 타인에게 강요할 때 그것은 달아나고 만다. 사랑도 그렇다. 그가 미라를 사랑하면서, 그녀가 자기 방식에 따르기를 바라면 사랑은 달아나고 만다. 이상적 사랑에의 꿈은 이상만으로 이루어지는 것도 아니고, 더욱이 그것이 논리적으로 이치에 맞게 이루어지는 일은 더군다나 아니다. 아무리 사랑을 이상적인 것으로 생각하더라도, 자기 집착에서 벗어나지 못하면, 그것은 나르시시즘적인 사랑에 불과하게 된다. 그리고 그렇게 되면, 결국 대상인 여자는 여자 자체라기보다는 자기 자신의 모습이 투영된 그림자가 되고, 끝내 그 사랑은 이루어질 수 없게 된다. 그런 주체의 한계 때문에 민은 고통스러워한다.

　주체의 문제점을 더 부연해보자면, 우리의 이성이 근대의 문명을 이룩했지만 다른 한편으로는 스탈린이나 히틀러와 같은 '괴물'들을 만들어냈다. 그것은 주체가 겉으로는 합리성을 추구했지단 그 이면에 감추어진 모순된 지점들을 해소하지 못했기 때문에 그리되었다. 도구적 이성을 지닌 한 주체는 올바른 이성을 제대로 수행하지 못한다. 그런 점을 보며 호르크하이머는 주체가 '계몽의 잘못된 길'로 접어들었다고 한탄한다. 어쩌면 이성 자체에 선험적으로 인간을 '자기 기만'으로 이끄는 힘이 숨어 있었는지도 모른다. 그렇지 않고서야 어찌 그리 문명의 시대에 야만이 팽배하고, 그 좋다는 합리성의 이면에서 폭력이 꿈틀거릴 수 있었겠는가? 독일의 비판 이론은 그런 '도구적 이성'을 문제삼아 질타한다. 「가면고」에서도 민이 훌륭한 이상을 추구하고, 진정한 사랑을 얻어내려고 하지만, 오히려 그럴수록 모순 속에 빠져드는 것도 그런 문제에서 야기된 것이다. 거기에는 그의 성격적 결함뿐만 아니라, 이성 자체에서 발생하는 문제마저 숨어 있다.

민은 자기 길을 꿋꿋이 걸어가는 듯하면서도 자꾸만 허약한 모습을 보인다. 민이 심령학회를 찾아가는 것이나 그의 잠재 의식이라고 할 수 있는 '다문고'가 마술사를 찾아가는 것이 다 그렇다. 그들은 합리성을 추구하나 또 한편으로는 안이하게 '신탁'에 자신의 운명을 의탁한다. 분명히 그것은 신비주의적인 태도이다. 그럴 때 민은 아무리 합리적으로 사유하고 행동해도 이성적인 사람이라 할 수 없다. 물론 우리의 삶은 논리로 설명되지 않는 많은 것들을 가지고 있다. 또 그것은 '다른 인간적 삶'의 모습을 보여주고, 우리가 주체 아닌 것에 관심을 기울여야 한다는 것을 일깨워준다. 어차피 인간에게는 이성만으로 해결되지 않는 지점들이 존재한다. 예술가는 그런 점들을 보완하여 타자마저도 포용하는 방법을 모색한다. 부정과 성찰을 통해서 합리성을 추구하는 태도는 확실히 인간을 위대하게 했다. 하지만, 그 이성의 칼날 아래서 배제되거나 고통받는 사람들의 입장에서 보자면, 그것은 인류 역사 이래 최악의 사태일 뿐이다.

현대인이 자기 기만에 빠지는 일은 피할 수 없는 일이다. 먼저 인간의 자연 지배, 혹은 이성의 지나친 자기 확신은 인간 또한 자연의 일종이라는 전제를 간과하게 되고, 그리하여 자연/인간의 이분법이 정당하지 않음에도 불구하고 그것을 정당화하고, 또 그것을 믿는 현대인은 현실과 인식 사이에서 불가피하게 괴리를 느낄 수밖에 없다. 아무리 인간이 자연을 지배했다고 믿더라도, 인간 또한 지배하는 인간을 보면서, 혹은 파괴되는 자연을 보면서, 인간의 오만한 행위가 얼마나 잘못된 것인지 판단하는 일은 어렵지 않다. 최인훈 소설에 등장하는 인물들은 노골적으로 그런 인식을 보여주지는

않지만 인식과 행위 사이의 방황을 보여주며 근대적 사유의 한계를 노정한
다. 그러나 그들의 방황은 묘하게 그들을 더욱 근대적으로 보이게 한다. 그
의 소설들에서 보여주는 등장인물은 이성의 그매함을 체득하려고 하면서도
더욱 세속적일 수밖에 없는 모습을 보여줌으로써 이 시대를 살아가는 사람
들의 한계를 일깨워준다. 『광장』의 이명준이나 「가면고」의 민이 그렇다. 그
들은 시대와 현실을 파악하고자 하면 할수록 더욱 좌절하고 또 그러면서 우
리에게 '근대인'의 표상을 스스로 일끼우도록 한다.
  이 글에서는 민의 인식이 '사랑'이라는 매개를 통해 '자아 완성'으로 어
떻게 연결되는가를 살핀다. 또한 '사랑'이 자기 기만의 인식을 보충하여
'행위'에 이를 수 있는가를 살핀다.

2. 탈 속에 갇힌 주체

  〔……〕 거울 속에는 쫓기는 사람의 초조함을 숨기느라고 짐짓 평정을 꾸
  민 가짜 성자의 탈이 있었다. 신의 창조에 들러리 선 사람만이 가질 만한 자
  신을 꾸민 눈. 바로 그것을 어기고 있는 입의 선. 탈의 데생은 위태로워 어느
  선 하나 차분함이 없다. 양식의 모방에 과장된 필체로 그려진 서투른 초상화
  였다. 저 탈을 피가 흐르도록 잡아 벗겼으면.[1]

  민은 자신의 진정한 얼굴을 찾고 싶어 한다. 자신의 얼굴에 덮어씌워진
탈을 벗겨내어 '본연의 자아'를 찾아내고 싶어 한다. 그러나 그런 의욕과는
달리 탈은 쉽게 벗겨지지 않는다. 그리고 억지로 탈을 벗겨낸다고 하더라도
그 피투성이의 얼굴이 자신의 얼굴이 될 수도 없다. 그러다 보니 탈은 하나

---

1) 최인훈, 『크리스마스 캐럴/가면고』(전집 6), 1993, p. 175. 이후로 「가면고」의 내용을 인용할
   경우에는 본문에 면수만 표기함.

의 딜레마다. 벗겨내지 않고 태연한 척해도 문제고, 벗겨내기 위해 맨살이 되어버린 탈을 잡아당기는 것도 문제다. 그래도 민은 '피가 흐르도록' 탈을 벗겨내고 싶어 한다. 그래야 최소한 자기가 깨달은 위선에서 자유로울 수 있기 때문이다. 그러나 그러면 그럴수록 탈은 더욱 견고하게 늘어붙는다. '탈'이라는 환각은 주체 자체의 모순에서 비롯되는 것일 수도 있고, 행위에 이르지 못하는 인식에 문제가 많아서 나타나는 것일 수도 있다. 민은 자신의 힘으로 탈을 벗겨낼 수 있다고 믿지만 그럴수록 그것은 더욱 견고히 늘어붙는다. 게다가 주체는 그것이 자기의 그림자인 줄도 모르면서 그런 이해 불가능한 환각을 받아들이지 못한다. 그리고 환각을 불러일으킨 것이 자신일지도 모른다는 것을 어렴풋이 깨달았으면서도 그것을 떨쳐버려야만 할 것으로 생각함으로써 사태를 악화시킨다. 그렇다면 환각을 주체의 힘으로 떨쳐낼 수 있기는 있는 것일까?

"본인도 기억 못 하니 그 꿈은 누가 꾸는 것일까요?"(197) 민이 최면술을 거는 '코밑수염'에게 묻는다. 그 '꿈'을 '환각'으로 바꾸어본다면, 꿈은 주체인 '나'와는 별 관련 없이 꾸어지는 것이다. 오히려 '나 아닌 어떤 것'이 '나'로 설명할 수 없는 어떤 것을 보여주는 것인지도 모른다. 환각 속에서는 미라의 어깨를 걷어차는 일이 쉽게 일어나고, 도시의 허공 위에 '사막'이 떠오르기도 한다. 민은 자신의 '완벽한 초상화'를 원할수록 그런 이상한 환각에 시달린다. 그래서 그 환각을 붙잡아 목 졸라보기도 하지만 그것은 쉽게 사라지지 않고 자아의 완성은 더욱 더뎌진다. 그래서 더해지는 고달픔과 울화를 해소하려고 그는 사랑을 찾아가는가? 하지만 사랑은 그를 더욱 고뇌하게 할 따름이다. 더욱이 표정과 감정 사이에 한 치의 겉돎도 없는 그런 '비치는 얼굴'의 소유자였으면 하는 바람은 쉽게 달성될 수 없는 것이기에 그 고뇌는 더욱 깊어진다.

'환각을 떠올리는 나'도 있고 '환각 속에 빠져드는 나'도 있다. '나 아닌 어떤 것'으로서 환각이 뚜렷한 지시 대상을 가진 것은 아니지만 그렇다고

그것이 '나가 아닌 것'은 더욱 아니기 때문에 그것을 소홀히 다룰 수는 없
다. 환각은 현실과 동떨어진 것이기는 하지만 그것과 연관지어 생각해보면
얼마든지 현실의 모습을 지닐 수도 있으므로 그것은 주의하여 관리해야 한
다. 그렇다면 그에 대한 해석이 불가능한 것만도 아니고, 환각이 주체의 영
역에서 완전히 벗어난 것만도 아니라는 생각이 가능하게 된다. 물론 민을
최면 걸었던 코밑수염이 말하듯, '어느 근원적인 나' 혹은 다른 한편으로
'우리'라고 이름 붙일 수 있는 어떤 존재가 환각을 불러일으킬 수도 있다.
그러나 그것은 코밑수염이나 민의 착각일 수도 있다.

　주체는 의식을 통제한다. 그러나 무의식을 통제하지는 못한다. 따라서 무
의식을 해석하는 것은 간단한 일이 아니다. 그리고 그러한 분석이 가능하다
고 하더라도 그것의 정답을 확인할 길이 별로 보이지 않는다. 물론 민의 꿈
은 작가의 조작에 따라서 '다문고'로 형상화된 꿈이기는 하다. 그리고 우리
는 그것을 '민'과 연관지어서 얼마든지 해석해낼 수는 있다. 그러나 그렇다
고 해서 무의식의 잔영(꿈, 환각)이 주체에 의해 해석되는 것은 아니다. 그
것은 좀처럼 정체를 드러내지 않는다. 그래서 그것을 받아들이는 자마다 다
르게 해석하고, 어느 것이 진실에 가까운 것인지 알기가 어렵다. 특히 주체
가 무의식 전체의 아주 작은 부분을 이루기 때문에 주체와 무의식을 관련시
키기 어렵고, 또 그것들이 관계가 있더라도 아주 미미할 뿐만 아니라 복잡
한 미로를 거쳐야 해석이 가능하기 때문에 거기에 의미를 두기란 쉽지 않
다. 그래도 독자들은 다문고의 이야기를 통해서 민의 현재의 심리 상태 등
을 짐작할 것이다. 민이 소설의 끝까지 다문고의 이야기를 알지 못하더라
도, 그것이 심령술사의 귀에 들렸고, 독자들에게 알려진 이상, 그것의 상징
성은 소설 해석에 결정적인 영향을 미친다.

　다문고는 '사랑'을 매개로 하여 삶 자체의 핵심적 인식에 이른다. 그렇다
면 인식과 사랑은 소통 가능한 원리들일까? 사랑을 이데아의 위치에 올려
놓는다고 해서 인식의 문제가 해결되는 것은 아니다. 인식은 개인적 차원의

문제이고, 사랑은 그런 차원과 다른 문제이기 때문이다. 그래서 인식을 통해 사랑의 자리에 올라가려 할 때 자칫 사랑은 '도구적'인 것이 되고 만다. 게다가 인식적 어려움을 사랑을 매개로 해소하려 한다면 자칫 인식이나 사랑 모두를 잃게 될 수도 있다. 그럼에도 불구하고 다문고나 민은 두 가지를 다 포기하지 않는다. 그것이 사랑의 진정한 모습을 보기 어렵게 만들고, 더 두꺼운 탈을 쓰게 만드는 것인지도 모른다. 사랑과 인식은 전혀 다른 지대의 문제인데 민은 그것을 간과하고 그것을 억지로 합하려고 하는 것인지도 모른다. 인식은 정태적(靜態的)으로 '고정된' 것을 붙잡는 데 반해 사랑은 동태적(動態的)으로 '흘러가는' 것을 붙잡아야 한다. 그렇기 때문에 사랑은 인식으로 얻어지는 것은 아니다.

민은 두 마리의 토끼를 쫓는다. 주체의 자기 보존을 위한 인식적 노력은 '구원'이나 '사랑 자체'에 이르지 못한다. 다문고의 안간힘 또한 마찬가지다. '탈을 벗기 위한 사랑'은 또 다른 탈을 씌울 뿐이다. 그래서 오히려 '탈벗기'를 포기하는 순간, 또는 '탈벗기'와 사랑이 무관하다는 것을 깨닫는 순간, 바로 그때 탈이 벗겨지고 사랑이 찾아온다. 달리 말해서 인식과는 다른 지대에서 사랑은 이루어지고, 그 막힌 인식의 회로마저 뚫을 때 사랑은 찾아온다. 결코 사랑이 탈을 벗겨주는 것은 아닌 것이다. 다시 말해 사랑이 직접적으로 인식을 완성하지는 못한다는 말이다. '자아 완성'은 전적으로 개별적인 사유 속에서 이루어지는 완성이다. 그러나 민은 미라에게 집착함으로써 그 탈을 벗겨내려 한다. 그리고 미라를 사랑할 수 있는 방법을 찾기 위해 공연을 위한 대본 「신데렐라 공주」를 쓰고, 최면술을 통해 알 수 있듯이 다문고의 세계를 지향하기도 한다. 그런데 그러한 방법이 인식과 사랑의 문제를 해결해줄 수 있을까? 물론 무의식의 세계나 텍스트의 세계가 민의 현실과 일치될 수는 없다. 즉 '꿈＝현실'이라는 등식이 성립될 때라야 그것은 해결되는데, 거기에는 많은 비약이 남발될 수밖에 없다. 그런 점에서 다문고의 사랑과 민의 사랑을 동일시하려는 것은 해석의 한 방법일 수는 있어도 위험스럽기 짝이 없는 것이다. 텍스트로서 다문고의 사랑과 '신데렐라의 사랑'을 민의 욕망의 문제로 해석할 수는 있지만, 그것이 곧 민의 현실이 되는 것은 아니다. 다문고나 신데렐라의 세계는 민이 욕망하는 세계일 수는 있어도 현실의 세계는 아닌 것이다. 게다가 자신의 욕망을 타인에게 보여주었다고 해서 현실의 삶이 그렇게 되는 것은 아니다.

이로써 이런 등식을 만들 수 있다. 주체가 꿈을 꾸거나 사랑하는 것이 아니라면 주체 이외의 지대인 무의식이 꿈으로 나타나고 몸의 감각이 사랑을 받아들이는 것이라고 말할 수도 있다. 무의식이나 사랑의 세계는 이성의 힘으로 접근하거나 이루어지는 세계가 아닌 것이다. 이성은 사랑이나 무의식의 세계를 해석할 뿐 그것들의 본질적 세계를 알지 못한다. 그게 지나치면 사랑이나 무의식을 내면적·외면적으로 사물화시켜 '흘러가는' 것을 '고정적인' 것으로 만들고 만다. 즉 사랑이나 무의식은 고정시키거나 정의내릴 수 없는 것들이다. 언제나 사랑은 멈추지 않고 흘러갈 때 진정한 사랑이 될 수 있고, 무의식은 해석 불가능한 '그림'으로 있을 때 무의식일 수 있다. 이러한 점에서 무의식이나 사랑은 주체와 아무런 관련이 없다. 사랑을 하는 것은 완성된 주체를 요구하는 일이 아니라 주체를 포기하는 일일 수 있다. 다만 '너와 나' 사이의 공간에 공명이 울리도록 하여 무수한 실핏줄이 소통하도록 하는 것이 사랑일 수 있는 것이다. 따라서 사랑의 완성은 주체의 완성이 아니라 '직물짜기'처럼 날실과 씨실을 하나씩 덧붙여가는 과정이라고 말할 수 있다. 불완전한 주체이더라도 사랑의 공간을 만들어낼 수 있고, 어느 합리주의자보다도 더 큰 사랑을 이루어낼 수도 있다. 그것이 바로 사랑의 세계에서 이루어지는 일들이다.

브라마와 하나가 되려는 다문고가 꿈꾸는 사랑은, 이미 그것은 사랑의 문제가 아니라 자아 완성의 문제이다. 그리고 그것은 사랑을 꿈꾸는 것이 아니라 '신과 하나 되기'를 꿈꾸는 행위일 따름이다. 그래서 다문고는 브라마에 대한 꿈을 포기할 때라야만 마가녀의 사랑을 얻게 된다. 세계의 주인이 되기를 포기하고 그 세계를 함께 살아갈 사람을 찾을 때 사랑은 찾아온다. 사랑은 자기를 버리면서 얻어지는 것이다. 자기만이 꿈꾸는 사랑은, '나와 너' 사이의 충만한 공간으로서의 사랑과는 본질적으로 다르다. 마가녀가 '절대적인 미'를 상징하는 것이라고 하더라도, 그것이 자아의 문제인 한에 있어서는 다문고는 그녀를 받아들이기보다는 그녀의 '껍질'을 벗겨 자기 것으로 만들려고 한다. 즉 다문고가 자아 완성의 노력을 기울이는 것은 거꾸로 마가녀를 죽이는 일이 된다. 그래서 그녀를 얻었다고 생각하는 순간 그녀는 멀리 사라지고 마는 것이다. 사랑은 추구하는 것이 아니고 '함께 이루고 함께 누리는 것'이다. 물론 사랑을 얻는 과정을 통해 깨달음이 부가적으로 찾아올 수도 있다.

민의 무의식 속에 다문고의 세계가 들어 있는 것을 보고서 그의 자아 완성에 대한 열망을 엿볼 수는 있지만 그것이 꼭 그를 이루는 것은 아니다. 여전히 그는 주체의 틀 속에서 사랑을 원하고 있다는 것을 보여줄 따름이다. 그런 그의 태도가 대상을 타자화시키고 종속시킨다. 그렇기 때문에 그는 미라의 내적 세계를 인정하지 못하고 다만 자신과 관련된 미라만을 본다. 타인을 자신의 내부로 받아들이지 못한 사랑, 미라는 그것을 알기에 민의 사랑을 거부한다. 그들은 자신의 인식이나 목적을 우선시하기 때문에 평행선을 달릴 뿐 합해지지 못하는 것이다. 반면에 정임은 민의 내부로 곧바로 들어온다. 그것이 민을 구원할 것인지 잘 알 수 없지만, 그녀는 그가 쓴 '신데렐라 공주'의 연기자가 되어 그를 단숨에 휩쓸어버린다. 그것이 정임이 그의 무의식 속의 마가녀가 될 수 있다는 단서를 제공한다. 하지만, 그렇다고 하더라도 다문고의 세계나 신데렐라의 세계가 민의 현실이 될 수는 없다. 그것은 일시적인 일치일 뿐이지 민이 '구원의 사랑'을 이뤄낼 수는 없는 것이다. 설혹 정임이 최면술에 걸린 민의 잠재된 목소리를 들었다고 할지라도 그것은 연민의 대상으로 그를 받아들이는 것이 될 수는 있어도, 다문고가 마가녀를 되찾은 것이 되지는 않는다. 다문고는 마가녀 자체를 온전히 받아들였지만, 현실의 삶에서 민이 꼭 그렇게 정임을 받아들였다고 말하기는 곤란하다. 어쩌면 그것은 다문고의 사랑과는 전혀 관계없이 일시적인 사랑의 충동에 끌려 들어간 것일 수도 있는 것이다.

민은 미라에 대한 절대적인 신념을 가지고 있지 못하다. 그는 미라에게 버림을 받지만 그것은 끊임없이 자신이 버림받도록 조장한 측면에서 이루어진다. 그의 위선적 자아는 끊임없이 미라를 원하지만, 사실은 그녀를 괴롭히면서 사랑을 얻고자 하기 때문에, 실제적으로는 그녀를 이미 버렸다고 말할 수도 있다. 사랑하기 때문에 그랬다고 말할 수는 있다. 그러나 자신의 무료함을 메우기 위한 자기 발작적인 모습을 한 그의 사랑을 사랑이라고 말하기에는 문제가 많다. 그에게는 물질적 미를 넘어서려는 다문고의 정신도 있지 않고 단지 자아에 대한 집착만이 있을 뿐이다. 민의 사랑을 성취하는 정임도 '배우' 이상의 연기를 우리에게 보여주지 못한다. 즉 민과 정임에게는 다문고와 마가녀의 처절한 과정이 존재하지 않는다. 그리고 그녀가 그의 텍스트의 연기자가 되거나 그의 내부를 엿보게 되었다고는 하더라도 그가 자아에의 집착에서 벗어날 수 있는 어떤 단서를 제공하지도 않는다. 단지 거기에는 감각적인 사랑의 쟁취가 있고 연민이 있을 뿐이다. 결과적으로 그녀의 사랑도 착각에 불과한 것일 수 있다. 또한 다문고는 정신적·도덕적으로 우월함을 우리에게 보여주지만, 민은 우리에게 자아의 이상을 끝까지 보여주지 못한다. 그것이 근대적 주체, 혹은 근대적 지식인의 한계일 수 있다. 그리고 그런 한계가 정임과 같은 여인에 의해 보완될 수는 있어도 그것을 구원이라고 말하기에는 아직 이르다.

현대 판 신데렐라 공연이 성공적이었다고 해서 민이 갑자기 바뀔 수 있는 것은 아니다. 그리고 그런 정도의 미적 성공을 통해 자아의 탈이 벗겨지는 것도 아니다. 그런 정도라면 그것은 이미 탈도 아니다. 자아-완성이라는 것은 그런 어설픈 성과를 통해 이루어지는 것이 아니다. 최면 상태에서 깨어난 이후 민이 정임을 '예고의 거울'로 보는 것이 아니라 공존할 수 있는 대상으로 보는 것이 사실이긴 하지만, 그런 식으로 서로를 받아들인다고 해서 '탈'이 벗겨지는 것은 더군다나 아니다. 결국 민의 주체는 여전히 탈 속에 갇혀 있다. 민에게 있어 탈은 주체의 자기 확장 과정에서 나타나는 것이지 현실 자체에서 생겨난 것은 아니다. 그는 인식을 통해 추상적이며 초시간적인 세계를 붙들고자 하지만, 그것은 그저 자아 확장의 문제일 뿐인 것이다.

3. 닫힌 사랑, 열린 텍스트

「가면고」는 이룰 수 없는 사랑을 얻으려는 낭만주의자의 나르시시즘이나 사랑을 통해서 구원을 얻으려는 젊은 이상주의자의 꿈을 보여준다. 「가면고」를 사랑의 문제에만 초점을 맞추어 살펴볼 수는 없겠지만, 자신의 탈을 벗겨내고 사랑을 획득하려는 민(혹은 다문고)의 모습에서 진정한 사랑을 통찰해내는 독자도 있을 것이다. 물론 다문고의 사랑은 절박하다. 하지만 그것조차 어딘지 좀 호사스럽다. 그것은 상대방보다 자기에게 집착해 있기 때문에 그렇고, 어려운 사회적 현실에서 잠재 의식의 세계가 다문고 왕자의 이야기로 열리고 또 민이 쓴 대본도 신데렐라 이야기이기 때문에 더욱 그렇게 느껴진다. 자기 자신에게 집착해 있는 민과 미라의 사랑, 그리고 맹목적인 정임의 사랑은 다문고와 신데렐라의 텍스트가 매개되어 있기 때문에 사랑의 서사를 운명적으로 이끈다. 현실에서의 민의 사랑은 보잘것없지만 그가 그려내는 사랑은 돋보인다. 다시 말해 민의 사랑은 그의 이상과 연결되어 있는 것이다. 그런데 목적을 지니고 있는 사랑은 사랑이 아니다. '희고 탄력 있는 목'이나 '웃는 모습'을 보고서 갑자기 사랑에 빠져드는 것이 진짜 사랑이다. 본래 사랑은 그렇게 우연적이면서도 운명적인 방식으로 찾아드는 것이다. 민도 그런 사랑을 원한다. 그러나 민의 사랑은 어설프다. 그는 미라를 사랑하지만 그것을 논리로서 원할 뿐 사랑할 방법을 찾지 못한다.

언제나 미라는 그에게 "소재로서 필요할 뿐"(204) 사랑 자체로 다가가지 못하는 것이다. 설혹 그가 어떤 말을 하든지 그렇다.

> 〔……〕 어떤 격렬한 마지막 것을 바랐다. 마지막 것을 일시에 가지고 싶다는 것은, 죽음을 앞에 둔 사람이 느끼는 초조함이 아닐까. 싹이 트고, 그 위에 비이슬이 스미고, 해가 쬐며, 줄기가 자라 잎이 열린 후. 열매가 드디어 맺는, '과정'은, 다만 발을 구르고 싶도록 안타까운 헛일처럼 여겨졌다. 그런 낭비를 모조리 젖혀버리고, 단숨에 빛나는 핵심을 쥐고 싶었다. (200)

특히 그가 '마지막 것'을 '일시에,' '빛나는 핵심'을 '단숨에' 가지고 싶어 할 때 거기에서 문제가 생긴다. 그는 사랑마저도 과정 없이 얻을 수 있는 것으로 생각하는 경향이 있다. 그리고 사랑을 논리적으로 이해하려는 습성을 지니고 있다. 그것은 모든 걸 인식으로 해결하려는 자들이나 가질 수 있는 오만이지 사랑하는 사람들을 맞아들이는 태도는 아니다. 그런 식으로는 사랑을 이룰 수 없다. 혼자만의 사랑에 빠지고, 끝내 절망하게 될 따름이다. 적어도 사랑은 설득하거나 희생을 강요하거나 존경해야 하는 그런 것이 아니다. 사랑은 자기 입장을 포기하고, 자기를 양보하고, 오히려 상대방을 더욱 받아들이려고 할 때 찾아온다. 민은 미라를 그 자체로 받아들이지 못하고 주체의 '시험관' 속에 집어놓고 쪼개보려고 별별 안간힘을 다할 따름이다. 본래 사랑이란 부지불식간에 빠져드는 것이며 "경계의 해제"(165)를 유발하는 것이지, 끊임없이 이성적으로 판단하고, 자기 세계를 지키고, 상대를 자기의 방식대로 끌어들인다고 해서 찾아오는 것은 아니다. 그것은 서로의 부조화 속에서 그 차이를 공유하는 가운데 이루어진다. 하지만 그러기에 민의 자아는 너무 강하고, 그렇기 때문에 미라의 그림을 찢거나 정임을 '임금의 의자'에서 잡아채는 일도 쉽게 발생한다. 이미 그것은 사랑이라기보다는 '싸움'에 가깝다고 말할 수밖에 없다.

그럼에도 불구하고 민은 미라를 사랑한다고 믿는다. 그녀를 방문하여 자신의 일만 하는 미라를 보며 그는 불편하지 않다고 말한다. 그런데 그것은 그녀를 사랑해서가 아니라 자신의 자아가 본래부터 그녀와 떨어져 있어도 아무렇지도 않기에 느끼는 편안함이다. 즉 두 사람은 서로 없으면 아쉬워하지만 다만 그것은 도구적 대상으로서 아쉬워할 따름이다. 그들은 서로를 인정하는 것 같으면서도 인정하지 않는다. 서로를 받아들이는 것 같으면서도 받아들이지 않는다. 상대방에게 밀실이 있다는 것을 인정하면서도 자신의 밀실을 열지 못하고, 상대방을 그 밀실에 초대하지도 않는다. 민은 미라를 방문하고서도 '나'를 생각하고, 미라는 민이 왔어도 자신의 작업에만 몰두한다. 그런 만남은 사랑이 아니다. 거기에는 사랑이 담길 여유도 없다. 하지만 민은 자신의 자아에 집착하듯 미라의 '초조한 눈빛'을 보면서 위기를 느낀다. 그것은 자신의 눈빛이기도 한 것이다. 그런 점에서 두 사람은 거울의 안과 밖에서 서로를 바라보는 그림자들에 불과하다. 즉 그들은 서로 자아의 거울일 뿐인 것이다. 그것을 느낀 민이 안달하며 미라를 괴롭히고, 때로는 하소연하기도 한다. "미라, 어떻게 하면 사랑할 수 있어? 우린 이대로 가면 안 돼"(205). 그러나 그들은 '그림자'로서 존재할 뿐 거울 밖으로 나오지 못한다. 그래서 민의 호소는 진실이 되지 못하고 또 미라는 그 호소를 냉정하게 거절할 수밖에 없게 된다. "자기를 속이는 건 아무런 해결도 안 돼요"(205). 자아 실현을 원하는 그녀는 자아 완성을 바라는 그에게 그렇게 말한다.

사랑하지도 않으면서 사랑받고 싶어 하고, 헤어질 마음이 없으면서도 헤어지자고 말하는 '자기 기만' 속에서 그들은 점점 멀어진다. 미라는 민을 따뜻하게 대해줄 '열린 공간'을 갖고 있지 못하고, 그러다 보니 자기 합리화에 더 깊이 빠져들어 남을 배려하고 받아들일 준비를 갖추지 못하게 된다. "사랑은 동정이 아니다. 사랑은 싸움이어야 한다. 아무런 핸디캡도 없는 잔인한 싸움에서만 흔들리지 않는 사랑의 질서가 설 텐데. 두루뭉실이나 눈가림은 파멸을 늦추고 급기야 파멸이 올 때 그것이 더욱 보기 싫게 하는 것뿐이다"(211). 이러다 보니 민은 그녀를 쟁취해야 할 대상, 이겨야 할 대상으로 생각하게 된다. 민은 이런 자신의 행위가 역겨우면서도 어쩌지 못한다. 그는 미라가 '교양이 있으면서도 꼬치꼬치 캐지 않는 순수한 여자'가 되기를 바라고, 그녀는 그가 '교양이 있으면서도 무사처럼 굵직한 선을 가진 남자'이기를 바란다. 이쯤 되면 정달 '호적수'다. 그러나 어디 그게 말이나 될 법한가? 그들에게 소통의 틈새는 존재하지 않는다. 그리고 그들은 사랑을 이루어낼 수 없다. 아무리 르네상스식의 이상을 추구한다고 해도 사랑은 이루어지지 않는다. 다양성과 순박성이 겸비된 "양식의 통일성이 육중한 양감에 싸여"(203) 있어야만 사랑은 이루어진다. 하지만 그것은 유토피아로 존재한다.

현실에서는 존재할 수 없는 유토피아가 텍스트에서는 존재한다. 그것은 작가의 소망이 그렇게 그려낸 것이다. 민은 아름답고 선량한 공주가 나쁜 악마의 저주로 불행해진 다음에 씩씩한 기사의 힘으로 구원된다는 유럽 동화를 패러디해서, 악과 선 사이에서 갈등하고 그 속에 참여해서 자신의 운명을 개척하는 공주를 만들어낸다. 자유 의지와 주체성을 가진 공주의 드라마는, 인간을 대신하여 속죄하면서 처참한 심판의 학살을 견뎌낸 헤브라이 지하 운동가의 세계관 못지않게, 그에게는 중요한 현대적 의미를 지닌다. 게다가 헤브라이 지하 운동가는 '회개의 주체성'을 지녔지만 진정한 주인 의식을 지니지는 못했다. 그런데 그가 만든 대본에서는 신데렐라가 그런 주체를 지님으로써 유토피아를 보여준다. 어쩌면 그는 거기에 탈이 벗겨지는 광경을 그렸을지 모른다. 그러나 현실은 그렇지 못하다. 사랑은 그런 주체의 믿음대로 이루어지는 것이 아니라 '폭력적인' 방식으로 찾아온다. 정임이 옥상 테라스 위에서 사랑의 시위를 벌인다. 거기서 선택의 여지는 없다. 정임은 그에게 자신을 구해줄 것인가, 떨어지게 내버려둘 것인가를 택일하게 하지만, 그것은 선택의 권리를 준 것이 아니라 사랑의 강요다. 그녀의 그런 고백에 민은 어쩔 수 없이 승복한다. 죽음이냐, 사랑이냐를 앞에 놓고서 선택하지 않을 사람이 어디 있겠는가? 정임의 사랑에 판단의 여지란 존재하지 않는다. 그는 그때 '멀미'를 느낀다. 그것은 "자기만 '사람'이고 다른 사람은 인형으로 알고 살아오던 사람이, 처음으로 또 다른 자기 밖의 '사람'을 발견한 현장에서 느끼는 멀미였다"(249). 비로소 민은 자신의 자아에서 벗어나 타인을 바라보게 된다. 죽음을 무릅쓴 테라스 위에 선 사랑, 그건 '폭력'이었지만 그를 구원한 사랑의 다른 형태였다.

그렇다면 그는 진정으로 자기 기만에서 벗어났을까? 그 상태는 '다른 언어 영역'에 들어갔을 경우에만 가능하다. 자기가 믿고 있는 것이 완전히 무너지지 않는 한 자기 기만은 보이지 않는다. 다시 말해 언어의 사용이 달라야 비로소 자기 기만이 보이는 법이다. 만약 다문고가 그걸 정확히 알았다면 어찌 마가녀의 얼굴을 원하고, 민이 미라를 자기 방식대로만 대할 수 있었겠는가? 민의 인식의 투철함은 머릿속에서 이루어지는 것이고, 그래서 그것은 사랑으로 발전되지 못한 채 그녀의 그림을 찢어버리거나 할 수밖에 없었던 것이다. 타인을 인정하고 타인을 구원해야 자기도 구원을 받을 수 있다. 다문고는 마가녀를 진심으로 사랑했기에 가면을 벗게 된다. 그리하여 '사랑의 가면'을 벗은 자는 주체의 자기 기만을 넘어서게 된다. 민과 정임의 사랑은 빙하 시대에서부터 몸과 몸을 비벼대며 이어져온 '사랑의 불씨'를 찾아냈기 때문에 찾아온 것이다. 그 '불씨'가 허술히 다뤄질 때 인간은 얼어 죽을지도 모른다. 사랑만이 문명의 시대에 구원을 줄 수 있는 것이다. 최인훈은 그런 메시지를 보내면서 말한다. "춥다. 현대는 정말 춥다. 혼자서는 불을 못 피운다. 바람을 막으며 손바닥만한 얼음 위에 불을 피우려면 두 사람이어야 한다"(201). 이로써 미라를 향한 민의 글쓰기는 부득이하게 정임에 의해 완성된다. 사랑이란 불쑥 그렇게 찾아와서 '자아의 얼음'을 녹이고 한 영혼을 구한다.

4. 르네상스적 이상을 추구하는 이의 절망

'성자를 기계적으로 만들 수 있는 영혼에 대한 기계적 조작 법칙'(186)은 가능한가? 민은 이성의 힘으로 '영혼의 정형술'을 찾아낼 수 있다고 믿는다. 어쩌면 그럴 때라야 주체는 미혹에 빠진 인류를 구원할 수 있을지도 모른다. 누구라도 구원의 길에 들어서야 근대의 가장 위대한 꿈은 실현되는 것이다. 그러나 그것은 숭고한 꿈에 그칠 뿐 사실이 될 수 없다. 본래 유토피아는 존재하지 않기 때문이다. 조작과 상품화로 그것을 이루어내려는 사람도 있다. 하지만 그것은 환각일 따름이다. 민은 '심령술사'를 찾아가면서까지 그러한 구원을 학수고대한다. 최면술의 힘을 빌릴 때 자신의 원형적 관심사를 드러낼 수 있게 된다. 또 운이 좋으면 무의식 깊이 숨어 있는 그림들을 끌어낼 수도 있게 된다. 그러나 해석은 별개의 문제다. 최면술은 민의 전생의 모습을 보여준다. 그것이 진실인가 아닌가, 혹은 어떻게 해석해야 하는가의 문제는 차후의 일이다. 독자는 그 무의식의 세계를 보면서 자기 나름대로 판단한다. 게다가 민과 다문고가 별 관련이 없어도 독자는 그들의 관계를 가만두지 않는다.

다문고 왕자는 '몸의 열반'을 원하고 '브라마의 얼굴'을 갖고 싶어 한다. 그는 자기 부인인 아름다운 '아라녀'에게서 그것을 발견하지 못하고 '이상적인 얼굴'을 찾아 방황한다. "사람의 영혼이란, 브라마가 그 그늘을 던지는 못과 같으며 얼굴은 그 겉면인 것이다. 물속에 아름답고 빛나는 것을 간직하면 할수록, 겉에 어리는 그림자는 그윽할 것이다"(194). 그는 그런 상태를 갖고 싶어 한다. 하지만 그는 아라녀와 관계를 가질 때 순간적으로 '티 없는 자기 자신'을 보기는 하지만 거기에서 영속적인 그 어느 것도 발견하지 못한다. 그렇기 때문에 순간적인 열락 이후에 찾아오는 허무감에 더 깊이 빠져든다. 그러다 보니 고뇌는 늘어가고, 탈처럼 굳어가는 가식된 얼굴을 감싸안고 괴로워할 수밖에 없게 된다. 업과 무명에서 벗어나는 일이 그에게는 왕국을 얻는 것보다 더 힘들다. 그런데 자신의 얼굴이 '가짜 성자의 둔감이 하나로 엉겨 붙은 탈'처럼 거울에 비친다. "저 탈을 피가 흐르도록 벗겨냈으면"(193). 그것을 위해 그는 인식의 폭을 확장시키는 학문에 더욱 몰두한다. 그러나 학문이 깊어질수록 자신의 얼굴은 오히려 '브라마의 얼굴'에서 더 멀어진다. 자신의 얼굴은 "간디스 강변의 모래알처럼 많은 슬픔과 기쁨을 안고, 히말라야의 눈 덮인 언덕처럼 높고 맑은 슬기를 가졌으면서도, 마치 어느 바닷가 소금 굽는 어린 소녀와 같은 천진한 웃음"(193)을 지니지 못했던 것이다. 그는 자신의 얼굴에 브라마의 이법을 캐는 '학문'과 소금 굽는 소녀의 '투명함'이 합해지기를 바란다. 가장 높은 것과 가장 낮은 것이 하나로 합해진 '들꽃의 표정'과도 같은 브라마의 얼굴을 갖고 싶었던 것이다.

브라마의 얼굴을 보고자 하면 언제나 새로운 탈이 나타난다. 브라마의 세계로 들어가는 일이란 탈을 다 벗겨내는 일만큼이나 어렵다. 그러나 다문고는 포기하지 않는다. 그는 마술사의 주문대로 '가장 낮은 것을 지닌 사람의 얼굴 가죽'을 벗겨 자신의 얼굴에 붙이기로 한다. 그러나 그것 또한 실패를 거듭한다. 그 '가죽'이 자신의 얼굴에 맞지 않는 것이다. 그런 내부의 잔혹성과는 달리 그의 덕은 널리 전파된다. 거지 소녀의 얼굴을 탐내다가 얼떨결에 금강석이 박힌 팔찌를 던져준 것이 선의의 소문으로 퍼져나가고, 시녀가 자신이 가장 아끼던 수정 항아리를 깨뜨렸을 때 분노를 이기지 못해 그 자리를 뜬 것이 또 선행으로 소문난 것이다. 그렇다면 '의미'라는 것은 얼마나 불완전하고 제멋대로인가? 어짊/잔혹함의 이중적 구조에서 사람들이 자신을 성인으로 생각할수록 그는 절망에 빠진다. 그것은 학문으로서 해결될 일이 아니었다. 마술사의 주문은 구도의 경계를 넘어섰지만 그는 '그렇더라도' 하는 집념을 포기하지 못한다. 그는 차츰 '차가운 뱀의 눈' 같은 살기를 띠게 된다. 그러다가 그는 마침내 마가녀를 만난다. 그녀는 총명하나 전혀 배움이 없어 때가 묻지 않았고, 그녀의 마음과 얼굴은 일치하고 있었고, 얼굴 밑에 숨겨진 것이 전혀 없는 자연스러움이 있었다. 그래서 마음이 웃을 때 얼굴이 웃는 그녀에게 다문고는 사랑을 느낀다. 그러나 아트만의 이법에 대해 관심이 없고, 단지 코끼리 이야기나 하는 그녀를 그는 한편으로 무시한다. 또 자기 이상을 추구하는 나르시시즘이 발동한 것이다. 그래서 그는 그녀에 대한 사랑의 감정을 죽이고 '그녀의 얼굴'만을 목표로 삼기로 한다. 그 목표를 위해서 그는 일단 그녀의 사랑을 얻어내고 그녀의 입술을 범하기도 한다. 또한 그녀에게 그녀를 위해서 바라문의 길을 버리고 환속하겠다는 거짓말도 한다. 그러나 그러면 그럴수록 그는 더욱 혼란에 빠진다. 거짓말로 사랑을 고백했는데 그 거짓말이 진실인 것처럼 여겨지면서, 자꾸만 자신의 의도와는 다른 쪽으로 밀려가는 것이다. 그래서 그는 절망한다.

그녀는 투명 자체이며, 그 투명성이 낮은 빽빽한 투명성처럼 오히려 미지의 신비를 자아낸다고 생각하긴 했으나, 그렇다고 이쪽의 침투를 밀어내는 것이라곤 여기지 않았으며, 오히려 나 자신의 자아가 마음대로 개척할 수 있는 무기(無記)의 빈칸이라고 믿어왔다. 그런 탓으로, 그녀 자신을 인격으로 대하는 대신, 그녀에게 비치는 자기 자신을 상대해왔던 것이다. 비록 그녀가 나의 말에 응답한다손 치더라도, 그 말은, 니가 던진 말의 메아리였다. 지금 얼굴도 보이지 않고, 말도 없는 마가녀는, 나로서는 모든 공격의 수단이 거부된 튼튼한 요새였다. (254)

사랑의 관계란 신분이나 지식의 높고 낮음에 상관없이 눈빛 하나로 모든 것을 다 알아버리는 그런 것이다. 마가녀는 그의 입맞춤에 사랑이 없다는 것을 알아차린다. 그래서 그에게 거리를 두게 되고 '튼튼한 요새'를 쌓게 된다. 그러자 다문고는 그녀의 마음을 얻기 위한 계략을 진행시키면서도 점점 미묘한 상태에 빠져든다. 도구적 대상에게 가슴이 열리는 것이다. 그리고 마침내 그녀가 그에게서 떠난 순간 자신이 그녀를 사랑하고 있는지도 모른다는 사실을 깨닫게 된다. 그는 적이 놀란다. 그러나 그것을 받아들일 수 없다. 그녀의 사랑보다 중요한 것은 '브라마의 얼굴'을 얻는 것이었기에 그는 더욱더 자신을 위장하게 된다. 그럼에도 불구하고 그는 마가녀의 맑은 눈빛, 얼굴의 무잡성(無雜性)에 감탄한다. 브라마의 이법에 상관없이 살아온 마가녀의 아름다움에 그가 원하던 모든 것이 담겨 있었던 것이다. 그리고 자신이 그렇게 노력해도 얻어내지 못한 것을 그녀는 가지고 있었던 것이다. 그러나 그는 그녀의 빛나는 얼굴은 '애쓰지 않은 완성'이기에 받아들일 수 없다고 부정한다. 그렇게라도 그녀의 미적 가치를 격하시켜야 자신의 목표를 달성할 수 있었던 것이다. 그러나 브라마의 구도 정신을 갖지 못한 아름다움은 고귀한 것이 아니라고 매도하면 할수록, 그는 점점 더 그녀에게 빠져들게 된다.

마침내 그의 노력에 의해 마가녀는 그에게 사랑을 고백한다. 그는 사랑에 빠지지 않기 위해 갑판에 몸을 묶은 오디세우스처럼 발악한다. 사이렌의 노래, 자연의 노래는 그처럼 아름다웠던 것이다. 마가녀는 그 어느 것도 배운 적이 없지만 주체의 인식 능력으로는 상상할 수 없는 아름다운 세계를 지니고 있었다. 그렇지만 그는 자신의 목적을 위해서 함정을 파고, 그녀의 나라에 전쟁을 일으켜 마가녀의 얼굴을 탈취하고자 한다. 그러나 그는 이내 후회에 빠져든다. 그는 그녀를 사랑했던 것이다.

머리를 곱게 빗고 금방 부스스 눈을 뜰 듯이 웃음 띤 그 얼굴은, 목숨을 모독당한 그 자리에서까지도 끊임없이 소리 없는 사랑을 호소하고 있는, 사람 얼굴의 모양을 하고 쟁반에 담겨진 사랑의 모형이었다. 나는 오늘 싸움에서 죽기를 바랐다. 그러나 나는 죽지 못하고 다시 한번 홍분 뒤에 오는 덩그런 허전함을 겪었다. 이제는 스스로 죽는 길만이 남아 있었다. (261)

자신의 사랑을 깨달은 다문고는 절규하듯 소리친다. "내 탈을 벗지 못해도 좋다. 영원히 깨닫지 못한 채 저주스런 탈을 쓰고 살아도 좋다. 만일 이 끔찍한 일을 하지만 않았다면, 이 죄만 없어진다면……"(262) 그는 절규한다. 그리고는 마술사를 죽이고 자신도 죽으려고 마음먹는다. 그때 마술사가 쟁반에 담긴 얼굴들이 아교와 초로 만든 가짜라는 것을 밝힌다. 이어 마가녀가 두 팔을 벌리며 살아 돌아온다. 다문고의 사랑은 완성되고 '업의 탈'은 벗겨진다. 그는 흉하게 일그러져 오그라진 자신의 자아의 탈을 바라본다. 마술사는 옛 스승의 모습으로 바뀌었다가 다시 변신하여 브라마의 신이 된다.

브라마와 같은 신이 도와줄 때 의미를 찾을 수 있다. 또는 모든 것을 버렸을 때 의미를 찾을 수 있다. 죽음 속에서 피어나는 의미의 꽃. 의미찾기는 얼마나 지난한 인간의 꿈인가?

5. 자기 기만의 사랑

'인간'이 되지 않고 인생을 사는 것은 화장하지 않고 무대에 서는 것과 다름없다. 그는 자아가 너무 강해 타인을 받아들이지 못한다. 그럴 때 아무리 '된 사람'이라 해도 스스로 자신의 행동에 올가미를 씌우고, '자아 기만'과 그에 대한 반발이라는 악순환을 계속하게 된다.

자기 세계를 포기할 줄 아는 정임과는 달리 민은 언제나 자신의 세계 속에서만 머물러 있기 때문에 독백만 할 줄 알고 '대화'를 하지 못한다. 그러한 독백으로 텍스트를 만들 수는 있어도 사랑을 만들 수는 없다. 민은 대본을 쓰며 정임과 함께 일하게 되지만, 신데렐라 이야기를 완성할 뿐 사랑을 이루지는 못한다. 단지 그녀와의 만남은 공연까지의 시한부 관계일 뿐이다.

그의 이성은 그렇게 규정짓는다. 그래서 그는 그것이 사랑으로 보일지라도 대본을 위한 '필요한 수단'일 뿐이라고 생각한다. 그래도 그는 정임의 매력에 빠져든다. 그러면서도 민은 자신이 정복해야 할 대상을 미라로 한정짓는다. 그런데 그는 그녀를 길들일 방법을 알고 있지 못하다.

한편 정임은 미라와는 전혀 다른 부류의 사람이다. 생각이 앞서는 사람과는 달리 그녀는 생각이 끝나기도 전에 '실천'하는 사람이다. 박물관에 있는 왕의 침실 앞에서 '저기 한번 앉아볼까' 하고 그가 농담을 던지자마자 그녀는 막아놓은 줄을 넘어가 왕의 금빛 의자에 올라앉는다. 정임은 익살을 부린다. "경은 어려워 말고 가까이 오라. 짐은 심히 즐겁도다. 내 사랑을 물리치지 말라"(240). 그런 익살을 그는 그 자체로 받아들이지 못한다. 금기 너머의 지대에 있는 그녀가 너무 부러웠던 것이다. 그리고 사랑을 쟁취하는 것으로만 알았던 그에게 그녀의 '말장난'은 사랑이 그게 아니라는 것을 어렴풋이나마 일깨워준다. 한편 그녀는 사랑을 너무나 쉽게 이루어낸다. 손쉽게 '막아놓은 줄'을 넘어서듯 성큼 민의 가슴을 열고 들어간다. 그녀는 먼저 사랑의 왕좌에 앉아 그를 부른다. 그것은 본래 민과 미라가 앉을 자리였는데, 미라가 지체하는 사이에 그녀가 차지해버린 것이다. 그것을 용납할 수 없는 그는 그녀의 발목을 사정없이 낚아챈다. 시샘한 주체의 발작이다. 그것이 자신이 하고 싶어 하면서도 하지 못하는 행동을 한 자에게 보여주는 주체의 몸짓이다.

그러면서 미라와의 틈은 더욱 벌어진다. 환영처럼 떠오르는 '미라의 어깨,' 그 거부의 몸짓 때문에 그는 괴로워한 적도 있지만, 갈수록 그는 미라에게 버림받았다는 느낌을 받는다. 그러나 그는 미라에게 매달리지 않는다. 그가 이성적이라는 사실을 자랑하기 위해서인가. 그렇다면 구원의 사랑은 어떻게 가능할 것인가?

〔……〕 최인훈의 사랑은 그 사랑의 상대방을 향해 무한히 열려 있으며 그

열려 있음을 통해 구원의 길을 향한 매듭을 푸는, 그런 사랑이다. 이 점에 있어 그의 사랑의 형태는 극히 서구적이다. 그러나 이 사랑을 통해 얻게 되는 구원의 양상은 '자신의 완벽한 초상'을 소유하려는 동양적 구도 과정을 보여주고 있다.[2]

「가면고」의 해설에서 말한 김병익의 이러한 지적은 많은 점에서 타당하다. 물론 다문고 왕자나 무용극 '신데렐라 공주'의 마술에 걸린 왕자는 사랑을 통해 거의 '자신의 완벽한 초상'을 실현하는 것처럼 보이기도 한다. 그런데 그것은 민이 꿈꾸는 것인가, 민 자체가 그렇다는 것인가? 텍스트 속의 민의 '거울'인 다문고나 신데렐라가 자아 실현과 사랑을 이뤄냈을지라도, 아직 현실 속의 민은 그렇지 못하다. 그의 사랑은 누구를 향해 열려 있으며, 어떤 매듭을 풀고서 구원에 이르게 될지 쉽게 간파되지 않는다. 물론 그는 신데렐라나 그것을 연기하는 정임에게 주처를 일깨워준다. 그렇다고 하더라도 닫힌 자아를 간신히 열어 정임의 사랑을 받아들이는 민의 태도가 또 다른 주체와의 진정한 만남을 이루어낸 것으로 보이지는 않는다. 게다가 그는 사랑을 얻었는지는 몰라도 자기 기만을 극복하지는 못했다. 또 사랑을 이루어냈지만 자아의 탈을 벗겨내지는 못했다. 또한 김병익의 분석을 보며 이런 질문을 할 수 있다. '구원의 사랑'은 '구원'이나 '사랑' 중 어느 쪽을 더 강조하고 있는가? 또 누가 누구를 구원한다는 말이며, 또 그렇게 구원하고 구원받는 것도 사랑일 수 있는가? 다문고의 사랑은 '구도'의 과정이지 '사랑'의 과정으로 보이지 않고, 민의 사랑은 '사랑'의 과정이지 '구원'의 과정처럼 보이지 않는다. 또한 민이 미라 대신 얻어낸 정임의 사랑은 정임의 것이지 민의 것이 아닐 수도 있다. 다만 민은 사랑 속에 '안긴' 사람일 뿐인 것이다. 그렇다 해도 사랑을 통해 구원에 이르려는 최인훈의 야심 찬

---

2) 김병익, 「사랑, 혹은 현대의 구원」, 『크리스마스 캐럴/가면고』(전집 6), 문학과지성사, 1993, p. 268.

기획은 손상되지 않는다. 그것이 가능한가 그렇지 않은가는 중요하지 않다. 다만 사랑을 통해 구도의 위치에까지 이르려는 그의 시도가 예사롭지 않은 것이다. 그렇다면 사랑의 위력은 어디까지 미칠 수 있는 것일까? 「가면고」에서 보이는 행간의 맥락은 이성의 힘으로 사랑을 더욱 드높일 수 있는 것처럼 보이기도 한다. 물론 이성의 힘을 보완시켜줄 수 있는 것이 '사랑'일지도 모른다. 그러나 그것은 인식 속에서 이루어지는 사랑이라면 몰라도 사람과 사람 사이에서 이루어지는 사랑의 문제에서는 불가능하다.

대본을 쓰는 일은 인식의 문제다. 그것은 현실 속에서 미라나 정임을 사랑하는 일과는 전적으로 다르다. 그러나 텍스트에서는 미라에 대한 사랑이 정임에 대한 사랑으로 옮겨가는 과정이 대본을 완성시키는 일과 연결되어 있다. 그렇다면 대본을 완성하고 공연을 성공해야 사랑을 얻게 되는데, 그게 말이 되는가? 아무리 미라에게 보여주겠다는 의도로 대본이 씌어졌다고 하더라도 그것은 한 사람에 대한 고백의 형식이라기보다는 다수의 배우나 관객에게 열려 있는 텍스트다. 그래서 민의 의도를 미라가 아닌 정임이 먼저 읽어내는 것도 어쩔 수 없는 일이다. 사랑의 기호를 읽어내는 자는 논리적인 자가 아니라 '순간에 모든 것을 알아버리고 자신을 내맡기는 자'일 수밖에 없는 것이다. 따라서 미라가 아닌 정임이 사랑을 이뤄내는 것이다. 그래도 문제는 여전히 남는다. 정말로 미라는 그녀 자신의 말대로 마녀나 조역에 불과했는가? 다시 이런 의문이 든다. 민의 사랑은 고작해야 '조역 밝히기'에 불과했는가? 정임은 미라의 '다양함'과 인형의 '순수함'을 가지고 있었을까? 그것은 전체적으로 '자기 기만'의 의식 속에서만 진행이 가능하다. 미라와의 사랑이 승화되었다면 그것은 자기 구원이 될 수도 있었다. 마가녀를 기만하여 사랑을 얻고, 마침내는 자기 반성으로 그 기만을 승화시키는 다문고의 사랑은 구원이다. 그러나 민의 사랑도 그러한가? 민은 '자기 기만'의 상태에서 정임을 얻어냈을 뿐이다.

그렇다면 최인훈의 '사랑'은 김병익의 지적처럼 "지식과 논리의 절정에서 그 한계를 뛰어넘을 때 얻게 되는 정신의 유일한 가능성으로서의 사랑과 구원"[3]이 아니라 '그 한계'를 뛰어넘지 못한 채 붙잡은 사랑이 된다. 그래서 그것은 구원되지 못한 자기 기만의 사랑이다. 차라리 미라는 민의 '맨발'을 그림으로써 자신의 자아의 실체를 파악하려고 노력했다. 그러나 그는 사랑도 없이 성행위를 했을 뿐 자아에 대한 집착 이외의 그 어느 것도 보여주지 못했다. 다문고는 아라녀와 '몸의 열반'을 느끼지만, 민은 미라에게서 그것마저 느끼지 못한다. 그래서 민은 더욱 안달하고 미라의 그림을 찢어버리기도 하는 것이다. 그것은 파국으로 치닫는 절망의 모습이지 그 어떤 사랑의 모습도 아니다. 따라서 「가면고」는 구원의 아름다운 사랑이 아니라, 근대적 주체가 자기 기만 속에서 사랑하는 모습을 보여준 소설이 된다. 물론 그런 문제를 다룸으로써 결국은 '구원의 사랑'을 이야기하는 소설이 될 수 있지만, 그것은 독자가 적극적으로 그쪽에 초점을 맞췄을 때라야만 가능한 일이지, 아직 텍스트에서 그것을 바라기는 시기상조이다.

민은 사랑을 모른다. 다만 그는 유토피아를 꿈꿀 따름이다. 이루어질 수 없는 것을 꿈꾸는 한에 있어서 그는 유토피아적이다. 하지만 만하임도 지적하듯 "유토피아는 어느 것이나 존재를 초월하고 있다."[4] 그래서 민의 인식과 사랑은 일치하지 못한다. 또한 인식의 유토피아는 사랑이 아니다. 따라서 유토피아는 없다. 다문고나 신데렐라를 통해서 보여주는 것 또한 유토피아의 그림자나 거울일 수는 있어도 유토피아 자체가 되지는 못한다. 그것은 무의식의 세계이거나 텍스트의 세계이고 아직 해석되지 않은 세계이기 때문이다. 거기에 유토피아에 대한 갈망이 담겨 있다는 견해는 정당하다. 그러나 현실에서의 민은 자신의 자아에나 빠져 텍스트 외부에서 서성거리고 있을 뿐 더 이상의 실천을 보여주지 못한다. 이러한 사람은 아무리 구도나 글쓰기에 관심을 가져도 여전히 '자기 기만'의 상태에 놓여 있다. 그에게

---

3) 김병익, 앞의 글, p. 269.
4) 만하임, 황성모 옮김, 『유토피아와 이데올로기』, 삼성출판사, 1984, p. 453.

구도나 글쓰기 또한 삶과 괴리된 '이룰 수 없는 꿈'으로 존재하기 때문이다. 그래서 그것은 허위이고 기만이다. 토피아(Topie: 현재 통용되고 작용하고 있는 질서)에서 유토피아(이때 'U'는 없다는 뜻을 지니고 있음)를 꿈꾸더라도, 자기 기만의 상태에서 유토피아의 환각은 언제라도 다시 토피아로 추락할 수밖에 없다. 관념 속에서 이루어지는 '인간의 형이상학'에 대한 꿈은 비참하다. 그것은 곧 '자기 기만'의 근대적 주체의 종말이다. 그리고 그것은 사회 비판의 길에 이르지 못하고 야만의 길을 터놓는다. 그리고 그런 이들은 사랑을 획득하지 못하고 '주울' 뿐이다.

「가면고」와 같은 소설에 함부로 가치론적 메스를 대는 일은 위험하다. 거기에는 많은 해석과 분석이 있을 수 있지만 자칫 텍스트의 '생명'을 질식시킬 수도 있다. 특히 다문고 왕자를 민으로 환치시킬 때, 아름다운 다문고를 무가치한 사람으로 만들 수도 있다. 다문고의 세계에 민의 보상 심리가 담겨 있을 수는 있지만 그것은 유토피아로만 존재하는 그런 것이다.

주체를 찾아가는 긴 여정
──『서유기』

모든 이론은 잿빛이고
생활의 빛나는 나무는 초록이다.
──괴테,『파우스트』

1. 들어가는 말

최인훈의 「가면고」『광장』(1960)이 6·25나 50년대 시대 의식의 산물이라면, 63년에 착수한 『회색인』과 「크리스마스 캐럴 1」에서 66년에 완성한 「크리스마스 캐럴 5」와 『서유기』까지는 4·19와 5·16을 거친 60년대의 산물이라고 말할 수 있다. 그것은 이 작품들이 보다 본격적으로 60년대에 씌어졌으면서도 당대의 사회 환경을 폭넓게 문제삼고 있기 때문이다. 그는 전위적인 예술 형식에 관심을 쏟으면서도 예술이 기능할 수 있는 조건에 대해서도 많은 관심을 가졌다. 그는 70년대 초에 『소설가 구보씨의 일일』(1969~71), 『태풍』(1973), 「총독의 소리」(1967~76) 등을 상재하고, 20년 가까운 공백을 거쳐 94년에 『화두』를 발표하였으나, 그의 의식을 꿰뚫는 '선험성'을 발견하기 위해서 그의 60년대 중반의 작업을 살펴보는 것은 보다 적절할 일이다. 특히 『회색인』이나 『서유기』는 실천에 앞선 순수 인식론적 태도를 보인다는 점에서 '주체'의 발생이나 형성에 대해서 천착해볼 수 있는 좋은 기회를 제공한다. 이런 그의 저작들을 살펴나가다 보면 저절로 60년대를 꿰뚫는 최인훈의 시대 의식을 발견할 수도 있을 것이다.

흔히 최인훈은 '반사실주의적' 성향을 가진 소설가로 일컬어진다. 특히 『서유기』를 접하는 사람은 그렇게 이야기할 것이다. 그렇듯 철저히 자신의 내면을 향해서 길을 걷는 그에게 '시대적 관심을 내면의 문제로 변질시켰다'[1]라는 비판이 있을 수 있다. 그렇다면 조이스나 프루스트, 혹은 카프카조차도 대중의 관심을 저버렸다는 비판을 받아야 한다. 오히려 최인훈은 이들보다 훨씬 더 사회적인 관심이 많았다고 볼 수도 있다. 조이스의 『율리시스』에서 블룸이 오디세이의 신화를 통해서 당대 현실을 담았듯이, 『서유기』에서 독고준은 자신의 내면 속에 우리의 사회와 역사를 담았다고 말할 수 있다. 그는 모더니즘 기법을 택하여 개인과 사회 사이의 근본적인 불화를 다룬 것이다. 그렇다면 시대적 관심을 형식으로 승화하지 못한 작품이 비판받을 일이지 최인훈이 비판받을 일은 아니다. 물론 『회색인』이나 『서유기』는 외부 세계보다는 보다 직접적으로 '내면의 세계'에 관심을 갖는다. 그렇다 해도 어떤 사실주의자보다도 풍부한 사회 의식이나 역사 의식이 거기에 담겨 있다. 그럴 때 새로 제기될 수 있는 비판은 독고준의 '자기 기만적'인 태도이다. 그러나 그것 또한 해석의 문제이지 작가나 작품의 문제는 아니다. 우리는 적어도 『율리시스』의 블룸이나 『잃어버린 시간을 찾아서』의 마르셀이 자기 기만적이라고 말하지 않듯, 왜 독고준이 그러한 유형으로 그려졌는지를 밝혀야지 왜 그 따위로 그렸는지를 따져서는 안 된다. 그러한 태도는 사실주의 소설만을 지고한 가치로 삼는 편협한 평자들에게서나 나올 수 있는 문제일 뿐이다. 그런 연장선상에서 생각해본다면, 독고준을 60년대 현실의 대표적인 지식인인 양 말하는 것도 옳지 않다. 단지 그는 60년대 현실을 살아가는 독특한 한 개인일 뿐이다. 그가 대학생이고 관념적 어투를

---

1) 염무웅, 「상황과 자아」, 김병익 · 김현 편, 『최인훈』, 은애, 1979, p. 15.

사용한다고 해서 지식인 소설이라고 한다면 괴테의『파우스트』는 무엇이라고 말해야 하는가? 누구도 그것을 연금술사 소설, 박사 소설, 악마 시극이라고 말하지는 않는다. 이럴 때 최인훈에게 접근하는 기본적인 태도는 추체험(追體驗)을 환기시킴으로써 입체적인 공간을 이루려는 모더니즘 정신이나 집단의 문제를 개인 내부에서 어떻게 소화하고 있는지를 이해하는 일이다. 그래야만 최인훈 소설의 묘미에 빠져들 수 있다.

최인훈 소설에서 자주 등장하는 W시의 의미는 무엇일까? 그는 그것을 '원산'이라는 구체적인 지명으로 표기하지 않고 영문 이니셜을 택한다. 그럴 때 W시는 자신만의 고향이 아니라 누구나의 내부에 존재하는 어떤 근원일 수 있다. 그것은 헤겔식의 '절대정신,' 프로이트식의 '무의식,' 라캉식의 '기표'일 수도 있다. 마땅히 그곳은 '회상'이나 '환상,' 혹은 엄정한 추리를 통해 갈 수 있는 곳이다. 작가는 언어의 이성적인 힘을 믿고 있으며, '의식의 흐름' 기법으로 그 근원을 찾을 수 있다고 믿는 것처럼 보인다.『서유기』에서 독고준이 '사랑의 원체험'을 찾고자, 혹은 고향인 W시를 찾아서 여행을 떠나지만, 그것은 자신의 내부로 떠나는 여행이지 실향민의 구체적인 그리움을 담은 것은 아니다. 그는 개인적 역사 속에 깊이 빠져들지만 그 속에 갇히지 않고, '개별 주체'에 대한 점검을 통해 오히려 그 속에 시대 현실을 담아 텍스트를 풍요롭게 만든다. 그런 식으로 최인훈은 자신의 내부로 여행을 떠나 복잡한 내면을 보여주면서도 역설적으로 사실주의에 못지않은 강한 시대성을 획득한다.

물론『회색인』이나『서유기』가 사회에 직접 뛰어드는 '실천'의 문제를 다루는 작품은 아니다. 그는 실천에 앞서 '세계에 대한 인식'의 문제를 다루고 있다. 그것은 다분히 사변적이다. '장면 중심의 보여주기showing'보다는 '관념적 어투의 말하기telling'를 앞세워 본격적으로 존재나 역사의 문제에 들어가기도 한다. 그러나 거기에는 무수한 상징과 은유가 담겨 있다. 그리고 심미적 구체화를 이루는 서사 전략이 존재한다.『광장』에서 이명준이 자본주의와 사회주의의 양대 이데올로기 사이에서 방황하다가 결국 제3국을 택하는 딜레마 속에서 죽는 것과는 달리, 『회색인』과 『서유기』에서는 60년대에서 살아남기의 방식을 다룬다. 그것은 허약하기 짝이 없는 지식인의 '자기 기만'을 다루고 있는 것처럼 보이기도 한다. 살아남은 자의 비극을 보여주는 것처럼 보이기도 한다. 그러나 그 이면을 조금만 들여다보면 '허약한 주체'의 한계를 보여주는 당대 지성인의 솔직성이 담겨 있다.

최인훈의 등장인물은 이성을 지닌 모범적 인간이 아니라 모순에 가득 찬 불완전한 인간이다. 결국 그의 등장인물은 칸트식의 계몽적 주체나 헤겔식의 절대정신을 완수한 사람이 아닌 것이다. 그러나 그 인물들은 이성을 추구한다. 그런 면에서 주체를 갖추어가고 있는 인물이라고 말할 수 있다. 독고준은 프로이트적인 복잡한 무의식을 지니고 있으면서도 헤겔이나 마르크스를 추구하는 인물이라고 말할 수 있는 것이다. 이런 맥락에서 최인훈 작품의 변천 과정을 통해 주체 의식의 변모 과정을 살필 수 있다. 또한 이성적인 언어를 통해 현실과 이상 사이를 매개하려는 태도도 엿볼 수 있다. 그러나 여기에서 근대 철학자들과의 관련성이나 언어와 표현 방식의 문제를 집중적으로 다루지는 않겠다. 다만 근대적 주체의 형성 과정을 살핌으로써 최인훈의 '선험적' 맥락을 이해하고자 한다.

주체 인식의 정립이야말로 어설픈 실천보다 급한 일이다. 그리고 인식이 확고해야 실천이 뒤따른다. 게다가 5·16 이후 정치적 현실에서 양대 이데올로기를 공평하게 다루는 일이나 '사회적 실천'의 문제에 뛰어드는 일은 용이하지 않았다. 외부적으로 글쓰기를 차단당하는 것이 얼마든지 가능한 시대였다. 그래서 선뜻 어느 한 편을 선택하기도 어렵고 실천의 문제에 들어가기도 어려웠다. 현실에는 이데올로기적 억압이 존재하고 글쓰기에는 언제나 위험이 뒤따른다. 그것이 소설의 형식을 통해서 자신의 인식을 드러내야 하는 작가를 곤혹스럽게 만들고, 기괴하게 비틀어진 형식이나 상징이나 우화 따위를 택하게 만들기도 한다. 물론 최인훈도 거기에서 자유롭지 않다. 그렇지만 그는 나름대로 형식을 창안해서 절묘하게 그 위기를 벗어나 60년대를 풍미할 수 있었다. 물론 그 문제가 70년대가 되면 더 심각해지고 절필의 상황에 몰리게 되기도 하지만.

그런 면에서 그의 모더니즘은 정치적 상황이나 뿌리 없는 근대적 상황에 대한 반발로서 나타난 것이라고 말할 수도 있다. 그는 진실을 성실하게 말하고 싶어 하면서도 그것을 교묘히 감추는 방식을 찾아내야만 했던 것이다. 지독한 반공 이데올로기 속에서, 혹은 독재 손에서 그것을 해결하는 것이 그의 평생에 걸친 '화두'였다면, 『회색인』에서 말하는 '사랑과 시간'은 실천성이 돋보이지 않더라도 그만큼 소중하다. 후에 그가 벽에 부딪힌다고는 하지만 어떤 식으로든지 자본주의/사회주의의 이분법에서 벗어나려는 안간힘이 『회색인』이나 『서유기』에서 빛난다. 과연 그것은 '새로운 이데올로기'가 될 수 있을까? 그의 고뇌를 따라가 보도록 하자.

2. 근대적 주체의 형성

우리의 60년대는 칸트나 헤겔식의 계몽[2]은커녕 계몽에 이를 수 있는 어떤 전망도 보여주지 못한 채 또한 전통과도 단절되어 있었다. 그때 우리 사회는 어떤 정당성이나 정체성도 없이 그저 이데올로기의 늪에 빠져 허우적거리고 있었다. 민주주의의 이념을 헌법에 명기하고는 있었으나, 어떤 설명을 늘어놓아도 스스로 주체적이라고 말하기에는 곤란한 요소들이 너무나 많았다. 우리는 동서 이데올로기의 농간 속에서 분단이 되었고, 광복 후 합

---

2) 칸트와 헤겔은 자연과 신화를 탈마법화시킨 인간이 '주체'가 되어 세계를 인식할 수 있다는 태도를 보인다. 그럼으로써 인간은 세계의 '입법자'가 되고, 합의에 의해 이룬 '거대 주체(국가)'로서의 절대정신의 자리를 차지하게도 된다고 말한다. 그들은 근대적 이성의 '계몽'을 통해 보다 나은 세계를 구현할 수 있다는 믿음을 갖고 있다.

의된 거대 주체(국가)를 한 번도 이루어보지 못한 상태에서 민족끼리 총부리를 겨누어야 했고, 전쟁 후에도 여전히 미국과 소련의 앞잡이에 의해 농락당하였다. 단지 우리는 '조국 근대화'라는 기치하에 '배부른 노예'나 꿈꾸며 살아야 했다. 우리에게는 이데올로기의 억압만 있을 뿐, 그것을 새롭게 재단하고 창안할 만한 시대적 분위기는 없었다. 즉 우리는 어떤 이성적 주체도 갖지 못한 채 서구를 흉내내는 것에만 급급하였던 것이다.

그래도 근대는 우리에게 덥석 안겨져 있었고, 누구라도 지성인이라면 이성의 힘을 믿을 수밖에 없는 현실이었다. 더욱이 4·19에서 비롯된 민중적 합의의 가능성을 경험했기 때문에 우리는 근대적 '주체'가 가능하다고 믿고 싶어 했다. 그러나 간신히 싹트는 주체는 성숙되어보지도 못한 채 다시 쿠데타에 짓밟히고 우리는 본격적으로 체제의 '쇠우리'[3]에 갇히고 말았다. 그러나 최인훈은 어떤 부정적 현실 속에서도 4·19에서 맛본 희망을 완전히 버리지는 못했다.

먼저 '근대'는 「크리스마스 캐럴」에서 '가족을 벗어나기'로 제기된다. 그것은 주체를 찾으려는 행위일 수 있으나 전통에 입각한 충실한 논거가 없을 때 아버지에게는 '패륜'이나 '맹목적인 도전'으로 받아들여질 수 있는 그러한 것이기도 하다. 화자인 '나'는 좀 더 비판적으로 근대성을 바라보고자 한다. 전통을 고수하려는 아버지와 크리스마스이브를 즐기려는 옥이 사이에서 우리의 전통과는 무관하게 보이는 기독교에 대해서 비판하는 것은 아버지와 크게 다르지 않다. 근대화와 더불어 서구의 중요한 산물로 들어온 기독교와 크리스마스이브에 벌어지는 일들을 통해 최인훈은 우리의 근대에 대해서 문제 제기를 해보는 것이다. 게다가 옥이는 기독교 신자가 아니면서도 크리스마스이브에 외박을 하려고 한다. 아버지는 어떻게 해서든지 옥이의 행위를 방해하고자 한다. 그런데 이미 아버지는 강압적으로 딸의 외박을

---

3) '쇠우리 iron cage.' 베버는 합리화된 세계가 제도적으로 오히려 인간을 속박할 수도 있다는 관점에서 부정적으로 비유한 개념이다.

막을 수 있을 정도로 가부장적인 권위를 가진 사람은 아니기에 '간교한' 술수를 쓸 수밖에 없다. '나'는 그에 암묵적으로 동조한다. 그렇다고 옥이의 행위에 무조건 반기를 들 만한 처지도 되지 못한다. '나' 또한 젊은 세대인 것이다. 열아홉 살인 옥이가 다른 젊은이들처럼 시류를 받아들일 수밖에 없듯이, '나'에게는 그것이 크게 거슬리지 않는 것이다. 그런 식으로 우리에게 다가온 근대를 최인훈은 보여준다.

아버지의 시도는 「크리스마스 캐럴 1」에서 간신히 성공을 거두지만 이미 많은 한계를 내보이고, 「크리스마스 캐럴 2」에서는 옥이는 물론이고 어머니마저 교회에 보내고 만다. '나'는 이미 우리의 근대화가 숙명적이듯 옥이의 외출도 필연적이라는 사실을 아버지에게 역설한다. 이미 대세는 기울어졌다. 그것이 옳건 그르건 간에 크리스마스이브는 젊은이들의 축제가 되어버린 것이다. 아버지는 내키지 않아도 그런 사실을 수긍할 수밖에 없게 되고 그것을 사랑으로서 양보하기라도 하는 양 자기 합리화를 시킨다. 우리는 전통에 대한 포기도 언제나 그런 식으로 숙명적으로 받아들이면서 자기 합리화를 시키곤 했다. 어쨌든 근대의 물결은 우리에게 넘실거리고 있다. 그렇다면 이제 근대성의 개념을 가지고 왈가왈부하는 것보다 우리의 근대성에 어떤 의미를 부여하는가가 더 중요한 문제가 될 수 있다. 「크리스마스 캐럴 3」은 '행운의 편지'에 대해서 논하는 것에서부터 시작하는데, 그것을 처음에 썼다는 장로는 기독교의 '사랑'으로서라기보다는 '협박'의 어조로 사랑을 강요한다고, 아버지는 근대화의 물결과 함께 들어온 서구 기독교 정신을 싸잡아 비난한다. 근대는 우리에게 사랑의 모습으로 다가온 것 같아 보여도 사실은 선택의 여지 없이 위협적으로 다가왔던 것이다. 그러나 그런 아버지의 입장을 받아들인다고 해도 '나'는 가슴이 답답할 뿐이다. 그래서 급기야 '나'마저 아버지의 시선을 피해 '월담'하여 외출하고 만다. '가족'을 떠나 '주체'를 찾아 떠나는 나의 여행은 시작된다. 그렇다고 그 자유가 있는 거리, 통행금지가 해제된 크리스마스이브에서 주체는 방황하나 진정한 자신의 모습은 찾지 못한다.

「크리스마스 캐럴 4」에서 화자 ‘나’는 ‘그’로 바뀐다. 이것은 내부적 입장보다는 외부적 입장에서 우리를 들여다보겠다는 것을 의미한다. ‘그’는 유럽에서 유학 중이다. 즉 서구의 중심부에 들어가서 서구 문명이라는 것을 들여다보며 주체찾기를 시도하는 것이다. 그러나 서구 문화 속에서 ‘그’는 언제나 주체인 ‘나’가 되지 못하고 대상화되고 소외된 사람이 될 따름이다. 그래도 서구는 자유로운 곳이다. 한국에서는 누릴 수 없는 밤 외출을 하고 자신의 내면으로의 여행을 만끽할 수 있는 것이다. 그렇다고 ‘그’가 완전한 서구인이 될 수 있는 것은 아니다. 하숙집 노파의 행위에서 엿볼 수 있듯이, 서구인은 유색 인종과 몸이 부딪치는 것만으로도 ‘화들짝’ 놀란다. 적어도 그들은 우리를 주체로 인정하지 못하고 주체를 가진 사람으로 대하지도 않는 것이다. 우리는 그런 서구를 어떻게 받아들여야 할 것인가? 외경으로 바라보아야 하는가, ‘겁탈’이라도 해야 하는가? ‘그’는 고민한다. 우리는 아무리 그들을 흉내내고 따라잡으려 해도 언제나 그들에게 ‘소름 끼치는’ 존재일 수밖에 없는 것이다. 그런데 그 ‘흠칫 놀라던’ 노파의 소식을 H가 알려준다. 노파가 안고 지내던 성경의 껍질은 사십 년 전에 사고로 죽은 애인의 피부 가죽이었다는 것이다.

그렇다면 주체는 어디에 있는가?「크리스마스 캐럴 5」에서 갑자기 ‘나’는 겨드랑이에서 가래톳이 생기고 날개가 돋아난다. 1959년 여름에 일어난 그 환상적이고도 기이한 이야기는 어떤 식으로든지 발생한 주체를 상징적으로 보여준다. 방 밖으로 나가면 통증이 없어지고 다시 방으로 들어오면 통증이 생기는 그 병은 ‘나’를 어둠의 광장으로 내몬다. 그 ‘어둠의 광장’이라는 상징성이 보여주듯 ‘나’는 본격적으로 내면을 향해 여행을 시작하게 된 것이다. 이를테면, ‘날개’는 주체다. 그것은 자정만 되면 작동하는 무의식의 세계에서 끌어올려진 힘이다. 서울의 밤거리를 외출하게 만드는 원인은 무엇일까? 그것은 시대의 아픔을 이야기하면서도 4·19라는 주체 발생

시기를 예고하는 것이기도 하다. 닫힌 체계에서 열린 공간으로의 가능성이 '나'의 밤 외출과 더불어 생겨난다. 그러나 그것은 너무나 외롭고 힘겨운 여행이다. 그래도 나는 월담을 할 수밖에 없다. 그것은 '통행금지'를 부과하는 우리의 사회와 아버지에 대한 본격적인 저항이다. 우리는 별 근거도 없는 통행금지에 대해 제대로 항변조차 하지 못했으면서도 주체를 가졌다고 말할 수 있는가? 나는 겨드랑이의 통증을 아버지에게도 말하지 못한다. 그것은 곧 가족을 벗어나겠다는 의사 표시가 될 수도 있기 때문이다. 그렇지만 그는 아버지(가족)에게서 완전히 벗어나 자기의 세계에 빠져든다. 때로는 자신을 겨누고 있는 총부리와 만나기도 하지만 '나'는 그 위험 속에서 쾌감을 느끼며 자신을 찾아내는 것이다.

　이상한 생활이다. 그러나 어이된 일인가. 요즈음 나는 황홀한 기분 속에 살고 있다. 열두시가 되면 가슴이 두근거리기 시작한다. 여자와의 밤 밀회를 기다리는 심정이다. 겨드랑이의 기척에 온 신경을 기울인다. 툭. 툭툭. 됐다. 나는 지그시 웃음을 참으면서 자리에서 일어난다. 머리맡에 비상 소집을 기다리는 병사처럼 순서로 접어놓은 옷을 재빠르게 주워입고 사르르 문을 열었다. 밖은 은가루를 뿌린 듯한 여름의 한밤이다. 밖에 나서는 순간에 아픔은 가신다. (「크리스마스 캐럴 5」: 131)[4]

　우연인지 모르지만 「크리스마스 캐럴 5」와 『서유기』는 발표 시기가 1966년으로 같다. 본격적으로 시작된 주체로의 기나긴 여행은 전체적으로 암울한 분위기로 펼쳐지고 있지만 위와 같이 주체를 발견한 기쁨은 면면히 드러난다. 가족에게서 벗어난 자유로운 주체, 그러나 아버지는 반발한다. "그렇다면 '근대'란 패륜의 별명이다"(「크리스마스 캐럴 5」: 117). 가부장적인 권

---

4) 최인훈, 『크리스마스 캐럴/가면고』(전집 6), 문학과지성사, 1993, p. 131. 이후로 「크리스마스 캐럴」 연작의 내용을 인용할 경우에는 본문에 면수만 표기함.

위를 가진 아버지는 끊임없이 자식들을 가족의 울타리에서 보호하려고 하
며 '나'는 그것을 벗어나려고 한다. 그렇게 해서 완성된 주체를 '나'는 '날
개'로 묘사한다. "나는 날개를 닮아가는 것이다. 날개는 내 마음이다. 그런
데 나는 그를 알 수도 없고 항차 그를 다룰 수도 없다니. 이리도 막히고 저
리도 막혔다. 나는 짐승처럼 신음한다. 나의 쾌락이 내 등에 지운 짐의 무게
가 나를 바수어버리려 한다. 어떻게 할 것인가. 나는 모른다. 아무튼 어떻게
해야만 한다는 것이 확실하다"(「크리스마스 캐럴 5」: 156). 이러한 맥락에서
『서유기』는 시작되고 있다.

3. 기호를 찾아서: W시로의 여행

『회색인』이나 『서유기』에 등장하는 독고준의 '자기 기만적'인 태도들은
가족을 벗어난 데에서 비롯된다. '방공호 속의 여인'과의 체험이 있는 그는
가족이 모르는 자신만의 비밀을 가지고 있는 것이다. 가족을 벗어난 그는
전쟁의 폭격 속에서 새롭게 태어난다. '구원'과 '자아 인식,' 그리고 사춘기
의 '성체험'을 동시에 맛본 그 여인과의 사건을 그는 잊지 못한다. 그렇게
해서 그 구원의 W시를 그리워하지만, 가족에게 자신을 감추고 가족을 벗어
나면서부터 그는 순수성을 상실하고 만다. 그는 비행기 소리를 들으면 방공
호 속의 체험을 떠올리게 된다. 무의식에 자리 잡은 타자의 세계가 보이는
것이다. 그러나 그는 그것을 주체의 발생 시기로 본다.
　그때 그는 남한 쪽의 비행기에 의해 폭격을 받았는데 지금 남한에서 살고
있다. 구원을 해준 사람은 W시의 여인이다. 이런 한계가 그를 어느 이데올
로기에도 빠져들지 못하게 한다. 김학과 같은 혁명론자와 동조할 수 없게
만들기도 한다. 이러한 지점에서 나아가 그는 현호성의 약점을 잡아 이용하
면서도 이데올로기와 무관한 욕망의 지대에서 허덕인다. 그는 양대 이데올

로기 사이에서 처신하기 위해 '회색'으로 자신을 위장한다. 그러면서 그는 무력한 사람으로 변해간다. 점점 우유부단한 태도를 보이게 된다. 그러나 그러면 그럴수록 그는 W시를 그리워하게 된다.

그렇다고 해서 그가 사회나 역사, 혹은 자기 자신에 대해서 진지하지 않은 것은 아니다. 다만 실천보다는 인식에 중점을 둘 수밖에 없는 한계 상황을 가지고 있는 것이다. 그래서 우리는 김현이 말하듯, "최인훈을 통해서 세계와 불화할 수밖에 없는 자들의 고뇌를 읽을 수 있다."[5] 등장인물의 고뇌가 고뇌 자체에 그치더라도 주어진 현실을 비판하면서 살아가는 사람의 모습에서 고뇌 이상의 것을 발견한다는 것은 순전히 독자의 몫이다. 우리는 자신의 내면에 가장 충실한 사람의 전형을 독고준에게서 발견할 수 있는 것이다. 또한 거기에서 60년대식 삶을 살아가는 사람들의 모습을 찾아낼 수도 있는 것이다.

『서유기』에 입문하기 위해서는 최인훈이 찾아낸 표현 형식에 대한 이해가 있어야 한다. 그 장치를 이해할 때 보다 본격적으로 작가의 전략을 따라 '내면으로의 긴 여행'에 동참할 수 있다. 『서유기』는 내면의 복합성을 보여주고, 논문이나 시, 희곡의 대화 형식 등 장르 해체적 형식을 보여준다. 상징과 우화의 형식만으로는 자신의 복합성이나 정치적 상황을 그려낼 수 없었기 때문에 그러한 형식을 찾아냈을 것이다. 그런 면에서 형식조차도 개인의 미적 산물이면서 시대적 산물이라고 말할 수 있다. 그런데 보다 소박하게, 그것을, 자기 자신에게서 환멸을 느끼고 충격을 받은 개별 주체의 분열에서부터 비롯된 것이라고 말할 수는 없을까? 먼저 '사랑의 기호'에 대해서 언급하는 롤랑 바르트의 말을 따라가보자.

(기독교가 생긴 이래) '주체'란 우리에게 '괴로워하는 자'를 의미하며, 그

---

5) 김현, 「헤겔주의자의 고백」, 김병익 · 김현 편, 『최인훈』, 은애, 1979, p. 49.

러므로 상처가 있는 곳이면 어디든지 주체가 있다. 〔……〕 상처가 깊으면 깊을수록, 주체는 더욱 주체가 된다. 왜냐하면 주체란 '내면성' 그 자체이기에. 바로 이것이 사랑의 상처이다. 닫혀지지 않는 근본적인 열림. 거기서 주체가 흘러나오며, 바로 그 유출 속에서 그는 자신을 주체로 설정한다. 사빈을 사랑 이야기의 주체로 만들기 위해서는 상처받은 사빈을 상상하기만 하면 된다.[6]

독고준은 밤늦게 이유정의 방에 들어갔다가 그녀를 그저 물끄러미 쳐다본 후 다시 나오고 만다. 새벽 두시를 알리는 괘종시계가 울린다. 도둑도 아닌 그가 한 여인의 방에 의식적이건 무의식적이건 들어갔다는 사실은 그것만으로도 개인에게는 엄청난 사건이 되고, 그 사건은 하나의 기호로 변형될 수밖에 없게 된다. '왜 나는 그래야 했을까?'라는 질문에서 시작하여 독고준은 자신에 대한 점검을 하게 된다. 기호란 어떤 뚜렷한 목적이 있기 때문에 탐구되는 것이 아니라 자신도 모르는 폭력적 힘 때문에 저절로 작동되는 그러한 것이다. 사랑하는 사람(이유정)의 방에 몰래 들어갔다는 사실, 그리고 떳떳하지 못한 채 현호성의 집에서 기식하고 있다는 사실, 그리고 무엇보다도 아무런 일도 없이 다시 그 방을 빠져나왔다는 사실은 충격으로 받아들여지게 되고, 거기에서 제기된 문제들은 주체를 혼란과 분열에 몰아넣으면서도 주체를 더욱 주체답게 만든다. 그는 그러한 모든 것들이 W시에서 비롯되었다는 것을 불현듯 깨닫는다. 그것은 의식적으로 그렇게 된 것이 아니라 그곳이 처음으로 주체가 발생한 곳이기 때문이다. 그는 늦은 밤에 이유정의 방에 침입한 자신의 행동이나 그러한 행동을 야기할 수밖에 없었던 자기 자신에 대해서 어떤 규정을 내려야 했다. 설혹 그녀의 방에서 아무런 일이 없었을지라도 자신의 행위는 자신의 내면에 엄청난 충격을 준 것이다. 그래서 그는 기호의 의미를 찾아 W시로 떠났다. 그는 정체성의 위기에 시

---

6) 롤랑 바르트, 김희영 옮김, 『사랑의 단상』, 문학과지성사, 1993, p. 254.

달린다. 그것을 제대로 세우기 위해서 그는 그 기호를 추리하고 해석한다. 그것은 마치 고고학자가 이집트의 고문서를 해독하는 일처럼 어렵다. 그는 그 근원을 찾아 '짧은 시간의 먼 여행'을 떠난다. 그러나 그 여행 또한 의도적으로 이루어진 것이 아니라 저절로 그렇게 된 것이다. 기호의 세계에 빠져들어가 비밀스런 언어를, 암호를 풀다 보니 저절로 W시를 찾고 '방공호 속의 여인'을 찾아나서게 된 것일 수 있는 것이다. 또한 그것을 존재의 당위성을 풀기 위한 몸부림이라고 말할 수도 있다. 또한 '나는 이 시대와 사회 속에서 어떠한 인물인가?'라는 질문에 대답을 얻기 위한 행위로 볼 수도 있다. 이러할 때 결국은 자기 자신의 내면으로 여행을 떠날 수밖에 없다. 물론 그의 내면은 여러 코드들이 뒤엉킨 채 접착되어 있다. 그것은 조립되어 있으나 "언제든지 재분해할 수 있게 하기 위하여 질이 좋은 수용성 접착제로 가볍게"(『서유기』: 9)[7] 이어놓은 정도이다. 독고준은 그 무의식에서 자신의 의식의 기호를 풀고자 한다. 기호의 체계는 복수적이며, 시간의 구조는 상호 간섭적이다. 기호의 복수성은 분류가 다양한 준거를 요구하는 점에서만 그런 것이 아니라, 그 준거들을 확립하는 데 필요한 상이한 여러 관점들을 동원해야 하기 때문에 그러하다. 각각의 기호의 형태들은 각각의 선들을 지니고 있지만 그것들은 서로 간섭하기도 하고 중복되기도 한다. 감각의 기호, 사랑의 기호, 예술의 기호는 서로 중첩되며, 그 중첩을 통해서 진실과 영원성을 전달하기도 한다. 그가 아무런 일도 없이 그저 잠든 이유정을 바라보기만 하다가 나왔다고 하더라도 그것은 그에게 엄청난 의미를 부여하고 또한 그는 그 의미를 풀어야만 하는 의무를 지니게 되는 것이다. 그런 식으로 독고준은 『서유기』에서 손오공처럼 환상의 여행을 떠난다.

'나는 어찌 그러한 행동을 해야만 했는가?' 독고준은 이유정의 방에서 자기 방으로 돌아가는 사이의 몇 분 안 되는 짧은 시간에 이런 질문을 하며 W

---

7) 최인훈, 『서유기』(전집 3), 문학과지성사, 1994, p. 9. 이후로 『서유기』의 내용을 인용할 경우에는 본문에 면수만 표기함.

시로 기나긴 여행을 떠난다. 그는 어떤 식으로든지 자신의 역사와 만나야
했고, 자신이 처한 현실에 대한 당위성을 설명해야만 했다. 어쩌면『광장』
에서 이명준이 죽음에 이른 것처럼 파국으로 내몰릴 수도 있는 상황이다.
그 고통이 큰 만큼 그의 사념은 길어질 수밖에 없고, 우리 문학사에 유래가
없는 독특한 소설은 이루어지게 된다. 도대체 그것은 어떤 의미를 지니고
있는 기호였을까? '자기 기만'에서 빠져나온 독고준의 여행은 시작된다. 그
리고 그는 '의미의 도가니'로 빠져든다.

『회색인』이나『서유기』에서 현실의 모순은 자신의 아픔으로 환원되어 그
아픔의 근원을 찾아낼 때만이 타개책을 발견할 수 있다. 아니, 얼마나 성실
하게 '개별 주체'의 모순을 극명하게 드러낼 수 있느냐에 따라서 올바른 해
결책을 찾아낼 수 있다. 물론 거기에는 어떤 논리적인 해답도 들어 있지 않
다. 그러나 그 속에 빠져들었다가 나온 독자는 작가나 화자가 구체적으로
어떤 것을 보여주지 않더라도 그 나름대로 어떤 구체화를 이룰 수 있다. 독
고준이 아무리 속물적인 사람이라고 할지라도 자신을 방기할 수는 없는 것
이기에, 그는 자신의 내면을 드러내고 그에 따라 계몽은 '사랑과 시간'을
통해서도 서서히 진행될 수 있는 것이다. 그리하여 그는 자신의 눈앞에 전
개되는 사물이나 사건들에게 의미를 부여하고, 판단을 내리고, 공상을 하거
나, 꿈을 꾸는 모습을 보여준다.

독고준은 W시로 떠나간다. 그곳은 그리움 못지않게 자신이 박해받았던
기억을 가진 곳이기도 하다. 그래도 찾을 수밖에 없는 그곳은 존재의 시원
이라기보다는 '인식과 사랑의 출발점'이라고 말할 수도 있다. 그래서 그에
게는 어머니보다도 얼굴도 알 수 없는 '방공호 속의 여인'이 더 중요할 수
있다. 그곳에서 그는 죽음의 공포와 더불어 자아의 인식을 체험한다. 거기
에는 '생명의 희열'도 있을 수 있지만 언제나 외로움이 수반된다. "준은 금
방 까무러칠 듯한 정신 속에서 점점 심해져가는 폭음과 그럴수록 그의 몸을
덮어 누르는 따뜻한 살의 압력 속에서 허덕였다. 폭음. 더운 공기. 더운 뺨.

더운 살. 폭음"(『회색인』: 50).[8] 그 폭격 속에서 그는 처음으로 세계에 대한 공포와 사랑을 체험한다. 그래서 그는 주체의 내면에 자리 잡은 여인을 찾아서, 그것을 출발점으로 해서, 상처입은 주체를 치유해야 한다는 욕구를 갖게 되고, 때로는 부도덕할지라도 자신의 삶을 위해서 많은 가책들을 누르고 행위할 수 있게 된다. 그러한 기호들의 의미가 거기에 있다.

이런 식으로 '그해 여름'의 의미를 찾아서, W시의 여인을 찾아서 떠나는 독고준을 단지 실연당한 한 남성이라고 가정할 수도 있다. 적어도 기호의 의미를 푸는 데 있어서는 그렇다는 말이다. '방공호 속의 여인'을 찾아나서는 원인을 그 자신도 명료하게 알 수 없다. 그것은 손오공이 왜 부처님의 설법을 찾으려 하는지 모르는 바와 같다. 또한 그것은 이유정에서 연유된 것이지만, 그렇다고 그가 이유정에게 매어 있는 것은 아니다. 오히려 이유정을 매개삼아 자신의 내부로 들어가 자신을 점검할 따름이다. 그렇다면 독고준은 이유정에게서 무엇을 얻고자 하는가, 이런 질문을 할 수 있다. 어떤 자제력 때문에 이유정을 범하지 않았는가, 하는 질문은 그다지 중요하지 않을 수 있다. 자신의 뻔뻔함을 밝히는 일, 자신을 이루고 있는 모든 것을 밝혀내는 일 등 자신의 현전을 밝히는 일만이 중요하게 된다.

'방공호' 속에서 주체가 탄생되었다면, 이유정의 방에서 나오는 행위는 주체가 의식 밖으로 튕겨져나온 것을 의미한다. 그것은 마치 라캉식으로 말하자면, 주체가 상상계에서 상징계로 진입할 때 분열되는 현상을 말한다. 그러나 상징계는 바로 언어와 주체의 세계이기 때문에 본격적으로 제도와 법, 이데올로기, 역사 등을 사유하게 한다. 그의 감성은 이유정을 범하고자 그녀의 방문을 열었지만, 그의 이성은 어떤 다른 행위들을 자제시켰다. 그 '타자의 간섭'이 무엇인지 독고준은 명료하게 알 수 없다. 그러나 그것이 자신을 둘러싼 세계의 어떤 힘에서 비롯된 것만은 분명하다. 기호의 폭력

---

8) 최인훈, 『회색인』(전집 2), 문학과지성사, 1991, p. 50. 이후로 『회색인』의 내용을 인용할 경우에는 본문에 면수만 표기함.

은 참혹한 자기를 발견하게 해주지만 그는 그것을 통해 본질을 찾아나서게 된다.

다시 독고준의 '환상 회로'를 따라가보자. "자각이란 안팎 세계가 서로 호응하여 이 탄력점에 육박하여 거기서 다시 삶으로 되쫓겨날 때의 분함, 슬픔, 차인 남자의 쓸쓸함, 억울함이다. 자기를 아는 것이다. 분수를 아는 것이다. 실연이 자각을 가져오는 것은 이 까닭이다. 자각이란 한계 의식이지 충족 의식이 아니다"(『서유기』: 208). 일상적으로 체험할 수 있는 관습화된 '현실' 속에서 고작해야 5분 정도에도 미치지 않는 짧은 시간이지만, 그 순간은 독립적으로 존재하는 것이 아니라 독고준의 삶 전체가 녹아들어 만들어진 것이라고 할 수 있다. 그래서 그는 자신의 현 위치에 대해 해석하고자 한다. 그는 자신을 이루는 모든 것을 아울러서 보다 명료하게 떠오르는 실체를 붙잡고자 한다. 그래야만 새롭게 자신의 현실로 나아갈 수 있다. 『서유기』는 그런 '주체찾기'에 나서는 소설인 것이다. 순간을 통해서 내면성 전체를 보려고 하는 구조가 그렇게 해서 완성된다.

그렇다면 진정한 '주체'는 과연 어디에 있는가? 독고준은 자신의 흔적을 더듬으며, 혹은 악귀처럼 떠오르는 분열된 자아들과 싸우며 고향으로 향한다. 그 흔적들이 지금의 자신을 이루게 한 것임은 물론이다. 그리하여 그는 무엇을 찾았는가? 도대체 고향의 정경이 아닌 그 무수한 소리들은 무엇을 의미하는가? 그는 이성의 힘으로 그 세계를 찾아낼 수 있을까? 완성된 주체를 찾으리라는 보장은 어디에도 없다. 그러나 일단 사유의 끝까지 가볼 수밖에 없다. 이성으로 더듬어볼 수 있는 극한까지 나아가보는 것이다. 그것이 주체를 인식하려는 사람의 한계일 수도 있다.

4. 유혹과 탈주

독고준은 피난민이다. 정신적으로 정착할 곳이 없는 언제나 유랑의 길을
떠날 수밖에 없는 존재이다. 안주할 곳이 없기 때문에 유랑할 수밖에 없는
유목민이다. 그는 현호성의 집에서 기거하며 이유정의 방을 찾아들고는 불
쑥 부끄러움을 느낀다. 그래서 그는 그녀를 물끄러미 바라보기만 하다가 방
을 빠져나온다. 그것은 자신이 유목민일 수밖에 없다는 인식이 잠재되어 있
었기 때문이다. 그는 더 이상 안주할 수 없게 된다. 그의 잠자던 양심의 소
리가 깨어나고 '일요일 같은 남자'의 한시적 나태는 껍질을 벗는다. 그리고
반겨줄 사람도 없는 W시로 향한다.

그는 온갖 유혹에 시달린다. 만신창이가 된 '논개'가 자신과 결혼해달라
고 애원한다. 논개는 '민족' 또는 '조국'을 상징하는 여인이다. 그러나 그는
그런 거창한 사명감을 가져본 적도 없고 그것이 자신의 길이라는 생각을 해
본 적도 없다. 이미 그는 『광장』의 이명준을 통해 혐오스러운 이데올로기나
흠집 많은 '민족'을 보아버린 상태이다. '민족'은 '나'의 연장이기 때문에
거대 주체일 수 없지만, 그것을 거대 주체라고 가정한다고 할지라도 그것과
결혼하는 일은 자신의 길이 아닌 것이다. 그래서 그는 논개를 구원하지 못
하고 그녀의 요청을 거부하며 길을 떠난다. 또는 그 요청을 거부함으로써
수반되는 많은 고통을 알고 있지만 그는 그 길에 대해 확신을 가질 수 없기
때문에 길을 떠난다. 그런 면에서 그는 자기 자신에게만 관심을 가진 인간
이다. 물론 그는 논개의 청을 거부하지만 자신이 왜 그래야 하는지 확실히
아는 것은 아니다.

다시 그는 이순신·이광수·조봉암 등을 만난다. 물론 이순신은 논개와
유사한 맥락에서 진정한 조국애와 처신의 문제를 이야기한다. 그러나 이광
수·조봉암은 이데올로기를 선택했기에 그것에 수반되는 책임을 져야 했던

인물들이다. 그래서 독고준은 적어도 이광수의 전철을 밟아서는 안 된다고 생각한다. 그러나 조봉암에 대해서는 그것이 당대 현실의 문제이기 때문에 상세히 거론하지는 못하지만 심정적으로 우호적인 태도를 보이기도 한다. 물론 독고준이 조봉암의 사유를 채택할 수는 있다. 그러나 궁극적으로는 조봉암조차도 그가 추구하는 인물은 아니다. 그는 어떤 이데올로기에 우호적일 수는 있어도 그에 앞서 소설가 또는 예술가인 것이다. 헤겔과 마르크스의 입장을 옹호하더라도, 그것은 그런 식으로 자신의 이성을 확고히하려는 것이지 사회주의자의 길을 걸으려는 것은 아니다. 그는 무엇보다도 글쓰기에 충실하고 싶은 것이다.

적어도 독고준에게는 『흙』의 속편을 쓰지 못하고 일제의 앞잡이가 된 이광수가 되어서는 안 될 절박성이 있다. 그는 얼치기 계몽주의자가 되기보다는 자신의 한계를 알고서 자신의 길을 가고 싶은 것이다. 게다가 그는 이데올로기적 계몽이란 것이 얼마나 허위에 가득 찬 것인가를 잘 알고 있는 사람이다. 우리에게는 진정한 의미에서 거대 주체가 있지도 않고, 그 불완전한 거대 주체에 자신을 내던질 이유란 더군다나 없는 것이다. 그것이 그가 어느 이데올로기에도 경도되지 않고, 혁명에도 뛰어들지 못한 채, 비판주의자로 남는 것처럼 보이는 중요한 계기이다. 그는 혁명의 필요성을 인식하고는 있으나 그것의 성공도 결실도 믿지 못한다. 그렇다고 그가 비판주의자인 것만은 아니다. 그는 '사랑과 시간'에 대해서 말하고 있고, 60년대가 정치권력에 의해서 자유로운 글쓰기를 할 수 없는 현실이더라도 그것을 교묘하게 말할 수 있는 장치를 찾아내고 있다. 그는 이광수의 입을 빌려 말한다. "권력자의 아픈 곳을 찌르면 그는 가만있지 않습니다. 그는 박해를 받습니다. 죽임을 당할 수도 있습니다. 쓰느냐 안 쓰느냐 그것이 문젭니다. 근대 작가는 후퇴의 길이 막힌 예술갑니다"(『서유기』: 176). 이렇게 현실적인 권력을 무서워하면서도 이미 그것을 말했기 때문에 현실을 고발하는 장치를 찾아냈다고 말할 수도 있는 것이다. 그는 출구를 포기하지 않는다. '사랑과 시간'이라는 대안을 제시하는 것을 보아 그것을 알 수 있다. 다만 대안에 대한 문제는 당시의 이념 시비에 붙들릴 수도 있는 것이기에 지극히 조심스럽게 완곡한 문법으로 실행된다. 그는 상징과 우화 따위를 싫어하지만 어쩔 수 없이 자신의 내부로 여행을 떠나는 장치를 만들게 되고, 개별 주체에 천착하는 모습을 보임으로써 보다 완곡하게 이데올로기를 극복하고자 한다. 그 이데올로기의 극복이 벽에 부딪히고 글쓰기를 중단하는 일은 차후의 문제이다.

한편에서는 다분히 아버지로 여겨지는 '역장'이 그를 역에서 붙잡는다. 역장은 그를 머무르게 하려고 때로는 애원하고 때로는 협박하기도 하면서 그의 여정을 가로막는다. 그러나 그가 그곳에 머물러야 할 이유는 어디에도 없다. 이미 그는 자신의 주체를 위해 가족을 저버렸던 것이다. 하지만 역장은 그곳이 자신을 감추기에 적합한 곳이라며 그에 대한 설득을 포기하지 않는다. 딴에는 독고준도 그곳이 자신을 적당히 감출 수 있는 곳이라고 여기기도 한다. 그러나 그는 끝내 역장의 만류를 거절하면서 떠나간다. 거기에 주체를 정립하기 위해 가족을 떠나왔지만 가족을 잊을 수 없는 독고준의 흔들림이 담겨 있다. 그러나 그것은 분열된 자아의 모습일 뿐 주체가 나아가는 길을 막지는 못한다. 두 명의 검차원이 상징하듯 그곳은 귀가 멀고 눈이 멀 때라야 머물 수 있는 곳인 것이다.

그에게 중요한 일은 W시로 가는 일이다. 그는 그저 그렇게 생각하고 그렇게 길을 떠날 수밖에 없다. 얼핏 보기에 아무리 가족이 붙잡아도 '사랑'의 힘을 막을 수는 없다는 구도처럼 보이기도 한다. 그가 '방공호 속의 여인'을 만나러 가기 때문이다. 그러나 그것은 막연한 생각일 뿐이고, 그 자신조차 거기에 적당한 의미를 부여하지 못하고 있다. 그 여인도 자신을 찾는다고 생각하지만(물론 환상 속에서지만 그녀가 신문에 광고를 냈다) 그는 기실 그녀의 이름도 얼굴도 모른다. 그렇다면 그는 무엇을 찾아나서는 것인가? 단순히 이유정의 방에 들어갔던 충격에서 벗어나기 위해서라고 설명할 수도 없다. 운명처럼 그 여름의 여인을 그리워하며 W시를 향해 떠나는 그는 폭격, 황폐화된 도시, 그곳에서 피어난 사랑, 그 절망 속에서 피어나는 희망을 잊지 못하지만, 거기에서 무엇을 만나리라는 아무런 기약도 할 수 없다. 그는 논개의 애원, 간호원의 유혹을 다 뿌리친다. 그는 거대 주체라 할 수 있는 국가에 대한 충정도, 본능적 욕구에만 충실한 삶에도 관심이 없는 것이다. 그는 폭격 중 자신의 몸을 감싸던 따뜻한 여인의 가슴을 생각한다. 그 '사랑'의 의미란 무엇일까? 그가 긴 여정을 떠나게 된 것도 그것 때문이다. 어쨌든 그것은 독고준 자신의 내면에서 떠오른 이미지이다. 아직 그 이미지에 대한 해석이 완전히 이루어지지는 않았다. W시의 여인을 만나고 안 만나고가 중요한 것이 아니라 '주체찾기'가 실현되느냐 아니냐가 중요하게 된다. 그는 주체를 찾지 못하는 한 자신은 존재할 수 없다고 생각한다. 그래서 온갖 우여곡절, 함정, 올가미가 기다리는 W시를 향해 그는 떠나간다.

그러나 독고준은 자신의 외부로 나아가지 못한다. 언제나 에고의 세계에 사로잡혀 있기 때문에 오히려 '구렁이'로 변신하고 만다. 그는 거대 주체라는 신기루를 찾으면서, 민족이 '생물적 차원'에서 '문화적 차원'으로 나아가야 한다고 믿으며 환상 속에 펼쳐진 W시를 찾아 떠나지만 여전히 에고에 묶여 있는 것이다. 개별 주체는 자신을 둘러싼 사회나 시대로 나가고 싶은데 그것을 벗어날 방법은 보이지 않고, 그리하여 부정적 퇴행으로 가장 징그러운 동물이 되고 마는 것이다. 암울한 60년대를 벗어나려고 몸부림치나 그 시대에 갇혀버린 사람의 모습이 거기에 있다. 그러나 그러한 징그러운 몸뚱이로나마 변할 수 있었기에 역설적으로 자신의 한계를 벗어날 수 있는 가능성이 엿보인다. 일단 자신의 조직이나 자신을 둘러싼 조직을 구렁이로나마 변모시킬 수 있었기 때문이다. 그러한 동물 변신은 주체를 외부와 더욱 철저히 차단하는 것 같지만, 움직이지 않은 채 제자리에서 하는 여행, 곧 주체 내부로의 여행에 더욱 충실하게 해주기 때문에 차단막을 걷어낼 가능성을 보여주기도 한다. 물론 그 동물 변신은 W시로의 여행의 또 다른 모습이다. 탈출구는 보이지 않는다. 그러나 변증법적인 가능성은 오히려 많아진다.

이광수는 섣부른 계몽을 흉내내었기에 자신의 인생을 망쳤다. 그는 그런 전철을 밟고 싶지 않다. 그래서 보다 확고한 개별 주체를 찾고 싶어 하지만, 그는 분단 현실 속에서 활로를 찾지 못한 채 그만 구렁이가 되고 만다. 지식인이랍시고 자부하면서도 자기 기만에 빠져 있던 그는 도둑질을 하듯 이유정의 방을 넘겨본 후에는 그만 구렁이가 된 것이다. 삶에 지쳐서, 살아남기에 지쳐서 구렁이가 되었다고 변명해브지만 그것 또한 이광수의 변명 이외의 그 무엇도 아니다. 어차피 용서받을 수 없는 것은 마찬가지이다. 그는 현호성의 집에 들어온 이래 민족을 생각할지라도 스스로를 떳떳하게 여길 수 없다. 자신은 구렁이가 되고서도 동생에게는 형인 것처럼 군 자기 기만의 늪에서 빠져나올 수 없는 인간이었던 것이다.

이광수는 독고준을 떠나보내면서 말한다. "인생도 쓰고 소설도 잘 살아보게." 이러한 이광수의 말을 여운으로 남기고 독고준은 기차에 올라탄다. 결국 소설 쓰는 법은 혼자 힘으로 찾을 수밖에 없는 것이다. 그런 식으로 그는 그가 알지도 모르는 '외로운 자유'를 찾아서 떠난다.

5. 글쓰기와 주체

〔……〕 운명이란, 허무의 끝장까지 가는 사람에게만 나타나는 신비한 얼굴이다. 운명을 만나지 않은 인간은 인간이 아니라 그는 물건일 뿐이다. 그의 윤리는 물건들의 저 인색한 법칙만을 따른다. 운명을 만나본 사람은 그렇지 않다. 그는 절망 속에서 희망을 본다. 부재 속에서 풍요를 본다. (『서유기』: 274)

독고준은 한쪽 이데올로기에 경도된 사람들을 경멸한다. 그들은 자신의 인색한 법칙만을 따르며 결국은 허무의 길로 나아가는 사람일 뿐이라는 것이다. 그들이 분단을 이루어놓았고 권력에 맹종하는 노예들을 만들어놓았다는 것이다. 그런 식으로 한쪽 이데올로기에 대한 경도는 그들이 주문처럼 외우는 민족을 위해서도 결코 보탬이 되지 못한다. 그래서 최인훈이 던지는 화두는 다분히 비판적이다. 그는 루카치식으로 남한의 자본주의를 보며 '사물화'된 이성을 비판한다. 『회색인』에서 현호성이 활개칠 수 있는 그러한 사회에 대해 그는 분명히 냉소적이다. 『서유기』에서 상징적으로 존재하는, 여전히 잔재하는 일본 헌병 등과 같은 정통성이 없는 친일파 세력이 지배하는 정치 구조를 그는 조롱한다. 적어도 그는 남한의 자본주의에 대해 긍정적인 태도를 보여주지 못한다. 그래서 그는 누나를 배반하고 자본주의와 야합한 현호성 같은 인물은 이용해도 좋다는 위험스러운 사고까지 갖게 된다. 그래서 그는 현호성을 협박할 수 있게도 된다. 루카치를 '낭만적 마르크스주의자'(『회색인』: 13)로 보는 독고준은 현실과 야합하는 지극히 세속적인 면도 가지고 있는 사람이다. 그런 이성 중심주의적인 태도로는 이 세상을 살아갈 수도 없다는 것이다. 독고준은 그렇게 세속화되어 있지만 서구 이성 자체를 근본적으로 비판하기도 한다. 그에게 한반도의 현실은 숙명적이라기보다는 서구의 이성의 힘 때문에 그렇게 된 것이라고 보고 싶은 것이다. 그런 면에서 그는 전면적으로 '도구적 이성'에 대해 비판하는 아도르노와 보다 가깝다. 그런 식으로 그는 거대 담론을 경멸하며 사적 담론 속에 빠져든다. '사랑과 시간'의 논리, 혹은 W시의 흔적을 더듬으려는 방식은 그런 전제하에서 시작된다. 그는 이성에 대한 절망 속에서 또는 이성의 부재 속에서 희망을 보려고 하는 것이다.

그렇다고 해서 독고준이 사적 담론만 추구하는 것은 아니다. 그는 그 사적 담론으로 탈주하면서도 역사나 이데올로기 문제를 끊임없이 제기한다.

그것은 다분히 헤겔의 방식으로 개인과 집단의 문제를 해소하려는 태도로
보이기도 한다. '절대정신'으로 상정할 수 있는 거대 주체가 없다고 할지라
도 그것을 제대로 수용할 수 있는 개별 주체에 대해 변증법적인 천착을 해
봄으로써 세계를 인식하는 중심에 서 있기를 바라는 것처럼 보이기도 한다.
그러나 그 모든 것은 실천보다는 인식의 문제에 중점을 두고 있기 때문에
내면을 향하고 있다. 아직 독고준은 실천을 위한 '자기 확신'이 결여되어
있는 것이다. 이럴 때 '주체 정립'이 무엇보다 중요한 문제일 수 있다. 내면
세계로 탈주하는 개별 주체가 어떤 실천의 모습으로 나타날지, 혹은 그 이
후에 어떻게 절망할지는 『서유기』 이후의 작품에서 살펴볼 수 있을 것이다.
그러나 『서유기』에도 그 흔적은 드러난다.

　독고준은 언어에 충실하고자 한다. 그리고 언어에 담긴 이성의 힘을 믿고
자 한다. 그러나 거기에는 여전히 '나'가 없다. 그렇다면 '나'란 어디에 있
는가? "우리 경험으로 보면 '나'의 뒤에는 또 하나의 '나'가 차디차게 도사
리고 앉아 있다. 그 나를 붙잡는 것은 절대로 불가능하다. 그것을 혹은 파토
스라느니 주체성으로 파악하려 한다. 혹은 삶이니 본능이니 하는 움직임으
로 보려는 생각이 매력적인 사상으로 번번이 주장되고 있다. 그러나 이것은
'나'의 파악의 불가성을 운동 개념으로 얼버무리는 데 지나지 않는다. 늘
한 걸음씩 처져서 우리를 지켜보는 또 하나의 눈은 붙잡히지 않는 것이다"
(『서유기』: 206). 이로써 '나'란 운동을 계속하는 한 무리의 이미지들의 파
동이며, 다발이 된다. 거기에서 타자에 대한 인식을 엿볼 수 있다. 그러나
그는 여전히 이성을 주장한다. 그렇기 때문에 '나'를 바라보는 다른 눈을
파악하기는 더욱 어렵게 된다.

　세상에는 언어만이 존재하고, 그것은 '나'를 향하여 파동쳐온다. 독고준
은 어떤 사물에 이름을 붙이면 그 사물을 소유할 수 있다고 믿었다. 거기에
'원언어(原言語)'가 있다고 믿었다. 그런 면에서 그는 기의 중심적인 사유,
이성 중심적인 사유를 하는 자이다. 그가 원언어를 믿고 있다고는 하나 아

직 기의와 기표가 순환하는 기호들의 놀이를 이해하지 못하며, 그 순환을 벗어난 원언어를 찾아내지도 못한다. 단지 그는 정념의 언어를 찾고 있을 뿐, '원문자'를 찾고 있지는 못한 것이다. 이것이 독고준이 끊임없이 방황하게 되는 원인이다. 그것이 '놀이'일 수도 있다는 것을 깨달았다면, 그는 이런 식으로 심각한 관념의 유희, 엄숙주의, 역사주의에 빠지지 않고서도 『서유기』를 완성시켰을 것이다. 나아가 15년 이상 소설을 쓰지 못하는 일도 없었을 것이다. 그는 가볼 수 있는 끝까지 다 가보았다. 그러나 부재 속에서 풍요를 보아야 한다고 말하면서도 부재를 발견해놓고서도 그것을 알아보지 못한다. 그래서 『서유기』의 끝까지 이르도록 별로 희망은 보이지 않는다. 다만 독고준은 자신의 방으로 들어갔을 뿐이다.

『서유기』의 암울한 분위기는 결말 부분에 이르러서, 사상 재판을 받고 나오는 독고준이 '돌 틈에 피어 있는 이름 모를 꽃'들을 발견하는 것으로 다소 전복된다. 누구나 그 꽃의 의미를 놓치기 쉽지만, 어떤 면에서 최인훈은 그런 식으로 주체가 회복될 수 있다는 희망을 보여준다. 그 깊은 무의식의 늪 속에서 '이 꼴을 보려고 살았단 말인가'(『서유기』: 293)라고 말하지만 그는 꿈을 포기하지 못한다. 그리고 세속적 욕망도 쉽게 버리지 못한다. 그는 돌바닥 틈에서 홀로 꿋꿋이 피어 있는 그 꽃의 모습처럼 되고 싶으면서도, 또한 세속화된 세계에서 계속해서 뒹굴고 싶기도 한 것이다. "닝닝거리는 꿀벌인지 쉬파린지 한 날개 소리가 들리고 싸한 오물 썩는 냄새가 난다. 꼭 쓰레기 더미 같은 데서 흔히 맡는 그런 냄새다. 독고준은 그 냄새가 몹시 마음에 들었다"(『서유기』: 294~95).

그는 그러한 혼란 속에서 어머니의 모습을 떠올리기도 한다. 그는 오로지 자기 자신만을 위해서 살아왔다는데 비로소 어머니의 존재를 떠올린 것이다. 그리고 근원으로서의 어머니를 잊고 산 것에서 마치 자신을 사람들이 분주하게 오가는 거리에 효수시킨 것 같은 부끄러움을 느낀다. 그는 그토록 가족에게서 벗어나고 싶어 했지만 결국은 아버지의 모습을 감추고 있는 역장의 도움을 받아 위기에서 빠져나오고, 어머니를 잊고 살았던 불효를 생각하는 것이다. 그렇다면 가족 또한 벗어나야 했던 세계가 아니라 '주체'를 위해서 공연히 희생시켜버린 세계가 된다.

그러나 독고준은 다시 한번 마음을 다잡는다. "내 마음이여 모질어다오. 내 마음이여 독한 피를 마시고 사악하게 끓어올라다오. 내가 선인(善人)이 되지 말게 해다오. 어떤 일이 있어도 착한 사람이 되는 것만은 피할 수 있게 해다오"(『서유기』: 296). 아무리 부끄러운 마음이 들고 죄책감에 시달려도 '주체'에 대한 희망을 포기할 수 없고, '근대' 속에서 살아남아야 한다는 생각은 떨쳐낼 수 없었다. 주체를 확립하자면 어느 정도의 희생이 뒤따랐다. 그리고 어느 정도의 고통을 감내해야 했다. 그런 과정을 거친 뒤 그는 '빛'을 보게 된다. "그 반딧불 같은 빛이 저 앞에 있는 어둠 속에서 비친 것이 아니라 그 자신의 두개골 안쪽 어디에선가 비친 것 같았다. 그러나 그의 착각이었다. 그 어둠 속에서 곧 사람의 모습이 나타났다. 그는 손에 광산에서 쓰는 등을 들고 있는 역장이었다고 생각했는데 등이 언뜻 하면서 비친 얼굴은 이번에는 지도원 선생인 것 같았고 등이 움직일 때마다 헌병으로 보이는가 하면 검차원으로 보이고 하였다"(『서유기』: 297). 주체를 확립하자면 어디선가 '빛'을 만나야 했다. 그는 그 '빛'을 비추는 이가 아버지(역장)라는 확신을 하지 못한다. 그러나 다음과 같이 말하는 이는 틀림없이 아버지이다. "탈 없이 사는 대로 살지 왜 허둥대느냐고 한다. 당하면 당하는 것이고, 혼자 당하는 것도 아니요 세상 사람이 다 당하면서도 소리 없이 울면서 한 세상 사는데 왜 너만 이리 요란스러우냐고 한다"(『서유기』: 297). 그러나 이런 말을 하는 역장도 그에게는 기실 '손오공'을 유혹하는 괴물의 모습으로 보일 따름이다. 그는 사무치게 고향을, 혹은 고향의 아늑함에 안주하고 싶어 하지만, 그렇게 하면 주체를 확립할 수 없기 때문에 역장 또한 괴물이 되는 것이다. "독고준은 소름이 끼쳤다. 어느새 역장의 낯빛은 검푸르고 입에서는 실오리 같은 피가 흐르는데 날카로운 덧니가 입술 밖으로 내밀렸다"

(『서유기』: 297~98). 결국은 고향도 아버지도 그를 유혹하고 괴롭히는 괴물일 뿐인 것이다. 주체의 '불빛'은 결국 모든 것을 그렇게 만들고 만다. 그래서 그는 '빛'의 세계를 보았으면서도 그것을 '착각'이라고 생각한다. 주체가 탄생되는 방공호의 어둠을 떠올리게 하는 비행기 소리가 들려오자 역장은 자신의 본 모습을 드러내며 "할 수 있소? 그럼 딴 데 가보슈"(『서유기』: 298) 하면서 그를 보내준다. 그렇게 독고준은 비행기 소리를 들으면서 '그해 여름'을 생각한다.

독고준은 자기 방으로 들어간다. 다시 주체의 세계로 들어온 것이다. 그러나 그는 회한에 빠진다. 그는 주체를 찾았지만 고작해서 '그 여름의 폭격과 사랑' 속에서 한 치도 더 나아가지 못하고, 이러한 볼품없는 자신을 찾기 위해서 얼마나 많은 사람을 배신해야만 했던가를 생각한다. "그는 온몸이 모닥불이 된 것처럼 부끄러웠다"(『서유기』: 298). 그는 '흠씬 젖어 있을 보이지 않는 밤'과도 같은 자신의 내면을 유리창 너머로 바라보고 있다. 그는 자기 자신을 확인하기 위해 그 많은 시간을 소모하고 그 많은 사람을 배신해야 했던 것이다. 그런 아픔으로 형성된 주체가 거기에 있다. 역사와 사회 속에 정립시킨 주체가 거기에 있다.

이로써 『서유기』는 근대적 주체에 대해서 이야기하고, 주체의 아픔을 발견하는 것으로 완성된다. 그것은 혁명을 제시하는 것도 아니고 쾌감을 동반하는 것도 아닌 고통 속에서 이루어진 자기 확인의 과정이다. 그러나 아직도 타자를 보면서도 그 존재를 발견하지는 못한다. 그래도 그런 과정을 통해서 주체가 확립될 수 있는 새로운 조건을 갖춘다. 일단 주체 확립의 긴 과정은 마무리된 것이다.

그것이 희곡을 쓰고 예술론을 점검하는 많은 시도를 거쳐 90년대에 이르러 비로소 타자를 발견하게 된다. 바로 15년 이상의 침묵을 깨뜨리고서 나타난 『화두』의 원동력이 『서유기』에 있는 것이다. 아직 『서유기』에서 이성을 중시하고 타자를 배제하는 이분법적인 틀은 깨뜨려지지 않아 여전히 구조에 갇혀 있지만, 최인훈이 그 구조에서 벗어날 수 있는 단서는 충분히 제공한 셈이다.

소설이라는 것에는 꼭 어떤 틀이 있어야 하는가? 최인훈 소설은 비소설적인 것이 아니라 '새로움'을 추구하는 소설의 정신에 부합되는 가장 선구적인 소설이다. 단지 당대에 새로운 패러다임을 이루어내지 못한 것은 최인훈 자신의 문제가 아니라 당대인의 문제이다. 그는 지금도 자신을 극복하려고 노력하고 있다. 그리고 90년대 현실에서 소설은 자꾸만 최인훈을 닮아간다.

미네르바의 부엉이가 날아가는 잿빛 하늘을 보며 그는 무엇을 보았을까?

변화된 시대에 대응하는 새로운 담론
──『화두』

1. 변해가는 세상

비행기에서 아래를 내려다보면서 나는 우주선에서 지구를 바라보는 사람처럼 이상한 우주에 있는 이상한 자기를 느꼈다. 이렇게 극히 짧은 사이에 세상은 알지 못할 미궁으로 바뀌어버렸다. 알고 있다고 생각한 모든 것들이 알고 있다는 상태인 대로 모르는 일이 되었다. 세상은 세상인 대로 미궁이었다. 언제나 나의 글쓰기의 중심이었던 그 주제는 주제가 아니라 사실이었다. (1: 254~55)[1]

1990년대 초반의 상황에서 세계를 바라볼 때 그 변화를 어떻게 표현할 수 있을까?『화두』의 서술자가 느끼는 소련 붕괴의 충격은 위의 글과 같다. 미국과 소련의 양대 이데올로기가 초래한 분단 현실에 살고 있던 우리에게 그 한 축이 무너진 것은 정신적으로나 문화적으로 엄청난 일이었다. 한 세계, 한 세월을 지켜오던 것들이 무너진 것이다. 그 혼란이 어느 정도였을까? 그것이 큰 만큼 변화도 광범위하게 뒤따랐다. 1990년대는 마치 '이상한 우주에 있는 이상한 자기'를 느끼게 해주는 미궁처럼 작가들 앞에 내던

---

1) 최인훈,『화두』1, 민음사, 1994, p. 255. 이후로『화두』의 내용을 인용할 경우에는 본문에 권 수와 면수만 표기함.

져졌고, 또 그들은 무엇 하나 확신하지 못한 채 침묵으로 일관하고 있었다. 중견 작가들의 침묵으로 그들의 충격을 짐작해볼 뿐이다. 그리고 그것은 변화의 서곡에 불과했다. 동서 이데올로기의 축이 변화되자 근대가 '탈(脫)근대'로, 개별 국가의 단위가 세계화의 시대로, 아날로그에서 디지털의 시대로, 그리고 문화에 관계되는 것은 모두 바뀌었다. 그래서 이제는 이전의 이상만을 가지고 살아가는 사람들은 살아갈 수 없게 되었다. 변화에 대응하지 않는 한 도태되거나 폐기 처분될 수밖에 없게 된 것이다. 그 이후로 펼쳐진 광경을 굳이 어떻게 말로 표현하겠는가? 1980년대까지 왕성하게 활동하던 작가들이 세계 인식의 방법을 잃어버리고 허둥거릴 정도로, 그 당시에 갑작스러운 변화를 이해하기란 쉽지 않았다. 그것은 소설이 시대를 앞서나가는 것임을 입증해준다. 그렇지 않고서는 소설도 쓸 수 없었던 것이다.

　여러 문화 현상과 마찬가지로 소설도 새로운 시대에는 새로운 돌파구를 찾아야 한다. 그렇지 못하면 위기를 맞이한다. 시대가 바뀌었는데 형식이 자기 틀만을 고수하다가는 그 장르는 소멸되고 만다. 이전의 형식으로는 새롭게 바뀐 것을 제대로 표현할 수 없기 때문이다. 그것은 프로이트가 정신분석학을 내놓은 뒤 문학의 변화를 생각해보면 된다. 무의식의 세계를 알았으면 적어도 그걸 모르던 시대와는 다른 형식을 찾아내야 그 시대를 이야기할 수 있게 되는 것이다. 『화두』가 출현한 것도 그와 같은 이치로 설명할 수 있다. 아마 그것은 1980년대라면 출판은 물론, 씌어지는 것 자체가 불가능했을 것이다. 그것을 두고 처음에 1980년대의 지적 담론에 익숙하던 논자들은 말이 많았다. 심지어 어떤 이는 그것은 소설도 아니라고 혹평했다. 사실 그 당시 젊은 작가들의 새로운 작업, 즉 시대의 변화를 담아낸다고 하면서 감각적이고 표피적인 사유의 유희에 빠져드는 것들은 많은 문제를 가지고 있었다. 그리고 그것이 새로운 시대를 대변할 수 있을지 우려하는 것도 어느 정도 근거를 가지고 있었다. 그런데 그럼에도 불구하고 그것들은 비평가들의 비판을 견뎌나가며 묵묵히 자리를 잡아갔다. 하지만 『화두』에 대한 논의는 잠깐 일어나려고 하다가 젊은 작가들의 그것만큼도 평가받지 못한 채 사라져버리고 말았다. 그것이 소설이냐, 설익은 관념의 짜깁기냐, 자서전적인 글이냐 하는 논란들도 끝을 맺지 못했다.

하지만 『화두』야말로 시대의 변화에 대응한 소설이다. 다만 변화는 빨랐고 잊혀지는 것은 더 빨랐다. 시대와 사회가 바뀌었는데도 예전의 방식만을 고집한다면, 『화두』의 한 구절을 인용하지 않더라도, "새 방법을 개발해내지 않는 한 유기체는 파멸한다"(2: 518). 혼란을 두려워하지 않을 때라야만 새로운 형식은 출현한다. 혼란 속에서 소설의 위기가 논의되겠지만 결국 소설의 질긴 생명력도 그래야 뿌리를 내리게 된다. 단적으로 말해 그라스, 마르케스, 에코, 쿤데라가 건재하는 이 시대에, 소설은 아직도 그 생명력이 왕성하다. 사실 리얼리즘이나 모더니즘의 완성된 형식만으로 말하자면, 소설의 생명력은 끝났다. 그렇지만 소설이 변화를 모색하며 새로운 모델을 선보일 때, 그것은 죽지 않는다. 역사와 기억을 공시적으로 압축해내는 그라스의 『넙치』, 존재의 흔적을 추구하며 몸부림치는 쿤데라의 『참을 수 없는 존재의 가벼움』, 마술적 리얼리즘이라고도 불리는 마르케스의 『백 년 동안의 고독』, 중세라는 장치를 통해 현대 형이상학의 붕괴를 보여주는 에코의 『장미의 이름』은 이미 오래전부터 새 시대를 예견하고 선도하는 작품으로 받아들여졌다. 그 작품들은 세상을 세상답게 표현했고, 그 작품들의 작가는 세상의 모습을 가장 적합하게 제시할 방법을 찾아낸 것이다. 아무리 시대가 바뀌고 출판 문화가 위축되었다고 해도 그들의 책은 많이 읽힌다. 그리고 그들은 이 시대에 걸맞는 새로운 형태의 소설을 또 준비하고 있다. 혹은 그러한 소설이 출현하기를 고대하고 있다.

『화두』는 논리만으로는 설명되지 않는 이 세계를 전통과는 다른 방식으로 우리에게 설명하고 싶어 한다. 적어도 최인훈은 소련 붕괴 이후의 충격을, 그리고 새로운 시대적 변화의 흐름을, 서술자의 관념과 담론 형식을 해체함으로써 보여준다. 『화두』가 이 시대 소설의 모범이 될 수 있을지는 많은 검증을 거쳐야 하겠지만, 『화두』에서 시도된 해체적 경향만으로도 새로운 시대의 전주곡은 울린다. 이에 나는 텍스트 이론과 해체적 독법을 『화두』에 적용시켜봄으로써 우리 시대 소설의 새로운 가능성을 전망해보고자 한다.

2. 새로운 소설의 츨현

최인훈은 『화두』를 통해 1990년대를 연다. 그것은 야우스의 말처럼 새롭고 의미 있는 작품을 원하는 독자의 기대 지평에 부합하면서도, 한편으로는 독자가 텍스트를 접할 때 이것이 소설인가 하는 의문이 들 정도로 지평을 전환시키고 있는 소설이다. 그만큼 『화두』의 형식은 『돈 키호테』가 처음 출현했을 때처럼, 혹은 조이스의 『율리시스』가 그랬을 때처럼 새롭다. 이것들 모두는 이전의 형식을 패러디하거나 전콕시킨 당찬 목소리에서 출발했다.

독자는 그 시대에 걸맞는 기대 지평을 가지고 있다. 기대 지평은 작품에 대한 관계, 바람, 편견 등을 망라한 수용 가능한 범주로서의 지평이다.[2] '현재'는 언제나 '흘러가는 것'이라면, '지금'은 언제나 새로운 물이고 그렇기 때문에 새롭게 해석되어야 한다. 과거의 어떤 작품도 완벽하게 '지금'에 걸맞을 수 없고, 과거와 똑같이 해석될 수도 없다. 그래서 그에 걸맞는 새로운 텍스트가 나온다. 예를 들자면, 1980년대 조정래의 『태백산맥』이 나올 무렵은, 이문열의 『영웅시대』, 이병주의 『지리산』, 기록 문학인 이태의 『남부군』 등 한국 전쟁을 배경으로 한 작품이 베스트셀러에 속해 있었고, 한편으로는 판금 서적들이 풀리고, 사회주의 리얼리즘에 관련되는 서적들이 물밀듯이 번역되는 지적 풍토를 지니고 있었다. 『태백산맥』은 그러한 독자의 요구, 곧 기대 지평에 의해 나온 작품이다. 그와 마찬가지로 『화두』는 1990

---

2) 한스 로버트 야우스, 장영태 옮김, 『도전으로서의 문학사』, 문학과지성사, 1983.

년대라는 지적 풍토와 새로운 변화의 기대 지평 속에서 나온 텍스트라 할
수 있다.

『화두』는 기존의 어떠한 규칙에 의해서 지배당하지 않으며, 기존의 어떠
한 방식으로 평가받는 것도 거부하며, 오히려 앞으로 행해질 것에 관한 규
칙들을 만들어낸다. 그러나 그것은 지금 당장 익숙해질 수 없는 규칙이고
먼 훗날에나 받아들여질 수 있는 것들이다. 그래서 그러한 텍스트는 독자에
게 편안하게 읽히지 않는다. 오히려 그것은 독자의 가치관과 독서 관습에
혼란을 주어 단절을 일으킨다. 하지만 세밀하고 조심스럽게 읽다 보면 비로
소 그 구조가 이해된다. 처음에 그것은 단절과 균열, 우회와 복귀 등으로 점
철된 텍스트로 받아들여졌지만, 그 속에 들어가면 차츰 해석의 여지는 매우
다양해지고, 독자가 누릴 수 있는 것들도 많아진다. 그래서 기존의 비평가
들에게 즉각적으로 수렴되지 않지만 차츰 그것의 진정성은 이해되고 그렇
게 되면 독자들도 그것을 쉽게 받아들이게 된다. 이상의 「날개」가 발표 당
시와는 달리 지금은 전혀 낯선 텍스트가 아니듯이 말이다.

김윤식은 『화두』의 돌연스러운 출현을 놓고 당황해하면서도 "적어도 세
대적 무력감에서 벗어날 가능성이랄까 전망이 떠오른다"[3]라며 조심스럽게
기대 섞인 전망을 한다. 그러나 그는 다만 『화두』가 "훼손된 세계 속에서 자
기의 본래적 모습을 찾아 헤매는 내성 소설"이라는 이야기를 할 뿐, 새로운
형식의 가능성에 대해서는 더 이상 말하지 않는다. 그것은 그 또한 『화두』
의 새로운 형식을 선뜻 받아들일 수 없었기 때문일 것이다. 그만큼 『화두』
의 형식은 해체되어 있다. 그래서 평범한 독자는 텍스트의 비문학적 언어의
수용이나 지적 사고의 유희에 동참하기가 여간 어려운 게 아니다. '나'가
작가인지 서술자인지 구별할 수 없고, 논평·단상·에세이 등이 서술자의
사유와 뒤섞여 어찌 보면 소설 같지도 않은 소설로 보이는 것이다. 이러한

---

3) 김윤식, 「유죄 판결과 결백 증명의 내력」, 『세계의 문학』, 1994년 여름호.

형식적인 실험을 보고서 윤지관은 "소설은 단지 생각의 편린을 기록하거나 기억의 곳간에서 이것저것 꺼내 보여주는 것으로 이루어지지 않는다. 그러한 자료를 정신의 대장간에서 벼려내는 창조 작업이 소설의 형식과 내용을 결정한다"[4]라고 말하며 『화두』가 '소설 이전의 것'이라고 단정한다. 그는 이어 "문학에서의 진정한 사유는 작가의 직접적인 사색이 표출됨으로써가 아니라 창조적인 언어 구사와 구성의 힘에 의해 획득되고 전달된다"고 말하면서, "총체적인 삶의 구성이나 상상력의 발휘가 없는 작품에 무슨 깊은 사유가 담겨 있는지 의문"이라며 『화두』가 갖는 내용적 깊이마저도 부정한다. 또 임규찬은 "단편적으로 삽화의 아름다움을 부분적으르 느끼면서도 해체된 정신의 여러 파편 양식들이 통일된 새 양식으로 수렴되었다고 보이지 않았다. 『광장』 이래로 보여준 관념 세계토부터 고도의 질적 전환을 느꼈다기보다는 양적인 종합으로 다가왔다"[5]고 말하며 최인훈의 작업을 근본적으로 회의한다.

이들은 생산미학의 관점으로만 『화두』를 바라본다. 소설을 바라보는 방법이 그와 같은 방법 하나뿐일까? 나는 『화두』이 '양적 종합'만 담겨 있다고 믿지 않는다. 오히려 거기에는 우리 시대를 총결산할 정도의 사유가 담겨 있고, 독자들이 찾아낼 '형식이나 구조라는 미적 개념을 뛰어넘는 역동성'이 담겨 있다. 조이스의 『율리시스』나 마르케스의 『족장의 가을』이 간행 직후 기존의 비평가들에게 혹평을 당했지만 이후에 문학사에 길이 남을 작품으로 인정되었듯, 『화두』 또한 그런 의미에서 파문을 일으킨 것일 따름이다.

소설이란 무엇인가, 라는 질문에 『화두』를 비판한 사람들은 무엇을 확고하게 대답할 수 있을까. 아도르노는 『미학이론』 서두에서 "예술에 관한 한 이제는 아무것도 자명한 것이 없다는 사실이 자명해졌다"[6]라는 말로 현대

---

4) 윤지관, 「상품인가 물건인가: 국가 경쟁력과 딘족 문학」 『창작과비평』, 1994년 여름호.
5) 한겨레신문, 문학 월평, 1994년 5월 25일자.
6) T. W. 아도르노, 홍승용 옮김, 『미학이론』, 문학과지성사, 1984, p. 11.

예술에 대한 견해를 펼치고 있다. 책을 읽다가 자신의 독서 습관과 자신의 인내심에 한계를 느껴 책을 집어던졌다면, 그것은 그 사람의 독서 수준의 문제일 뿐 텍스트의 문제는 아니다. 일부 비평가들의 『화두』에 관한 견해는 그러한 점에서 아쉬움이 많다. 문제는 작가가 어떤 이유로 그러한 형식을 취했느냐 하는 것이다. 물론 『화두』는 소설이라는 형식의 경계가 위태롭게 느껴질 만큼 다양한 서사 담론을 취하고 있다. 그러나 거기에는 이합 핫산이 말하는 '불확정성 보편 내재성'[7]이나, 이저가 말하는 '심미적 구체화'[8]를 이루는 장치가 숨어 있다. 단상·저널·연설문 등이 독서를 방해한다면 독자는 한 걸음 뒤로 물러서서 자신의 인생을 돌아보아도 좋다. 그러다 보면 그저 무심히 지나치며 놓쳤던 것들이 살아 꿈틀거리는 것을 알게 된다. 그 '꿈틀거림'은 작가의 어떤 의도보다 독자들에게 더 소중하다. 거기에 독자가 합류할 수 있기 때문이다. 게다가 다른 단절의 장치들도 작가의 치밀한 전략에 의해서 서로 긴밀한 연관성을 실핏줄같이 숨기고 있다. 『화두』는 그 다양한 것들이 교류하도록, 그리하여 그 부분들이 거대한 유기체로서 호흡하도록 배려한다.

3. 『화두』의 서사 전략

이 세상의 모든 것을 논리와 이성의 힘으로 설명할 수는 없다. 게다가 논리로 치장한 집단이 인류를 파멸의 위기에 몰아넣은 경우도 적지 않다. 인간의 도구적 이성이 히틀러의 아우슈비츠를 만들었다는 데에서 인식을 출발하는 아도르노는, 완결된 형식의 리얼리즘조차 주어진 현실의 특정한 면밖에 제시할 수 없다고 주장한다.[9] 그것 또한 이데올로기의 시녀라는 것이

---

7) 이합 핫산, 정정호 옮김, 『포스트모더니즘』, 종로서적, 1985 참조.
8) 차봉희 편, 『독자 반응 비평』, 고려원, 1993 참조.

다. 그는 역사, 사회, 언어 속에서 권력과 담합한 이성이 억압적인 이데올로기를 만든다고 말한다. 그 전제하에 그는 자신의 이론적 논의를 출발한다. 한편 이러한 논의를 새롭게 발전시킨 탈구조주의자들이나 수용미학자들은 아도르노 이론과는 또 다르게 생산미학이나 서술미학에 대해 반기를 든다. 그리고 그것이 또 새로운 지평을 설명한다.

바르트나 데리다는 이성적 세계에 대한 비판, 의미의 불확실성에 대한 인식을 '해체'의 형식으로 나타낸다. 작가는 더 이상 작품 뒤의 유일한 목소리, 유일한 주인, 유일한 기원이 아니다.[10] 그들에게 유일한 주체나 중심, 이성, 의미는 하나의 허구일 뿐이다. 오히려 세계와 삶을 왜곡하는 것이 그것들이다. 푸코는 이성이 억압한 이성 바깥의 광기에 대해서 관심을 갖는다. 반면에 데리다는 이성 속에 감추어져 있는 광기를 드러내고자 한다. 그리고 그러한 방식들은 주변적인 것에 대해 관심을 갖게 되고, '작가—텍스트—독자'의 의사 소통 구조에서도 획기적으로 그동안 크게 관심을 갖지 않았던 독자를 부각시킨다. 서재에 꽂혀 있는 아무리 좋은 텍스트도 독자가 뽑아들어야만 존재의 의미를 갖게 된다는 이유에서이다.

텍스트text는 책work과 전혀 다른 지대에 속한다. 의미의 종합이라고 할 수 있는 책의 지점을 넘어서 있는 것이 텍스트다. 거기에는 명시적인, 어떤 단일한 의미가 없다. 차연과 흔적만이 넘칠 뿐이다. 그리고 거기서는 시간과 공간의 복합체 속에 존재하는 것이면 무엇이든지 텍스트로 간주된다. 정신 분석의 대상이 되는 사람이나 사회, 역사 또한 텍스트일 수 있다. 데리다식으로 말하자면, '텍스트 바깥이란 없다.' 거기에는 의미가 현존하는 고향도 없고, 저자나 신(神)도 자기 목소리를 갖지 못한다. 거기에는 시작도 끝도 없는 운동만이 넘쳐 흐를 뿐이다. 텍스트의 인자들은 저마다 다른 인자와 교류하면서 의미를 갖게 되고, 다른 요인들에 의하여 서로 얽히고 영향

---

9) A. 벨머, 이주동·안성찬 옮김, 『모더니즘과 포스트모더니즘의 변증법』, 녹진, 1993.
10) V. B. 라이치, 권택영 옮김, 『해체 비평이란 무엇인가』, 문예출판사, 1989.

을 받음으로써 존재하게 된다. 그렇게 해서 의미의 고유성은 무너지고, 각각의 기호들은 제멋대로 해석될 수 있게 된다. 바야흐로 독자의 시대가 열린 것이다. 그래서 『화두』의 서술자 ‘나’는 독자에게 자신의 어떠한 가치관도 강요하지 않고 단지 독자와 더불어 사색하고 행위하고 회상할 준비만 갖추고 있다. 그리고 그는 독자를 만나야만 힘을 얻는다. 그는 이야기 자체를 통제하는 전지전능한 능력을 갖고 있지도 않고, 또 그 이야기는 독자를 만나지 않으면 이어지지 않기 때문이다. 그래서 독자는 기호들 속에 감추어진 무수한 의미들 중의 하나를 자신의 언어로 찾아내어 그 맥락 속에서 즐긴다. 이러한 텍스트를 실증주의·형식주의·구조주의 등으로 해석하기에는 무리가 있다. 그것보다는 독자의 반응을 중시하는 이저, 의미를 해체하는 바르트와 데리다의 방식이 훨씬 더 적합하다. 다시 말해 『화두』는 해체를 지향하는 텍스트이다.

어떤 텍스트도 자신의 진리를 스스로 드러내지 못한다. 그런데 데카르트의 자아관에 입각한 형이상학적 세계는 동전의 양면처럼 공존하는 개념을 선/악, 정신/육체, 문화/자연, 빛/어둠 등의 이분법으로 분리시켜놓고서, 그중의 하나가 마치 진리인 것처럼 내세운다. 거기에 폭력적 위계 질서와 억압이 뒤따른다.[11] 형이상학이나 의미 중심의 철학 체계에서는 이러한 대립되는 용어들 중 전자가 후자를 지배하고 우위를 점한다. 그러나 세계가 반드시 논리적이거나 체계적인 것만은 아니고, 양분될 수 있는 것도 아니며, 그래서 그 어느 것이 우위에 설 수 있는 것도 아니다. 그것들은 오히려 공존할 수 있는 것이고, 또 그래야 역동성을 드러내는 것이기도 하다.

『화두』에서는 텍스트의 바깥에서 관망하던 문학적 자의식이 점차로 텍스트 내부로 들어온다. 그것은 『화두』를 이루는 기본 원리가 되었고, 서술자 ‘나’는 소설의 형식을 빌려 현실을 재현하기보다는 소설 제작 과정을 노출

---

11) 자크 데리다, 박성창 편역, 『입장들』, 솔, 1994.

함으로써 소설을 쓰는 일과 소설에 관해서 사고하는 일, 소설 텍스트를 만드는 일과 소설 이론의 문제를 탐색하는 일들을 동시에 행하고 있다. 이러한 메타픽션적 특성은 『화두』라는 텍스트의 구성에 중요한 계기가 된다. 그리고 그 해체적 경향은 이전의 독서 관습에 익숙한 독자들의 기대를 흔들어놓지만, 소설이라는 장르의 원천적 불확정성을 스스로 드러내고, 스스로 소설 자체와 시대에 대해서 생각하게 함으로써 독자를 텍스트의 한 구성 요소로 받아들인다. 그렇듯 『화두』는 자전적이고 메타비평적으로 기사문이나 기행문, 논문식의 담론마저 여과 없이 사용하며, 스스로 해체적인 성격을 드러낸다.

사실 세계는 시대나 사회에 따라, 또는 관찰자의 철학·종교·상황 등에 따라 항상 변하기 때문에 객관 세계를 묘사하는 것은 거의 불가능하다. 누구라도 세계를 재현하고자 할 때 얼마 되지 않아 세계란 재현될 수 없는 것임을 깨닫게 된다. 이런 딜레마를 인식한 최인훈은 전통적인 소설의 구조를 거부하고 스스로 고안한 다양한 원칙들에 따라 자신이 인식한 내용들을 기술해나간다. 그러면 저절로 새로운 형식, 새로운 소설이 된다. 『화두』는 독자들에게 소설 구성의 과정에 관심을 갖게 하고, 의미와 종결에 대한 관습적인 기대를 포기하게 한다. 또한 일관성 있는 구성 요소들을 숨기거나, 산만하게 흩뜨려놓음으로써 관습화된 규범들을 고의적으로 파괴하여 보다 낯설고 새로운 형식의 역동성을 지니도록 한다. 여기에서 해체와 환상이 동시에 구성된다. 그래서 독자는 『화두』라는 원재료의 해체를 통해 환상을 구성해내고 스스로 작품을 '쓰게 되는' 것이다. 다시 말해 독자는 『화두』의 불확정성을 하나의 유희로 받아들이고, 단절과 결합을 반복하면서 스스로 텍스트를 만들어내는 것이다. 순환적인 구성을 갖추고 있는 『화두』를 처음부터 다시 읽으면 억압된 이성에서 자유로워진 영혼이 글쓰기를 한다는 사실을 알아낼 수 있다.

4. 『화두』의 해체적 경향

I. 서술자 '나'의 해체

『화두』의 '나'란 누구인가?

작가 자신인가, 허구적 등장인물로서의 서술자인가? 그건 아무래도 좋다. 다만 작가는 자기 자신의 모습을 띤 인물을 통해서 세상에 대해 정직하게 말하고 있다는 효과를 독자에게 심어주고, 그리하여 독자의 '닫힌 자아'에 파고들어 세계를 깊이 인식하도록 만든다. 실제로 서술자 '나'는 『화두』의 모든 사실이 작가의 고백인 것처럼 여겨지길 바란다. 사실 텍스트 속에 있는 시대나 사회, 그리고 작가의 모습 등은 작가가 경험한 현실이라고 해도 무방할 정도이다. 그리고 허구는 일상 세계만큼이나 사실적으로 우리의 의식 속에 존재하기 때문에, 서술자 '나'가 살고 있는 텍스트의 세계야말로 진짜 현실이라고 말할 수도 있다. 그런데 그것이 어떤 기획에 의해서 씌어지고, 언어의 의미화 작용에 이끌려 기술된다는 점에서 그것을 대표적인 허구라고 말해도 별다른 이견이 있을 수 없다. 작가는 '이것은 소설이다'는 경구를 텍스트 서두에 내세우고는 '내 인생이 소설이었다'라는 경구로 소설을 끝낸다. 그래서 그것은 소설이지만, 서술자 '나'가 이 세상을 어떻게 살아야 하는가 질문하게 하고, 독자 또한 어떻게 해야 하는지 텍스트 속에서 그 답을 구하게 한다.

부연해서 말하자면, 이 소설은 '나'의 정체성에 대해 끊임없이 되묻는다. 그만큼 '나'를 알기 어렵다는 말이기도 하다. "종이에 서술된 '나'는 내가 아니지만 당사자인 나의 육체가 거기 있었기 때문에 내가 아니라고 말할 수도 없다"(1: 53). 이렇게 말하면 서술된 '나'는 대단히 나 자신일 가능성이 많은 나지만, 결국 그 나가 내 손끝에서 씌어지고 만들어진다고 해도 '나' 자체가 되는 것은 아니다. '나'는 종종 소설이라는 극적 허구물로 고안된 장치이고, 설혹 그것이 작가 '나'를 추구한다고 할지라도 '나를 지향하는' 것일 뿐이지, '나 자체'가 될 수는 없다. 언어로 서술된 '나'에게는 작가가 그려낸 '나'의 모습만 담겨 있는 것이 아니라, 책이나 현실에서 차용한 다른 인물들의 모습이 어른거리고, 그래서 아무리 그 실체를 드러내려고 언어적 표현을 극대화시켜도, 그것은 상황에 맞게 창조된 '나'일 뿐이지 작가 자신의 '나'는 잘 그려지지 않는다. 그래서 서술자 '나'의 문제는 복잡하다.

아무튼 서술자 '나'는 작가 최인훈을 대단히 많이 닮은 인물이고, 해방 공간에서 20세기 말까지 살아온 우리 시대의 인물이다. 그 인물은 작가여도 좋고, 텍스트를 읽는 독자 자신이어도 좋다. 설혹 그 사실을 잘 모른다고 해도 텍스트의 '나'를 이해하는 데 큰 지장은 없다. 막연하게 서술자 '나'라고 해도, 그것만으로도 우리는 얼마든지 『화두』의 형식과 내용 속에 빠져들 수 있는 것이다. 그것 말고도 서술자 '나'는 '세계 속의 나, 기억 속의 나, 글 쓰는 나, 사색하는 나' 등으로 때로는 단절된 형식으로 구성되었다고 말할 수 있다. 독자가 그것을 성급하게 하나의 '나'로 규정지으려 하다가는 아무것도 붙잡지 못하게 되겠지만, 그래도 판단을 보류한 채 그것들의 역할을 찾아내고 텍스트가 만들어지는 과정을 알아나간다면 서서히 그것들을 이해할 수 있다. 그 과정 속에서 독자는 내포된 작가와 더불어 씨름을 하며 끝없이 '쓰는 기쁨'을 누리는, 생산자로서의 역할을 하게 된다. 그러다 보면 권위를 벗어던진 작가가 직접 독자를 만나 유희하는 경계 없는 열린 공간도 이루어진다.

『화두』의 '나'는 공시적·통시적으로 확대된 시대적·사회적 '나'이다. 그 '나'는 때로는 심한 혼란에 빠져 세상을 책으로 보기도 하고, 책을 세상으로 보기도 한다. 그래선지 책이건 세상이건 '나'의 내부에 들어와 있고, '책읽기·현실·글쓰기'가 뒤범벅이 된 '나'는 시대와 사회 못지않은 거대한 괴물처럼 여겨질 때도 있다. 게다가 '나'는 현재의 나만이 아니라, 과거의 나도 포함하고 있다. 과거의 '나'는 현재의 나를 만들어주고, 현재의 나는 미래의 나로 나아가는 과정의 존재이다. 그래서 적어도 과거의 나와 한데 어우러져야 현재의 유기체인 '나'가 된다. 다시 말해 '나'는 해방 공간에서 '낙동강 감상문'으로 나를 인정해준 선생님과 자아 비판을 시킨 지도원 선생이 있었기 때문에 지금의 글을 쓰는 '나'로 존재하며, 그것을 해체해야만 '나'는 미래의 나로 새롭게 거듭날 수 있게 된다. 나아가 내 머릿속에서는 나를 투사하는 거울인 칭찬해준 선생님과 비판한 선생님이 하나로 뒤섞이기도 하고, 그 어린 시절 열심히 읽었던 「낙동강」의 주인공 '박성운'으로 바뀌기도 하다가, 나중에는 '나'에게 가장 많은 영향을 미친 「낙동강」의 작가 조명희가 되기도 하는 것처럼, 유동적으로 자기 존재를 명확하게 드러내지 않는다. 그래서 '나'는 나의 의식 속에 용해된 세계를 드러내기 위해 온갖 재료들을 동원하기도 하고, 또는 '나'를 동원하기도 하면서 그것들을 하나씩 헤집어나간다. 그런데 그렇게 해서 '나'가 찾아질까?

'나'의 의미가 확산될 때 다른 등장인물 없이도 '나'는 20세기라는 커다란 사건을 담아내게 된다. '나'라는 복합적 서술자의 역할이 여러 가지로 분리되어 있으면서도 동심원처럼 하나로 되어 있는 구조를 가지고 있는 『화두』는 이성의 힘만으로는 설명되지 않는 '인간의 잉여 부분'까지 포함한 무수한 유희의 공간, 흔적의 공간을 만들어낸다. 독자는 그것을 보며 경계가 무너지는 혼란스러운 연관 관계에 빠지지만, 그러나 다시 일어나 무너지는 한계를 재건하고 보존하려는 활기찬 노력을 할 수 있게 된다.[12]

II. 형식의 해체

김윤식은 "자아 비판의 콤플렉스를 극복하기 위해 지금껏의 한 평생이 소모되었다"[13]라는 『화두』의 골격을 제시한다. 그것을 『화두』의 어느 한 구조를 이루는 측면으로 보자면 일면 타당한 점도 있다. 분명히 『화두』에서

---

12) V. B. 라이치, 앞의 책.
13) 김윤식, 「유죄 판결과 결백 증명의 내력」, 『세계의 문학』, 1994년 여름호.

'자아 비판의 콤플렉스' 문제는 심각하다. 그러나 그것이 전체의 골격이 된다고 말하기는 어렵다. 『화두』에는 그것 말고도 기억 자체의 힘을 찾아내 이데올로기를 넘어서고, 글쓰기의 문제에 있어서는 '소모'보다는 '생산'의 기쁨을 노래하는 등 무수히 많은 곁가지 골격이 존재한다. 그래서 서술자 '나'가 벌이는 세계와 자아에 대한 무수한 탐색이 '콤플렉스 극복'이나 '소모'로 보인다면, 그건 사뭇 억울한 일이 아닐 수 없다. 『화두』의 문학성과 실험성에 대해 회의할 수밖에 없게 되는 것이다. 뿐만 아니라 시시껄렁하고 정리되지 않은 '수다'가 되고 말 수도 있다.

그런데 『화두』의 복합적인 구조는 그물망으로 짜여 있고, 그리고 김윤식이 찾아낸 골격은 그 그물망의 한 곁가지에 해당될 따름이다. 그 곁가지 강물이 모여들어 하나의 거대한 물결을 이루듯, 『화두』에서는 서술자 '나'의 문학관에 대해, '나'의 심리적·사회적 경험에 대해, 시대 속에 이끌려온 거대한 권위에 대해 곁가지들로 이야기하지만, 궁극적으로 그것은 시대와 사회의 전체적인 모습을 엿보게 한다. 물론 '자아 비판의 콤플렉스'도 한 곁가지로서 지금의 '나'를 이루고 있는 중요한 부분이라고 할 수 있지만 결코 전체의 골격이 될 수는 없다. 게다가 『화두』에서 시도하고 있는 형식적 단절은 낯설게 하기의 효과를 불러일으키면서도 문맥의 틈새에 독자 스스로 참여하며 유희하도록 만든 것이지, 뭔가 문제를 복잡하게 만들려고 한 것은 아니다. 더군다나 독자를 골탕 먹이려고 만든 것은 더욱 아니다. 그것들은 처음에 개별적인 역할에 치중하지만, 나중에 말하지 않아도 저절로 헤쳐 모인다.

해방 공간의 소년 시절 자아 비판을 당하는 교실의 어둠은 『화두』의 중요한 모티프가 되고 있다. 그러나 그것은 콤플렉스의 요인보다는 '나'라는 세계를 푸는 열쇠의 요인으로서 보다 중요하다. '자아 비판'은 「낙동강」을 읽고 독후감을 쓰는 것과 더불어 '나'의 어린 시절을 상징짓는 중요한 사건이고, 또 그것은 어른이 되도록 나의 성격을 규정짓는다고 할 정도로 글쓰기의 기원을 이룬다고 볼 수도 있다. 하지만 실제로 서술자 '나'는 그 이전에도 책읽기를 좋아했고, 중학교를 다닐 때에는 '벽보 주필'을 했고, 또 그 기원을 찾아보자면 햇빛 눈부신 길 한복판에서 어머니를 잃고 홀연 방향 감각을 잃어버린 그 순간에 외로운 영혼을 발견했고, 그 때문에 글쓰기를 시작했다고 말할 수도 있다. 그런 점에서 '나'의 글쓰기를 '자아 비판' 콤플렉스 극복의 문제로 규정짓는 것은 온당치 못하다. 오히려 새로운 글쓰기를 위해 잘못된 기원을 찾아가는, '뒤돌아보지 마라'라고 말하는 신의 명령을 거부하는, 즉 신이라고 이름 붙일 수 있는 경직된 이성을 해체하여 세계의 실체에 접근하려는 몸부림으로 보는 편이 더 타당할 수도 있다. 다시 말해 이러한 것들은 이성의 힘만으로는 설명되지 않는 인간 존재 구성의 요인을 밝혀주는 시도가 될 수도 있다. 따라서 '자아 비판'은 콤플렉스를 극복하는 과정이라기보다는 인간의 본질을 탐색하는 일이 될 수도 있다. 시대와 '나' 사이의 진정한 관계를 탐색하는, 창작을 통한 자기 수정으로 유기체적 자아를 밝히려는 소설로서 『화두』는, 알의 껍질을 깨고서 새로운 세상에 이제 막 나가려고 하는 참이다. 생각해보라. 우리의 유년 시절, 우리가 별 의미를 두지 않던 일상의 공간도, 문득 어머니가 없다는 사실을 깨닫게 되면 낯설고 비어 있는 공간이 되기도 한다. 그와 마찬가지로 텍스트의 '빈틈,' 혹은 '여백'조차도 독자가 뛰어들어 유희할 수 있게 된다면, 거기서 '영원'을 만나는 독자도 있을 수 있다. 일상의 단절을 통해서 영원의 '비어 있음'을 발견해내는 사람은 이 세계의 단절을 이해하고 이 세계의 실상을 파악하게 된다. 그리하여 마침내 열린 공간으로 나아가게 된다.

『화두』는 모순된 세상을 단순하고 아름답게 그리기를 거부한다. 그것은 한 고상한 인간의 외로운 영혼을 그린 이야기가 아니라, 뒤죽박죽으로 뒤섞인 기억 속에서 방황하는 한 인물의 역사성을 찾아내는 이야기다. 그리고 그것은 독자가 적극적으로 내용에 개입하여 작가와 함께 구체화를 이루어내야 이야기가 완성되지, 그렇지 않으면 한낱 기호들의 더미가 되고 마는 아무 소용없는 이야기다. 이 경우, 수동적인 독자는 『화두』에서 끝내 유보와 단절을 경험할 수밖에 없을지도 모른다. 실제로 『화두』는 거친 다면체로서 혹은 괴상한 모습으로서 독자 앞에 내던져져 있다. 그것은 미적 환상을 불러일으키더라도 기존의 방식처럼 깔끔하게 다듬어져 있지 않고, 모든 것은 순전히 독자의 역량에 맡긴다는 듯이 방치되어 있으면서도 전략적으로 기술되어 있다.

　시, 소설, 희곡, 수필 사이에는 장르상의 확고한 구별이 있을까? 소설만 놓고 보더라도, 조정래의 『태백산맥』과 박상륭의 『칠조어론』, 이인성의 『미쳐버리고 싶은, 미쳐지지 않는』, 그리고 『화두』는 형식적으로 어떤 공통점이 있을까? 차라리 그것들과 서사시 혹은 자서전에서 그 유사성을 발견하는 것이 쉬울지도 모른다. 작가 스스로 소설이라고 하니까 소설이지, 그것들 사이에는 거의 어떤 종류의 공통점도 없다. 『태백산맥』을 제외하고는 그것들은 소설이 될 수 없는 요소들만 골라 늘어놓은 소설들 같다. 실제로 소설은 그런 과정을 거쳐 근대를 극복하고, 현대의 중요한 장르로 자리 잡아왔지만 이것들은 그 정도가 심하다. 실제로 『화두』는 노골적으로 자서전적 요소와 논설문이나 보고서적 요소, 그리고 아포리즘마저 수용하면서 형식들의 카니발을 이루고 있다. 그럼에도 불구하고 작가는 '말머리'에서 그것을 소설이라고 선언하고 있다. 장르가 고정화되면 장르의 생명은 죽음을 맞이한다지만 이런 종합 장르의 형식도 소설이 될 수 있을까 잠깐 의구심이 들기도 한다. 최인훈도 어떤 대담에서 장르는 장르 자체의 고유성을 인정하면서도 또 그것을 벗어나려고 할 때 그 생명력이 유지된다[14]고 말한다. 『화두』에서 장르 양식의 경계는 무너져 있다. 이것이 독자를 텍스트 속에 빠져들지 못하게 하지만, 독자 자신이 무덤덤하게 다양한 장르의 경계 사이를 거닐면서 사색과 환상에 젖을 때, 그리그 텍스트를 되풀이하여 읽을 때, 새

---

14) 이창기, 「화두는 내 정신과 삶이 빚어낸 자발적 구조입니다」, 『동서문학』, 1994년 가을호.

롭거나 부차적인 의미들을 발견하게 된다.『화두』는 저마다 다른 암호 체계와 해독의 체계를 시험하고 있는 것이다. 그럴 때 우리는 작가가 시대와 걸맞는 방식으로 자신의 언어 구조물을 흩뜨려놓은 전략을 파악해야 한다. 결국 독자는 전통적 읽기 방식을 버리는 수밖에 없게 된다.

『화두』를 화두 풀 듯이 차근차근 읽어나가도 기억의 실타래나 단상의 의미, 그리고 조명희 문건의 비밀을 놓치게 되고 결국 독서는 단절된다. 바르트는 "텍스트는 중심을 정하거나 종결될 수 없는, 철저히 파괴적인 기표들의 자유로운 놀이를 통해 기의를 무한히 연기시킨다"라고 말한다. 그것은 뭔가 통일성 있게 이야기를 하는 듯하다가도 진행을 지연시키고 기존의 서사 규칙에 대항해서 파격적인 기표들의 자유로운 놀이를 보여준다는 의미일 것이다. 물론 독자는 단절을 메우고 자기만의 환상을 만들어나가면서 그 놀이에 동참한다. 기행문 · 단상 · 보고서 등을 마음을 비우고 20세기 한반도의 역사를 읽듯이, 또는 신문을 읽듯이 읽다 보면『화두』를 읽는 방법을 체득할 수 있다는 것이다.

이런 면에서『화두』의 단상 부분은 그 내용을 파악하는 것보다도 그 단상을 통해 일어나는 상상적 유희를 즐기는 것이 더욱 중요하다고 할 수 있다. 우리가 거대한 미국에 대한 느낌을 정제된 언어로 표현하고자 한다면 그 어려움은 만만치 않다. 하지만 무모하게 '넓다'라는 한 단어로 말하면 오히려 그것은 활기를 띠고 한 문단을 가득 채운다. 그리고는 거짓말처럼 그 넓음의 분위기를 우리에게 전해준다. 작가는 전혀 인위적인 통일성을 부여하지 않았지만 그 자신의 느낌이 우리에게 전달된 셈이 된다. 독자들도 자신의 지식이나 경험만큼 미국에 대한 생각이 있을 터이니, 그 단상 속에 자신의 생각들을 투영시켜 미국에 대한 느낌을 구체화시키게 된다. 그와 마찬가지로 2부의 소련 붕괴의 단상도 20세기를 대표하던 한 정신의 축이 붕괴된 충격을 단편적인 저널 형식을 통해 보여주고 있다. 곧 그것들은 세계의 불완전성과 비유기성과 모순을 콜라주처럼 보여주는 것이다. 어찌 보면 그것은 세상이라는 화보나 재료 따위를 덕지덕지 붙여놓는 식으로 드러내놓은 것과 같은데, 그것을 한 걸음 뒤로 물러서서 살펴보면 어느 순간 갑자기 그 몸체가 떠오를 수도 있다.

『화두』에서는 시대와 역사 그리고 세계가 다 텍스트가 된다. 그리고 무엇보다도 20세기와 한반도 상황 등이 텍스트가 된다. 그리고 유랑민적 특성이나 노예 철학자 근성, 그리고 유토피아 지향적인 성격 등이 개인적인 요소를 이루고 있다. 그리하여 텍스트는 서술자 '나'의 내부 세계를 열고 외부 세계와 연결시켜주는 형식을 이룬다.

III. 관념의 해체

해체란 말씀 위주의 사상, 논리적 인식의 우위, 또는 진리의 중심이 있다고 믿는 것들을 모두 거부한다. 소설이란 본래 논리적 글쓰기와 달랐기 때문에 그러한 요소를 지니고 있다. 그래선지 『화두』에서 특정한 의미나 구조를 찾아내려고 매달리면, 텍스트에서 간신히 하나의 구조를 찾아낼 수 있을 뿐 거의 전체를 관통하는 구조를 찾아내지는 못한다. 흔히 비평가가 찾아내는 명쾌한 구조란 여러 구조의 연쇄적 맞물림을 꿰뚫는 것인데, 『화두』는 그물망 구조로 이루어져 있기 때문에 그것을 시도해 성공할 가능성이 매우 낮다. 어느 비평가가 찾아낸 구조란 전체 구조의 한 부분을 이룰 뿐 전체를 포괄하지 못하는 것이다. 『화두』의 그물망 구조는 평면적인 구조를 일으켜 세워 살아 꿈틀거리게 한다. 그래서 그 입체적 구조와 만나게 되면 갑자기 어떤 에너지가 분출할지도 모른다.

스스로 해체를 감행하는 텍스트에서 순수한 구조나 의미를 찾아내기는 어렵다. 다만 거기에는 세계의 보충 대리로서의 환영만이 존재한다. 그 텍스트를 통해서 리얼리즘의 이상처럼 현실을 재현하거나, 모더니즘의 이상처럼 인간의 복잡한 내면의 모습까지 다 보여줄 수는 없다. 다만, 데리다식으로 말하자면 텍스트는 보충 대리의 흔적으로서 흩어져 있는 실체를 뿌연

윤곽을 통해 보여주고, 또는 하나의 종자를 땅에 묻음으로써 무수한 싹을 잉태할 수 있을 뿐이다. 말하자면, 『화두』는 우리의 분단 현실, 시대적 조건, 유목민 의식, 노예 철학자 의식, 글쓰기의 기원, 기억의 회로 등을 그물망 구조를 통해 보여주고 있다. 그런데 독자가 그 텍스트의 공간에서 마음껏 뛰놀다 보면 나름대로 그 실상을 파악하게 될 뿐만 아니라, 그동안 서술자 '나'가 믿어왔던 의식이나 관념에도 변화가 생겨 갑자기 새로운 것들이 형성된다. 독자가 개입함으로써 그물망 구조가 진동하고 그러면서 결국 새로운 것들이 생성되는 것이다. 만약 이것을 해체라 한다면, 그것은 상황을 파괴하고 없애버리는 것이 아니라, 많은 새로운 의미들을 분출케 하는 것으로서의 해체다. 그 의미들의 '텃밭'은 결국 '나'의 기억이다. 그 기억이 얼마만큼 부풀어오르느냐에 따라서 그것은 상처의 고통을 넘어서 환희를 찾아간다. 「낙동강」의 물결 소리를 듣다가 그 작가를 떠올리고, 그러면서 내 삶의 굴레마저 풀어나가는 이 소설은, 그런 원리로 이루어져 있다. 그리하여 나는 근원적인 기억을 찾아내, 마침내 닫혀 있는 관념의 벽을 부수고 20년 동안이나 침묵을 지켰던 소설을 다시 쓸 수 있게 되는 것이다.

서술자 '나'의 기억 속에서 가장 중요한 관념은 '조명희'다. 그는 때로는 자아 비판을 하는 지도원 선생으로 변해 '나'를 탄핵하기도 하고, 「낙동강」의 작가로서 '나'를 축복해주기도 한다. 그는 나의 콤플렉스의 근원이면서 나의 글쓰기를 이끌어가고, 글을 쓰는 나에게 세계 인식의 방향을 제시해준다. 즉 조명희는 '나'의 모범이 되는 관념으로서 '나'의 삶 전체를 꿰뚫고 있다. 그는 스승이 되어 어떤 식으로든지 나의 삶에 관여하고 있다. 그런데 그 조명희의 죽음이 늘 나에게는 수수께끼였다. 그는 자신이 꿈꾸고 믿었던 이성의 무릉도원을 "차려놓은 음식상을 찾아간 것이 아니라 씨뿌리기에 동참하기 위해서 찾아갔"(2: 263)다. 그리하여 거기서 배운 수확을 가지고 돌아와 굶주리는 고향 땅의 형제들에게 무릉도원을 만들어주려고 했지만, 끝내 그는 돌아오지 못했다. 그것이 서술자 '나'가 아는 조명희에 대한 자료의 전부이다. 그런데 조명희를 모범적인 모델로 삼고 작가 생활을 해왔다면, 어쩌면 그의 삶과 내가 글을 쓰지 못하는 원인이 관련되어 있을지도 모른다. 게다가 소련 붕괴 이후 들려온 풍문에 따르면, 조명희는 그의 이상을 펼쳐보지도 못한 채 스탈린 시대가 만든 비이성적인 먹이 사슬의 용단에 의해 처형되었다는 것이다. 그렇다면 그는 죽었고, 나는 살아남은 셈이다. 문학의 꿈을 정치적 이상으로 알고 실현해보려고 했던 사람은 죽었고, 두 눈 부릅뜨고 있었지만 무서워 입을 봉한 채 멈칫거리던 사람은 살아남았다. 그렇다면 대관절 어떻게 살아야 하는가? 조명희의 모든 것은 모두 다 맞는다는 말인가? 그런 인식에서 '나'는 기억의 회로를 탐사하기 시작하고, 러시아 여행을 계획하게 된다. 그때까지 조명희는 '나'의 내부 세계에서 인식의 기준이고, 글쓰기의 출발점이었기 때문에 그에 대한 분명한 인식을 가져야 했던 것이다. 그래서 '나'는 소설을 쓰지 못하는 시점부터 과거의 행적을 더듬으며 묻혀져 있던 조명희의 최후 모습을 복원해낸다. 어쩌면 그때 조명희는 꼭 조명희 자체가 아니라 그동안 '나 자신'이 소설을 쓰지 못한 원인을 찾아내주는 보조자 역할을 하기도 했다. 소련에서 조명희의 행적을 밝힘으로써 지금까지 '나'를 지탱해왔던 관념의 실상을 밝혀보고자 하는 것이다.

작가는 세계를 제대로 인식하고자 부단히 노력하는 존재이다. 물론 세계를 투사시킨 자기 내부 속에 침잠해봄으로써, 즉 글을 쓰거나 쓰지 못하는 자기 자신의 모습을 살펴봄으로써, 세계와 자신과의 관련성을 찾아낸다. 그러나 그것을 수행해내기란 쉬운 일이 아니다. 아무리 작가가 세계에 대한 진실을 깨달아 그것을 표현한다고 해도, 세계는 너무 빨리 다른 모습으로 변해 있기 때문이다. 흔히 '포착된 세계'란 이미 지나간 흔적에 불과하다. 더욱이 자신의 굳어진 사유 방식으로 생존을 의해, 아니면 다른 욕구에 의해 포착한 것이라면, 그것은 세계 자체와는 거리가 멀다. 그래서 용기 있는 자만이 세계의 미로를 향해, 다시 말해 자신의 기억을 찾아 길을 나설 수 있다. 아무리 현실을 확실히 파악했다고 해도 기억의 토대가 허술할 때 그것은 세계 자체를 왜곡한 것이기 쉽고, 또 어떤 정당성도 지니기 어렵다. 그래서 과거를 잊은 채 뒤를 돌아보지 않는 자는 '뒤돌아보지 마라'고 명령하는 신화의 요구에 굴복한 자이고, 자기와의 싸움에서 진 자이고, 결국에는 이데올로기에 세뇌된 자이다. 그리고 그런 상태로는 사회적 진실을 찾아내기도 어렵고 말하기는 더욱 어렵다. 그래서 '나'는 그 기억을 찾아나선다. 유년 시절의 해방 공간과 전쟁과 분단, 대학 시절과 군복무와 등단, 그리고 미국에서의 어머니의 죽음까지 '나'의 기억은 순차적으로, 때로는 역류하는 가운데 서로 뒤섞여 제멋대로 떠오른다. 하지만 그것도 모자라 '나'는 이태준의 생가와 바울정신병원을 찾고, 군복무 하던 지역을 찾아나서고, 마침내는 그 모든 기억과 관념의 출발이라고 할 수 있는 조명희의 흔적을 찾아 러시아로 가는 비행기에 오른다.

기억은 '개미굴'이라는 유기체로 들어가는 통로이다. 마지막 '나'만 남고 다른 나들은 모두 그 마지막 '나' 속으로 마치 개미굴 속으로 들어가는 개미들처럼 차례로 들어와 겹친다. 그래서 마치 작은 구멍만 남는 것처럼, 구멍에 보초처럼 서 있는 마지막 나가 '나'로 통한다, 이렇게 말하는 것이 옳을지. 이 개미 구멍 속의 '나'들이 우리가 '기억'이라 부르는 물건이다. (1: 197)

지금의 '나'는 그 개미굴의 입구에 서 있다. 개미굴 속에는 무수한 개미들이 있고 그것이 다른 '나'의 모습을 보여주고 있다. 『화두』는 그 개미굴의 구조를 보여주기보다는 개미들을 보여줌으로써 '나'에 대해서 이야기하게 한다. 궁극적 목표는 개미굴 전체를 파악하는 일이다. 그런데 개미굴에 개미가 없으면 어찌 되는가? 그 미로를 촉수로 더듬어볼 수밖에 없다. 그리고 그 구멍 앞에 서 있는 '마지막 나'와 그 뒤로 구멍 속에 감추어져 있는 무수히 많은 과거의 '나'를 유추를 통해 연결시켜야 한다. 그러다 보니 비논리적·비과학적인 방법이 사용되기도 한다. 그러다가 그것이 잘 진행되지 않으면 세계와 불화하는 것처럼 여겨진다. 그것은 구멍 속의 나와 구멍 밖의 나가 의견 일치를 보지 못하기 때문에 일어난 일이다. 그 구멍 속에 들어가 개미들을 모두 만나볼 수는 없다. 하지만 그 미로를 잘 헤쳐나가면 '마지막 나'와 만날지도 모른다. 누가 아는가?

"우리가 진지하게 회상할 때에야 비로소 자신들의 모습을 나타낸다"(1: 310). 기억의 회로를 탐사하는 일은 파편화된 시간의 회로를 탐사하여 나를 종합하는 일이다. 그리고 내면의 '나'를 찾는 길이다. 게다가 '잊어버리기'는 지배자가 우매한 민중들에게 걸어놓은 주술의 한 형태이기 때문에 뒤돌아보지 않고서는 자유로운 개인이 될 수 없다. 뒤돌아봄으로써 문제의 원인을, 그 흔적이라도 찾아낼 수 있다. 신화화된 이성을 거부하고 거짓 관념에서 해방될 수 있다. 현재란 과거와 미래 사이의 순간에 불과하므로 그 실체를 붙잡으려는 순간 멀리 달아나버린다. 그래도 그 흔적으로부터 과거의 영상이 떠오르는 수도 있다. 어떤 것도 분명하게 규정지을 수 없는 것이 진리라 하더라도, 그것으로부터 영향받아 한평생을 억압받으면서 살아가는 사람들을 해방시켜줄 가능성이 그 영상 속에 숨어 있다. 우리가 불규칙한 기억의 회로에 빠져들지 않을 수 없는 것도 그 때문이다. 『화두』는 일관성 있는 서사 구조를 거부하고 아포리즘 형태의 안거를 통해 기억의 개미굴을 보여준다. 그래서 어찌 보면 개미가 아닌 '흙더미'만 보여주고 있는 것 같기도 하다. 하지만 서술자가 그걸 통해 '억눌린' 관념에서 벗어나려고 한다면 그 흙더미 사이로 난 작은 길을 따라가야 한다. 결국 『화두』는 자신을 이루고 있는 모든 요소들을 점검하고, 논리적이라고 믿어왔던 관념들을 해체하면서, 해방의 자유를 획득한다.

지난 일은 어제고 그제고 10년 전이고 모두 한 가지 어제라는 생각이 요즘 들어 되풀이해서 머리에서 맴도는 것을 경험한다. (1: 94)

그 시간 동안에 일어난 일은 사실은 그 이전 적어도 이 세기의 처음에서 그때 1945년까지 사이에 일어난 일의 계속이었다. 그 일은 또 그 이전의 몇백 년 동안에 일어났던 일의 연속인 것은 당연하지만 거기까지 가지는 않는다 치더라도, 이 세계에 일어난 일들이 1945~50년 사이에 한곳으로 밀고 들어와서 나갈 길을 찾다가 저 여름의 전쟁이 된 것이었다. (1: 103)

1973년에서 87년까지 오는 일은 깜빡할 사이였고 고단하지도 아무렇지도 않았다. (1: 128)

이와 같은 기억의 동시성과 운동성 때문에 '나'는 과거를 자유롭게 왕래한다. 『화두』에서는 기억의 전개가 어떤 체계 없이 서술자의 계기에 따라 자유롭게 뒤섞이는 것처럼 보인다. 하지만 궁극적으로는 지금의 '나'에서 출발해서 마침내 '나'로 통합된다. 그것이 텍스트에 혼란을 초래하는 듯이 보이지만, 보다 솔직한 '나'의 모습을 보여주고, 나아가 독자인 '나'가 텍스트의 유희에 기꺼이 동참하도록 만든다. 그렇게 해서 서술자는 삶에 영향을 미친 흔적들을 반추해내고 세계에 대해 사색하면서 '나'를 찾아낸다. '나'를 찾는 그 먼 여행들. 러시아에서 찾은 조명희의 마지막 자료들은 '나 자신의 주인을 찾으라'는 스승이 제자에게 내리는 화두도 포함되어 있다. '나'는 그 목소리에 따라 조명희의 좌절을 딛고서 소설가로 거듭나게 된다. 즉 조명희라는 관념을 해체하여 '나'를 찾게 되고 『화두』를 쓰게 되는 것이다. 비로소 나는 그 과정을 통해 글을 쓸 수 있는 인식의 새로운 지평에 서게 되는 것이다. 이렇게 해서 '나'는 "1920, 30년대의 식민지 지식인들이 인생을 던져 풀려고 그렇게 몸부림쳤던"(2: 206) 의미를 이해하게 되고, "나 자신이 그 몸부림이 되는 실감"을 하게 된다.

서술자 '나'는 '주인'을 찾은 환희 속에서 체홉과 고골리의 묘지를 찾게

된다. 서술자는 거기에서 작가 의식을 되찾고 『화두』의 형식을 발견하게 된
다. 그것은 환희의 상태에서 떠오른 상상력으로 찾게 된 것이지만, 거기서
'실제하는 나'와 '기억 속의 나'는 하나로 종합되면서 창의적인 역동성을
획득한 것이기도 하다. 마음의 지층 구조가 "그들 사이의 분열을 의식하면
서 통합을 추구한다면, 새 방법을 개발하지 않는 한 유기체가 파멸한다"는
조명희의 경고를 받아들이면서, 분열된 무질서를 하나의 형식으로 이야기
할 수 있는 『화두』의 형식이 발견되는 것이다. 결국 '나'는 조명희, 체홉, 고
골리의 죽음 앞에서 『화두』의 뿌리, 즉 이성이나 연역적인 확실성 없이 존
재하는 세계에 대한 새로운 인식을 하게 된다.

5. 새로 시작하는 소설

『화두』는 서술자 '나'와 형식과 관념의 '해체'를 통한 흔적 더듬기로 읽
을 때 그 전모를 드러낸다. 그것은 텍스트의 해체적 성향 때문이다. 새롭게
시도된 텍스트를 구태의연한 방법으로 해석하고자 할 때 모순과 오류만 발
견되지만, 다양한 관점을 이용하여 출구를 찾다 보면 그것에 접근하는 방법
이 보인다. 결국 그것은 수용미학이나 해체론을 통한 방법일 수밖에 없다.

세상도 아닌 것을 세상처럼 그려서는 안 되지 않는가. 예술의 마지막 메시
지는 그 형식이다. 괴기한 사물을 단아하게 그리는 방법을 나의 감정이 허락
지 않았다. (1: 340)

『화두』에서 작가의 모습을 한 서술자는 세상이 '괴기한 사물'의 모습일지
도 모른다고 말하고 있다. 이전의 작가들에 의해 말끔하고 명료한 인식으로
걸러진 세상은 본래의 다면체의 괴상스러운 모습으로 찌그러져 있는 그런

세계일지도 모른다는 것이다. 만약 『화두』가 그런 세계를 그리고 있다면, 그것은 리얼리즘이나 모더니즘이기를 거부할 터이고, 그 방식들로는 해석되지도 않을 것이다. 게다가 그것은 완성보다는 불완전한 과정을 추구한다. 그렇듯 형식의 파편화를 그대로 드러낸 텍스트를 독자는 잘 받아들이지 못할 수도 있다. 하지만 그 불완전성 때문에 독자는 텍스트 내부에 놓이게 되고, 또 하나의 텍스트라고 할 수 있는 자신의 경험이 텍스트와 뒤엉키는 것을 보게 된다. 그런 것들을 통해 작가가 기획한 것보다 더 큰 것을 얻어낼 수도 있다. 어쨌든 완성은 독자가 하는 것이다. 독자는 텍스트 속에서 꿈꾸고, 참여하고, 창조함으로써 텍스트를 완성한다. 무의식의 형상과 의식의 형상이 뒤섞인 텍스트의 그물망 속에서 주체와 객체의 결합과 단절을 반복하면서, 재료나 정보 그대로만은 아닌 연관된 구조를 찾아내는 것이다. 『화두』에서는 미결정 부분이 작동하면서 독자 개개인마다 다른 새로운 것을 생산해낸다. 그러면서 또 소설을 쓸 수밖에 없는 메타픽션적 기원을 밝혀줌으로써 우리의 인생과 소설이 꼭 경계가 있는 것만은 아니라는 것을 밝힌다. 그리고 그것은 세계와 시대의 다면체를 드러내려는 실험을 하고 있다. 그러기에 그것은 소설이다. 그런데 앞서 『화두』를 비판한 비평가들은 고정된 방식으로 텍스트를 보려 했기에 그것의 역동성을 놓친 것이다.

물론 『화두』를 긍정적으로 바라본 논자도 없지 않다. 그것은 "작가의 내면 풍경을 들여다볼 수 있는 통로를 제시해주고, 글쓰기의 종합이자 삶의 종합이라고 할 수 있는 유기체적 완성을 보여준다."[15] 만약 그렇게만 된다면, 기억의 회로를 관통한 뒤 서술자 '나'는 20세기라는 거대한 괴물의 모습을 우리에게 보여줄지도 모른다. 그리하여 그 20세기를 정리하고, 세기말을 탐색하며, 새로운 세기의 새로운 세계로 나아갈 길을 안내해줄지도 모른다. 독자인 나는 『화두』란 텍스트를 통해 '나'가 설 자리를 확인하고, 또 어

---

15) 유보선, 「책읽기를 통한 현실 읽기의 풍요로움」, 『문학사상』, 1994년 6월호.

떻게 살아가야 하는가를 밝히며, 그리고 세계와 통합되어 거대한 강물을 이
뤄낼 순간을 보여줄 수도 있다. 그런데 단순한 일관성만 요구할 때『화두』
는 괴상한 조형물에 불과할 수도 있다. 또한 복수의 의미들을 함께 찾아내
려 할 때, 그것은 자칫 걸러지지 않은 수다처럼 보이기도 한다. 그러나 현재
가 순간에 불과하고 고정된 시간이라는 것이 존재하지 않다는 것을 깨닫는
다면, 우리의 삶을 기억 속에 간직한『화두』는 기억의 '보물 창고'를 열어낸
소설이 된다.

　『화두』는 '강물'이다. 강물은 흘러야만 강물이고, 내 앞에 보이는 것만
강물이 아니라 뒤에서 흘러오는 것이나 이미 바다로 흘러간 것도 모두 합해
져야 강물이다. 흐르지 않는 것은 강물이 아니다. 우리가 지나간 과거를 싸
안을 때, 어떤 계기로 인해 그것은 문득 기억으로 떠오른다. 어쩌면 그것은
현재의 '나'와는 무관하게 따로 존재하는 것일지도 모른다. 하지만 '나'는
과거의 기억까지 포함할 수 있을 때라야만 진정한 '나'일 수 있다.『화두』의
서두에서 말하는 것처럼 "곁가지 강물을 한 곰에 뭉쳐서 바다로 향"할 때
나는 '나'일 수 있는 것이다. 이때부터 미국이나 소련의 이데올로기도, 기
억·현실·책읽기·글쓰기도 곁가지가 되어 '나'라는 강물과 합해진다. 마
침내 나는 남과 북의 이데올로기는 물론 '나'를 이루는 모든 것을 소화시켜
초월한다. "곁가지 강물을 한 몸에 둥쳐서 바다로 향"하는 것이『화두』의
출발점이자 종착점이다.『광장』의 이명준의 좌절이 30년이 더 지나서야 열
려 있는 형식으로서 극복되고,『화두』의 서술자 '나'는 그 지점에 서 있게
된다.

　세계와 자아를 담은 유기체로서『화두』는 20세기라는 텍스트를 보여주
고, 자신의 기억에 대해 체계를 부여하는 것으로서 자신의 존재가 세계와
통합될 수 있는 역동성의 구조라는 것을 보여주고, 스스로 세계와 화해하며
생명력을 얻어낸다. 그 유기체의 자율적 구조는 모두 보이지 않는 실핏줄로
연관을 맺고 있다. 또 그 다양한 계기들은 독자들에게 참여의 공간을 부여

한다. 『화두』에는 특별한 등장인물도 사건도 갈등도 없지만 20세기 정치 구
조에 대한 천착과 글쓰는 문제에 대한 고뇌와 실존에 대한 갈등이 있다. 그
것들 속에서 독자는 텍스트의 체험과 자신의 체험을 대비시키며 유희한다.
『화두』는 『광장』의 이명준보다도 "작가가 직접 나서서 자기 목소리로 새로
운 지적 인식의 결과가 무엇인지"[16]를 말해주며, 세계라는 수수께끼를 풀려
고 나서는 텍스트이다.

"세계는 스핑크스이고, 예술가는 눈먼 오이디푸스이며, 예술 작품은 스
핑크스를 나락으로 떨어뜨릴 예술가의 현명한 해답이다."[17] 작가나 서술자
는 나침반도, 지도도, 심지어는 별빛조차 없는 여로의 어둠 속에서 눈먼 오
이디푸스의 감각으로 비상구를 찾아나선다. 마침내 '나'는 기억이라는 열
쇠로 스핑크스의 비밀을 풀어내고 세계의 빛을 보게 된다. '나'는 '자기 극
복'을 이뤄내고 세계 앞에 당당하게 서게 되는 것이다.

'나'는 자유이다.

"이 소설은 어느 가을밤에 그렇게 시작되었다"(2: 543).

---

16) 윤충의, 「소설다운 소설쓰기와 읽기」, 『현대문학』, 1994년 6월호.
17) 아도르노, 방대원 옮김, 『신음악의 철학』, 까치, 1986.

푸코로 『화두』 읽기

1. 소설이란 화두

누구나 '화두'를 안고 살아간다. 넓게 보면 우리의 인생이 하나의 화두일 수도 있다. 그런데 최인훈이라는 작가가 하나의 화두를 던졌다고 해서 모두 당혹해하는 것처럼 보인다. 그게 뭐가 문제인가? 그가 출간한 책의 내용 때문인가? 누구라도 화두를 던질 수 있고, 또한 누구라도 화두와 씨름하며 살아간다. 우리의 삶이란 '화두풀기'이고, 그것이 확대되어 시대와 사회, 혹은 역사도 화두풀기의 일종이 될 수 있다. 그 내용의 해독이 난감하면 좀 더 책을 덮어두고 생각해보면 된다. 『화두』는 말 자체의 의미처럼 때로는 우리를 당혹스럽게 만들 수도 있지만, 자세히 들여다보면 우리의 삶 속에 파고들어 우리에게 귀중한 많은 것들을 저시할지도 모른다. 어쩐지 그런 느낌이 든다.

그렇다면 대관절 『화두』의 화두는 무엇인가? 그것을 풀어내는 것이 텍스트에 임하는 독자의 역할이다. 작가는 어떠한 전략으로 그러한 서사를 만들어냈고, 그 서사는 이 세계에 어떠한 질문을 던지고 있는지 알아야 하는데, 그걸 쉽게 알 수 있었다면 굳이 작가가 20년이라는 세월을 거쳐 그런 소설을 우리에게 제공했을 리 없다. 어떤 면에서 그것은 독자를 더욱 미로에 빠뜨린다. 그것이 정제되지 못한 흠집투성이의 작품이어서 그런가, 아니면 최인훈이 의도적으로 그러한 서사 전략을 취했기 때문에 그런가? 그것은 기억의 불규칙성 때문에 그렇고 재료를 날것 그대로 사용하기 때문에 그렇다. 『화두』는 물음표를 던지면서 읽어나가야 하는 작품이지만 문득 어느 순간 그것이 풀리고 독자는 그것의 한복판에 놓여 있게 된다. 『화두』의 어떤 장면이 번쩍 눈에 띄는 순간 독자는 그 속에 빨려 들어가는 것이다. 그것은 화두를 풀 때처럼 발상의 전환을 할 때 가능해진다. 문학 혹은 소설이라는 고정관념에 빠진 독자보다는 사회학이나 역사학을 공부하는 학자, 혹은 식민지와 전쟁을 겪은 독자가 『화두』에 쉽게 빠질 수 있는 것도 그 때문이다. 그와 같은 방법으로 우리 시대의 화두를 풀게 된다면, 어쩌면 『화두』는 너무도 유쾌한 서사물로 받아들여질 수 있다.

화두는 고집스럽게 굳어진 의식을 포기할 때, 혹은 주체의 인식틀이 느슨하게 풀어지는 순간, 풀린다. 그 해석의 단서는 논리적·체계적 방법으로 풀리는 것이 아니다. '나'란 주체가 자기의 방식과 다른 방식에 접하게 되었을 때, 그 우연적 순간에 문득 그것을 풀 수 있게 된다. 다시 말해 화두는 다른 구조적 질서 속에서, 인식의 전환을 통해서, 혹은 더 멀리 더 깊이 볼 때만 풀 수 있는 것이다. 이것은 『화두』가 비논리적 방식으로 씌어졌다는 것을 일컫는 말이 아니라, 그것이 적어도 기존의 형식과는 다른 각도에서 씌어졌다는 것을 뜻한다. 그래서 누구라도 변화된 담론이나 새로운 형식을 받아들이려고 노력하는 사람이라면 『화두』의 그 은밀한 속삭임에 귀 기울일 수 있다. 거기에서 하나의 구조를 발견할 수 있고, 또한 그 구조를 해체할 수 있고, 다시 새로운 구조를 세울 수도 있다. 그러면 거기에서 여느 텍스트 못지않은 희열을 느낄 수 있게 된다.

나는 해체 비평적 태도로 『화두』를 해독하고자 한다. 그러나 그 말은 해체 이론을 아는 사람만이 『화두』를 재미있게 읽을 수 있다는 말은 아니다. 도식화된 소설읽기 방식을 피한다면, 즉 독자란 주체가 낯선 방식으로 씌어진 텍스트의 세계로 들어갈 수만 있다면, 텍스트는 우리에게 새로운 감각과 풍부한 다의성을 제공한다. 이때 텍스트의 한 요소라 할 수 있는 독자는 저절로 텍스트의 언어 작용 속에 빠져들게 된다. 『화두』는 그런 텍스트이다. 다시 말해 『화두』는 기표 자체로서 으리에게 던져져 있다. 그것은 독자에 따라서, 또는 읽는 상황에 따라서 얼마든지 다양한 의미를 산출해낸다. 그것이 서구의 해체 이론으로 해석하기 적절한 양식의 텍스트로 출현했다고 해서 난감해할 필요는 없다. 우리는 우리의 방식으로 텍스트를 읽고 해석해 내면 된다. 우리의 내면에는 그러한 것을 수용할 만한 정신적 기반이 있기에 그렇게 하는 것만으로도 그 언어의 의미화 작용에 동참할 수 있다. 우리는 이미 프루스트와 조이스, 베케트, 심지어 보르헤스에 익숙해진 독자다. 말하자면 『화두』의 형식은 별거 아닐 수도 있고, 그것은 서구의 모더니즘 소설의 낯선 형식을 빌려온 것이 아니라, 『소설가 구보씨의 일일』에서도 모색되었던 우리만의 전통적 서사 기법에서 모티프를 빌려온 것일 수도 있다는 말이다. 결국 『화두』는 우리의 기대와 우리의 시대가 만든 텍스트이기에 그것이 어떤 형식을 가지고 있더라도 우리에게 넉넉한 품을 제공한다. 또 해체 이론이 수천 년 동안 이어져온 서구 합리성의 전통을 단숨에 전복시키려는 당찬 기획이라 할지라도, 또한 그것이 난해한 문체를 지향하고 복잡한 해독법을 가지고 있다고 할지라도, 그것은 우리의 어법으로 볼 때 별다른 것이 아닐 수도 있다. 가장 현대적이고도 생소한 이론이 우리에게는 가장 친근한 것일 수도 있는 것이다. 불가(佛家)에서 말하는 연기(緣起)의 논리를 이해하는 사람이라면, 아니면 적어도 '色卽是空 空卽是色'이 '色不異空 空不異色'이라는 원리를 이해하는 사람이라면, 색(色)과 공(空)이 공존하며 상호 의존하는 초탈 논리를 몸으로 쉽게 처득할 수 있고, 더불어 해체 이론을 쉽게 받아들일 수도 있는 것이다. 심지어 우리의 선사들은 '선문답'에도 익숙했다. 도대체가 노장의 글귀들은 온통 아포리즘이다. 그런 의미에서 『화두』는 우리의 고전적 형식을 모티프로 삼은 별다르게 어렵지 않은 텍스트일 수 있다.

이런 의미에서 『화두』는 한국 문학 전반에 대한 전망을 밝게 하고 있다. 온몸으로 우리의 20세기를 정리하려는 건강한 울림이 거기에 담겨 있고, 소설적 형식으로도 새로운 시대를 예견할 수 있는 방법들이 거기에 담겨 있기 때문이다. 어쩌면 소설이 지녀야 할 진정성이 그곳에 담겨 있을지도 모른다. 『화두』를 다시 잘 읽어보면, 우리 시대의 소설들이 느끼고 있는 위기 의식을 넘어서, 어떤 새로운 정체성을 찾게 될지도 모른다. 그럴 수 있다면 『화두』는 한국 문학의 건강한 저력이라는 것을 증명하게 될 것이다. 그런 점에서 나는 『화두』라는 화두를 푸코의 이론, 특히 그의 '계보학genealogy'에 기대어 해독해보고자 한다.

2. 부유하는 담론들

죽음의 고비를 뚫고서 '담론discourse'들이 자라난다. 그 담론들이 자기 목소리를 내면서 자기의 영역을 넓혀간다. 그것은 살아남기 위한 몸부림이면서, 세계에 대한 권력을 잡으려는 강한 몸짓이기도 하다. 때로는 '로고스 중심주의'에 대항하기도 하면서, 서구 역사를 송두리째 뒤엎어보려는 담론도 존재한다. 그러나 모든 것들이 세력을 얻는 것은 아니고 큰 힘에 맞서 살아남은 것들만 담론으로 남는다. 담론은 먼저 지식으로 인정받은 뒤에 권력을 향해 나아간다. 자신의 목소리가 당위성을 얻게 되면 저절로 그렇게 된다. 때로는 강한 권력의 틈새를 미끄러져나가며 살아남는 담론도 존재하고, 다른 약한 권력들과 규합하며 강한 담론과 맞서는 담론들도 존재한다. 그리하여 그것들은 마침내 자신의 자리를 확고부동하게 차지하거나 그렇지 못하면 깨끗이 사라진다.

서구의 이성 중심주의에 대한 비판은 니체의 전통을 이어받은 프랑스의 탈구조주의자에 의해서 본격적으로 시작된다. 푸코나 데리다 등은 이성의 권위를 해체하고 소외된 목소리들을 복위시키고자 했다. 그것은 이성에 대한 무조건적인 반발이 아니라 그것으로 인해서 배제된 역사를 새롭게 정립시키고자 하는 의도에서 나온 것이다 특히 푸코는 이성 중심의 형이상학이 단선적이고 평면적이라고 주장하면서, 계보학적인 공간에서 사물이나 실체를 볼 수 있는 방법을 제공한다. 그 그물망 구조의 그물코에 자리 잡은 작은 힘들은 서로 보완하고, 때로는 견제하면서 끊임없이 생성과 성장, 변환, 그리고 소멸을 반복한다. 또한 상호 작용을 통해서 한쪽의 힘이 강해지면 잠시 위축되는 듯하다가도, 그 힘이 약해지면 다시 자신의 힘을 키우는 방식으로 생존의 방법을 찾는다. 그 힘은 끊임없이 움직인다, 춤을 춘다, 에너지를 분출한다. 푸코는 그러한 힘을 '권력pouvoir'이라고 부른다. 물론 그것은 공권력과 같은 것이 개개인들, 심지어 삶의 방식에까지 미치는 것을 분석한 것이지만, 작은 힘들의 관계로 보자면, 그것들이 관계들의 그물망을 통해 큰 권력으로 나아가는 과정을 보여주기도 한다.

『화두』는 20세기에 우리가 어떻게 살아야 했는가의 문제를 끊임없이 던진다. 거기에는 반성의 의미도 담겨 있지만, 새로운 시대에 어떻게 살아가야 하는가의 문제도 담고 있다. 식민지 시대부터 전쟁을 거쳐 분단 현실에 살고 있는 화자가, '현재'의 이 시점에서 어떻게 살아남아야 하는가 하는 절박한 물음은 간단한 문제가 아니다 이미 우리의 현실은 20세기의 양대 정신적 축의 하나라고 믿었던 소련마저 붕괴한 상태다. 그래서 『화두』의 서술자는 심한 혼란을 느끼고, 그런 자신에게 작용하는 힘들 속에서 어떻게 살아가고 글을 써야 하는가를 살핀다. 서술자 '나'는 현재에 자신이 존재해야 할 당위성을 찾아내기 위해 과거로 돌아가서 기억을 살피고 나의 인식의 뿌리를 밝힌다. 그리고 그것이 끝나면 다시 현재로 돌아오지만, 이러한 일들이 자주 반복되다 보니 과거와 현재는 뒤섞이고 그야말로 복잡하게 뒤엉킨 그물망이 되고 만다. 그것은 일관성을 통해 자신의 목소리를 드러내기보다는 기억의 원리대로, 복잡한 모습이 떠오르는 대로, 혹은 있는 그대로 보여주려고 했기 때문에 나타난 일이다. 그런 점에서 그것은 오히려 삶의 진실과 복잡한 양상을 보여주는 소설이라고 말할 수도 있다.

기존의 소설 형식에 익숙한 사람들에게 『화두』의 전략은 복잡하게 여겨진다. 먼저 그것은 전통적 리얼리즘의 신화와 맞서 싸우기 위해 기존의 재현적 묘사나 정련된 문체 자체를 포기한다. 그리고 체계적인 서사 시간도 포기한다. 그러한 시간의 불일치나 서사의 단절은 독자의 독서를 중단시키고, 딴생각을 하게 만들고, 심지어 그걸 읽으면서 머릿속에 자기만의 이야기를 만들어나가는 사람도 존재하게 한다. 그것은 독자가 미처 예상하지 못한 심각한 혼란이겠지만, 그걸 즐기자고 한 사람에게는 아무런 문제도 되지 않는다. 독자가 자신도 모르게 작가가 쳐놓은 시간의 그물망에 걸려들어 텍스트와의 놀이를 즐기게 된다면 어쩌면 그것은 큰 행복일지도 모른다. 그 순간 독자는 텍스트에서 자신의 경험이나 현실을 만나게 되는 적극적인 독서를 하게 되는 것이다. 이때 텍스트는 의미가 흩뿌려진 입체적인 공간에 놓인다.

그럴 경우 작가는 죽지만 독자는 살아남는다. 작가는 자기 목소리를 잃게 되지만 오히려 독자의 목소리는 커지고 그의 상상력은 무궁무진해진다. 마침내 독자는 텍스트 속에서 하나의 위치를 차지하게 되는 것이다. 그것은 '저자의 죽음'이라는 뒤숭숭한 풍문 뒤에 벌어진 일이다. 어쩌면 『화두』의 서술자는 지금의 자기를 죽여서 다른 텍스트로 다시 태어나려는 전략을 짜고 있는지도 모른다. 하나의 종자가 죽어서 무수한 열매를 맺을 수 있듯이, 한 저자의 죽음을 통해 무수한 독자들이 해방된다면, 그보다 행복한 일이 어디 있겠는가? 게다가 독자가 『화두』를 읽고 자기만의 화두를 만들어낸다면, 더 말할 나위도 없다.

그러면 좀 더 『화두』가 만들어진 상황에 대해 이야기해보자. 우리의 현실은, 말하자면 법질서나 제도 따위에 의해, 즉 여전히 합리성의 칼날에 의해 좌우되고 있다. 그런 현실을 합리성이 지배하는 평면적인 공간이라고 말할 수 있는데, 거기서는 모든 것이 이성에 의해서 분류되고 길들여지고 조종된다. 그리고 그곳에서는 이성에 위배된 모든 것이 광기나 타자로 내몰린다. 그리고 그것들은 마녀 재판에 회부된 뒤 처형되거나 감금된다. 거기서는 어떠한 흐트러짐도 용서받지 못한다. 규칙에서 벗어난 자는 미친 사람, 저능아, 범죄자로 취급되어 감옥에 갇히거나 '없는 존재'로 취급받거나 정신 병원에 감금당한다. 모든 것을 이성의 논리에 다른다고 말하고 있지만 언제나 아우슈비츠의 가스실을 준비하고 있는 곳, 마녀 화형식을 거행하기 위해 땔감을 쌓아놓은 곳, 그것도 부족해 이제는 자신의 생태계를 초토화시키고도 남을 핵무기를 비축하고 있는 곳, 그 공간에서 도구적 이성을 표방하는 권력자들은 종교 재판을 집행하는 사제처럼 칼날을 치켜든 채 이교도로 몰아세운 타자들의 담론을 겨누고 있다. 그것이 우리의 현실이다.

리얼리즘도 모더니즘도 그 이성이 만들어놓은 전략 상품이다. 그리고 그동안 그 규칙에서 벗어나는 자들은 마녀로 내몰렸다. 마녀의 이름으로 재판당한 광기와 타자. 푸코에 의해서 '소외된 담론' '광기'라고 이름 붙여진 마녀들은 그동안 무수히 많이 화형당했다. 이성은 유토피아가 머지않았다고 유혹하며 희생을 감수하라고 요구하지만, 여전히 유토피아는 보이지 않고 타자들의 시체는 늘어간다. 이에 프랑스에서는 68혁명이 일어나고, 마침내 광기를 인정하고 타자를 다시 생각하는 지적 풍토가 생겨난다. 아직 광기는 이성이나 주체의 힘이 미치지 못하는 곳에서 삶의 터전을 찾고 있지만 서서히 사회적 냉담을 극복해가고 있다. 그러면서 타자들은 점점 더 자신의 목소리를 갖게 된다.

그런 타자들의 논리가 자리 잡아가는 과정 속에서 『화두』는 출현한다. 그것은 관점에 따라서 얼마든지 다양하게 해독될 수 있는 다양한 코드들을 지니고 있고, 그 코드들은 비선형적으로 뒤섞이면서 다양한 의미들을 산출해낸다. 따라서 『화두』의 의미를 하나의 날실로 꿰뚫기는 불가능하다. 다만 해독자의 지식과 경험·상황 등에 다라 다르게 읽을 수 있을 따름이다. 또한 그 코드들은 입체적 공간의 그물망 구조를 흔적도 남기지 않은 채 '별똥별'처럼 관통한다. 거기서 힘들의 작용을 찾아내는 사람도 있고, 그것이 이루어내는 미적 세계를 찾아내는 사람도 있다.

3. 계보학적 공간

『화두』에서는 그동안 소설이라는 장르에서 도외시하던 언어적 장치들이 거침없이 사용된다. 그리하여 이제까지 혼합될 수 없다고 여겨졌던 것들이 뒤섞여 묘한 그물망을 이룬다. 그것은 얼핏 보기에 몹시 혼란스럽고, 아포리즘, 저널, 연설문, 비평 등의 언어들이 뒤섞여 불연속성을 조장하고 독서에 단절을 일으킨다. 그러나 복합적인 관계들의 그물망 속에서 환상과 쾌락을 기묘하게 맛볼 수도 있다. 그것은 롤랑 바르트가 말하는 '즐거움plaisir의 텍스트'를 넘어 '희열jouissance의 텍스트'의 가능성으로 나타난다. '즐거움의 텍스트'가 기존의 읽기 방식으로 재미와 감동을 느끼려 한다면, '희열의 텍스트'는 독자의 가치관과 독서의 관습을 무너뜨려야만 가능해진다. 그래서 세밀하고 조심스럽게 읽어야 한다. 그와 마찬가지로 『화두』의 기법은 마치 불협화음을 통해 12음계법마저 극복하려는 현대 음악을 닮았다.

총체성의 신화를 믿고 있는 자들은 『화두』를 구성의 힘이 결여된 아포리즘의 나열로 매도한다. 그러나 언어적 유희와 그 의미 작용에 초점을 맞추는 사람은 총체적인 삶의 구성과 관계없이 거기서 큰 활력을 찾아낸다. 물론 『화두』는 지금까지의 최인훈이 그래왔듯이 내용과 형식 차원의 모든 것을 포용한다. 그는 우리 시대와 사회에 대해서 발언하면서도, 지금까지 이 지구상의 어느 작가도 실험해보지 않았던 것들을 실험하고자 한다. 그것은 의도적으로 하는 모더니즘적 실험이 아니라, 이 세상의 질서가 그렇다고 인식하고, 또 그것을 그대로 따를 때 찾게 된 형식이다. 물론 그것을 이성의 원리로 재단하고자 하면 아무것도 건질 것이 없다. 『화두』의 그물망 구조는 그 어떤 권력에게도 일방적으로 지배받는 것을 거부하며, 어떤 작은 그물코의 매듭도 그보다 큰 매듭에게 쉽게 지배당하는 모습을 보여주지 않는다. 그것들은 위계 질서로 배열된 것이 아니라, 각각의 힘들이 공존하도록 배열되어 있는 것이다. 그래서 그곳에서는 서로 힘을 미치고 작용하면서 저마다 힘의 균형을 이루어낸다.

푸코는 『성의 역사』에서 말한다. "권력은 매순간 모든 지점에서, 모든 지점의 상호 관계 속에서 생산된다. 권력은 도처에 있다. 아니 도처에서 온다. 또한 권력은 유동적인 관계 속의 수많은 지점에서 작동한다. 또한 대인 관계나 성관계 속에도 내재되어 있다. 그리하여 그물망 구조의 밑바닥에서부터 올라와 사회를 떠받친다." 이렇듯 권력은 모든 곳에 편재되어 있고, 또 얼마든지 아래에서부터 치올라오기도 하면서, 서로에게 영향을 주고, 싸우며, 그렇게 커나간다. 『화두』는 그런 힘들의 소용돌이다. 그 입체적 공간은 언뜻 보면 불균형한 상태로 보이지만, 다시 보면 에너지가 넘쳐난다. 그리하여 그 활력이 넘치는 텍스트는 하나의 위계 질서, 곧 하나의 지배를 부수고, 또 그렇다고 해서 이야기가 무너지는 것도 아닌 새로운 입체적인 공간을 선보이게 된다.

거기서 독자는 이제 예속되지 않고, 어떤 단일한 의미를 강요받지도 않는다. 독자는 텍스트의 맥락 속에서 자기 자리를 잡고 자기 이야기를 만들어나가기도 한다. 그러다 보면 어느 담론의 힘이 커지다가, 반대로 다른 담론의 힘이 커지기도 하는, 그런 권력의 놀이, 해체의 놀이를 즐기게 된다. 그것은 '의미'를 찾는 것이 아니라 서술자와 함께 쾌락을 발견하는 것이다. 그래서 화자가 최인훈으로 느껴지면 더욱 좋다. 물론 화자를 작가가 아니라고 믿어도 전혀 상관없다. 어쨌거나 푸코의 말처럼 "쾌락은 쾌락을 몰아내는 권력 위에 퍼지고, 권력은 방금 은폐물에서 쫓겨나온 쾌락을 단단히 붙들어 맨다. 질문하고 감시하고 숨어서 노리고 엿보고 뒤지고 만져보고 밝혀내는 권력을 행사하는 쾌락이 있고, 다른 쪽에는 그 권력의 손아귀에서 벗어나고 그것을 피하고 속이고 우습게 만들어야 한다는 것 때문에 자극되는 쾌락이 있다. 그것은 대결하고 농락당하면서 상호 보강을 이룬다. 이것이 바로 권력의 놀이가 아닐까. 성과 육체에는 권력과 쾌락이 공존한다.” 즉 쫓겨나면서도 권력을 차지하고, 쫓아내면서도 그 쾌락에 물들고 마는 이러한 이율배반 속에서 지배적인 권력만 존재하는 것이 아니라 독자가 놓일 자리들도 존재하게 된다. 뚜렷한 형태도 경계도 없이 에너지만 존재하는 입체적 공간에서 독자는 마음껏 떠돌아다니며 자신의 능력을 발휘하고 그런 체험을 하게 된다. 그리하여 거기에서 독자는 『화두』를 읽는 것을 넘어 마침내 자신의 화두를 쓰게 된다. 다시 말해 독자가 텍스트의 틈새에서 언어 게임을 벌이고, 서술자가 제공하는 언어를 통해서 맘껏 자유를 누리다가, 어느 순간 자기만의 새로운 화두를 쓰게 된다는 말이다.

푸코는 다시 「바깥의 사유」에서 말한다. “문학적 말은 자신으로부터 출발하여 하나의 그물 조직을 이루며 펼쳐지는데, 서로 변별적이며 가장 이웃해 있는 것들조차 상당한 거리를 지니고 있는 그 그물 조직의 그물코들은 전체와의 관계에 의해 자신들을 감싸면서 동시에 분리시키고 있는 하나의 공간 안에 위치해 있다. 문학, 그것은 자신을 열렬히 드러낼 정도로까지 자신에게 접근해놓는 언어가 아니라 자신으로부터 가장 먼 곳으로 투신해놓는 언어이다.” 이 맥락에서 문학의 언어는 자체의 의미를 넘어서 더 큰 창조의 영역으로 나아간다. 그와 마찬가지로 『화두』의 언어는 자체의 그물 조직을 펼치면서 그 열린 공간에서 ‘작은 이야기들’의 광장을 만든다. 다만 그것은 이제까지 비문학적 언어라고 일컬어지던 언어마저 거침없이 사용하고, 그러면서도 우리 시대 전체를 말하는 복잡한 방식을 택하기 때문에 책을 덮고 보면 ‘큰 이야기’의 광장을 만들지만, 작은 이야기만으로 만족하는 사람들도 있고, 그 작은 이야기들을 통합해내려는 사람들도 있기 때문에 그것은 어떻든 상관없는 일이다. 그것은 동서 이념을 말하고, 노예 철학자 의식을 말하고, 글쓰는 현실을 말하고, 해방 공간 이후의 수많은 인물들에 대해서 말한다. 그리고 그것은 읽는 사람에 따라 강조점이 달라진다. 그 낱낱의 코드들이 어느 순간 하나의 '강물'로 합해질 때 경탄하는 것이야말로 『화두』를 해독하는 중요한 방법이 될 수 있다. 곧 『화두』는 어떤 주된 골격에 대해서만 말하고 있는 것이 아니라 주로 '곁가지'를 이야기하면서, 끝내는 그 골격마저 넘어서는 모습을 보여주는 형식인 것이다.

이런 식인데, 텍스트를 읽으면서 하나의 의미에만 매달린다고 해서 무슨 의미가 있겠는가. 세헤라자데가 『아라비안나이트』에서 죽음과 싸워 이기기 위해서 글을 쓸 때, 여기에서 '죽음의 극복'은 서술자의 상황이 되고 글의 긴장감을 드높이는 경우가 될지라도, 이야기의 핵심 내용은 그 상황과는 무관하게 얼마든지 코믹하고 신나는 내용이 될 수도 있다. 그와 마찬가지로 『화두』의 중요한 골격인 '지도원 교사와 자아 비판의 이야기'는 서술자의 암울한 과거, 잊혀지지 않는 과거를 보여주지만, 그것을 내놓고 거론하게 됨으로써, 기억 하나하나를 찾아가는 것이 큰 기쁨으로 변하는 것을 볼 수도 있다. 그것은 작가 최인훈의 개인적 역사일 필요도 없고, 우리 시대의 커다란 역사적 사건이어야 할 필요도 없다. 따라서 독자는 작가에게도, 그리고 어떤 특정한 주제에도 연연해할 필요 없이, 『화두』를 읽으면서 자신의 '그림(개인적 역사)'을 만들어나가면 된다. 『화두』의 형식을 미완결의 텍스트로 볼 수 있고, 의미의 일관성을 거부하는 불연속적인 담론으로 볼 수도 있다. 어쨌거나 그것은 열린 체계를 통해 소외된 의미들을 복위시키고 수동적인 독자들에게 활기를 제공한다.

『화두』의 그물망은 독자의 의식 속에서 팽창해나간다. 서술자의 단성적 목소리는 복합적인 욕망의 기호들로 바뀌고, 각각의 장르적 특징들은 낱낱의 주체로서 서로 소통을 꿈꾸며, 나아가 어떤 경우에는 마트료시카 인형처럼 자신의 내부에서 무수한 자기 자신을 만들어나가는 체험까지 할 수 있게 된다. 그런 장치 속에서 독자는 미망 속에 놓여 있는 욕망의 기호들을 풀어낸다. 서술자는 미로 속에서 독자에게 존재의 한순간, 또는 그 존재가 이루어지는 과정을 보여준다. 독자는 거기에서 자신을 억압하고 있는 기호들의 의미를 헤치고 비로소 새로운 삶을 만나게 된다. 그리하여 그의 내부 속에서 부푼다, 빛난다, 변환된다. 그리고는 모든 억압에서 해방된다.

4. 관계들의 그물망 구조

그물망 구조는 여러 겹으로 겹쳐 있지만 거기에서 하나의 날실 구조를 임의로 뽑아낼 수도 있고, 그 구조에서 다른 매듭으로 이동하는 씨실을 뽑아낼 수도 있다. 『화두』는 '겉 이야기'와 '속 이야기'가 여러 겹으로 겹쳐 있다. 그중에서도 '서술자의 글쓰기 과정'과 '조명희 찾기'는 중요한 겹구조가 된다. 자신의 소설쓰기 과정을 밝히는 겉 이야기와 자신의 기억을 탐색하는 속 이야기는 『화두』의 입체적 공간을 지탱한다. 그것들의 기운을 받아먹으면서 다른 담론들도 자라난다. 소설은 서술자 '나'가 조명희 소설 「낙동강」을 회상하는 것에서 시작한다. 그것은 글쓰기의 기원이고 그가 회상을 시작하게 되는 중요한 사건이다. 그리고 그것은 서술자 자신의 현 상태를 밝히는 중요한 단서가 되며, 서술자 '나'가 이상적인 것으로 믿고서 추구한 것의 실체를 밝히는 중요한 모티프가 된다. 서술자 '나'는 「낙동강」을 계기로 하여 소설을 쓰기 시작했고, 그것 때문에 현재의 시점에서도 「낙동강」의 작가인 조명희의 흔적을 찾아 헤매고 있다. 「낙동강」은 '속 이야기'의 중심틀을 이루면서 현재의 '글쓰는 나'에게 영향력을 미치고 있는 것이다. 따라서 나의 의식은 하나의 자기 동일적인 실체가 아니라 무수한 요소들에 의해 '구성'되고 '영향받은' 의식이다.

서술자 '나'는 자신의 현재를 밝히는 게 중요하다. 그래야 20년 가까이 못 쓴 소설을 쓸 수 있기 때문이다. 그래서 그는 「낙동강」에서 비롯되는 욕망이나 억압을 밝혀내고자 한다. 특히 조명희는 서술자 '나'의 의식 속에서 정신적 지주로 이상화되어 있기 때문에 그를 찾는 것은 자신의 이상을 찾아가는 것이라고 말할 수 있다. 그리하여 "우리는 모두 낙동강 속에 있었다"(1: 12)라고 할 정도로, 조명희는 '나'에게 글을 쓰는 일은 물론 살아가는 일에도 영향력을 미친다. 당시 사람들이 사회주의를 가장 고매한 이상으로 받아들였듯이, 서술자도 조명희를 숙명적으로 모범적 모델로 삼았던 것이다. 이와 같은 원리에서 조명희는 서술자 '나'를 지배하고 있지만 소설 후반으로 갈수록 권력의 양상은 달라진다.

서술자 '나'가 묘사하고 있는 「낙동강」에는 거대 주체의 이상이 담겨 있다. 노랫가락과도 같은 민족적 슬픔과 그 주인공인 박성운의 강인한 의지가 절묘하게 어우러져 거대 주체의 이상을 표현해내며, 서술자 '나'의 기억 속에서 중심적인 작용을 한다. 거기에는 '나'의 상상적 자아가 추구하는 이상이 고스란히 담겨 있다. 그것은 조명희의 글쓰기에서 최인훈의 글쓰기로 어떻게 바뀌었는지 설명해주기도 한다. 그는 이상의 모더니즘적 실험만 하는 것이 아니라 조명희적인 시대적 발언도 중시하고 그러면서도 자기 방식의 삶을 찾는 작가인 것이다. 그러다 보니 서술자는 자꾸 「낙동강」이라는 내부의 텍스트가 만든 구조 속에 갇히게 되면서도 조금씩 조명희와 대립하는 양상을 보여주게 된다. 그리하여 거대 주체와 개별 주체의 종속 관계에서 대등한 관계로의 변화가 이루어지는 것이다. 그러나 노년에 이르도록 수많은 세월이 흐르도록 '나'를 지배한 조명희에 대한 부끄러움은 글쓰기의 한계나 삶의 문제에 대한 근본 원인을 제대로 찾기 어렵게 한다. 왜냐하면 그건 나 자신을 찾아가는 일이 아니라 '조명희로 치장된 나'를 찾아가는 일이 되기 때문이다. 그리하여 '나'는 그동안 아무것도 치우하지 못하고 그 구조 속에 갇혀 글을 쓰지 못하게 되고 만다. 문제는 자명해진다. 서술자 '나'의 글쓰기는 그 억압된 구조와의 싸움에서 시작된 것이다.

이러한 구조를 가지고 있는 『화두』는 어떤 틀을 만들어나가다가 다시 그것을 부수고, 또다시 다른 틀을 만들어나가다가 다시 그것을 해체해버린다. 그대로 그것들은 상호 텍스트적으로 연관된다. '나'의 삶이란 하나의 독립된 실체이기에 앞서 '남의 삶과의 관계' 속에서 이루어진다. 서술자 '나'의 삶은 조명희와 동일시되면서도 머레이의 소설 내용이나, 선배 작가들의 삶, 그리고 당대의 화두 등과도 연관된다. 특히 서술자 '나'는 조명희의 삶과 자신의 삶을 연관시키려고 애쓴다. 하지만 텍스트의 삶과 현실의 삶은 근본적으로 다른 것이기 때문에 필연적으로, 나의 믿음은 허구가 되고 그로 인해 결과적으로 나의 존재마저 불투명한 것이 되고 만다. 이런 전제 속에서 서술자 '나'는 불규칙한 기억 속으로 빠져들고, 환상을 보게 되고, 그 밖에 주체의 시선으로는 만날 수 없는 다양한 것들을 보게 된다.

『화두』의 장치라고 할 이러한 겹구조들은 서로 연결되어, 서로 부르고 서로 퍼져나가, 그물망의 어느 위치에서 자신의 조건과 의지점을 찾아 전략적 작용을 한다. 그리고 그것은 다른 작용점에 영향을 미친다. 그렇다고 어떤 중심 코드가 다른 코드를 지배하는 것은 아니다. 어느 지점에서건 주도권을 쥐기 위한 반항의 힘이 도사리고, 그것을 막기 위해 고심하지만, 그래도 그것들은 공존한다. 그것은 '서술자의 글쓰기 과정'이나 '노예 철학자 의식' '세계에 대한 비평적 태도' '기억의 회로' '문학 외적인 담론' 들이 때로는 받아들이는 독자에 따라 다양하게 헤게모니를 잡는 것을 통해서 알 수 있는 것이다. 다시 말해 각기 다른 중심 구조가 텍스트의 입체적인 공간에서 서로 뒤섞이다 보면, 어찌 보면 그것들이 심한 갈등을 하는 것처럼 보이기도 하지만, 그 구조를 이해할 경우에는 그것들이 평화롭게 공존한다는 것을 알게 되고, 거기서 큰 기쁨을 느낄 수도 있는 것이다. 그렇지만 대체로 그것은 몹시 혼란스럽게 요동치거나 싸우는 것처럼 보이기도 한다. 그 구조는 누구나 똑같은 방식으로 받아들일 수 있는 것이 아니다. 독자에 따라 그 공간에서 얼마든지 다른 구조를 받아들일 수 있고, 동일한 독자라 하더라도 독자 자신의 상황에 따라 또 다른 구조를 찾아낼 수도 있는 것이다. 그렇다면 이제 누구에게도 뚜렷한 의미란 존재하지 않게 된다.

 텍스트의 중층 구조는 부유하는 기표들이 서로 작용하기 때문에 때로는 위치가 뒤바뀌기도 하고, 때로는 또 다른 생성·변형·소멸의 과정을 거치기도 한다. 이런 현상 때문에 텍스트의 실체는 더욱 감추어지고, 그것을 해석했다고 생각한 순간, 엉뚱하게 다른 기호의 이미지를 만나기도 하는 것이다. 우리는 『화두』를 읽으면서 어떤 이미지를 떠올린다. 그리고 그것을 해석해낸다. 그런데 '이미지를 해석하는 이미지'가 따로 존재하고, 또 '해석한 이미지를 다시 해석하는 이미지'가 따로 존재한다. 『화두』에서 서술자 '나'는 아버지의 화두를 자신의 화두와 대비시키면서 세계와 자신 사이에 가로놓인 화두를 해석하고자 하며, 독자 또한 그 화두는 물론 새롭게 자신의 화두를 찾아내어 해석하고자 한다. 『화두』의 담론은 그렇게 복잡한 그물망 속에서 그 자체의 본질을 찾는 것이다. 즉 『화두』는 텍스트 체계를 관류하는, 날실과 씨실이 연쇄적으로 맞물려 있는 관계들 속에서 자신의 생명력과 본질을 찾는 소설이다.

 그러한 관계들 없이는 힘들의 변환이 이루어지지 않는다. 그리고 『화두』의 복합적인 구조도 풀리지 않는다. 그래서 그런 관계의 양상을 놓치고 하나의 의미를 추구하면 화두에 답하기는 그만큼 더 어려워진다. 하나의 그물코를 붙잡고 씨름하다 보면 다른 그물코를 놓치게 되고, 날실 구조에 치중하다 보면 씨실 구조를 놓쳐 관계의 전체적 양상을 살필 수 없게 되는 것이다. 그럴 때 의미를 찾는 이들은 그만 주저앉고 만다. 도저히 그것은 이룰 수 없는 꿈이 되고 마는 것이다. 그래서 그런 이들은 『화두』와 같이 쉽게 이해할 수 없는 텍스트에 대해서 욕설을 퍼붓기도 한다. 이건 순 사기야. 그러나 그렇게 말하는 순간에도 관계들은 이루어지고 있고 의미들은 확산되고 있다.

5. 억압의 뿌리

육체는 과거 체험의 낙인을 유지하며, 갈망과 실패와 오류를 낳기도 한다.
이들 요소들은 한 육체에서 결합될 수도 있으며, 육체 속에서 갑자기 표현되
기도 한다. 〔……〕 육체는 사건들이 각인된 표현이며, 분열된 자아의 저장고
이자, 끊임없이 풍화되고 있는 한 권의 텍스트이다. (푸코, 『성의 역사』)

『화두』는 육체를 본격적으로 다룬 적이 없다. 하지만 덴버에서 멀미를 느
끼며 '다른 나'를 발견하고, 어머니의 묘비를 보는 이상한 체험은 육체 속
에서 갑자기 표현된 것이라 할 수밖에 없다. 그리고 실제적으로 햇빛 아른
거리는 하오의 시간에 문득 낙동강의 물소리를 기억해낸다든지, 그리하여
그 먼 서술자 자신의 기억들을 떠올리는 것을 의식의 연장선상에서 이루어
지는 일이라고만 말할 수는 없다. 육체는 의식보다도 먼저 과거 체험을 기
억한다. 현재의 의식하는 '나'도 그 자체만으로 존재하는 것이 아니라 육체
라는 그 과거의 기억을 담은 텍스트가 있기에 존재한다. 이런 점에서 '나'는
하나의 육체를 가지면서도 필연적으로 복합적이고 모순되고 분열된 자아를
가질 수밖에 없다. 또한 그렇기 때문에 '나'를 하나의 주체 속에 가두려고
할 때 반드시 실패와 오류를 낳게 되고, 거대 주체와 하나가 되려고 하지만
그렇지 못하고 끊임없이 풍화된다. 아예 한쪽 이념을 선택해 그것을 '나'라
고 믿고, 조명희처럼 사회주의 이상을 실천하고자 하지만, 그것이 하나의 허
구일 수도 있다는 사실을 깨닫기에는 무수히 많은 시간이 소요된다.
　먼저 서술자 '나'는 자신을 구성하고 있는 구조를 파악하기 위해 기억의
탐사에 나선다. 서두의 조명희의 소설 「낙동강」에 대한 추억에서부터 결미
의 소련 여행에 이르기까지 『화두』 전체에 걸쳐 '나'는 무차별적으로 떠오
르는 기억 속에서도 자신을 잊지 않고 자신의 주체를 찾기 위해 노력한다.

그러나 무질서한 혼돈들만 펼쳐질 뿐 주체를 확립할 계기들은 쉽게 마련되지 않는다. 아무리 외부적으로 형식의 해체를 통해서 경계들이 무너진 담론들을 보여주지만, 내부적으로는 거기서 살아야 할 주체의 모습이 그려지지 않는다. 그것은 서술자가 아직 조명희를 이상으로 삼은 주체, 즉 고정된 주체를 고집하고 있기 때문에 생겨난 일이다. 그 주체를 따를 때 지도원 교사를 싫어하고 작문 교사를 절대적으로 신뢰할 수밖에 없다. 그러나 세월은 그 고정된 인식을 바꾸고, 배제되는 것들을 되살리고, 그런 자세로 잊혀진 기억들을 떠올린다. 그것은 그물망 구조에서 벌어지는 일들과 흡사하다. 그 물망에서는 권력이 일방적으로 작용하는 것이 아니라, 어떤 계기에 의해서 어느 매듭의 힘이 커지기도 하고, 그 힘이 약해지면 곁에 있는 다른 매듭의 힘이 커지기도 한다. 세력을 얻은 그물당 구조의 어떤 그물코가 강성해질수록 다른 그물코는 힘이 약해지는 것이다. 담론의 질서에서도 어떤 논리들이 우세할 때 반대 논리들은 위축되지만, 상황이 바뀌면 반대 논리가 얼마든지 득세하기도 한다. 그러나 누구라도 자기 잘못을 인정하고 자신의 인식을 포기하기란 쉽지 않다. 그것은 자기의 존재마저 부정하는 일이 될 수 있기 때문이다. 서술자 '나'가 조명희를 부인하는 일은 자칫 자신의 주체를 부정하는 일과 통한다. '나'를 조명희에게 투사시켰기 때문에 더욱 그렇다. 게다가 현실은 여전히 어둡고 조명희의 실천이 필요하다. 그래서 '나'는 유신 독재의 상황 속에서 사회주의를 비판하는 폴란드 작가의 말을 믿지 못하는 것이다. 아직까지도 '나'에게 사회주의는 유토피아였던 것이다.

그러나 그런 점 때문에 서술자 '나'가 노예라는 점이 드러난다. 기껏해야 '나'는 "20세기에 의해 동원되었"(2: 443)고 고작해야 이념이라는 거대 주체에 의해 예속되어 살아왔던 것이다. 시대와 이념의 노예는 『쿠오 바디스』에서처럼 노예 철학자보다 더 나은 사람이 되기 어렵다. 로마의 정통 상속자라 할 미국에서 주변 국가의 노예로서 느끼는 비애, 그것은 기실 '나'가 본격적으로 자신이 노예임을 밝히는 단초에 불과하다. 『쿠오 바디스』를 읽을 때나 광대한 미국이라는 제국을 체험하며 느끼는 노예 의식은 ‘현재의 나’의 처지를 파악하게 하고, 나아가 속박의 굴레를 벗어던지게 하지만, 결국 그것은 나약한 의식 속에서 일어나고 있는 일일 뿐이다. 어떤 식으로든지 ‘현재의 나’는 당대 이념과 결탁하고, 그것을 합법화시키며, 또는 새롭게 변형시킨다. 서술자 ‘나’는 시대와 사회에서 살아남기 위해 자신을 합리화시키고 지배 권력에 굴복하지만, 그래도 철학자이기 때문에 예속된 자신을 부끄러워한다. 그런 점에서 노예라는 사실을 알고 그것을 부끄러워하는 행위를 통해 ‘나’가 노예를 벗어날 가능성은 더 많아진다. 그러나 ‘나’는 조명희가 숭고한 이상이고 스승일 뿐 나 자신과 무관한 사람이라는 것을 인식하지는 못한다. 기억의 힘을 빌려 과거를 재검토하고, 또 다른 텍스트의 힘을 빌린다면 모를까 진정한 ‘나’를 찾아내기는 그만큼 어려운 것이다.

그런데 어느 순간 서술자의 인식이 전환된다. 그것은 지금까지의 삶을 전복시킴으로써 얻어낸 깨달음에서 비롯된 것이다. ‘나’는 “이미 틀지어진 기성의 개념을 벗어나서 마음의 생성과 변화를 거슬러 가보려는 결의”(2: 22)를 하게 되며, 서술자는 자신의 내부 속에 있는 세계와 시대의 흔적을 찾아나서게 된다. 그러한 작업이 바로 『화두』를 쓰는 일이고 화두를 푸는 일이다. 삶에 영향을 미친 흔적들을 반추해내며 세계에 대한 사색을 하는 ‘나’는 기억을 통해 점점 ‘나’라는 유기체를 확인하게 된다. ‘나’의 사유가 어디에서부터 잘못되었는가는 그때부터의 문제가 된다.

지금까지 ‘나’를 지탱해주었던 정신적 힘은 명백히 ‘조명희’였고, 그것이 엄연히 하나의 형식이 되어 ‘나’의 내부에 존재했다. 따라서 ‘조명희’는 텍스트 전체에 일관되게 작용하고, 「낙동강」이나 자아 비판회의 어둠, 그리고 노예 철학자 의식에 앞서 존재한다. 바로 조명희는 나의 자아의 탄생과 맞물려 있고 정신적 구원과도 관련되어 있기 때문에 때로는 자아 비판을 시키는 지도원 선생으로 변해 ‘나’를 탄핵하기도 하고, 「낙동강」의 주인공 박성운이 되어 현실 속에서 ‘나’의 이상을 이끌어가기도 하며, 한편으로는 「낙동강」의 작가로서 소설가인 ‘나’를 측복해주기도 한다. 그러면서 언제나 ‘나’의 무신경한 노예 의식을 질책한다. 즉 조경희는 ‘나’의 모범이 되는 관념으로서 ‘나’의 삶 전체를 꿰뚫는다. 그리하여 ‘나’의 삶의 문제는 조명희를 어떻게 극복하느냐의 문제와 관련된다.

‘나’는 ‘조명희’라는 척도를 통해 기억을 탐색하고 세계와 역사 등을 사유한다. 그리고 그에 대한 생각을 바탕삼아 글을 쓴다. 따라서 ‘나’의 글쓰기란 조명희 찾기고, 조명희를 찾음으로써 담론에 속하는 일이기도 하다. 적어도 조명희를 거쳐야, 혹은 넘어서야 새로운 지식 또는 새로운 글쓰기를 산출할 수 있다. 그래서 ‘나’는 「낙동강」 속에 있으면서 끊임없이 ‘새로운 낙동강’을 쓰고자 하나 조명희를 넘어서지 못한다. 그래서 조명희를 찾아 나중에 먼 길을 떠나기도 하지만, 어쨌거나 조명희는 혁명적 실천 때문에 글을 쓰지 못했고, 그런 행위 때문에 즉고 말았지만, 나는 무엇 때문에 글을 못 쓰는가, 서술자는 그걸 찾으면서 고민한다.

그럴 즈음 20세기에 가장 획기적인 사건이라고 할 만한 사건이 벌어진다. 소련이 붕괴된 것이다. 그것은 지각 변동이라 할 만한 사건이었다. 서술자 ‘나’가 믿어왔던 거대 주체로서의 사회주의 이상이 무너진 것이다. 그렇게 되자 ‘조명희’라는 인물에 대해서도 새롭게 자리매김할 필요성이 생긴다. 조명희가 학수고대한 사회주의가 그렇게 힘없이 붕괴되었다면 내가 믿었던 조명희는 부질없는 존재일 수도 있었던 것이다. 그래서 ‘나’는 조명희의 흔적을 찾아 소련으로 여행을 떠난다. 아직까지도 조명희는 ‘나’의 모범이고, ‘나’의 욕망이었던 것이다. 서술자가 살아온 세계는 이념의 회색 지대가 용인되지 않는 사회로서 그 자신도 양자택일의 굴레에서 조명희를 택할 수밖에 없었지만, 사실상 ‘나’는 작가로서의 조명희의 치열한 삶을 알지 못하고 있었다.

『화두』의 서술자는 자신의 글쓰기 과정을 밝히면서, 이념에 순응하며 이상을 좇던 시기에도 빈틈과 차이가 있었다는 것을 발견하고, 자신과 글쓰기의 상황에서 일정한 정도의 ‘거리’를 유지해야만 자신의 ‘실체’를 어렴풋이나마 엿볼 수 있다고 생각한다. 그렇게 해서 조명희와의 ‘거리’를 지닐 수 있게 될 때 그동안의 문제점이 극복되고 새로운 가치를 창출할 수 있게 되며, 그리고 관념으로서의 조명희가 해체되기 시작한다. 내가 조명희의 최후 인식을 유추해낼 때 그는 꼭 조명희 자체인 것이 아니라 ‘나 자신’이기도 했다. 여기서 아직까지도 조명희의 환영에서 벗어나지 못하였다고 비판할 수도 있지만, 엄밀히 말해 조명희가 소련에서 한 행적을 밝힘으로써 지금까지 ‘나’를 지탱해왔던 관념의 허위를 밝힐 수 있게 되었다는 점에서 그것은 중요한 의미를 갖는다. 그리하여 ‘나’는 러시아 여행 중에 지금의 ‘나’를 있게 한 조명희의 마지막 목소리를 듣게 된다. 그 자료들은 소련의 붕괴를 암시하고 있지만, 나 자신의 주인이 되라는 스승이 제자에게 내리는 화두도 포함하고 있었다. 곧 그것은 ‘너의 목소리를 찾고 스승의 화두를 해체하라’는 스승의 우렁찬 목소리였다.

그리하여 일단 『화두』의 화두는 풀린다. 서술자 ‘나’는 이념의 노예였고, ‘이상적 자아’라고 믿었던 조명희의 노예였고, 유토피아란 구호에 속아 살아온 허구적 주체였던 것이다. 그리고 그런 인식을 통해 ‘나’는 어느 말 한마디에 예속되는 것에서 해방된다. 그것은 굳어진 의식을 풀어줄 때 가능한 일이기도 하다. 그리고 그 과정을 통해서 ‘나’는 스승 조명희의 진정한 목소리를 듣고 그에 따라 글을 쓸 수 있게 된다. 비로소 ‘나’는 조명희의 죽음보다 자신의 살아 있음이 더 값질 수 있다는 깨달음을 얻게 되는 새로운 지평에 서게 되는 것이다.

6. 해체를 넘어서

해체가 시작된다. 『화두』는 서술자 자신의 해체의 소산이지만, 텍스트 스스로 해체된 모습을 드러낸다. 그것은 작가나 텍스트, 독자 모두에게 해당된다. 『화두』에서 특정한 의미나 구조를 찾다 보면, 텍스트를 왜곡하거나 오히려 그것을 애매모호하게 만들기 십상이다. 『화두』는 결코 특정한 의미를 추구하지 않는다. 또한 특정한 구조를 보여주지도 않는다. 여러 구조의 연쇄적 맞물림과 그물망을 포괄적으로 보여줄 뿐이다. 곧 텍스트는 그물망의 구조를 지녔으면서도 구조 이상의 것이었던 것이다. 말하자면, 그것은 에너지를 분출하면서 의미를 흩뿌리는 '산종(散種)dissemination'의 텍스트였던 것이다. 『화두』에는 다만 세계의 '보충 대리supplement'로서 환영이 존재할 뿐이다. 텍스트를 통해서 리얼리즘의 이상처럼 현실을 재현하거나, 모더니즘의 이상처럼 형이상학에 이르고자 하지 않는다. 그것은 흩어져 있는 것들을 보여줌으로써, 또는 하나의 종자를 썩게 함으로써, 무수한 싹이 잉태할 수 있는 가능성을 보여준다.

『화두』는 우리의 분단 현실, 시대적 조건, 유목민 의식, 노예 철학자 의식, 글쓰기의 기원, 기억의 회로 등의 그물망 구조를 통해 독자가 텍스트의 공간에서 뛰어놀며 나름대로 실체를 붙잡게 한다. 그리고 서술자 '나'가 믿어왔던 의식이나 관념을 스스로 해체하게 만든다. 여기에서 해체란, 상황을 파괴하고 없애버리는 작용이 아니라, 많은 새로운 텍스트를 산출하는 작용을 말한다. 그래서 '나'일 수밖에 없었던 기억의 의식을 찾아내어, 이성의 논리에 대한 자신의 한계를 스스로 깨닫게 한다. 서술자 '나'는 노예 철학의 근본 원인이라고 할 수 있는 '신'을 '이성'을 해체하고자 한다. '나'는 자신 있게 '돌아보지 마라'고 말하는 신의 음성을 거역한다. 그리고 과감하게 뒤를 돌아보며 기억 속으로 들어감으로써 신을 거역한다. 그리하여 이성이 해체되고 형식이 해체된다.

푸코는 「저자란 무엇인가?」에서 "글쓰는 주체는 끝없이 전개되는 열림을 창조한다"고 말한다. 거기에는 어떠한 종결도 결말도 없다. 글을 쓰고 있는 작가는 다만 언어의 의미화 작용에 의해 어떤 그물망 구조를 '그저 그대로'

보여주거나, 또는 담론을 만들어나가고, 하나의 권력을 만들어낼 뿐이다. 그리고는 독자로 하여금 열린 공간에서 역동적인 춤을 추게 만든다. 그리하여 『화두』의 의미의 그물망은 끝없는 순환을 되풀이한다. 곧 『화두』의 책장의 끝부분에 이르면, 그리고 서술자의 마지막 문장이 텍스트의 첫 문장을 반복하면, 구조는 끝나지 않고 열리게 된다. 이에 독자는 텍스트의 열린 구조를 이해하게 되고, 또한 나름대로 새로운 텍스트를 만들게 된다.

이처럼 『화두』는 우리 시대의 의미심장한 소설이다. 그것은 20세기를 아우르고 정리한다. 그리고 온몸으로 이 시대의 화두를 풀어낸다. 그리하여 한반도의 화두가 세계의 『화두』로 나아가도록 만든다. 그렇다면 최인훈은 자신을 내면화시킨 텍스트를 통해 진정으로 독자가 텍스트의 입체적 공간에서 유희할 수 있도록, 또는 새로운 화두를 쓸 수 있도록 만들었을까. 그에 대한 답변은 독자만이 할 수 있다.

『화두』는 끝나지 않았다. 최인훈은 진정한 실체를 복원하기 위해 새로운 그릇을 찾고 있고, 독자는 여전히 화두를 풀고 있다. 그리고 『화두』에는 정신의 유연성에서 비롯된 작가의 역동성이 담겨 있고, 우리 시대의 소설에 활기를 줄 수 있는 새로운 문학의 지평이 담겨 있다. 최인훈은 말한다. "내가 소설이라는 이름으로 쓴 글들은 그런 정치적 생태계에서 산다는 일의 뜻을 알아보려는 안간힘이었다"(1: 327). 그는 우리 시대의 문제를 치열하게 파고들어 적어도 동시대인들에게 정신의 주인이 되도록, 짐승이 되지 않도록 작가 자신이 고뇌한 미적 산물을 보여준다. 그리하여 우리는 『화두』에 나타나 있는 '기억의 밀림 속에 옳은 맥락을 찾아내어 그 맥락이 기억들 사이에 옳은 연대를 만들어낼 수 있도록' 노력하는 창조적 개별자의 모습을 보여준다. 그리하여 『화두』는 앞으로도 계속해서 씌어질 것이고, 우리 소설의 지평은 그만큼 더 넓어질 것이다.

『화두』에 대한 철학적 담론[1]

1. 들어가는 말

소설가라면 누구나 자신만의 독창적인 생각과 흉내낼 수 없는 목소리를 텍스트에 담고 싶어 한다. 새롭게 변모되어가는 시대의 흐름에 몸을 맡길 수밖에 없는 것이 모든 문화의 속성이고 현실이라면, 소설가의 이러한 태도는 소설 형식의 생존을 위한 자명한 몸부림일 것이다. 소설이 처음 발생할 때 그러했듯이 모든 문학 장르도 변화되거나 소멸될 수 있다. 오히려 변화의 흐름에 몸을 맡기지 못해 골동품화된 것들은 도서관이나 박물관에 진열되는 처지에 놓이게 된다. 형식이 살아 숨쉬기 위해서는 당대의 사람들의 삶 속에서 작용해야 한다. 물론 그것은 고전의 정신이 뒷받침될 때, 또는 미래를 향해 열려 있을 때 더 빛을 발할 수 있게 된다.

『화두』를 펼쳐놓고 물음을 던져본다. 이것이 소설일까? 왜 이래야만 하는 걸까? 어찌 보면 그것은 소설의 완결성을 획득하고 있지 못한 채 자료 상태로 던져져 있는 것처럼 보이기도 한다. 그렇다 하더라도 찬찬히 읽어보면 무질서한 것만은 아닌 무엇인가가 떠오른다. 그것이 무엇일까? 필자에게는 거기에서 소설의 위기를 극복할 수 있는 대안과, 영상 매체가 넘볼 수

---

1) 이 글은 1997년 동아일보 신춘문예 문학 평론 부문에 당선되어 『신동아』 3월호에 실린 작품이다.

없는 소설의 가능성이 읽힌다.

먼저 '저자의 죽음'이 논의되는 현 시점에서 『화두』에 드러난 '주체'의 문제를 거론해볼 수 있겠다. 이것은 소설뿐만 아니라, 철학이나 그 밖의 모든 문화 · 학문의 영역에 적용해볼 수 있는 것이다. 문학의 장르나 다른 어떤 학문 분야에서도 주체 그 자체의 생존을 위해서 절치부심한다. 『화두』에 나타나는 '주체'의 문제는 이러한 문제를 포괄적으로 보여줄 뿐만 아니라, 나아가 '근대' 문제에 대해서도 적지 않은 시사점을 제공해준다. 주체가 어떻게 생성 · 성장 · 변환되어가는가를 살피는 것이 현대 철학에서 근대를 설명하는 좋은 사례가 된다면, 소설의 저자를 통해서 주체 문제를 살펴보는 것은 소설의 활로는 물론이고, 나아가 소설의 내용과 형식을 이해하는 데에도 큰 도움이 된다.

『화두』를 놓고 좋은 문학 작품 '이다' '아니다'라는 논쟁을 하고 싶은 생각은 없다. '텍스트'로서의 『화두』는 씌어질 때부터 그런 것을 원하지 않았다. 최인훈은 『화두』 이전의 작품을 통해 온갖 형식적 실험을 해보았을 정도로 모더니즘 정신에 투철했고, 그 이상으로 시대 정신과 역사 의식을 가지려고 온갖 노력을 다했다. 그런데 『화두』에서는 그러한 문제 의식이 더욱 심화 된다. 그는 무의식 속에 숨어 있는 기억을 꺼내 자신의 실체를 파악할 수 있는 단서를 제공하거나, 혹은 자신의 언어가 어떤 무의식을 만들 수 있는지를 보여주고 있다. 그런 면에서 『화두』는 문학 작품work이라기보다는 정신분석학적 자료를 늘어놓은 '텍스트text'에 가깝다.

20세기 한반도의 현실과 그 고뇌의 승화라는 주제의 문제는 잠시 제쳐두기로 하자. 다만 '주체' 중심적인 사유를 하던 작가가 『화두』의 기법을 통해 선보이는 사유의 변모에 천착해봄으로써, 즉 앞서 말한 주제 문제와는 별개로, 우리는 그 형식을 통해 철학적인 사유를 하면서 『화두』가 산출하는 궁극적인 힘에 도달할 수 있게 된다.

『화두』의 기법은 작가의 나태에서 비롯된 엉성한 얼개인가? 아니면, 『화두』는 작가가 벼려내지 않은 한낱 자료 묶음에 불과한가? 이제 이런 질문은 무의미하다. 작가의 서사 전략을 살피는 것만으로도 그것은 쉽게 해결할 수 있다. 손쉽게 읽히지 않는다고 해서 작가의 능력에 회의를 하는 일은 기대 지평에 익숙한 독자나 할 일이다. 그 기대 지평을 넘어서려는 작가의 노력을 읽을 때, 독자도 지평을 전환시켜 넓은 세계를 볼 수 있다. 소설의 고정된 틀만 고집 세우면서 읽지 않는다면『화두』는 절제된 언어로 완결미를 추구한 어떤 작품보다 더 나은 '자연스러움'으로 읽힌다.

2. 억압된 주체

서술자 '나'의 주체는 어머니의 사라짐을 인식한 순간부터 발생한다. 햇빛 눈부신 길 한복판에서 어머니를 잃고 홀연 방향 감각을 잃어버리는 순간, 서술자의 주체는 라캉식으로 말하자면 상상계에서 벗어나 상징계로 들어선다. 그러나 보다 완성된 형태의 주체는 자신의 최초의 글을 인정해준 '국어 교사'와 자신을 최초로 암담하게 만들었던 '지도원 선생'을 통해 비롯된다. 그것은 이후 서술자의 전 생애를 지배한다. 그것은 끊임없이 글쓰기에 작용하고 삶에 영향을 미친다.

데카르트나 칸트적 의미의 '주체'는 언제나 세계에서 의미를 포착하고 그것을 재단하려고 한다. 또한 세계를 인식한다는 당찬 포부를 포기하지 않는다. 최인훈의『화두』이전의 작품들이 그렇고,『화두』에도 그것이 없지는 않다. 그러나『화두』의 주체인 서술자는 회상을 통해 자신이 형성되는 과정을 살핌으로써 궁극적으로는 그러한 인식의 폐해를 다루고 있다. 세계 인식을 획득하려는 노력이 주체를 완성시켜나가지만, 그것은 외부적인 힘이나 자체의 문제로 인해 벽에 부딪힌다. 텍스트 속의 서술자를 통해서 '작가 최인훈'을 찾으려고 하는 것은 과연 가능한 일일까? 서술자는 집요한 말하기와 회상의 글쓰기로 그것을 실현하고자 한다. 그러나 그것은 이루어질 수 없는 꿈일 뿐이다. 아니, 『화두』의 주체는 그러한 것을 바라지도 않는다. 그것은 『화두』를 사소설화하고 총체성의 늪에 빠지게 만든다. 서술자가 '언어의 의미화 작용'을 통해 최인훈과 유사한 존재를 밝히는 지점으로 나아가고 있다고 하더라도, 독자가 떠올리는 형상은 최인훈과는 별개의 어떤 형상이다. 그렇다고 해서 내가 텍스트에서 개별 주체를 완성해나가는 과정을 무시하려는 것은 아니다. 거기서 얼마든지 서술자가 자신의 몸체를 붙잡기 위해서 안간힘을 쓰는 모습을 읽을 수 있다. 거기에서 최인훈을 찾는 일은 부질없는 일이다. 최인훈은 하나의 신기루로 떠오를 수 있지만, 그것은 최인훈의 형상이라기보다는 독자가 떠올리는 독자 나름의 별개 형상이라는 것이다. 물론 작가가 노린 것도 그것이다.

서술자는 이렇게 고백한다. "종이에다 '나'라고 쓸 때, 그렇게 쓰고 있는 '나'는 '나'가 아닌 것이다"(1: 53) '나'는 언어로 만들어지고 있는 '나'이지 실제 작가는 아니다. 그리고 그 '나'가 나름대로 관념적 일관성을 지켜나가고 있다고 하더라도 그것이 실제 작가의 사상이 될 수는 없다. 이런 면에서 자신에 대해 말함으로써 자신을 드러내려는 주체의 기획은 좌절을 겪게 된다. 즉 주체로서는 자신의 본모습을 제대로 드러낼 수 없게 되는 것이다. 그렇게 될 때 주체는 더 이상 권력을 휘두르지 못하게 된다. 『화두』의 서술자는 강한 주체인 것 같으면서도 사실은 허약하기 짝이 없는 주체인 것이다.

그렇다면 무엇이 주체를 억압하는가? 사실은 이데올로기가 주체를 길들인다. 그리고 '국가'나 '이념'이 거대 주체로서 개인에게 작용을 한다. 아무도 거기에서 자유로울 수 없다. 자칫 잘못 대항하면 시대의 이탈자가 되어 마녀 사냥으로 희생되기 쉽다. 『화두』의 서술자도 그런 상황에서 거대 주체에 예속되어 있다. 그는 동서 양대 이념의 틀 속에서 살아가고 있고, 그것도 분단 국가의 남쪽에서 살아가고 있다. 그런 상태에서 그는 거대 주체를 제대로 인식하고자 노력하며, 어느 쪽에 정당성을 둘 것인지 고민한다.

그럴 때 서술자는 이분법적인 사고의 틀 속에서 벗어나기가 어렵다.

본래 『화두』의 서술자는 이성의 힘을 신봉하는 사람이었다. 그리고 그는 일면 사회주의자라고 할 수 있는 사람이었다. 마르크스는 인간이 자기 자신의 주인이 되는 그런 세계를 건설하려고 했고, 서술자는 그것을 따르고 실천하고자 했다. 그가 마르크스를 제대로 알고 있지 못했더라도 그는 조명희라는 거울을 통해 이성의 빛을 밝혀보고자 했다. 물론 서술자는 사회주의 활동을 한 사람이 아니고 단지 소설가일 뿐이다. 그리고 그는 소설을 통해 사회주의 이상을 구현하려고 한 적도 없다. 그러나 그의 정신은 그것을 지향하고 있었다. 그가 말하는 「밀실」(『화두』에서는 『광장』을 이렇게 표현함)을 쓰게 된 계기도 "집단적 이성이 환히 밝히는 사물을 보이는 대로 적으면 그만이었다"(1: 328). 그러나 4·19라는 환한 빛도 잠시, 유신 독재가 시작되자 그러한 주체는 아무런 힘도 발휘하지 못하게 된다. "몸은 비록 노예일망정, 자유민의 꿈을 유지하는 것, 작품이란 것은, 꿈의 필름이 아니라 의식이 스스로 연기하여 꿈을 발생시키기 위한 연기 순서의 기록이다"(1: 460). 이렇게 말하는 서술자는 억압된 상황에서 소설을 쓰지 못하게 된다. 은유가 아니면 진실을 말할 수 없는 현실에서 그는 지독한 노예 의식에 시달리게 되고, 꿈을 꾸고 있으되 주체가 아니라 노예였기 때문에 절필을 하게 되는 것이다. 주체 의식이 없어진 그는 절망하게 된다. "나는 소설에 지쳤고, 끝내는 그 '소설'이라는 것이 얹혀야 할 '말'에 대해서도 내 살갗처럼 자기의 일부로 자연스럽게 알지는 못하는 상태에 빠지고 말았다"(1: 460).

자신이 추구하는 이념의 반대편에서 살아가는 서술자는 그런 식으로 점점 망가지고, 그는 차츰 정신적인 유랑민이 되어간다. 이제 서술자가 할 수 있는 일은 고작해야 자신이 소설을 쓰지 못하게 된 원인들을 찾아내는 일뿐이다. 그는 하릴없이 자신의 글쓰기의 출발을 가능하게 했던 기억을 더듬으며, 또는 자신이 글쓰기를 시작하게 만들었던 공간들을 추억하며 시원(始原)을 찾아 헤맨다. 그러다가 그는 조명희, 또는 「낙동강」이라는 원형을 찾아낸다. 그것은 주체 형성의 또 다른 모티프다. 물론 『화두』는 조명희나 「낙동강」과 전체적으로 관련되어 있고, 그것을 회상하는 것으로 소설이 시작되기도 한다. 곧 서술자의 조명희 탐구는 『화두』를 이루는 중요한 계기가 되는 것이다.

소설을 쓰지 못하는 서술자는 주체를 상실한 것이나 진배없다. 그러한 주체는 억압의 상황에서 바로 서지도 못한다. 그는 지독한 무력감에 시달린다. 그는 미국에 귀화할 것까지 생각하면서, 또는 그동안 썼던 자신의 글들을 반추해보면서 배회한다. 그러다가 마침내 자신이 신처럼 믿었던 공산주의나 조명희에 대해서 의구심을 갖게 된다. 그러한 인식은 소련이 패망한 시점에서 시작되며, 단순히 비난하기에는 너무나 넓고, 풍요롭고, 자유로운 반대편 이념인 미국을 봄으로써 시작된다. 모든 상황은 자신이 생각한 것과는 반대로 이루어지고 있었던 것이다.

그렇다고 서술자가 미국을 좋아하고 소련을 싫어하는 것은 아니다. 단지 그는 이념이란 것이 예술가(소설가)의 주체를 얼마든지 예속할 수 있고, 이념에 묶여 있을 때 자신에게 귀중한 창조적인 싹들을 얼마든지 잘라버릴 수 있다는 것을 깨닫게 된 것이다. 또한 자신이 추구하던 이상이 옳건 그르건 간에, 실제로는 자신이 잘못된 자본주의 현실에 속해 있었기 때문에 그 반발로 다른 쪽의 이념을 절대시화한 것을 깨달은 것이다. 사실 그는 공산주의에 대해서 잘 모른다. 『자본론』도 읽지 못했던 그는 그저 단순히 조명희를 통해서 그 이념을 이상화했을 뿐이고, 조명희를 따라서 그저 맹목적으로 그 이상을 추구했던 것이다.

이념은 어느 것이나 허위의 속성을 가지고 있고 개별 주체를 예속하는 성향이 있다. 이런 깨달음을 얻는 순간 서술자는 조명희와 하나가 될 수 없는 또 다른 주체로 돌아온다. 조명희를 벗어나는 데에는 평생이 걸리고, 다시 소설을 쓸 수 있게 되기까지는 15년의 세월이 소모된다. 사회주의를 제대로 파악하지도 못한 채 사회주의 몰락의 소용돌이에 빠져들었지만, 그는 차츰 언어를 회복하고 소설을 쓸 수 있는 가능성을 발견하게 된다. 그 깨달음을 위해 그 많은 세월을 소모했을지라도 그는 기쁨으로 충만해 있다.

3. 유랑민 의식

『화두』는 20세기의 시대 현실을 서술자 '나'라는 주체를 통해서 드러내고자 한다. '나'는 이념에 종속된 시대 현실, 그 복종의 다양한 체계와 지배의 위험 조건을 형식을 뛰어넘어 사유하고, 이념의 지배 구조들의 횡포를 드러냄으로써 자유로워지고자 한다. 그리고 '나'는 억압당하고 있는 자신의 의식을 그려냄으로써 서술자 자신의 억압된 주체는 물론이고 그 시대에 동원된 사람들의 억압을 다룬다. 이런 면에서 『화두』의 서술자는 한 개인의 문제를 뛰어넘어 당대 모든 사람을 문제삼는 형식을 이루게 된다.

서술자는 정신적인 노예로서 유랑한다. 그것이 시대 현실 때문에 그렇게 된 것임에도, 그는 불가항력적인 억압에 좌절만 하면서 떠돈다. 고향을 잃은 유랑민으로서 그는 어느 곳에도 정착하지 못한다. 어쩌면 그가 조명희의 이상을 추구하는 것도 상실된 고향을 그리워하는 마음에서 시작된 것인지도 모른다. 북의 현실은 자신을 괴롭혔던 지도원 선생이 있던 곳이지만, 그곳을 미워하기에 앞서 탈출한 유랑민은 스스로 도망친 것이라는 의식에서 벗어나지 못한다. 그리고 고향의 상실에는 자신의 책임이 있다는 자책에 시달린다. 또한 그것은 북의 이상이 남의 이상보다 더 숭고한 것이라고 믿게 만든다. 그런 의식들은 서술자에게 더 이상 소설을 쓰지 못하게 만든다.

20세기 한반도 현실에서는 누구나 노예 의식의 희생자가 될 수 있다. 그러나 유랑민은 소속된 곳이 없기 때문에 누구보다 쉽게 노예 의식을 버릴 수도 있다. 냉정히 자신의 실체를 파악할 수 있다면, 유랑민은 이념에 예속되지 않고 자신을 지킬 수 있다. 상반된 이념을 받아들일 수 없기 때문에 동시에 양자를 버릴 수 있는 좋은 위치에 있는 것이다. 그래서 노예 유랑민에서 자유 유랑민으로 발상의 전환을 하게 되면 더 큰 자유를 누리게 된다. 서술자는 마침내 유랑을 마치고 미국에서 귀국하게 된다. 설화 세계의 힘을 찾아서, 근원적인 언어의 세계를 찾아서 억압의 세계로 돌아온다. 어떤 위험도 감수할 수 있는 글쓰기의 자세가 갖추어진다. 즉 그는 순수한 예술가의 정신, 곧 유랑민의 정신을 되찾았기 때문에 그 어둠의 세계를 두려워하지 않고 귀국하게 되는 것이다. 그러나 그는 쉽사리 소설을 쓰지 못한다.

서술자는 러시아 여행 중에 찾은 조명희의 보고서에서 그것을 벗어날 단서를 찾아낸다. 물론 조명희는 여전히 이성주의자다. 그러나 조명희의 웅변은 서술자에게 다르게 읽힌다. 육성으로 보고서에서 말하는 조명희는 기억의 원형으로서 존재하는 조명희와는 다르다. 그는 조명희 보고서의 틈새에서 자신을 비추는 빛을 발견한다. 이제 허구로 존재하는 기억 속의 조명희는 재점검받게 된다. "그 연설은 국경을 전제한 해결이 가져오는 낭비와 비문명성을 물리치고, 이 지구 위에서의 문명이 안고 있는 문제의 해결은, 이 지구 위에서의 인간 생활을 내국화(內國化)하는 방향에서만 이루어진다고 판단하고, 그 내국화의 과정을 지역 사이의 패권 다툼을 통한 먹이 사슬의 운동에 맡기지 말고, 인간다운 이성을 따르는 계획에 따르기 위해서 용단을 내릴 것을 호소하고 있었다"(2: 522). 서술자는 숨가쁘게 한 문장으로 자신의 깨달음을 표현한다. 그는 자신이 생각하던 이성이 다른 어떤 것일 수 있는 가능성을 발견한 것이다. 조명희는 자기가 알고 있는 것과는 다른 목소리를 내고 있었다. 조명희가 말한 '인간다운 이성'을 톨스토이는 '빛이 있을 때 빛 속을 걸어라'라고 말하고, 서술자는 그것을 '시간이 아직 있을 때 할 일을 하라'로 받아들이고(물론 이것은 조명희의 얼토당토않은 죽음에서 깨달은 것이다), 또한 모든 것은 거대 주체의 작용에 이끌려가는 것이 아니라, '선택의 문제'로 바뀐다. 그리하여 서술자는 자유를 찾게 되며, 마침내 '옳은 연결을 따라가라'로 나아가게 되는 것이다.

다시 서술자는 고골리와 체홉의 무덤 앞에서 그것을 확인한다. "꿈의 폐허인 줄 알았던 궁전에서 어젯밤 진리에 대한 우렁찬 환호를 들었고, 생명의 무덤인 줄 알았던 이곳에서 그 진리의 뿌리들을 만난 것이었다"(2: 523). 여기에서 '꿈의 폐허'는 사회주의 이상이 무너진 러시아이고, '생명의 무덤'은 고골리와 체홉의 무덤이다. '진리에 대한 우렁찬 환호'는 물론 조명희를 통해 서술자가 소생할 수 있는 단서를 발견한 것이고, '진리의 뿌리'는 이성의 잣대에 이끌려가는 삶이 아니라 인생이란 얼마든지 '선택의 문제'일 수 있다는 깨달음이다.

여기까지도 서술자는 주체를 포기하지 않는다. 그러나 그는 삶을 찾아 '기억'으로 들어갈 수 있게 된다. 야만적인 사회는 언제나 당각을 조장한다. 신체에 아로새겨진 상처와 고통을 잊게 함으로써 독재를 지속하고자 한다. 그래서 그는 자유를 찾는 유목민처럼 '뒤돌아보지 마라'라고 말하는 신화 속의 이야기를 거부하게 되는 것이다. 그 거부는 마치 니체가 '신은 죽었다'고 선언하는 것만큼이나 그에게는 충격적으로 다가온다. "그가 지금 있는 자리에 있는 것은, 그 모든 '뒤'를 잊지 않은 수십억 년의 '기억'들이 있었기 때문이며, 그는 지금 해와 달과 별만 떠 있다고 생각해온 침묵의 우주 공간에 높이 올라와서 모든 일이 거기서 비롯해서 거기서 끝나고, 해와 달과 별들이 그것을 중심으로 돌고 있다고 생각했던 그 중심인 땅 ― '지구'를 달을 보듯 해를 보듯, 별을 보듯 떼어놓그 볼 수 있는 자리에 있는 것은 바로 모든 앞세대가 언제나 끊임없이 '뒤돌아보면서' 살아왔기 때문이다"(2: 528). 이 말은 달리 말해서, 인간이 자연을 탈마법화시킨 연후에 자신이 신의 위치를 차지하고서 오만하게 살아온 이성, 곧 주체 자체에 대한 반성이다. 오만한 이성이 기실 짐승처럼 앞만 보고 살아온 것이다. 짐승에게는 "'뒤'는 없고 오직 '현재,' '지금,' 그리고 어슴푸레한 '앞'만 있다"(2: 529). 또한 그것은 인간을 짐승으로 노예로 만들려는 '신' '절대정신' '이성'의 음모이다. "내가 너희를 위해 저 '앞'에 꿀과 젖과 햇빛이 넘치는 장소를 마련해놓았으니, 너희는, 내가 언짢아서 지금 없애버릴 작정인 '뒤'를 돌아보지 말라, 이를 어기는 것은 네가 나의 약속을, 나의 능력을 믿지 않는 것이니, 만일 그리하면 나는 약속을 거두고 너를 더 이상 나의 자녀로 알지 않겠다, 라는 의사 표시라고 읽힌다. '신,' 아니면 공동체의 규범, 또 좀 내려오면 '역사의 법칙' 그런 것으로 풀이할 수 있는 어떤 것이다"(2: 529). 이리하여 진리는 '나의 기억'이 되고, 기억은 진리가 되고, '나'는 진리가 되고, '나'는 기억이 되는 것이다. 모스크바가 망한 것도 기억을 잃어버리고 앞만 보고 달렸기 때문이다. 곧 마르크스, 레닌의 이념도 결국은 잘못된 신의 이름이고, '독 묻은 까마귀 고기'를 먹은 잘못된 이성의 이름에 다름 아니다. 그 깨달음을 통해서 서술자는 '기억'으로 들어갈 수 있게 되는 것이고, 여기에서 『화두』의 형식을 찾을 수 있는 것이다.

4. 자유로운 형식

서술자는 자신이 믿었던 주체가 자신의 실체를 말해줄 수 없다는 것을 깨닫는다. 그는 무수히 기억을 더듬으며 자신의 실체를 찾으려고 애쓴다. 그러나 실체의 모습은 드러나지 않고, 실체를 찾아가는 지도만 그려진다. 그는 그 지도를 그대로 보여주고자 한다. 그것을 읽는 독자가 그 지도를 통해 실체를 보건 보지 못하건 그것은 이제 독자의 문제이다.

이것이 20세기를 표현한 묵시록의 의미일까? 20세기라는 '세상일'은 헛되지 않은 사건이며 20세기라는 시간은 종말론적 시간이라는 언설 속에서 나는 철든 이후 살아왔기 때문에 나는 내 작품의 작동 형식에서 흠을 찾아내지 못했는데도 이 지시를 받아들일 수 없었다. (1: 159)

『화두』의 작가는 이러한 고뇌를 통해 새로운 시대를 포괄할 수 있는 형식을 찾게 된다. 그는 기존의 글쓰기 방식을 과감히 버린다. 그리하여 자신의 글쓰기를 소설 속에서 직접적으로 천착하게 되고 문학 외적인 담론을 과감히 등장시키는 방법을 택하게 된다. 『화두』는 이런 방식으로 서술자의 자아 반영과 불안정한 형식을 드러내면서 담론이 외부 세계에서 어떻게 발전하는가를 보여준다.

모든 일상이 박진감 있는 소설처럼 속도감 있게 빛나는 순간으로만 존재할 수는 없다. 그래서 서술자는 때로는 느린 톤으로 따분한 일상을 묘사하며, 때로는 상념을 아포리즘 형식으로 나열하기도 한다. 그는 우리가 경험할 수 있는 현실을 리얼리즘의 재현이나 모더니즘의 총체성으로 과장하거나 단순화하는 것을 경계한다. 오히려 세계를 사실적으로 그리고 있다는 소설들이 자체의 긴장도나 완성미를 위해 새로운 허구를 만들 수도 있다는 깨달음으로 『화두』는 사실과 허구의 경계를 무너뜨린다. 그래서 그것은 글쓰기들이 섞이고 겹치는 다차원의 공간으로서의 '텍스트'가 된다.

이제 서술자는 거대 주체의 작용을 해체하면서 스스로 주체에 대해서도 회의한다. 더 이상 주체는 어떤 대상도 단정적으로 말하지 못하게 된다. '흔들리는 주체'는 미로에 빠진다. 그는 의미가 기끄러지는 언어 속에서 헤맨다. 그렇다면 서술자는 불행한가? 아니다. 역설적으로 주체의 흔들림을 발견한 그는 희열을 느끼고 있다. 그는 자신의 세계 속에 갇혀 있으면서도 또한 새로운 미로를 만들고, 새로운 비상구를 찾으면서 희열에 떨고 있다. 그러한 형식을 통해 『화두』는, 패러디 형태로 특정 작품이나 소설 형태에 대해서 언급하거나, 삶과 픽션 사이의 의심스런 관계를 무수히 탐색하면서 보고서, 아포리즘, 시나리오 등의 언어에 힘을 부여해주고, 우리 시대의 불확실하고 불연속적인 형식을 그대로 그려내어 독자에게 실체에 대한 인식을 새롭게 하도록 만든다. 장르의 경계는 해체되지만 오히려 소설은 풍요로워진다.

글쓰기에 구성된 주체란 것은 본래 존재하지도 않았다. 그것은 주어진다

고 하더라도 타자에 의해 주어지며, 태어난다고 할지라도 무수히 배반당함
으로써 태어나는 것이다. 작가는 텍스트 바깥에 존재하며 이따금 손님으로
서나 방문할 뿐이다. 그는 완전한 해석에 이르는 어떠한 통로도 제시하지
않으며, 단지 사회적인 관행들이 억압적인 이념들을 통해 어떻게 구성되는
가를 보여줄 뿐이다.

『화두』의 서술자는 소설을 만드는 일에 초점을 맞추면서도 소설 이론의
문제들을 어떻게 받아들일 것인가 고민하고, 세계라는 미로를 어떻게 헤쳐
나갈까를 동시에 탐색한다. 그것이 최인훈을 전통적인 소설의 구조를 거부
하고 스스로 고안한 다양한 원칙들에 따라 흩어진 형식을 취하도록 만드는
것이다. 억압된 이성에서 자유로워진 『화두』의 영혼은 글쓰기의 새로운 형
식을 찾아내어, 즉 이제까지의 억압된 관념을 해체하고는, 희열에 넘친 유
희로서 글을 쓰고 있는 자신을 스스로 발견하게 되는 것이다.

> 세상도 아닌 것을 세상처럼 그려서는 안 되지 않는가. 예술의 마지막 메시
> 지는 그 형식이다. 괴기한 사물을 단아하게 그리는 방법을 나의 감정이 허락
> 지 않았다. (1: 340)

이 말은 실체의 진정성을 추구하면서도 형식을 파괴하겠다는 이중적인
뜻을 함의하고 있다. 텍스트의 언어는 감각을 되찾고 생명력을 복원하게 된
다. 그것들은 흩어져 있지만 나름대로 그물망을 이루며 생성 · 발전 · 변
환 · 소멸 등의 상태를 반복한다. 그것들은 절대적인 주체를 인정하지 않으
며, 광기라고 해서 소외시키지 않으며, 타자들을 부인하지 않는다. 한편에
서는 '소설'을 지향한다. 그러나 다른 한편의 그물코에서는 '소설'을 해체
하고자 안간힘을 쓴다.

또한 서술자는 조명희 · 이태준 · 박태원 등의 선배 작가들이나 그들의 텍
스트와 만난다. 특히 조명희의 「낙동강」이나 보고서와의 만남은 서술자의 의

식을 변화시키는 데 결정적인 역할을 한다. 텍스트와의 만남이 그러한 일차적인 개념을 넘어 '시대'나 '세계'로 확산되면 '상호 텍스트성intertextuality'의 양상은 또 달라진다. 현 시대에서 우리가 인식할 수 있는 모든 것이 텍스트가 됨으로써 텍스트의 문맥과 문맥 사이의 틈새는 서술자에게 세계의 비밀을 풀 수 있는 단서가 되고, 나아가서는 독자 또한 그 틈새에서 유희할 수 있게 된다. 작가의 경험과 지식 속에는 수많은 텍스트가 있다. 독자 또한 마찬가지다. 독자의 정신이라는 것도 텍스트와 마찬가지로 그 시대의 산물이고 보면, 이제 독자는 세계·자연·사회·문화를 모두 텍스트로 삼아 새로운 텍스트와 유희할 수 있게 되는 것이다.

독자는 완성을 시키고 싶으면 하고, 그렇지 않으면 포기해도 상관없다. 독자 스스로 자신의 내부에 있는 여러 담론들의 목소리를 확인할 수만 있다면, 그는 얼마든지 『화두』에 의미를 부여할 수 있다. 20세기라는 시대를 고민하는 서술자의 생생한 고뇌를 자신의 고뇌로 바꿀 수도 있고, 바르트의 용어로 말하자면 '쓸 수 있는 텍스트'로 만들거나 이저의 말마따나 '심미적 구체화'를 이룰 수도 있는 것이다. 모든 억압은 해방되고 속박된 구조는 열린다. 그것은 해석을 통해서 이루어지는 것이 아니라, 독자가 새로운 텍스트를 만드는 것으로 이루어진다.

역설적으로 주체가 흔들리고 해체되는 모습을 통해 '나'와는 다른 세계가 존재할 수 있다는 것을 인식하게 되고, 세계란 자신의 가치 척도로 쉽게 이해될 수 있는 단순하고 명료한 것이 아니라 복합적으로 뒤엉키고 모순되고 무질서한 것으로 보일 수도 있다는 것을 발견하게 된다. 내가 '타인인 너의 타자'에 지나지 않을 때 갈등이 발생한다. 언제나 남을 자신의 기준으로 판단할 때 마땅치 못하거나 배반감을 느낄 수밖에 없다. '여기에 있는 나'가 타자에게는 '저기에 있는 그'일 수 있는 가능성이 언제나 있는 것이다. 따라서 타자를 인정하고 타자의 시선으로 바라볼 수 있게 되면 주체의 암흑은 걷히게 된다.

해체는 거대 주체의 음모를 폭로한다. 신은 과거를 돌아보지 말라고 말하지만, 『화두』의 서술자는 신을 거역하고, 신의 의도를 폭로하고, 자신의 현재가 그 자체로서 존재가 되는 것이 아니라, 과거를 포용한 과정으로서의 존재임을 밝힌다. 그리하여 새롭게 이름 붙일 수 있는 주체가 탄생된다. 마침내 서술자는 환한 빛 속에서 축복을 받을 수 있게 된다. '새로운 주체'는 글을 쓰게 하는 힘이다. 그 주체는 레닌이나 사회주의 이상을 '신'으로 생각하지 않고, 죽기 2년여 전 반신 마비가 된 레닌과 본질적으로 잘못된 사회주의 이상을 깨달아버린 주체이다. 그리하여 레닌도 누구와도 같은 평범한 인간일 수밖에 없고, 절대정신이란 이상을 추구하는 주체도 종말을 고하게 되거나, 우리와 같이 똑같은 평범한 사람이 되고 마는 것이다. 그리하여 서술자 '나'는 기억의 주인이 되고 '나'의 주인이 된다. "나 자신의 주인일 수 있을 때 써둬야지. 아니 주인이 되기 위해 써야 한다. 기억의 밀림 속에 옳은 맥락을 찾아내어 그 맥락이 기억들 사이에 옳은 연대를 만들어내게 함으로써만 나는 나 자신의 주인이 될 수 있겠다. 그 맥락, 그것이 '나'다. 주인이 된 나다"(2: 542).

마침내 서술자가 소설을 쓰기 시작하는 것으로 『화두』는 끝난다. "이 소설은 어느 가을밤에 그렇게 시작되었다"(『화두』의 끝). 그것은 깨달음의 과정을 다루고 있지만 소설은 다시 시작되고, 최인훈이 지금까지 사용했던 소설 양식을 회피하여 자유로운 형식을 찾아내게 만든다.

『화두』의 텍스트성은 독자와 함께 세계와 하나로 어우러지고, 열린 구조를 향해 흘러간다. 『화두』를 덮고 보면 빛이 보인다. 사적 경험, 기억, 담론 등을 통해 사적 역사를 말하고 있지만, 책을 덮고 보면 20세기 한반도의 시대 현실이 보인다. 사적인 장을 넘어 공적인 장으로 넘어간 『화두』, 그것이 최인훈 『화두』의 위대성이다.

제 3 부 대담

작가의 세계 인식과 텍스트의 자기 증명[1]

1. 21세기와 문학

김인호: 최인훈 선생님, 이렇게 대담에 응해주셔서 고맙습니다. 얼마 만에 이런 자리에 나오셨는지요?

최인훈: 21세기에 들어서 처음 하는 대담입니다.

김: 선생님의 작품을 좋아하는 독자들이나 문학을 지망하는 사람, 그리고 문학 연구자들이 선생님에 대해서 궁금한 점이 많을 것입니다. 이 자리가 선생님의 예술의 방법론을 이야기하고, 시대와 사회, 정치와 문화 등의 문제에 대해서도 자유롭게 말씀하실 수 있는 기회가 되었으면 합니다.

최: 할 수 있는 한 성의를 다하겠습니다.

김: 먼저 선생님께서 후배 작가들이 지침으로 삼거나 방향 설정에 도움이 될 만한 말씀을 한 마디해주시는 것으로 대담을 시작하면 어떨까요?

최: 나는, (잠시 침묵), 개별적으로 문학 하는 사람은 있어도, 문학에 '원로'가 따로 있다고 생각하지 않습니다. 이야기를 어디서부터 시작해야

---

[1] 이 대담은 계간 『문학생산』 제2호 특집(2002년 가을호)으로 기획된 것이었지만 잡지사의 사정으로 발간되지 못했다가 이제야 빛을 보게 되었다. 최인훈 선생님께 거듭 사죄 말씀을 드리며, 그동안 기다려주신 것에 대해 다시 한 번 감사드린다.

할지 모르겠으나, 다른 자리에서도 이런 경우를 당하면 이야기하곤 했는데, 나는 문학의 경우에 있어서 어떤 '방향'이라든지 하는 말에 거부감을 가집니다. 또한 문학에 '일반적인 지침'이라는 말은 어울리지 않습니다. 처음에 문학을 시작할 때는 방향이나 지침 같은 것을 알지 못해 답답했는데, 그런 대로 수십 년 문학을 하다 보니까, 또 거꾸로 써보고 경험해보고 하니까, 적어도 예술이나 문학이라는 것이 어떤 방향에 끌려가는 것도 아니고, 그런 말로 요약할 수 있는 것도 아니라는 걸 알게 되었습니다.

김: 그렇군요…… 사실 선생님이 40년 이상 작가 생활을 해오신 모습을 본 사람이라면, 즉 문학을 지망하거나 연구하고자 하는 사람으로서 「그레이구락부 전말기」에서 『광장』『구운몽』『서유기』「총독의 소리」『소설가 구보씨의 일일』 등을 거쳐 희곡 작품과 『화두』에 이르는 것을 본 사람이라면, 그것만으로도 작가로서의 지침과 같은 것을 얻어낼 수 있을 것입니다. 저는 다만 요즈음의 젊은 작가들이 선생님 세대와 사뭇 달라진 작가로서의 태도를 가진 게 아닌가 하는 생각이 들어서 드리는 질문입니다.

최: 그렇군요.

김: 우리가 21세기를 살아가는 것이 20세기를 살아온 것과 숫자적인 개념으로서만 차이가 있는 것은 아닐 것입니다. 적어도 우리는 20세기를 잘 정리해야 21세기를 잘 살아나갈 수 있을 것입니다. 그런 점에서 새로운 세기에 변화의 조짐이라도 느낀 것이 있으면 말씀해주십시오.

최: 나는 20세기를 두 가지 관점으로 보고 싶습니다. 하나는 세계사 자체 과정 속에서의 20세기라는 것인데, 그것은 지구라는 공간이 처음으로 하나로 통합된 시기로서, 지구 문명이라는 것이 본격적으로 역사에 처음 등장하는 그런 각도에서 보고 싶습니다. 또 한 가지 관점은 나라와

민족에 관련된 것인데, 전반부를 외국의 점령하에서 보냈고, 우리 민족을 중심으로 생각해본다면 분단의 시기로 생각해볼 수 있겠지요. 이 문맥에서 사회 자체의 문제, 문학으로서의 문제를 생각해볼 수 있다고 생각합니다. 그리고 21세기라고 해서 이 조건이 아직은 크게 달라진 것이 없습니다.

김: 21세기라고 하면 이념의 시대가 끝나고 새로운 판도가 마련된 시기라 할 수 있고, 예를 들어 예전과는 다른 전쟁의 양태로 작년에 발생한 미국 무역 센터 테러와 같은 것을 그 상징적 출발로 볼 수도 있을 것입니다. 그런 점들이 문학에 어떠한 영향을 디칠 것인지, 그리고 새로운 세기에 어떤 변화가 일어날 것인지 묻고 싶은 것입니다.

최: 21세기를 어떻게 볼 것인가에 대한 질문은 지금 우리가 살고 있는 시대가 지구 규모로서 너무 방대해졌기 때문에 어떤 특정한 시각으로 쉽게 말할 수 있는 것이 아니라고 생각합니다. 그래서 1920~30년대의 풍경을 생각하며 그때의 상황에 빗대어 말해보자면, 그때에도 우리나라나 우리 문단에 국경이나 민족의 테두리를 넘어선 풍경을 의식하고 있는 예술적인 표현들이 존재했고, 물론 그걸 표현할 줄 아는 사람들이 몇몇 존재했지요. 그걸 뭐라고 말하기에 앞서 김기림과 같은 사람을 머리에 떠올려보면서 그 당시를 회상해보자면, 먼저 그때는 그때대로 도시화가 이루어지고, 19세기와는 다른 의미에서의 생활 문화가 펼쳐지고 있었습니다. 정치적 의미는 어쨌든 간에 그런 변화를 겪었던 셈인데, 그때 산업화의 세계적인 추세와 지금의 그것과는 많이 다르지만, 우리는 20~30년대에 이미 현대 문명의 고질적인 병폐들을 겪었습니다. 만약 지금이 그때와 다르다면 아마도 20~30년대의 모더니스트들의 모더니티가 지금은 어디서나 벌어지는 일상적인 일이 되었다는 것 정도겠지요.

김: 21세기를 인터넷의 시대, 울타리가 없어진 세계화 시대라고 말합니다.

그리고 이제 젊은이들은 예전처럼 민족 의식 같은 것을 갖고 있지 않습니다. 그런데 선생님은, 앞에서 말씀하신 내용 중에서도 느낄 수 있듯이, 아직도 너무 '민족'의 문제에 얽매이고 있지 않나 하는 생각도 듭니다. 정말로 이런 시대에도 민족이라는 개념은 의미가 있을까요? 이제 우리의 사유의 폭도 민족이라는 개념을 뛰어넘어야 하지 않을까요?

최: 이삼백 년 동안 세계 역사 속에서 중요한 역할을 했던 민족·국가·문화권이니 하는 것들을 지금 이 시점에서 의미가 없다고 말할 수는 없습니다. 그래서 민족이라는 개념이 불필요하다고 생각하는 사람들의 의견에 나는 찬성하지 않습니다. 다른 나라가 민족이라는 개념을 어떻게 받아들이는가에 상관없이, 우리의 경우에 민족이라는 개념 없이 지난 백여 년의 역사를 설명할 수 없습니다. 민족이라는 개념을 빼놓을 때 20세기를 설명할 수 없을 뿐만 아니라 우리의 고뇌라든가 하는 것들도 공동화(空洞化)될 염려가 많습니다. 국가나 민족이라는 개념은 한반도에서 인연을 가지고 살았던 인간 집단들에게 가장 실존적이고 종교적인 문제이자, 정치적이고 경제적인 문제라고 할 수 있습니다. 그것들은 도저히 분리해서 생각할 수 없는 그런 것입니다. 당분간 우리가 지구인·세계인으로 살아가더라도 거기에 플러스 알파로서 작용하는 수백 년 동안의 역사적 실적을 포기할 수 없습니다. 그리고 민족이라는 개념 없이 문학과 학문, 그리고 일반적인 생활의 좌표마저 설명할 수 없습니다. 우리 지역의 백 년 동안의 특성을 생각한다면 민족이라는 개념을 결코 빠뜨릴 수 없습니다. 그것 없이는 우리의 역사, 문학사 그 어느 것도 설명할 수 없기 때문입니다. 생명은 진공 속에서 움직이는 것이 아니라 다원적 조건들 속에서 움직이는 것인데, 민족이나 국가라는 것도 개인이나 성(性)처럼 그것을 움직이게 하는 조건들이지요.

김: 근대성이라는 개념은 '국가'와는 깊은 관계가 있지만 '민족'과는 거리가 먼 개념이 아닐까요? 물론 우리의 20세기 전반부가 '국가'가 없는

상황의 연속이었기 때문에 부득이 '민족'이라는 용어를 사용할 수밖에 없었겠지요. 그런데 다시 생각해 보면 민족이라는 개념은 혈연이나 가족이 확대된 개념일 뿐입니다. 우리의 근대 의식을 자리 잡게 하는 데 가장 방해가 되었던 개념인 것이지요. 그래서 아마 선생님도 『회색인』이나 「크리스마스 캐럴」 연작에서 '가족 벗어나기'의 문제를 거론했을 것입니다. 그런 관점에서 21세기에 이른 지금, 선생님은 '가족 벗어나기'를 '민족 벗어나기'의 문제로 바꿔보실 생각은 없으신지요?

최: 내가 말하는 민족이라는 개념은 생물학적인 피의 타입을 말하는 것이 아니라, 민족이라는 단위에 의해서 영위되었던 정치 · 경제 등의 생활 체험을 말합니다. 그동안 독립국으로 생활했나 혹은 식민지국으로 생활했나에 따라서, 그리고 단일한 민족 국가의 조건이 주어졌는가 아니면 다민족 국가의 조건이 주어졌는가에 따라서 인류의 문명사에서 색깔이 달라졌지요. 이는 문화 개념 혹은 사회학적 개념으로서 말하는 것이지, 어느 생물학적 인종을 말하는 것은 아닙니다.

2. 문학의 스펙트럼, 개별적이면서 다채로운

김: 이제 문학 자체의 문제로 돌아오자면, 정말로 지금의 문학은 선생님의 젊은 시절의 문학과 비교해서 뭐가 많이 바뀐 것인지요? 시대가 바뀌면 예술 일반론도 바뀌어야 하는 것인지, 아니면 예술만의 일반적인 속성이 있는 것인지…… 이런 문제는 대다수의 작가들이 고민하는 문제이기도 한데, 아까 물었던 작가의 책임이나 역할의 문제가 될 수도 있겠지만……

최: 우리가 지금 작가니 문학이니 하는 용어를 자주 사용하는데, 이런 기회에 비슷한 질문을 받을 때마다 겪었던 고민을 해소할 수 있는 편리한

개념을 하나 마련해야 하겠습니다. 내가 자주 사용하는 용어 중에 '스펙트럼'이라는 것이 있는데, 자각 없이 볼 때는 보이지 않는 빛을 프리즘 같은 굴절 매체에 통과시켜보면 복수의 파장을 지녔다는 것을 알게 하는 것이지요. 그것을 보아 알 수 있듯이, 문학은 단일한 실체인 것 같지만, 다채로운 색깔을 가진, 아니 작가의 숫자만큼의 굴절 차이를 지니고 있는 그런 현상이지요. 문학은 단일한 방향이나 질량을 가지고는 설명이 안 되는 것이기 때문에, 자기가 다변적인 힘의 장(場) 중에서 어디에 속해 있는가를 발견하는 것이 작가 생활에서 가장 중요한 과정의 하나인 것 같아요. 그래서 문학에는 방향이라고 할 것이 없는 것이지요. 작가 생활을 처음으로 시작하고 있는 작가에게는 자신이 어느 자리에 설 것인가, 어느 속도로 갈 것인가 하는 것이 중요한데, 작가로서의 인생을 어느 정도 살다 보면, '나는 육체적으로 어떤 면에서 강점이 있는 사람이다'라는 것을 저절로 알게 됩니다. 작가로서의 체질은 생리적인 체질이 아니라, 복합적인 인간 — 생물적인, 문화적인 그 밖의 우발적인 것의 콤플렉스로서의 인간 — 이라는 생활체가 가지고 있는, 어떤 경향과 같은 것입니다. 그런 경향을 모두 인정하는 입장에서 예술 이론은 구성돼야 하고, 작가의 경우에도 빨리 그런 이치나 감을 깨달아야 합니다. 그것이 작가를 성공과 비성공으로 갈라지게 하는 것 같습니다. 빨리 감을 잡지 못하면 성공하기가 그만큼 더 어렵게 되는 법입니다. 요컨대, 문학 일반이라는 것은 없다, 이런 이야기입니다. 구체적인 문학, 즉 어느 특정한 작가의 문학은 있어도, 한꺼번에 뭉뚱그려 말할 수 있는 '우리의 문학,' 혹은 '21세기의 문학'이란 실제로 없는 것이지요. 정치라는 것에나 그런 극단론을 밀어붙이기 적합할까, 하지만 그것조차 그렇지 않습니다. 집단에 비교적 이익이 되고 일부는 조금 희생될 수도 있는 논리가 성립되는 것이 정치라면, 가능한 모든 경우가 다 선택되어도 좋다고 생각하는 것이 예술입니다.

김: 개별적 문학은 우주에서 하나뿐이고, 어느 집단에도 환원되지 않는 독자성을 지니고 있다는 말씀인데, 하나이면서도 다채로운 문학이란 어떤 모습을 하고 있을까요?

최: 다원성을 인정하지 않으면 예술이 아닙니다. 천 년 전, 오천 년 전, 십만 년 전으로 거슬러 올라가면 당연히 한 가지 감수성, 한 가지 신, 한 가지 정치, 한 가지 인간을 믿었기 때문에 지금과 같은 정도의 다채로움은 존재하지 않았습니다. 그 단계에서는 세상에 대해 단 한 가지 대응 태도밖에 지닐 수 없었지요. 그런데 지금은 도저히 그럴 수가 없습니다. 아침에 일어나면 오늘 하루를 어떻게 지낼까 고민해야 할 정도로 우리 앞에는 다양한 가능성이 펼쳐져 있습니다. 그것은 불과 백 년 전만 해도 상상할 수 없었던 일이지요. 아침에 지게 지고 들판으로 나가서 일하다가 저녁에 돌아오는 일들이 노상 그렇듯이 반복되었기 때문에 일과에 대해서 고민해야 할 이유가 없었던 것이지요. 그런데 현대인은 백 년 전, 천 년 전의 인간들이 고민하지 않았던 것들을, 오늘 하루를 어디서, 어느 정도의 강도를 가지고서, 무슨 일을 할 것인가 고민한다 이거죠. 그리고 자기 자신마저도 예측하기 어려운 생활 속에서 무수한 선택을 강요당하면서, 그러다가 자칫 길을 잃고 헤매는 경우도 생기는 것이지요.

김: 시대가 복잡해지고 다원성이 옹호되기 때문에 오히려 예술의 꽃을 피울 수 있다는 말씀처럼 여겨지는데요. 그것이 후배 작가들에게는 예술에 대한 희망적인 메시지처럼 들릴 수도 있겠다고 생각됩니다. 예술의 어떤 영역에서든지 열심히하면 충분히 자기의 역할을 찾을 수 있다는 격려가 될 수도 있겠고요.

최: 몇백 년 전에 문학을 하는 것은 이미 존재하는 명문과 비슷한 글을 반복하는 것에 불과했기 때문에, 사람들이 어떻게 생각하고 어디까지 욕망할 것인가가 뻔했습니다. 그래서 도 닦는 사람들도 지금보다는 훨씬 쉽

게 어떤 경지에 이를 수 있었을 것입니다. 그런데 현대인은, 멀리 갈 것
도 없이 '나'를 예로 들어보자면, 나는 지금도 어떤 경지에 도달할 수도
없고, 목표라고 할 수 있는 것조차 가지고 있지 못합니다. 실제로 나는
마음이 편해지는 정신적 경지라고 할 수 있는 것들을 가지고 있지 못합
니다. 그리고 앞으로 십 년, 이십 년 노력한다고 해서 될 일이 아니라는
것도 잘 압니다.

김: 선생님의 말씀이 무척 놀랍습니다. 제 생각에 선생님은 헤겔이나 마르
크스를 좋아하는, 뭔가를 총체적으로 해석하고 설명할 분으로 생각했
는데, 지금 말씀을 들어보니 선생님은 지극히 현대적이면서도 놀랍도
록 개방적인 사유를 하고 계십니다. 그럴 정도로 정신의 활동이 변했다
면 그것이 저에게는, 그런 작품을 쓰고 싶다는 표현으로 들립니다만.

최: 지금과 같은 세상이 아니었다면 나는 지금 정도의 지식도 갖지 못하고
더 불행해질 수도 있었던 사람입니다. 좀 잘못되었더라면, 이런 좋은
자리가 아니고, 어디에 쇠창살이 있고 문에 빗장이 쳐진 곳에서 외출도
마음대로 하지 못한 채 무슨 수상한 약을 받아먹으면서 살아갈 수도 있
었을 거예요. 그런 엉뚱한 생각이 나하고 전혀 관계없는 것만도 아닌
것이라는 생각이 늘 들곤 합니다. 꼭 남의 이야기로만 여겨지지는 않는
것입니다.

김: 선생님의 말씀을 듣다 보니 정말로 『화두』는 다원성을 옹호하는 소설이
라는 생각이 듭니다. 선생님이 1부에서 비유하고 있듯이, 잠시 자신의
기억을 들추어보면 개미굴 안팎에 늘어서 있는 개미떼처럼 무수한 '나
들'이 존재하지요. 하지만 개미들이 '일렬로' 늘어서 있다는 점에서 선
생님의 글에서는 헤겔의 냄새와 같은 것이 배어 있습니다. 『화두』 이전
까지 선생님 소설의 발화자는 자아 확립에 신경을 쓰거나 에고가 무척
강한 사람이었습니다. 그래서 『구운몽』에서 시작된 자아 분열이 『서유
기』 이후로는 치유되어 구체적으로 그 자아의 실체를 드러내야 했는데,

작품을 쓰시던 시대적 상황이 더 암담해져서인지 「총독의 소리」나 『소설가 구보씨의 일일』 등에서 형식적 아이러니를 통해 저항할 뿐 더 멀리 나아가지 못했습니다. 선생님으로서는 그런 식으로 방황을 했던 것이겠지요. 그런데 『화두』에 들어서면 변화의 양상이 보여요. 정말로 『화두』를 집필하실 때 어떤 변화가 있었던 것인지요? 그리고 그것은 선생님의 개방적인 사유와 어떤 관련이 있고 또 그것을 자아를 지키려다가 발생한 '분열증'과 상관없는 즐겁기만 한 '제멋대로 해라'라는 의미로 받아들여도 되는 것인지요?

최: 나는 그것을 정말로, 제멋대로 해라, 라는 말로 받아들여도 불만이 없습니다. 물론 나에게는 '제멋대로'가 그렇게 제멋대로는 아니겠지요. 내 머릿속에서 제멋대로 생각하되 이미 나에게는 생활의 기억이 있으니까, 생각할 수 있는 것들을 생각해보고, 그리하여 그 끝의 '암흑'까지 가볼 수 있었던 것이지요. 제멋대로 하면서도 제멋대로가 아닌 것이 바로 『화두』의 원리가 아닐까요? 그래야만 그것은 살아 있는 것이 되지요. 증권을 예로 들어본다면 주식 시세를 전혀 알 수 없어도, 그렇기 때문에 더욱 경제가 살아 있다고 말할 수 있는 것처럼, 그것이 미로고 뭐가 뭔지 알 수 없는 그런 것이기는 해도, 그렇기 때문에 그것은 더욱 살아 있는 것이 될 수 있다 이거죠. 다만 우리는 그것이 꿈틀거리니까 그것의 실체를 알지 못하는 것이지요. 좁은 의미의 현실 생활에서 가능하지 않은 작업 조건을 허락받고 있는 것이 예술이라는 전제에서 말하는 것입니다.

김: 김현 선생이 선생님을 헤겔주의자라고 말씀하신 적도 있는데, 이제 선생님은 헤겔이나 마르크스에서 완전히 자유로워지신 것인지요?

최: 그런 말에 대답할 만큼 그들에 대한 나의 공부가 깊다고 말할 수 없고 또 어느 정도 짐작한다 해도 예술에 대한 두 사람의 생각은 내 머리에는 선명하게 들어오지 않습니다. 그들의 이론 전반이나 그들의 예술론

의 내용은 그 해석권에 대하여 방대한 학문 외적 영향을 미쳐온 세계적 현실 전략이 사라졌거나 약화된 상태인 지금부터 진정한 과학적 연구의 좋은 시절이 시작되어야 하는 것이 아닌가 생각합니다. 지금까지는 풍문만 무성했지 그들을 통해서 얻은 소득이 별로 없었습니다. 남들의 경우에도 그래 보이고 나의 경우에도 그렇습니다. 그들은 그렇게 쉽게 극복될 수 있는 사람도 아니고, 또 극복도 마다하지 않을 사람으로서, 내게는 에베레스트 산처럼 우뚝 서서 저 멀리에서 내려다보고 있는 그런 사람들입니다. 이런 마당에 사람들이 그들을 극복하자고 떠든다고 해서 뭐가 달라질까요?

김: 선생님이 소설을 쓰시는데, 그들의 이론을 좇을 필요는 없겠지요. 선생님은 선생님 나름대로 에베레스트를 만들어야 했을 테니까요. (웃음)

최: 나의 경우에 헤겔이나 마르크스는 예술가가 아니었으므로 그들의 용어를 직관적으로 받아들일 수 없었지요. 그리고 그들을 오래 붙잡고 지낼 만한 처지도 되지 못해, 그들을 완전히 이해했다고 말할 수 있는 상태에까지 이르지 못했습니다. 나는 그들을 이성주의자라든지, 자기 개념에 맞는 이성 우선주의자라든지, 논리를 가지고 우주를 해명하려는 사람으로 보아서는 안 된다고 생각합니다. 그들은 일단 추상 개념을 가지고서 세계에 대해 단정적으로 이야기할 수밖에 없는 사람들입니다. 그래서 이론적으로 허용되는 타당한 말만 골라서 할 뿐이지요. 그런데 작가들의 경우에, 이 세상에 진정한 개성이라는 것은 자기 하나밖에 없으므로, 철학자들처럼 단정적으로 이야기할 수도 없고 정치가의 극한 형태인 혁명가들처럼 집단을 기준으로 개인을 생각해서도 안 됩니다.

3. 작가의 세계 인식과 고백의 방법

김: 철학자와 작가 사이에는 차이가 있겠지만 그들이 사회적 지성이라는 점
  에서는 동일합니다. 그래서 나는 어떤 철학자나 소설가도 사회 현상이
  나 정치적 현실에 대해서 어떤 식으로든지 발언해야 할 책임이 있다고
  생각합니다. 예컨대 「총독의 소리」와 같은 소설을 쓰신 선생님은 지금
  까지 남아 있는 '친일파' 문제에 대해서 누구보다도 당당하게 발언해야
  한다고 생각합니다. 그런데 선생님은 너구 겸손하시거나 너무 조심스
  러우신 것 같습니다.

최: 그런 경우에 작가로서보다는 역사가로서, 철학자로서, 정치 평론가로서
  말할 수 있겠지만, 나로서는 시인이나 소설가는 시나 소설로 이야기해
  야 한다고 생각합니다. 그리고 그렇게 해왔고요.

김: 얼마 전 초청된 귄터 그라스가 우리의 통일 문제에 대해서 진지하게 이
  야기하는 걸 보았습니다. 선생님이야말로 우리 사회에서 그라스보다
  더 큰 역할을 하실 수 있다고 생각되는데……

최: 정치 평론가로서 이야기하고 싶은 때도 있습니다.

김: 그런 역할을 맡으실 생각은 없습니까?

최: 성의껏 대답하자면, 어떤 점에서는 내가 그런 말을 소신 있게 말할 식견
  을 갖추지 못했기 때문에 그렇게 하지를 못했습니다. 공부가 부족하고
  세계를 볼 줄 모르면 나서기가 쉬운 것은 아닙니다. 그것이야말로 많은
  책임이 뒤따릅니다. 또 하나의 경우를 말하자면, 내가 살아온 세월 동
  안에는 한마디 정치적 발언이 곧 '목숨을 내걸어야' 하는 상황이 되는
  경우가 많았습니다. 5·16 이후나, 특히 유신 상황에서는 그랬지요. 그
  동안 내가 '정신'을 우대하는 경향의 소설을 썼는데, 지금은 여러 이야
  기를 자유롭게 할 수 있지만, 그 당시에는 말 한마디 하는 것이 곧바로

끌려가 고문당하고 죽는 것과 관련되었습니다. 많은 학식이나 지위가 있던 사람들조차 '밀실'에 불려 들어가 고문을 당하는 상황에서, 육체적 고문을 견디지 못해 창문 밖으로 뛰어내리는 상황을 뻔히 보면서, 무슨 말을 할 수 있었겠어요. 그것은 정신이 얼마나 강인한가의 문제와는 전혀 상관이 없는 문제입니다. 그런 점에서 남북 이데올로기를 다룬 『광장』과 마찬가지로 조봉암의 죽음을 말썽 없이 『서유기』에서 다룰 수 있었다는 점에서 나는 작가로서의 긍지를 느낍니다. 귄터 그라스는 서양의 사회적·문화적 전통에서 얼마든지 비판을 할 수 있었겠지만, 나는 그럴 수 없었습니다. 그 정도로 만족해야 했지요.

김: 선생님으로서는 그런 방식의 저항이 최선이었다는 말씀이시군요.

최: 물론 우리에게도 목숨 걸고 저항한 많은 지식인들이 있었지요. 그러나 그것조차 유럽의 상황과는 완전히 다른 것입니다. 목숨을 건다는 건 정말로 비장하고 무서운 일이니까요. 얼마 전에 보도된 윤봉길 의사의 사형 사진을 보았다면, 나와 같은 사람이 느끼던 두려움을 짐작해볼 수 있을 겁니다. 그것은 윤봉길 의사가 죽기 전 의자에 비끄러매진 사진, 또 총살당해 이마에 구멍이 난 사진 등 두 장이었는데, 최근에 나는 그걸 보며 엄청난 충격을 받았습니다. 그것은 단순한 사진과의 만남이 아니라, 나에게는 '순교한 예수'를 만난 것과 같은 '사건'이었습니다.

김: 선생님 연배의 지식인들이 글에 대한 무서운 기억을 가지고 있는 경우가 많은데, 그건 참으로 슬픈 일입니다.

최: 정말로 총살당한 윤봉길 의사의 모습은 예수 그리스도의 모습이었습니다. 예수님이 그 시절에 체포되었다면 그런 모습이 될 수밖에 없었을 것입니다. 그런 정도의 희생 없이 어찌 독립 운동을 하고, 당당하게 사회적 발언을 할 수 있었겠습니까? 내게도 혁명에 대한 느낌 같은 것이 없지 않았을 터인데, 내가 마음이 약한 탓도 있지만 나에게는 심각한 상황들이 계속되어, 나의 한쪽 마음은 십자가에서 숨져 고개를 떨어뜨

리고 있는 예수의 모습을 요구했고, 다른 한쪽 마음은 그렇게 되는 것이 두려워 숨고 싶었던 것이지요. 그 사진은 일본의 도서관에서 찾아온 것이라는데, 정말이지 사진이 있는 문명의 시대에 살고 있다는 사실이 얼마나 엄청난 것인가를 실감했고, 그 사진은 나에게 몇십, 몇백 권의 명저를 읽은 뒤의 느낌 못지않은 충격을 주었어요. 나는 그걸 시시하게 생각할 수 없었습니다. 이미 세상에 대해 많은 이야기를 했는데 자기가 뱉은 말에 대해서 책임을 지지 않는다면 어찌되겠습니까? 민족이 어떻다, 21세기가 어떻다 하는 이야기는 바로 그런 책임의 문제와 관련되고, 내 공포의 근원과도 연결됩니다. 그래서 그 사진에 대해서 아무런 감흥을 느끼지 못하는 사람은 나와는 인연이 없는 사람이 되는 것이지요.

김: 조금 전에 작가는 '제멋대로' 살아야 한다고 말씀하셨지만, 선생님의 말씀을 들을수록 전혀 그렇게 사시지 않는다는 것을 확인하게 될 따름입니다. 작가란 자기 자신이 한 일을 책임져야 한다는 말씀도 그 속에 들어 있고요. 무책임한 행위를 한 사람들을 용납하지 못하겠다는 생각도 느껴지고 그렇습니다. 그것은 선생님이 확고한 근대 의식을 가지고 있기 때문에 그러할 것인데, 이런 지점에서 작가로서의 지성은 우리 사회에서 어떤 역할을 해야 하는지 말씀해주십시오.

최: 보충해서 설명하자면, '제멋대로 해도 좋다'는 이야기는, 작가가 글을 쓰는 것은 글로 선행하는 일이 될 수 있는데, 그 방법이 자유롭다, 작가 나름대로 여러 가지가 있을 수 있다, 라는 달이 될 수 있겠습니다. 나는 결코 작가가 나쁜 일을 자유롭게 하는 자유를 가졌다고 생각하지 않습니다. 나쁜 일을 하면 작가도 감옥에 가야 합니다. 작가도 사회적 개인이고 자신이 한 일에 대해서 책임을 져야 합니다. 누구에게도 좋은 일을 하지 않을 자유는 없습니다. 그리고 예술가는 제각기 다른 방식으로 자신의 예술을 만들어나가듯이 선행을 해야 하는 책임이 있습니다. 그래서 '제멋대로'라는 말은 '제멋대로의 방법으로 선행을 하라'라는 말

로 바꾸어 말할 수 있습니다. 가령 예술은 선행을 하는 것인가, 아름다움을 추구하는 것인가 하고 묻는 것이 나에게는 무의미합니다. 나는 기본적으로 이 사회에서 살고 있으니까 시민으로서의 최소한의 의무를 지키고, 그 다음에 에너지가 좀 남아 있어 시작한 일이 예술가·과학자·연구자라고 생각합니다. 내 직업이 예술가라서 아름다움이라는 말로 그 선행을 정의할 수밖에 없는데, 아름다움이란 아름다운 모습이 무엇인가를 공상하는 데에서 나옵니다. 생명을 지키고 개선하는 것은 생명 자체의 본능입니다. 개나 토끼 같은 것은 자기의 종이 연속된 것일 따름이지만, 그리고 그것이 그들의 운명이지만, 사람의 경우에는 어느 시점 이후부터 '문명'이라는 것 하나가 더 붙습니다. '생명＋인조 생명' 혹은 'DNA＋(DNA)''라고나 할까요. 문명이라는 것은 인간과 분리될 수 없는 것으로서 인간의 생명을 더 생명답게 하는 것입니다. 그래서 인간은 문명의 힘으로 좀 더 오래 살고, 덜 고통스럽게 되는 것이지요. 문명과 자유는 그런 식으로 관련이 됩니다. 그리고 작가는 그런 기반 위에서 극단적인 상상력을 허락받은 사람입니다. 인간에게 앞으로 죽지 않는 상태가 올지도 모른다는 식의 황당무계한 상상력을 허락받은 사람입니다. 물론 그러다 보면 '피에로'가 되는 수도 있겠지만요.

김: 그러면 문명이 생명을 더 생명답게 만든다는 말씀이시군요. 달리 말해 소설은 인간의 생명을 더 생명답게 만든다고 말씀하시는 건데, 엉뚱한 이야기인지 모르겠으나, 문명이 발달할수록 아우슈비츠를 만든다든지, 환경이 파괴된다든지 하는 일이 벌어지는데 선생님은 문학을 너무 높은 곳에 두고 있는 것이 아닌지요? 만약 생명에 해가 되고 사람을 상하게 하는 소설이 있다면, 선생님은 그걸 어떻게 말씀하실 것인지요?

최: 작가는 글로 이야기하지요. 그런데 글 외부의 상황의 경우에 놓이면 규제를 받으면 되고, 글 내부의 경우의 문제에는 근대 이전의 작가와는 근본적으로 다르게 처신해야 합니다. 근대 이후의 문학 작가를 한정해

서 말하자면, 이야기가 제법 복잡해지는데, 그들은 그 이전의 작가와는 큰 차이가 있습니다. 근대 이전에는 장인과 예술가를 분리할 필요가 없었지만 그 이후에는 분리하는 경향이 있습니다. 근대 이전에는 개인이 아니라 집단의 삶을 살아갔다고 말할 수 있겠지요. 그리고 예술가도 공동의 집단 표상, 다시 말해 집단 전체가 시인할 수 있는 미적인 표상을 만들었던 것이지요. 결과적으로 말하자면 거기서 개성이 나왔겠지만, 그래도 모두 공통되게 본질을 수긍하면 되었기 때문에 그렇게 머리가 복잡할 필요가 없었지요. 그러다 보니 어떤 '개성' 같은 것이 나올 여지가 적었지요. 누구나 다 예수를 그리고 그 신앙심을 전달하면 되었지요. 그래서 예술이 모조리 판에 박은 듯이 똑같아지는 시대가 르네상스나 근대 이전 시대까지의 일인데, 그 이후부터 예술가는 사회적 시민으로서의 책임을 지게 되었지요. 또 그것을 예술 안에서 처리해야 했지요. 그래서 근대 이후의 예술가가 자신은 정치에 취미가 없고 아무런 책임도 없다는 식으로 이야기하면 안 되는 것입니다. 그런 말은 아예 성립하지 않습니다. 근대 이전의 예술가는 나는 가톨릭 교도요 하는 말 ― 누구나 독실한 하느님의 신자요, 왕의 신하요, 부모님의 효자요 하는 식의 말 ― 과 같았지만, 그래서 정치와는 무관할 수 있었지만, 근대 이후에는 자신을 어떤 방식으로든지 규정지어야 했지요. 보수주의자냐, 진보주의자냐, 공화파냐, 왕정파냐, 자본주의자냐, 사회주의자냐, 국가주의자냐, 지방 자치주의자냐 하는 것들을 분명하게 밝혀야 했고, 그런 자신의 정치적 성격을 드러냄으로써 세계에 대해 말할 수 있게 되었지요. 그리고 미적인 부분에 대해서도 나는 이러이러한 취미를 가지고 있다고 신분 증명서를 달고 말해야 했지요. 실험실이나 우주 기지 같은 곳에 출입하는 사람들은 어느 선까지 다룰 수 있는지 자격들이 따로 주어집니다. 군사 기밀을 취급하는 곳에서는 어느 것까지 만질 수 있고, 어디까지 들어갈 수 있고, 하는 그런 것들이 결정되지요. 그와 마찬가지로 근대 이후의 예술가는 '나는 어느 지점까지는 만들 수 있다' 혹은 '어디까지만 작업한다'라는 자기 증명을 해야 합니다.

4. 근대적 예술가의 모더니즘 정신

김: 근대 이후의 예술가는 자신의 입장이나 태도를 분명히해야 한다는 말씀이신데, 그것을 조금 확대시켜보면 친일을 했다거나 독재를 옹호했을 때 사회적 책임을 져야 한다는 말씀이기도 합니다. 그것은 저로서도 정말로 공감하는 바입니다. 그런데 지금을 탈(脫)근대라고 말한다면, 근대의 작가들이 졌던 그러한 책임에서 벗어나자는 것으로 생각되기도 하는데, '저자의 죽음'이나 '주체의 죽음' 등의 이야기는 어떤 점에서 작가들에게 너무 과도하게 부과된 부담에서 벗어나려는 행위가 아닐까요? 또 그것을 예술 본연의 길로 돌아가자는 말로 생각하면 잘못된 것일까요?

최: 예술의 '본연'은 없습니다. 만약 그것이 있다면 지금 마시고 있는 이 커피는 현실의 커피다, 하지만 내가 그걸 사진 찍거나 스케치한다면 그것은 '현실의 물질의 그림자'다, 하는 그런 것이지요. 그런 의미에서 예술은 실물을 다루는 시공(時空)의 문제가 아니라 '환상을 다루는 시공의 문제'지요. 그러니까 '본연'이라는 말이 있다면, 그런 의미에서 그것은 현실 세계의 문제가 아니라 그림자 세계의 문제인 것이지요. 그렇게 말할 수 있는 것입니다. 또 그것은 예술의 문제에서만 그런 것이 아니라 언어의 문제에서도 다 그런 것이지요. 그렇다면 예술적인 언어란 무엇이겠습니까? 서해 바다 함대 사령관이 '바다'라고 말할 때 그것은 바다 그 자체를 말하지만, 시인이 바다를 노래할 때 그것은 시인 자신의 환상적 자아의 이름입니다. 근대 이전의 예술가에게는 예수님을 그리는

것이 전부였고, 그래서 예수가 예술의 본연이었는데, 근대 이후에는 이제 예수 아닌 '사과'나 '바위' 등 아무것이나 그릴 수 있는 시대가 된 것이지요.

김: 그렇게 생각한다면 선생님이 말씀하신 '제멋대로'는 작가에게 큰 부담이겠는데요. 근대적 예술가가 근대 이전의 신의 위치에 오른 것과 같은 자격을 부여받았지만 한편으로는 그 대가에 못지않게 계속해서 다르게 보는 방식, 다르게 이야기하는 방식을 찾아야 한다는 말씀이 될 테니까요. 또 그러다 보니 선생님의 모더니즘 성향을 이해할 수도 있을 것 같습니다. 선생님의 작품은 대단히 실험적임에도 불구하고 『서유기』나 「총독의 소리」 등에는 역사 의식이나 시대 의식이 담겨 있습니다. 그것이 4·19 직후에 『광장』을, 5·16 직후에 『구운몽』을, 유신 이후에 희곡을 쓰신 것과 어떤 관련이 있는지요? 그리고 그것은 어떤 식으로 사회와 관련을 맺고 있는 것인지요?

최: 내가 살면서, 내가 살고 있는 사회에 대해서 생각을 하다 보니 자연스럽게 그렇게 되었다고 말할 수밖에 없겠지요. 지금 다시 살펴보면 오래전에 쓴 소설들이 지금 이야기한 것과 같은 것이 되었는데, 그걸 내가 처음부터 자각했다고 말할 수는 없습니다.

김: 요즘 모더니즘 소설은 자기의 골방, 자기의 밀실에 갇혀 나올 생각을 하지 않고 있는데, 모더니즘의 속성이 본래 그렇다고 할지라도 선생님의 소설을 보면 밀실에 갇혀 있는 것 같으면서도 광장의 음모를 폭로한다든가 하는 그런 특성을 보이는데요.

최: 그것은 자연스럽게 그렇게 되었다고나 할까요. 밀실에 대한 공부에 집중하다 보니 그게 아닌 바깥 거리의 문제들도 알게 되었고, 또 근본적으로 밀실과 광장은 어떤 동력선으로 연결되어 있다는 것도 알게 되었지요. 사회가 거대한 골리앗이나 그래 같은 인간들만 사는 곳이 아니라 나와 같은 인간들이 사는 곳이라면, 내 머릿속, 내 마음속, 내 정신이라

는 것을 잘 살펴보아 거기서 어떤 해결책을 찾아낼 수도 있는 것이지
요. 인간의 정신이라는 것은 밀실이나 광장의 문제를 동시에 받아들이
고 있다는 것입니다. 그래서 나에게는 밀실이 어떻고 광장이 어떻고 말
하는 것이나, 정신이 어떻고 물질이 어떻고 묻는 것이 모두 잘못된 명
제 설정 같은 것이거나 혹은 무의미한 물음이라고 생각됩니다.

김: 그렇듯 선생님은 바깥의 문제를 많이 이야기하고 있는데, 비평가들이
그걸 이해하지 못한 채 밀실에 갇혀 있다고 말할 때 서운하지 않았습
니까?

최: 뭐, 다 사는 것이 그런 것이니 서운하지는 않고, 나는 그렇게 생각하니
언젠가 그렇게 보아주는 사람도 있으려니 생각하는 수밖에 없다고 생
각합니다.

김: 어떤 사람은 이제 형식적 실험이 지겹다고 말합니다. 또 더 이상 실험할
게 뭐가 있느냐고 말합니다. 우문이겠지만 선생님은 그런 사람들에게
무슨 말씀을 하시겠습니까?

최: 난 실험을 계속해야 한다고 생각합니다. 문학이니까 그런 질문이 가능
하지, 그게 미술의 경우라면 그림을 그리지 말라는 말과 같습니다. 그
래서 화가들은 결코 그런 말을 하지 않을 것입니다. 음악이라고 하는
것도 일반적인 사항이 존재하는 것이 아니라, 구체적인 작품만이 존재
합니다. 서양의 음계, 국악의 고유한 음계를 말할 수는 있겠지만, 악곡
이 있고 나서 그것을 이해하는 한 방편으로 음계가 생긴 것이지, 음계
가 먼저 있고 악곡이 생긴 것은 아닙니다. 실제로 음계 혹은 음계의 법
칙이 나왔다고 해서 컴퓨터가 작곡을 할 수 있는 것도 아니지 않습니
까? 생명이라는 것은 인간의 유전자가 바뀌지 않는 한 달라지지 않겠
지만, 지구상에 있는 모든 사람의 머릿속에 있는 문명인으로서의 내면
이라고 하는 것은, 예금 잔고라고 하는 것과는 다르지 않을까요? 인간

성이 완성되었다고 말할 수 없다면 그것으로 나아가기 위해서라도 끊임없이 실험하고 변모해야 하는 것이지요.

김: 요즘 작가들은 새로운 실험을 한다면서, 고작해서 컴퓨터에서 이것저것을 짜깁기하고 변조시킵니다. 즉 세계 인식의 내용 없이 형식 실험이 재미 차원에서 벌어진다면 그게 구슨 의미가 있을까요?

최: 그래도 그것을 나무랄 일은 아니지요. 지금까지 많은 책이 나오고 경험이 축적되었기 때문에 훨씬 더 좋은 방향으로 나아갈 수 있을 것입니다. 그것을 얼마나 소화했는가는 나중의 문제지요. 그것도 책을 내는 사람, 글을 쓰는 사람이 책임질 일이지, 우리가 모든 것을 책임질 필요는 없습니다. 자본주의 사회에서는 도태될 것은 알아서 도태됩니다. 소설보다 더 중요한 인간들의 목숨조차 매일같이 무수히 사라져가는데, 좀 나쁜 책이 나오고 사장된다고 해서 믁가 그리 문제가 되겠습니까? 사람의 목숨 대신 종이가 사장된다면 더 다행스러운 일일 것입니다. 쓰겠다는 사람이 있으면 쓰고 뭐 그런 것이지요.

김: 그렇다면 선생님은 문학의 위기나 소설의 위기를 어떻게 보십니까?

최: 더 많은 잡지나 단행본이 나오고 대형 서점이 세워지고 있으니 위기라고 할 수도 없고, 또 위기라고 하더라도 그것을 반성하며 잘 넘기고 있겠지요.

김: 태평하게 말씀하시는데, 그렇다면 문학의 위기가 엄살이라는 말씀이신지요?

최: 예전에는 문학 잡지가 몇 되지 않았고, 원고료도 신인들에게는 거의 주지 않았습니다. 그리고 본격 문학의 경우 책이 잘 팔린다는 것은 상상할 수도 없었지요. 실제로 내 경우에도 『가면고』나 『구운몽』 같은 작품은 원고료도 제대로 받지 못했지요. 만약 지금이 문학의 위기라면 그때는 문학의 불모지였던 셈이지요. 지금은 그때보다 잘 입고 잘 타고 잘 자고 할 뿐만 아니라, 책도 얼마든지 살 준비가 되어 있는 그런 시기이

기 때문에, 그때보다 훨씬 낫다고 말할 수 있지요.

김: 잡지의 부수가 줄어들기 때문에 내는 엄살이다 이거죠?

최: 그런 잡지도 있겠지만, 결국 총량으로 따지면 독자들이 분산되었을 뿐
이지 독자가 줄어든 것도 아니에요. 만약 지금 문학지를 통폐합해서 두
어 개로 만든다면 굉장한 잡지가 탄생할 겁니다.

5. '기억,' 타나토스에 저항하는 에로스의 다른 이름

김: 선생님은 요사이 『화두』 개정본을 내놓으셨습니다. 그것은 『화두』가
『광장』만큼이나 중요하게 여겨졌기 때문에 개작한 것이 아닌가 하는
생각을 들게 하는데요. 『광장』을 여섯 번 개작했다면 『화두』도 뭐 그럴
작정이 있으신 것인지요? 『화두』에 대해서 한 말씀 해주시기를 부탁드
립니다. 그리고 지금까지 이야기하신 것 중에서 미진했던 부분이 있으
면 말씀해주셔도 좋겠고요.

최: 『화두』라는 소설을 여러 가지로 접근해 말해보고 싶어요. 한국 사회의
'화두'를, 말하자면 내 머릿속의 풍경을 빨리 스케치해서 남긴다는 것
이 『화두』에 대한 나의 창작 동기였는데, 그나마 내 수십 년 동안의 기
억을 최소한 문학이라는 얼개로 내면의 암실에서 꺼내 정리할 수 있었
던 것은 퍽 다행스러운 일이었다는 생각이 들어요. 만약 그 풍경들을
기록하지 못한 채 사라지게 했다면 나는 퍽 고통스러웠을 거예요. 그것
은 내 눈에 보이는 정신적 축적을, 기억이라고 말할 수 있는 것들을, 무
엇이라 부르건 나의 내면에 들어 있는 것들을 건지지 못한 상태가 되고
말았을 것이기 때문입니다. 그것이 문학이라는 얼개로 만들어졌을 때
『화두』가 되었지요. 혹시 그런 가운데 무슨 사고라도 있어 인화를 하지
못했다면, 또는 필름 속에 빛이 들어와 그것을 망치고 말았다면, 얼마

나 아쉬웠겠어요? 내 정신적인 운동의 대강의 그림이 초고도 되기 전에 소실되면 어쩌나 하는 공포의 연속이 글쓰기를 하는 내 마음 상태였습니다. 나는 그런 마음에 사로잡혀 내 내면에 있는 것들을 바깥으로 끄집어냈지요. 내 자신의 능력들을 끌어 모아 『화두』를 쓸 수 있었던 것은 정말로 천만다행한 일이었지요. (이 지점에서 선생님이 혹시 후속 작품을 쓰고 있지 않나 하는 생각이 들었다.)

김: 선생님이 그냥 기억을 길어올린 것이 아니라, 큰 얼개 속에서 자유롭게 길어올린 것이겠지요. 선생님은 치밀한 전략 없이 글을 쓸 분이 아니니까요.

최: 물론 두 가지 에피소드를 설정하지 않았다면 『화두』라는 작품이 성립되지 않았을 것입니다. 지도원 선생 에피소드나 국어 교사 에피소드는, 정확히 말하자면 이미 『서유기』에 나온 것을 그대로 실은 것입니다만, 그런 얼개가 다행히 손에 잡혔기 때문에 거기에다가 다른 것들을 실처럼 감을 수 있었던 것이지요.

김: 선생님 소설은 이상(李箱)의 전통에서 뻗어나왔지만 『화두』에서 보면 선생님이 좋아한 작가는 조명희가 아닌가 하는 생각이 드는데, 그에 대해 말씀해주십시오.

최: 그렇지요. 욕심을 말하자면 이상과 조명희를 합해놓는 것이 나의 일이었지요. 조명희에게는 이상적인 것이 없고, 이상에게는 조명희적인 것이 없다면, 나는 그들을 가장 추상적인 의미에서의 문학이라는 언어로 묶고 싶었던 것이에요. 그러나 같은 점령 시대를 살았으면서도 분명히 양극단인 그들은 스펙트럼의 왼쪽 끝과 오른쪽 끝에서 각각 정직하게 살아갔고, 그래서 그들은 범속의 레벨을 뚫고 살아남을 수 있었던 거지요.

김: 『화두』가 형식적으로 이상, 내용적으로는 조명희를 이어받았다는 거지요

최: 그렇게 되었기를 바랍니다.

김: 선생님은 선배들의 작품을 애독했다고 말할 수 있고, 그들의 언어가 지
   닌 리듬감까지 알고 있다는 생각이 드는데, 이태준·박태원·조명희
   등이 선생님께 어떤 의미가 있었습니까?

최: 그 사람들은 시간적·공간적 제약 때문에 아직, 좀 실례가 되는 말이지
   만, 분명하게 말할 수 없었던 것들이 있었는데, 나는 그들보다 늦게 태
   어나 오래 살았기 때문에 그들이 보지 못하고 갖지 못한 것을 볼 수 있
   고 겪을 수 있었지요. 내가 후대 사람이고 제법 오래 살다 보니까 그런
   것이겠지만, 어떤 사람은 삼십 세를 넘기지 못하고, 또 어떤 이는 이 한
   반도에서 견디지 못해 소련을 찾아가 죽었지요. 조명희는 자기가 찾아
   간 곳에 있는 동지들의 지하실에서 죽었지요. 참으로 비참한 일이었지
   요. 그런 것들을 잊지 않고 그 사람들이 인간으로서 어떤 길을 걸어갔
   을까 생각하는 것이 작가로서의 내 임무라고 말할 수 있어요. 난 그들
   의 길을 밟아보려고 노력했을 뿐이지요. 내가 10년 전에 건강이 나빴다
   면 『화두』는 없는 것이지요. 70년대까지만 하더라도 정말 열심히 썼는
   데……, 그런데 아무리 써도 정신적 작업자로서의 확신을 가질 수 없
   다는 것을 깨닫게 되었고, 그래서 특히 유신이 한창이던 『태풍』을 쓰고
   있을 때는 내가 정말 소설을 써야 하는 것인지 아닌지 알 수 없을 정도
   로 고민이 심각했어요. 뭔가를 잘못 쓰면 죽기도 하는 그런 세상인데
   뭘 쓰겠다는 생각이 도대체 무엇인지 알 수 없었던 그런 상태에 빠졌던
   것이지요. 그리하여 난 다시 소설을 쓸 수 없었던 거고, 그러고도 20년
   이 다 지나서야 다시 『화두』를 쓸 수 있게 된 것이지요.

김: 상징적으로도 소설을 쓸 수 없었던 시대가 있었다는 것이, 참 슬프네요.

최: 그런 점에서 내 희곡은 피투성이예요. 작품마다 송장이 실려나가고, 내
   마음이 편치 못했던 거지요.

김: 그래서 희곡에서 말할 수 없는 비극성이 느껴졌던 것이군요.

최: 또 가정적으로도 격동이 있었어요 결국 나는 어머니가 돌아가셨기 때문에 희곡을 썼는데, 뭐 그런 것들이 결정적으로 내 운명에 작용했던 것이지요. 소설을 쓰지 못한다는 것은 한 사람이 어떤 일에 종사하다가 몇 십 년 만에 폐업하는 그런 기분이었는데, 그때에도 나는 운명이나 우연에서 자유로울 수 없었던 것이지요. 그래서 아무리 좋은 재능을 타고 태어났어도 시류의 방해 때문에 못하는 수도 있고, 그만그만한 재능을 가지고도 여러 가지 행운을 얻을 수도 있는 것인데, 나는 오래 살다 보니까 이런저런 행운마저 받았다그 할 수 있겠지요. 물론 누구나 스스로 노력을 기울이지 않으면 자신의 앞길을 만들어갈 수 없는 것이지만.

김: 선생님은 조명희의 정신이나 『회색인』에 나오는 김학의 정신을, 즉 어느 한편의 마음에서는 혁명을 오랫동안 꿈꾸지 않았나 하는 생각이 듭니다. 그런데 『화두』에서 많이 정리되고 가라앉았다는 생각이 듭니다.

최: 나야 혁명을 환상으로 꿈꾸었죠. 또 그 환상은 환상인 대로 환상에 값할 정도로 깊이 있게 현실 사회에 다가가 눈뜨고 지켜보아야 했지요. 그런데 『화두』에서는 좀 더 현실 감각을 가질 수 있어 옛 작품에 비해 포병은 포병 자리에, 기관총은 기관총 자리에, 보병은 보병 자리에, 척후병은 또 그 자리에 놓아둘 수 있게 되었지요.

김: 선생님의 작품에서 '사랑'은 혁명이라는 것을 감싸주는 중요한 역할을 하는 것이라고도 말할 수 있는데, 『화두』에서는 전혀 사랑을 거론하지 않고 있습니다. 무슨 다른 이유라도 있는지요? 그리고 가능할지 모르겠으나 선생님의 사랑론을 듣고 싶습니다.

최: 문학에서의 '사랑'은 현실 생활에서의 사랑이 아니고, '혁명'은 현실에서의 혁명이 아니기 때문에 그것들은 모두 상징으로 읽힙니다. 『화두』에서의 중심 상징은 '기억'입니다. 이때의 기억은 사랑이기도 하고, 혁명이기도 하고, 그렇게 알고 썼습니다.

김: 『구운몽』 『서유기』에서는 지고한 사랑이 나타나는데, 그에 대해서 좀
더 말씀을 해주시지요.

최: 그랬지요. 그땐 사랑에 특별한 의미를 부여하고 싶었지요.

김: 『서유기』에 나오는 방공호의 여인을 예외로 친다면, 대체로 선생님의
작품 속의 주인공들은 사랑하는 방식이 서툴고, 페미니스트들이 보면
기분 나쁠 정도로 남자 주인공은 자기 주장이 강한 여인들을 싫어하고
또 그녀들과의 사랑에 실패하고 있습니다. 그러나 좀 더 감정적이고 본
능적인 여자들은 매력적으로 그려질 뿐만 아니라 사랑을 획득하게 됩
니다. 그에 대한 어떤 특별한 생각이 있었던 것인지요?

최: 김인호씨 이야기는 소설의 경우에는 다 옳은 이야기인데, 내 희곡의 경
우에서는 이야기가 달라지지요. 그런 점에서 김인호씨도 일고를 바랍
니다. 내 희곡에서는 여성들이 남자 주인공들을 압도하고 있습니다. 그
것도 에로스적인 정열로 압도하고 있습니다. 그것은 한국 신문학사의
어떤 소설보다도, 그리고 어떤 여성들보다도 정열적으로 그려져 있습
니다. 고귀하게 인간적으로 갈 데까지 가보는, 그래서 남자들은 그 아
름다운 여성들이 이끄는 대로 파멸도 마다하지 않고 따라가는 그런 상
태를 나는 추적했던 것이지요. 그것은 절대적으로 여성을 신앙해서 그
런 것이지 남자 주인공이 무능력하거나 난봉꾼이라서 그런 것은 아닙
니다. 나는 내 희곡에서 그런 것들을 보여주었기 때문에 어떤 페미니스
트들도 많은 참작을 할 것이라고 생각합니다. (웃음)

김: 놀라운 이야기군요.

최: 희곡에서 '사랑'에 대해 그만큼 썼기 때문에 『화두』에서는 좀 더 보편
적인 '기억'이라는 상징이 절박했던 모양입니다. 나는 '기억'이라는 것
을 타나토스에 대한 저항이라고 생각하고 썼습니다. 결국 기억은 에로
스의 다른 이름인 셈이지요.

6. 새로운 작품을 기다리며

김: 가장 애착이 가는 작품을 말씀해주십시오.

최: 그런 질문에 대답하기는 참으로 어렵습니다. 마치 그것은 내 자식 중에서 누가 가장 애착이 가느냐 하는 질문과 비슷한데, 그렇게 말하기 어려운 것이,『화두』를 보자면 그 속에『회색인』『서유기』『소설가 구보씨의 일일』등이 다 담겨 있고, 심지어『소설가 구보씨의 일일』의 한 장면은 2부의 한 페이지에서 그대로 나옵니다. 결과적으로 거의 모든 작품들이 낭비 없이『화두』에 이르렀기 때문에, 나는 그중에서 어떤 작품을 고를 수가 없습니다. 그것은 압록강의 어떤 지점을 고를 것인가 하는 문제처럼 나에게는 힘든 일입니다.

김: 물론 선생님의 작품들을 보면 개별적인 특성들이 발전하고 있다는 생각이 듭니다. 그리고 지극히 완성도가 높아 어디 하나 흠잡을 곳이 없습니다. 그래서 다른 작가들의 경우와는 달리 좋은 작품, 아끼는 작품 등을 고르기 어렵다는 생각도 듭니다. 그러도 외람되게 말씀드린다면,『태풍』이라는 작품은 아쉬움이 많습니다. 선생님이『태풍』을 처음이자 마지막으로 신문에 연재하다가 미국으로 떠나셔야 했기 때문에, 뒷부분을 너무 압축적으로 끝내지 않았나 하는 생각이 드는데요, 제 생각에는 그 뒷부분이 두 배 분량으로 늘어나야 하지 않을까 생각되기도 하는데, 선생님의 말씀을 듣고 싶습니다.

최: 그렇습니까? 그렇다면 고려해보겠습니다. 김인호씨의 말은 충분히 이야기가 된다고 생각합니다. 그런데 그렇게 뒷부분을 전개할 필요가 있을까요?

김: 물론입니다. 그리고 그건 선생님의 작품 중에서 단 한 가지 아쉬운 점입니다.

최: 그랬군요. (잠시 침묵) 그래, 적극적으로 고려해보겠습니다.

김: 화제를 바꿔, 다시 작품 이야기를 하자면, 선생님의 작품에는 고전에 대한 패러디가 많은데, 선생님은 『구운몽』이나 『서유기』 같은 고전을 그야말로 환골탈태시켜 전혀 고전의 냄새조차 나지 않는 선생님만의 독특한 작품으로 만들곤 하셨습니다. 선생님은 모더니즘을 추구하면서도 전통적인 것에 대한 깊은 생각이 있는 걸로 생각되는데, 그에 대해 한 말씀 해주시지요.

최: 내가 아까 문학의 본연으로 돌아오자는 지적에 대해서 말했는데, 패러디를 많이 하게 된 이유는 아직 내가 예술에 대한 개념적인 정리가 덜 되어서, 그런 상태에서 내가 할 수 있는 것이 없었기 때문이지요. 논리적으로 미학의 방법론을 터득하는 것보다 실제로 있는 고전을 현대적으로 변용시켜보는 것은 훨씬 쉬운 일이었지요. 그래서 나는 그 고전을 가지고 씨름해보면서 예술이란 무엇인가, 예술의 핵이란 무엇인가, 예술에서 표면적인 것은 무엇이고, 보편적으로 변하지 않는 것은 무엇인가를 생각해보았던 것이지요. 그런데 나는 패러디를 통해 현대적 감각을 유지할 수 있었고, 고전을 논리적으로 미학의 방법론에 도달하기 위한 나침반으로 삼을 수 있었던 것이지요. 나로서는 고전을 활용하다 보니 저절로 감을 터득했다고나 할까요. 다시 말해 고전과의 씨름을 처음에는 몸으로 터득했지만, 나중에는 머리로도 정리할 수 있었고, 그런 뒤 미학의 방법론으로 터득했기 때문에 『화두』가 나올 수 있었던 것이지요.

김: 선생님이 『회색인』에서 '방법과 풍속, 그리고 관념'에 대해서 말씀하시는데, 서구 이론과 방법 들이 들어와서 아직 우리의 관념으로 자리 잡고 있지 못하다는 것을 지적하고 있다면, 지금 소설의 경우는 어떻습니까? 다른 작가들의 소설에 대해서도 듣고 싶지만, 특히 선생님의 소설이 풍속으로 자리 잡아가는 과정 중에 있는 것이라면, 지금 들어본 바

에 따르면 『화두』에 이르러서 비로소 그 방법론이 완성되었다고 말씀
하시는 것처럼 들리기도 하는데요.

최: 난 만족하고 있어요. 그것이 잘 되었다고 말하는 것보다, 내 탐색의 방
향이 그리 헛된 것이 아니었다는 것을 깨달았다고 말하고 싶어요. 그런
생각이 든다는 거지요. 비슷하게 말하자면, 나는 한 실험자로서 보편적
인 이론을 얼마나 잘 응용하고 있는지, 또 그것의 가치는 얼마나 되는
지 모르겠으나, 요즈음에는 예전과 달리 일반 산업에서도 실험실과 공
장 라인이라고 하는 것이 직접 연결되어 그 차이가 거의 메워져 있는
것처럼, 『화두』에서도 그 이전 작품들에서 실험으로서 탐색한 것과 탐
색된 방법을 가지고 나의 경험을 정리한 내용이 결합되었다고 생각해
요. 그런 점에서 『화두』를 잘 관찰해보면, 다른 사람이 쉽게 활용할 수
는 없다고 하더라도, 거기에 정신 운동의 실험적 데이터로서 한국 문학
사가 보관해서 창조할 만한 구석이 담겨 있다고 생각합니다. 그래서 처
음에 내가 과격하게 예술에 주류(主流)가 있고 말류(末流)가 있는 것
이 아니라고 말한 것처럼, 우리 시대의 모든 것들이 가치를 지닌 문명
의 상태에 도달했기 때문에, 짚신만 신던 시대와는 달리 한 가지 잣대
로 생각하지 말고 다양성을 허용하자는 것이지요. 어떤 소비자라도 각
각의 브랜드를 선택할 수 있어요. 그렇듯 예술도 극단적 경향으로 치달
을 수도 있는 것이지요. 만약 그렇다 해도 걱정할 필요가 없는 것이, 우
리는 패션쇼에서 보여준 것을 그대로 흉내내는 것이 아니라 그중에서
어느 한 부분을 스케치하고 응용해서 어느 라인을 살리는 것처럼, 그걸
응용해서 아프리카 양복장이는 아프리카식으로, 일본인은 일본식으로,
한국인은 한국식으로 양복을 만드는 것이지요. 나는 예술을 그렇게 생
각하고 싶어요. 90년대식, 80년대식, 혹은 70년대식 하면 예술의 다양
성이 사라져요. 그리고 지난날 말했던 예술적 운동이나 실적들에 작가
들을 줄 세우려고 하면 당시에 활동했던 작가들의 작품마저 다 포괄하

지 못할 뿐만 아니라 오히려 당사자들의 선의라든지 패기의 싹마저 잘라버리는 일들이 벌어져요. 앞으로 나아가는 듯하면 뒤에서 잡아당기고, 거기서 안주하고자 하면 다른 다크호스라고 할 만한 것이 나타나는 것이 예술의 세계에서 벌어지는 일이지요. 예술의 세계란 것이 민주주의나 다수결의 세계가 아니니까, 재능을 등록하면 재능이 왕이 되는 것이고, 그 이전에 나는 몇십 년 했네, 나는 회장이었네 하는 것들은 아무런 의미를 지니지 못하는 것이지요.

김: 선생님의 말씀을 듣다 보니 예술의 근본 정신에 대해서 다시 한번 생각하게 됩니다. 그리고 지금 같은 디지털 시대에 어떤 변화가 올 것인지 선생님이라면 명쾌하게 대답해주실 것이라는 생각이 듭니다. 어떤 이는 근대의 '자본주의적 생산 양식'과 대비되는 '정보 양식'이라는 개념을 통해 우리 시대의 급격한 이행을 설명합니다만, 선생님은 정말로 우리 시대에 새로운 형식의 예술이 도래할 것이라고 생각하시는지요?

최: 근대 자본주의 양식은 그만두고 원시인의 돌도끼도 정보 양식이지요. 물론 강조법이라고 이해하겠습니다만 '정보'라는 것이 물질적 매개 없이도 마술 주문처럼 생산품을 불러내는 것은 아니지요. 아무튼 어떤 경향 하나가 독과점해서는 안 됩니다. 아주 낡은 것도 존재해야 하고, 서정적인 것이든지, 전통적인 것이든지 다 존재해야 합니다. 그리고 앞서 말했듯이 인간의 문명이 완성된 것이 아니라면 끝없이 변형되어야 합니다. 만약 우리의 문명이 완성되었다고 말한다면 그것은 천박한 이야기입니다. 그리고 완성되었다고 말하는 순간부터 낡아집니다. 정말이지 옛날이야기라는 것이 얼마나 뻔합니까? 그것들을 완성된 것이라고 하면서 변하지 못하게 한다면 거기서 무슨 재미를 찾을 수 있겠어요? 그러면 너무 시시해집니다. 나는 『화두』를 통해 그런 것들을 이야기하고 싶었던 거지요. 어느 날 갑자기 수십 년 동안의 기억이 없어지는 육체적 재난이 오면 어쩌나 하는 생각이 들었고, 또 개화기에 인간 세상

의 이치를 다 알아버린 듯한 선배들의 이유 있는 속단에서 벗어나야만 정상적인 감각을 유지할 수 있다는 생각이 들었던 것이지요. 그렇지 못할 때 이내 낡은 감각으로 돌아갈 수밖에 없다는 경계심도 들었고요. 그래서 나는 그 무서운 인간 조건 속에서, 자동차 타고 다닌다고 저승에 갈 시간을 크게 늦추는 것도 아니라는 사실을 깨닫고는, 그러면 인간이 아무것도 아닌 존재가 되는 것을 막기 위해서 내 '기억'을 뒤지기 시작했습니다. 비타민을 먹는다고 해서 1세기를 더 사는 것도 아니라면, 내가 할 일은 딱 한 가지뿐이었던 셈이지요.

김: 하여튼 조급하지 않게 열심히 자기 세계를 탐색하면 변화에 대응할 수 있는 자기 세계를 만들어낼 수 있다, 이런 이야기겠지요. 그리고 보니 새삼스럽게 『화두』가 훌륭한 작품이라는 생각이 드는군요.

최: 사태의 본질상 끝이 있을 수 없다, 변화에 대처해라, 이런 이야깁니다.

김: 또 다원화되면 될수록 쓸 이야기는 더 많아진다는 이야기지요. 그리고 보니 새삼스럽게 힘이 솟습니다. 우리의 문학의 미래가 결코 어둡지 않다는 생각도 들고요.

최: 오에 겐자부로는 그만 쓰겠다고 말했지만, 난 내 기억이 쓸 만할 동안 더 쓰고 싶습니다.

김: 그러면 저는 다시 선생님의 다음 작품을 기다리겠습니다. (웃음) 날씨도 더운데 오랜 시간 동안 좋은 말씀을 들려주셔서 고맙습니다.

최: 감사합니다.

최인훈 문학 연구 현황

1. 기본 자료

최인훈, 『최인훈 전집』 총 12권, 문학과지성사, 1976~1990.

———, 『광장』, 『새벽』 제7권 10호, 1960. 11.

———, 『광장』, 정향사, 1961.

———, 『광장』, 신구문화사(『현대 한국 문학 전집』 16), 1968.

———, 『광장』, 민음사, 1973.

———, 『광장/구운몽』(전집 1), 문학과지성사, 1976.

———, 『광장/구운몽』(전집 1), 문학과지성사, 1989.

———, 『광장/구운몽』(전집 1), 문학과지성사, 1994.

———, 『광장』, 문학과지성사(발간 40주년 한정본), 2001.

———, 『문학을 찾아서』, 현암사, 1971.

———, 『한스와 그레텔』, 문학예술사, 1982.

———, 『길에 관한 명상』, 청하, 1989.

———, 『꿈의 거울』, 우신사, 1990.

———, 『화두』 1·2, 민음사, 1994.

———, 『화두』 1·2, 문이재, 2002.

김욱동, 『'광장'을 읽는 일곱 가지 방법』, 문학과지성사, 1996.

김병익 · 김현 편, 『최인훈』, 은애, 1979.

이태동 편, 『최인훈』, 서강대 출판부, 1999.

최인훈 특집, 『작가세계』, 세계사, 1990년 봄호.

———, 『시학과 언어학』 창간호, 시학과언어학회, 2001.

최인훈 특집, 『작가연구』 14, 깊은샘, 2002년 겨울호.
홍진석, 『최인훈 희곡 연구』, 태학사, 1996.

2-1. 학위 논문

강경채, 「한국 희곡의 비극성 연구」, 부산대 석사 학위 논문, 1983.
강문석, 「한국 모더니즘 소설에 나타난 현대성 연구」, 숭실대 박사 학위 논문, 1998.
강미옥, 「최인훈 소설 연구: 고전 소설의 패러디 양상과 의미」, 전북대 석사 학위 논문, 1996.
강애경, 「최인훈 희곡의 문학성과 연극성에 관한 연구」, 연세대 석사 학위 논문, 1995.
강은아, 「1960년대 소설에 나타나는 분단 콤플렉스: 최인훈, 이호철 작품을 중심으로」, 한성대 석사 학위 논문, 1997.
고인환, 「최인훈 초기 소설 연구」, 경희대 석사 학위 논문, 1996.
구재진, 「1960년대 장편 소설 연구」, 서울대 박사 학위 논문, 1999.
권봉영, 「자아 탐구의 양상과 문학의 구조: 최인훈 「가면고」 「둥둥 낙랑둥」을 중심으로」, 부산대 석사 학위 논문, 1987.
길경숙, 「최인훈의 『서유기』 연구」, 한양대 석사 학위 논문, 2000.
김경욱, 「최인훈 소설의 이데올로기 비판 담론 연구」, 서울대 석사 학위 논문, 1998.
김경윤, 「최인훈 소설 연구: 작가 의식과 내면화 의식을 중심으로」, 경북대 석사 학위 논문, 1984.
김권수, 「최인훈의 「둥둥 낙랑둥」과 셰익스피어 『햄릿』 비교 연구」, 동아대 석사 학위 논문, 1998.
김기우, 「최인훈 『화두』의 구조와 예술론의 관계에 대한 연구」, 동국대 석사 학위 논문, 1998.
김기주, 「최인훈 소설 연구」, 동국대 박사 학위 논문, 2000.
김남웅, 「최인훈의 60년대 소설 연구」, 경기대 석사 학위 논문, 1998.
김도한, 「최인훈의 『광장』 연구」, 경기대 석사 학위 논문, 1990.
김동향, 「최인훈 소설에 나타난 구원의 양상」, 한남대 석사 학위 논문, 1994.
김미영, 「최인훈의 『소설가 구보씨의 일일』 연구」, 한양대 석사 학위 논문, 1993.
김민수, 「1960년대 소설의 미적 근대성 연구」, 중앙대 박사 학위 논문, 1999.
김병진, 「최인훈 『회색인』 연구」, 경희대 석사 학위 논문, 1998.

김상욱, 「소설 담론의 이데올로기 분석 방법 연구」, 서울대 박사 학위 논문, 1995.

김성수, 「최인훈 희곡의 연극성에 관한 연구」, 연세대 석사 학위 논문, 1991.

김성열, 「최인훈의 『구운몽』 연구」, 고려대 석사 학위 논문, 1984.

김성열, 「최인훈의 『광장』 연구」, 대구가톨릭대 석사 학위 논문, 2002.

김신운, 「박태원과 최인훈의 『소설가 구보씨의 일일』 비교 고찰」, 조선대 석사 학위 논문, 1990.

김영찬, 「1960년대 한국 모더니즘 소설 연구」, 성균관대 박사 학위 논문, 2001.

김영희, 「최인훈 희곡의 극적 언어 연구」, 부산대 석사 학위 논문, 1990.

김옥란, 「최인훈 희곡 작품에 관한 연구」, 한양대 석사 학위 논문, 1993.

김원숙, 「최인훈 소설 연구」, 경희대 석사 학위 논문, 1989.

김유미, 「판소리 「심청가」의 현대적 계승에 대한 일고찰」, 고려대 석사 학위 논문, 1992.

김유미, 「한국 현대 희곡의 제의 구조 연구」, 고려대 박사 학위 논문, 2000.

김윤창, 「한국 현대 소설의 소외 의식 연구: 이상의 「날개」와 최인훈의 『회색인』을 중심으로」, 한양대 석사 학위 논문, 1984.

김인호, 「최인훈 『화두』에 대한 해체론적 읽기」, 동국대 석사 학위 논문, 1996.

______, 「최인훈 소설에 나타난 주체성 연구」, 동국대 박사 학위 논문, 2000.

김정관, 「한국 모더니즘 소설의 인식 구조 연구」, 중앙대 박사 학위 논문, 1997.

김정민, 「최인훈의 「금오신화」 『구운몽』에 나타난 시간 구조 연구」, 이화여대 석사 학위 논문, 1992.

김정혜, 「최인훈의 패러디 희곡 연구」, 숙명여대 석사 학위 논문, 1997.

김정화, 「최인훈 소설의 탈식민주의적 연구」, 서울대 석사 학위 논문, 2002.

김종수, 「최인훈 소설의 관념 표출 방법 연구」, 고려대 석사 학위 논문, 1999.

김주언, 「한국 비극 소설 연구」, 단국대 박사 학위 논문, 2001.

김충기, 「최인훈 문학에 나타난 소외의 문제 연구」, 경희대 석사 학위 논문, 1977.

김태호, 「최인훈 『광장』 연구」, 계명대 석사 학위 논문, 1995.

김 향, 「최인훈의 「옛날 옛적에 훠어이 훠이」 연구」, 연세대 석사 학위 논문, 1998.

김 향, 「최인훈 희곡 「둥둥 낙랑둥」 구조 연구」, 연세대 석사 학위 논문, 2002.

김홍식, 「최인훈의 『광장』 연구」, 조선대 석사 학위 논문, 1995.

김홍연, 「최인훈 소설의 인물과 서술 방법 연구」, 한양대 석사 학위 논문, 1988.

김희경, 「최인훈 희곡의 인물 구조 연구」, 신라대 석사 학위 논문, 1999.

남진우, 「최인훈 희곡 연구」, 중앙대 석사 학위 논문, 1985.

박선경, 「『광장』과 『당신들의 천국』의 대비적 연구」, 서강대 석사 학위 논문, 1988.

박순아, 「최인훈의『광장』연구」, 단국대 석사 학위 논문, 2002.

박옥진, 「최인훈 희곡의 비극성 연구」, 숭실대 석사 학위 논문, 1995.

박정하, 「최인훈 희곡의 공간 연구」, 계명대 석사 학위 논문, 2001.

박　진, 「최인훈의『소설가 구보씨의 일일』연구」, 고려대 석사 학위 논문, 1995.

박현주, 「최인훈의『광장』연구」, 숙명여대 석사 학위 논문, 1994.

박혜주, 「최인훈 소설의 사실성과 비사실성 연구: 화자의 시점을 중심으로」, 이화여대 석사
　　　학위 논문, 1984.

반재진, 「비극적 신화의 창조와 꿈: 최인훈 희곡「옛날 옛적에 훠어이 훠이」분석」, 한성대
　　　석사 학위 논문, 1994.

방희조, 「최인훈 소설의 서사 형식 연구」, 연세대 석사 학위 논문, 2001.

배경윤, 「최인훈 소설의 소외 의식 연구」, 효성여대 석사 학위 논문, 1989.

배미선, 「최인훈의『광장』연구」, 연세대 석사 학위 논문, 1994.

배수진, 「최인훈『광장』의 개작 연구」, 단국대 석사 학위 논문, 2001.

배옥희, 「최인훈의『광장』연구」, 대진대 석사 학위 논문, 2003.

백홍진, 「최인훈 희곡 연구」, 세명대 석사 학위 논문, 2002.

변우호, 「최인훈 소설의 현실 인식과 형식」, 안동대 석사 학위 논문, 1999.

서미진, 「최인훈 희곡의 결말 구조 연구」, 고려대 석사 학위 논문, 2001.

서은선, 「최인훈 소설의 서사 구조 연구」, 부산대 박사 학위 논문, 2003.

서은성, 「최인훈 소설『구운몽』의 해체 의식과 타자 인식 연구」, 부산대 석사 학위 논문,
　　　1993.

서은주, 「최인훈 소설 연구」, 연세대 박사 학위 논문, 2000.

손유경, 「최인훈·이청준 소설에 나타난 텍스트의 자기 반영성 연구」, 서울대 석사 학위 논
　　　문, 2001.

송명진, 「최인훈 소설의 사실 효과와 환상 효과 연구」, 서강대 석사 학위 논문, 2001.

송숙자, 「「춘향전」의 현대적 변용과 그 의미」, 한양대 석사 학위 논문, 1986.

송혜영, 「최인훈 소설에 나타난 나르시시즘의 정신 구조 연구」, 서울시립대 석사 학위 논문,
　　　2001.

신영지, 「최인훈 패러디 소설 연구:『구운몽』『서유기』의 서사 구조를 중심으로」, 성균관대
　　　석사 학위 논문, 1997.

안경숙, 「최인훈 문학의 장르 비평적 연구」, 중앙대 석사 학위 논문, 1987.

안정택, 「최인훈『광장』에 나타난 소외 의식 연구」, 관동대 석사 학위 논문, 1996.

양미옥, 「최인훈 희곡 연구」, 서남대 석사 학위 논문, 2001.

양민숙, 「『소설가 구보씨의 일일』 연구: 박태원·최인훈의 작품 대비」, 경남대 석사 학위 논문, 1992.

양선영, 「최인훈 단편 소설 「웃음소리」「만가」 연구」, 한남대 석사 학위 논문, 2001.

양순아, 「최인훈의 『광장』 연구」, 전북대 석사 학위 논문, 1994.

양윤모, 「최인훈 소설의 '정체성 찾기'에 대한 연구」, 고려대 박사 학위 논문, 1999.

양 인, 「최인훈 소설의 서사 형식과 사회적 담론 연구」, 서강대 석사 학위 논문, 1996.

양현석, 「최인훈의 『서유기』 연구」, 한양대 석사 학위 논문, 2002.

연남경, 「최인훈 소설의 기호학적 분석」, 이화여대 석사 학위 논문, 2001.

오경복, 「「심청전」과 「달아 달아 밝은 달아」에 나타난 재생 원형 연구」, 이화여대 석사 학위 논문, 1980.

오송희, 「최인훈 소설 연구」, 성신여대 석사 학위 논문, 1994.

오승은, 「최인훈 소설의 상호 텍스트성 연구: 패러디 양상을 중심으로」, 서강대 석사 학위 논문, 1998.

오현일, 「소설 속의 에세이적인 것에 관한 연구」, 고려대 독문학 박사 학위 논문, 1979.

유재철, 「희곡의 의미 구조 분석」, 서강대 석사 학위 논문, 1980.

유진월, 「최인훈 희곡 연구」, 경희대 석사 학위 논문, 1988.

유초선, 「최인훈의 반사실주의 소설 연구」, 이화여대 석사 학위 논문, 1998.

윤미선, 「박태원과 최인훈의 『소설가 구보씨의 일일』 비교 연구」, 연세대 석사 학위 논문, 1996.

윤성희, 「최인훈 『회색인』의 공간 상징 연구」, 한양대 석사 학위 논문, 1994.

윤소연, 「최인훈 소설에 나타난 소외 의식 연구」, 명지대 석사 학위 논문, 1996.

윤지영, 「최인훈 소설 연구」, 성균관대 석사 학위 논문, 1998.

이명희, 「최인훈 『소설가 구보씨의 일일』 연구」, 인하대학교 교육대학원 석사 학위 논문, 1987.

이미경, 「최인훈 소설에 나타난 주체의 소외 연구」, 군산대 석사 학위 논문, 2002.

이양식, 「최인훈 소설의 인물 분석」, 충북대 석사 학위 논문, 1994.

이옥자, 「최인훈 희곡에 나타난 공간의 의미 구조 분석」, 수원대 석사 학위 논문, 1993.

이의석, 「『회색인』에 나타난 인간 의식」, 인하대 교육대학원 석사 학위 논문, 1988.

이인숙, 「최인훈 소설의 담론 특성 연구: 서출 층위를 중심으로」, 고려대 박사 학위 논문, 1999.

이정선, 「최인훈 소설 연구」, 경희대 석사 학위 논문, 1999.

이평전, 「최인훈 소설에 나타난 유토피아 의식 연구」, 동국대 석사 학위 논문, 1997.

이혜정, 「『광장』에서의 '갈매기' 상징고」, 동국대 석사 학위 논문, 1996.

이호규, 「1960년대 소설의 주체 생산 연구」, 연세대 박사 학위 논문, 1999.

임경순, 「1960년대 지식인 소설 연구」, 성균관대 박사학위 논문, 2000.

임달환, 「『광장』에 나타난 갈등 양상 연구」, 군산대 석사 학위 논문, 1998.

임정애, 「최인훈 풍자 소설의 양상 연구」, 경북대 석사 학위 논문, 1995.

장수라, 「최인훈 희곡의 특질 고찰 : 설화 소재 작품을 중심으로」, 조선대 석사 학위 논문, 1996.

장혜전, 「설화 소재 희곡의 특성 연구」, 이화여대 석사 학위 논문, 1980.

전윤숙, 「최인훈 소설 연구」, 경희대 교육대학원 석사 학위 논문, 1989.

정대화, 「최인훈 『서유기』 연구 : 수용 이론적 방법을 중심으로」, 서울대 석사 학위 논문, 1988.

정미숙, 「최인훈 희곡에 나타난 패러디 연구 :「달아 달아 밝은 달아」를 중심으로」, 경상대 석사 학위 논문, 1998.

정봉곤, 「최인훈의 패러디 소설 연구」, 부산대 석사 학위 논문, 1997.

정은영, 「최인훈 『구운몽』 연구 : '미궁만들기'와 '길찾기'의 구성과 관련하여」, 서강대 석사 학위 논문, 1994.

정은주, 「최인훈의 『구운몽』『서유기』 연구 : 창작 기법과 상상력을 중심으로」, 고려대 석사 학위 논문, 1990.

정현주, 「「홍보전」의 현대적 계승에 관한 고찰」, 고려대 석사 학위 논문, 1996.

정혜영, 「최인훈 소설의 환상성 연구」, 숭실대 석사 학위 논문, 1992.

정화혁, 「최인훈 작품 연구」, 동아대 석사 학위 논문, 1981.

조보라미, 「최인훈 소설의 환상성 연구」, 서울대 석사 학위 논문, 1999.

조재희, 「한국 현대 소설 미로 이미지 : 최인훈 『구운몽』과 이청준 『소문의 벽』을 중심으로」, 충남대 석사 학위 논문, 1996

조정애, 「협동 학습을 통한 소설 교육 방법 연구」, 강원대 석사 학위 논문, 1999.

조희권, 「현대 소설에 나타난 「춘향전」 패러디 연구」, 한양대 석사 학위 논문, 2000.

지덕상, 「『광장』의 개작에 나타난 작가 의식」, 고려대 석사 학위 논문, 1982.

차봉준, 「최인훈 패러디 소설 연구」, 숭실대 석사 학위 논문, 2001.

채정상, 「최인훈 소설의 기호학적 분석」, 동국대 석사 학위 논문, 2001.

최영숙, 「최인훈 소설의 담론 연구 :「가면고」『회색인』『소설가 구보씨의 일일』을 중심으로」, 계명대 석사 학위 논문, 1999.

최유진, 「최인훈 『광장』에 관한 개작 연구」, 동덕여대 여성개발대학원 석사 학위 논문,

2000.

최인자, 「박태원과 최인훈의『소설가 구보씨의 일일』대비 연구」, 전북대 석사 학위 논문,
　　　1995.

최진우, 「최인훈 희곡 연구」, 중앙대 석사 학위 논문, 1986.

최창근, 「최인훈 희곡 연구」, 경희대 석사 학위 논문, 2003.

최창수, 「최인훈 소설 연구」, 중앙대 박사 학위 논문, 2003.

최창중, 「최인훈 소설『서유기』의 모더니즘 성격 연구」, 한국교원대 석사 학위 논문, 1998.

최현희, 「최인훈 소설에 나타난 '사랑'의 의미 연구」, 서울대 석사 학위 논문, 2003.

최희선, 「최인훈 문학 연구」, 단국대 석사 학위 논문, 1992.

추선진, 「최인훈 소설 연구」, 경희대 석사 학위 논문, 2001.

표란희, 「「심청전」 패러디 연구」, 청주대 석사 학위 논문, 2000.

하영미, 「최인훈 단편 소설 연구」, 경희대 석사 학위 논문, 2000.

한미혜, 「최인훈『광장』『회색인』연구」, 성균관대 석사 학위 논문, 1997.

한채화, 「최인훈의「춘향뎐」「놀부뎐」연구」, 청주대 석사 학위 논문, 1994.

허련화, 「구쏘련과 한국 현대 소설 문학 속의 '리념 선택 곤혹형 인물 형상' 연구」, 연변대
　　　학 석사 학위 논문, 1996.

허영주, 「최인훈 소설의 정신분석학적 연구」, 계명대 박사 학위 논문, 1995.

홍명숙, 「최인훈 소설의 공간 구조」, 부산대 석사 학위 논문, 1995.

홍진석, 「최인훈 희곡 연구」, 우석대 박사 학위 논문, 1996.

황순재, 「최인훈 소설의 환상 기법 연구」, 부산대 석사 학위 논문, 1989.

2-2. 평론 및 단평

강승귀, 「도피 또는 무모한 기다림」, 『국어국문학 논문집』 16, 동국대, 1993.

고　은, 「실내 작가론 : 최인훈」, 『월간문학』, 1970. 2.

공종구, 「소설가 구보씨의 일일」, 『현대 소설 연구』 13, 2000.

구재진, 「최인훈의『광장』연구」, 『국어국문학』 115, 1995.

──── , 「최인훈의『회색인』연구」, 『한국문화』 27, 서울대 한국문화연구소, 2001.

구중서, 「중요한 무엇 :『광장』」, 『현대문학』, 1966. 10.

구창환, 「자유와 혁명의 명암」, 『광장』, 1983. 12.

권경우, 「인터뷰 : 80년대는 오류가 없었다」, 『말』 181, 2001.

권보드레, 「최인훈의『회색인』연구」, 『민족문학사연구』 10, 1997.

______, 「양면: 자유와 독재」, 『자유라는 화두』, 삼인, 1999.

권봉영, 「개작된 작품의 주제 변동 문제」, 『어문 교육 논집』 2, 부산대, 1977(『최인훈』, 은애, 1979).

권성우, 「근원 해체의 열망들」, 『리뷰』, 1995년 가을호.

______, 「최인훈『회색인』에 나타난 현실 인식 연구」, 『어문학』 74, 한국어문학회, 2001.

권세훈, 「한국과 독일의 분단 문학, 최인훈의『광장』과 크리스타 볼프의『나누어진 하늘』」, 한국독어독문학회 학술 대회, 2001.

권영민, 「정치적인 문학과 문학의 정치성:「총독의 소리」를 중심으로」, 『작가세계』, 1990년 봄호.

______, 「연작의 기법과 연작 소설의 장르적 가능성」, 『소설과 운명의 언어』, 현대소설사, 1992.

______, 『한국 현대 문학사 1945~1990』, 민음사, 1993.

권오룡, 「이념과 삶의 현재화: 1960년에서 1990년까지『광장』의 변천사」, 『한길문학』 6, 1990.

______, 「소설가 구보씨의 생애」, 『동서문학』, 1994년 여름호.

______, 「시간이여, 강낭콩 꽃빛으로 흘러라」, 『문학과사회』, 1999년 가을호.

권오만, 「최인훈 희곡의 특질」, 『국제어문』, 국제대학, 1979.

권택영, 「해체론적 독서」, 『현대문학』, 1988. 3

______, 「최인훈의 작품 세계: 전쟁에 대한 어질머리를 풀어가는 문학」(대담), 『라쁠륨』, 1996년 가을호.

김갑수, 「최인훈 소설에서의 꿈과 리얼리즘의 관계」, 『국어국문학 논문집』, 동국대, 1983.

김경수, 「1994년, 다시 중편 소설에 대하여」, 『소설과 사상』, 1994년 겨울호.

김교선, 「관념 소설론」, 『표현』 12, 1979.

김기란, 「최인훈 희곡의 극작법 연구:「둥둥 낙랑둥」을 중심으로」, 『한국 극예술 연구』 12, 2000.

김동주, 「최인훈의『광장』연구: 서사시적 세계에 대한 동경과 좌절을 중심으로」, 『도솔어문』 14, 2000.

김방옥, 「탁월한 극적 고안과 아이러니의 효과」, 『객석』, 1985. 8.

김병익 외 편, 『현대 한국 문학의 이론』, 민음사, 1972.

______, 「사랑, 혹은 현대의 구원」, 최인훈, 『크리스마스 캐럴/가면고』(전집 6), 문학과지성사, 1976.

김병익, 「분단 시대의 문학적 전개」, 『문학과지성』, 1979년 봄호.

______, 「'남북조 시대 작가'의 의식의 자서전」, 『문학과 사회』, 1994년 여름호(『새로운 글쓰기와 문학의 진정성』, 문학과지성사, 1997).

김상태, 「익사한 잠수부의 증언」, 『문학사상』, 1984. 8.

______, 「최인훈 소설의 표현 미학」, 『한글사랑』 16, 한글사, 2001.

김성곤, 『미로 속의 언어』, 민음사, 1986.

김성도, 「기호의 고고학」, 『세계의 문학』, 1995년 가을호.

김성열, 「고전의 변용과 구원의 궤도: 최인훈의 『구운몽』」, 『어문논집』 27, 고려대 출판부, 1987.

______, 「근대성의 구현을 위한 고전의 방법적 변용: 최인훈의 패러디 소설들」, 『우리 어문 연구』 15권, 우리어문학회, 2000.

김성희, 「한국적 비극의 특성과 보편성 연구: 최인훈의 비극을 중심으로」, 『한양여전 논문집』(인문사회과학) 17, 1994.

김송현, 「종교에의 도전」, 『현대문학』, 1968. 9.

김영찬, 「최인훈 초기 중단편 소설의 현대성」, 상허학회 편, 『1920년대 문학의 재인식』, 깊은샘, 2001.

______, 「최인훈 소설의 기원과 존재 방식」, 『한국 근대 문학 연구』, 태학사, 2002.

김영희, 「최인훈 희곡의 극적 언어 연구」, 『부산대 국어국문학』 27, 1990.

김외곤, 「소설가에 의한 소설, 소설가의 존재 방식에 대한 탐색: 최인훈의 『소설가 구보씨의 일일』을 중심으로」, 『문학정신』, 1992. 9.

김용린, 「이상과 최인훈에 나타난 '방'의 이미지」, 『홍익어문』 2호, 1983.

김용성, 「『구운몽』의 순환적 시간 의식」, 『한국 소설과 시간 의식』, 인하대 출판부, 1992.

김우종, 「70년대 한국 문학의 향방: 『태풍』론」, 『세계의 문학』, 1979년 가을호.

김우창, 「남북조 시대의 예술가의 초상」, 최인훈, 『소설가 구보씨의 일일』(전집 4), 문학과지성사, 1976.

김욱동, 『'광장'을 읽는 7가지 방법』, 문학과지성사, 1996.

김유미, 「판소리 「심청가」에 나타난 서사적 요소의 현대적 수용 양상: 채만식의 「심봉사」와 최인훈의 「달아 달아 밝은 달아」를 중심으로」, 『한국 어문 교육』 5, 고려대 출판부, 1991.

______, 「온달 설화의 제의극적 변용: 최인훈의 「어디서 무엇이 되어 만나리」」, 『한국 어문 교육』 8, 고려대 출판부, 1996.

______, 「최인훈 희곡의 신화성과 역사성 연구」, 『어문논집』 37, 고려대 출판부, 1997.

김유미, 「최인훈의 『광장』과 「둥둥 낙랑둥」 비교 연구」, 『어문논집』 43, 고려대 출판부, 2001.

김윤식, 「순수 행위·운명·죄인: 최인훈씨에게」, 『월간문학』, 1970. 4.

______, 「최인훈론」, 『월간문학』, 1973. 1-2.

______, 「어떤 한국적 요나의 체험」, 『한국 근대 작가론고』, 일지사, 1974.

______, 「개인과 사회: 『광장』고」, 『대학신문』, 1974. 5. 30.

______, 「관념의 형식과 소설의 형식」, 『최인훈 단편집』 해설, 삼중당, 1976.

______, 「'우리' 세대의 작가 최인훈」, 최인훈, 『총독의 소리』(전집 9), 문학과지성사, 1979.

______, 「관념의 한계」, 『한국 현대 소설사』, 일지사, 1981.

______, 「구보계 글쓰기의 기원과 그 변모 양상」, 『90년대 한국 소설의 표정』, 서울대 출판부, 1994.

______, 「유죄 판결과 결백 증명의 내력」, 『세계의 문학』, 1994년 여름호.

______, 「아, 최인훈」, 『문예중앙』 100, 2002년 겨울호.

김윤식·정호웅, 「자유·평등의 이념항과 새로운 소설 형식」, 『한국 소설사』, 예하, 1993.

김윤창, 「『회색인』에 나타난 소외의 양상」, 『현대문학』, 1984. 5.

김인호, 「변화된 시대에 대응하는 새로운 담론: 『화두』론」, 홍기삼·한용환 편, 『임꺽정에서 화두까지』, 문학아카데미, 1995.

______, 「푸코로 『화두』 읽기」, 『문학과 창작』, 1996. 4.

______, 「최인훈 『화두』에 대한 철학적 담론」, 동아일보 신춘문예 당선작(『신동아』, 1997년 3월호).

______, 「주체를 찾아가는 긴 여정: 『서유기』론」, 『현대 비평과 이론』 15, 1998년 봄·여름호.

______, 「신 없는 시대의 서사적 몸부림: 『소설가 구보씨의 일일』론」, 『동악 어문 논집』 33, 1998.

______, 「텍스트의 유토피아와 삶의 변증법」, 『동국어문학』 10·11, 1999.

______, 「허깨비로 예견하는 미래의 미적 형식」, 『작가세계』, 2000년 봄호.

______, 「『광장』 개작에 나타난 변화의 양상들」, 『광장』(발간 40주년 기념 한정본), 문학과지성사, 2001.

______, 「최인훈 문학의 내면성과 실험성」, 『시학과 언어학』 1, 2001.

______, 「작가의 세계 인식과 텍스트의 자기 증명」(대담), 『문학생산』 2, 2002년 가을호.

______, 「'최인훈 연구'의 현황과 향후 과제」, 『작가연구』, 2002년 겨울호.

김인환, 「소설가의 소설론: 『소설가 구보씨의 일일』 「웃음소리」」, 『문학과지성』, 1972년 가을호.

김인환, 「과거와 현재」, 『문학과지성』, 1977년 여름호.

______, 「완강한 사실과 정신의 부드러움」, 최인훈, 『유토피아의 꿈』(전집 11), 문학과지성사, 1980.

______, 「추악함의 미학」, 『대학신문』, 1980. 3. 24.

______, 「모순의 인식과 대응 방식: 최인훈론」, 『문예중앙』, 1982년 봄호.

______, 「파국의 의미」, 『비평의 원리』, 나남, 1994.

김종순, 「최인훈론: 소설에서 희곡으로의 이행」, 『예술계』 창간호, 1983.

김종출, 「읽기 어려운 만가」, 『현대문학』, 1968. 1.

김종회, 「관념과 문학 그 곤고한 지적 편력」, 『작가세계』, 1990년 봄호.

______, 「최인훈 문학의 연구 현황」, 『작가세계』, 1990년 봄호.

______, 「세태 소설의 토양과 그 열매」, 『현대문학』, 1993. 12.

김주연, 「상황의 접근과 포기」, 『현대문학』, 1967. 9.

______, 「지식인의 행동」, 『문학 비평론』, 열화당, 1974(『최인훈』, 은애, 1979).

______, 「에세이 소설의 안팎: ‘소리’ 연작」, 『문예중앙』, 1977년 가을호.

______, 「말멀미에 이기기 위하여」, 최인훈, 『문학과 이데올로기』(전집 12), 문학과지성사, 1979.

______, 「분단 시대의 지식인의 사랑」, 『변동 사회와 작가』, 문학과지성사, 1979.

______, 「슬픈 한국인의 의지」, 『소설문학』, 1986. 6.

______, 「최인훈 문학의 두 모습」, 『문학과 정신의 힘』, 문학과지성사, 1990.

______, 「관념 소설의 역사적 당위」, 『문학정신』 68, 1992(『사랑과 권력』, 문학과지성사, 1995).

______, 「체제 변화 속의 기억과 문학」, 『사랑과 권력』, 문학과지성사, 1995.

김주현, 「이념 와해 시대의 진정성 찾기: 최인훈 『화두』론」, 조선일보, 1995. 1. 6.

김춘식, 「최인훈 『구운몽』의 패러디와 아이러니」, 『동국어문학』 6, 동국대, 1994.

______, 「구원의 양식으로서의 소설쓰기」, 『임꺽정에서 화두까지』, 문학아카데미, 1995.

김치수, 「지식인의 망명」, 『현대 한국 문학의 이론』, 민음사, 1972(『최인훈』, 은애, 1979)

______, 「자아와 현실의 변증법」, 최인훈, 『회색인』(전집 2), 문학과지성사, 1977.

______, 「세번째 희곡 「봄이 오면 산에 들에」 발표한 소설가 최인훈씨」, 서울신문, 1977. 9. 9.

______, 「작가의 변모: 「달아 달아 밝은 달아」」, 『문학과 비평의 구조』, 문학과지성사, 1984.

______, 「냉혹한 현실 묘사를 통한 섬뜩한 아픔의 상처」, 『달과 소년병』 해설, 세계사,

1989.

김태환, 「문학은 어떤 일을 하는가」, 『시학과 언어학』 1, 시학과언어학회, 2001.

김한식, 「한 근대 지식인의 고전 읽기: 최인훈의 패러디 소설에 대하여」, 『작가연구』 14, 깊은샘, 2002년 겨울호.

김　현, 「「총독의 소리」와 「강」」, 『현대문학』, 1965. 5.

______, 「헤겔주의자의 고백」, 『이헌구 선생 송수 기념 논총』, 1970(『최인훈』, 은애, 1979)

______, 「상황과 극기: 최인훈 문학의 구조」, 『광장』 해설, 민음사, 1973.

______, 「죄인, 혹은 소외의 문학」, 『한국 문학사』, 민음사, 1973.

______, 「정신의 치유법: 「가면고」」, 『현대 한국 문학 전집』, 신구문화사, 1974.

______, 「최인훈의 정치학」, 『사회와 윤리』, 일지사, 1974.

______, 「사랑의 재확인: 『광장』의 개작에 관하여」, 최인훈, 『광장/구운몽』(전집 1), 문학과지성사, 1976.

______, 「반성적 언어의 작가」, 『최인훈 작품집』 해설, 서음출판사, 1978(『한국 대표 문제 작가 전집』 11, 예조사, 1981).

______, 「전반적 검토」, 『최인훈』, 은애, 1979.

______, 「변동하는 시대의 예술가 탐구」(대담), 『신동아』, 1981. 9.

______, 「책읽기의 괴로움」, 『책읽기의 괴로움』, 민음사, 1984.

______, 「최인훈에 대한 네 개의 산문」, 『현대 한국 문학의 이론/사회와 윤리』, 김현 문학 전집 2권, 문학과지성사, 1991.

김현주, 「새롭게 시작하는 '최인훈학'」, 『문학과사회』, 2001년 여름호.

김현철, 「판소리 「심청가」의 패러디 연구」, 『한국 극예술 연구』 11, 2000.

김호기, 「관념의 세계 시민과 현실의 세계 시민: 최인훈의 『화두』」, 『문학사상』, 2003. 1.

김홍연, 「최인훈 『회색인』에 대한 독서 방법」, 『한양 어문 연구』, 1986.

나병철, 「분단의 상징적 해결과 관념적 서사 담론: 최인훈의 『광장』을 중심으로」, 『수원대 논문집』 11, 1993.

노상래, 「『소설가 구보씨의 일일』 연구」, 『현대 소설 연구』 6, 현대소설학회, 1997.

Rapin, Cathy, 강소영 옮김, "Theatre en quete du dire: Approche de quand le printemps arrive a la montagne et aux champs de ch'oe in-hun," 『서울여대 여성 연구 논총』 9, 1994.

문홍술, 「뫼비우스 띠와 연작형, 그리고 난장이의 죽음」, 『1970년대 문학 연구』, 예하, 1994.

______, 「식민지 노예 지식인의 글쓰기와 양식 파괴의 한계」, 『자멸과 회생의 소설 문학』, 열음사, 1997.

박덕규, 「구원 없는 세대의 구원」, 『웃음소리』 해설, 책세상, 1989.

박래부, 「최인훈 『광장』」, 『문학기행』, 한국일보사, 1987.

박미리, 「「봄이 오면 산에 들에」의 극적 구조」, 『용인대학교 논문집』 19, 2001.

박배식, 「최인훈 『서유기』에 나타난 패러디 분석」, 『비평문학』 9, 1995.

박선경, 「소설의 화자와 수화자: 『구운몽』」, 『현대 소설 시점의 시학』, 한국소설학회, 새문
　　　사, 1996.

______, 「닫힌 『광장』, 열린 상상력」, 『한라대 논문집』 3, 1999.

박용숙, 「작가는 왜 과거로 향하는가」, 『문학사상』, 1974. 6.

박인숙, 「사반세기만의 베스트셀러 충격」, 일간스포츠, 1985. 5. 9.

박정수, 「최인훈 소설의 환상성: 『구운몽』을 중심으로」, 『서강어문』 15, 1999.

박　진, 「판소리의 현대적 패러디: 최인훈의 소설과 희곡을 중심으로」, 『어문논집』 36, 고려
　　　대, 1997.

박　찬, 「10년 침묵 깨고」, 스포츠서울, 1989. 5. 18.

박찬부, 「문학과 정신분석학」, 『외국문학』, 1992년 가을호.

박해현, 「최인훈 문학의 재조명 활발」, 중앙경제신문, 1989. 4. 19.

박혜경, 「고전 문학의 현대적 수용 양상」, 『작가세계』, 1993년 여름호.

방민호, 「21세기 한국을 읽는다」, 대한매일, 2003. 7. 18.

배윤성, 「문학 인생 30년 맞은 소설가 최인훈씨」, 민주일보, 1989. 12. 15.

백　철, 「하나의 돌이 던져지다」, 서울신문, 1960. 11. 27.

______, 「작품 의미의 콤플렉스」, 서울신문, 1960. 12. 18.

서연호, 「봄이 오면 산에 들에」 해설, 『한국의 현대 희곡』 II, 열음사, 1988.

______, 「둥둥 낙랑둥」 해설, 『한국의 현대 희곡』 III, 열음사, 1988.

______, 「최인훈 희곡론」, 『고려대 민족 문화 연구』 28, 1995.

서은선, 「최인훈 소설 『화두』에 대한 서사론적 분석」, 『부산대 국어국문학』 32, 1995.

______, 「최인훈 소설 『구운몽』의 해체 의식과 타자 인식 연구」, 『부산대 인문 논총』 49,
　　　1996.

______, 「최인훈 소설 『서유기』의 해체 기법 연구」, 『한국 문학 논총』 19, 1996.

______, 「『광장』의 동화와 소외에 관한 분석: 『광장』의 타자 인식 연구」, 『오늘의 문예 비
　　　평』 38, 2000.

서은주, 「환멸에 대한 관념적 글쓰기」, 『1960년대 문학 연구』, 깊은샘, 1998.

______, 「환상, 새로운 질서 세우기의 욕망」, 『작가연구』 14, 깊은샘, 2002년 겨울호.

서주홍, 「우리 시대의 문제작과 화제작 최인훈의 『광장』」, 『한국인』, 1997. 6.

성민엽, 「최인훈, 혹은 남북조 시대의 소설」, 『한국 소설 문학 대계』 42, 동아출판사, 1995.

성현경, 「성년식 소설로서의 「심청전」」, 『서강어문』 3, 서강어문학회, 1983.

손필용, 「「옛날 옛적에 훠어이 훠이」: 예술 경영과 희곡 읽기」, 한국연극사학회, 2000. 11.

송상일, 「소설의 현상:『광장』」, 『현대문학』, 1981. 7.

송승철, 「『화두』의 유민 의식: 해체를 향한 고착과 치열성」, 『실천문학』, 1994년 여름호.

송재영, 「분단 시대의 문학적 방법」, 최인훈, 『서유기』, 문학과지성사, 1977.

______, 「꿈의 연구: 최인훈의 초현실주의 소설」, 『작가세계』, 1990년 봄호.

송 전, 「원초심성(原初心性)의 탐구」, 『외국문학』 15, 1988년 여름호.

송하섭, 「소설의 상징성에 관한 연구: 최인훈의 작품을 중심으로」, 『배재실전 논문집』 2,
1981.

송하춘, 「이상 세계 Utopia를 통해서 본 작가 의식: 「홍길동전」과 『광장』을 중심으로」, 『어
문논집』 19, 고려대 출판부, 1977.

______, 「전후 소설의 심층 심리 분석」, 『한국 전후 소설 연구』, 일지사, 1983.

신동욱, 「식민지 시대의 개인과 운명」, 최인훈, 『태풍』(전집 5), 문학과지성사, 1978.

______, 「분단 시대 문학관의 분화 사례 연구」, 『동방학지』 38, 연세대 국학연구원, 1983.

신동한, 「확대 해석의 의의」, 서울신문, 1960. 12. 14.

______, 「문학의 지도성」, 서울신문, 1960. 12. 28.

신용림, 「이상과 최인훈에 나타난 '방' 이미지」, 『홍익어문』 2, 홍익어문연구회, 1983.

신중신, 「한국 명작을 찾아서: 최인훈의 『광장』」, 『대우사보』, 1989. 4.

______, 「문학 작품 속의『광장』」, 『지방포럼』 1, 한국지방행정연구원, 1999.

신철하, 「문학 · 이데올로기 · 형식」, 『한국학 논집』 34, 한양대, 2000.

신형기, 「『광장』의 구조 분석」, 『연세어문학』 12, 1981.

안동준, 「『광장』을 읽는 여덟번째 방법」, 『배달말』 24, 1999.

안혜성, 「한국 연극 미국 무대에」, 코리아 헤럴드, 1979. 4. 15.

양선영, 「최인훈 단편 소설 「웃음소리」의 서술 양상 고찰」, 『한국어문학』 25, 2001.

양승국, 「최인훈 희곡의 독창성」, 『작가세계』, 1990년 봄호.

양윤모, 「타자의 시선을 통한 현실의 이해」, 『어문논집』 40, 고려대, 1999.

______, 「서구 문화의 수용과 혼란에 대한 연구: 최인훈 「크리스마스 캐럴」 연구」, 『우리 어
문 연구』 14, 우리어문학회, 2000.

______, 「지식인 작가와 현실에 대한 냉철한 분석」, 『작가연구』 14, 깊은샘, 2002년 겨울호.

양진오, 「소설가 소설의 한국적 모델의 완성과 계승」, 『작가연구』 14, 깊은샘, 2002년 겨울
호.

엄민영, 「최인훈과 황순원의 거리」, 『봉죽헌 박붕배 박사 회갑 기념 논문집』, 배영사, 1986.

여석기, 「꿈을 현실로 만든 큰 힘」, 『뿌리깊은 나무』, 1979.

여홍상, 「이데올로기 개념과 문학 비평」, 『소설과 사상』 21, 1999.

염무웅, 「상황과 자아」, 『현대 한국 문학 전집』, 신구문화사, 1974(『최인훈』, 은애, 1979).

───, 「망명자의 초상: 『회색인』」, 『현대 한국 문학 전집』, 신구문화사, 1974.

───, 「관념의 모험」, 『한국 문학의 반성』, 민음사, 1976.

오생근, 「창의 이미지 분석」, 『대학신문』, 1969. 5.

───, 「믿음의 세계와 창의 세계」, 최인훈, 『우상의 집』(전집 8), 문학과지성사, 1976.

───, 「『화두』와 기억의 소설적 형식」, 『현대 비평과 이론』, 1994년 가을·겨울호.

───, 「창을 넘어 삶의 광장으로」, 『광장』(발간 40주년 기념 한정본) 해설, 문학과지성사, 2001.

오세은, 「패러디 소설의 시중 시점」, 『현대 소설 시점의 시학』, 한국소설학회, 새문사, 1996.

오양호, 「순수·참여론의 대립기」, 김윤식·김우종 편, 『한국 현대 문학사』, 현대문학, 1989.

우남득, 「Road Jim과 『광장』의 비교 연구」, 『이화여대 대학원 논문집』, 1977.

우찬제, 「현실의 유형인·인식의 세계인, 그 가역 반응」, 『세계의 문학』, 1994년 여름호(『상처와 상징』, 민음사, 1994).

우한용, 「구보씨네 자식들의 행로」, 『문학정신』 73, 1992.

───, 「허구적 상상력으로 역사 읽기: 『태풍』『비명을 찾아서』『황제를 위하여』 등의 경우」, 『문학정신』 70, 1992.

───, 「소설 문체의 사회시학적 궤적」, 『소설과 사상』, 1995년 여름호.

원재길, 「문학에 대한 자기 반성 또는 자의식」, 『한국문학』, 1989. 6.

유보선, 「책읽기를 통한 현실 읽기의 풍요로움」, 『문학사상』, 1994. 6.

유인순, 「채만식·최인훈 희곡 작품에 나타난 「심청전」의 변용」, 『비교문학』 11, 1986.

유임하, 「분단 현실과 주체의 자기 정립: 『회색인』」, 『기억의 심연』, 이회, 2002.

유종호·김승옥·최인호·최인훈, 「문학과 세대적 체험론」(좌담), 『문예중앙』, 1977년 겨울호.

유종호, 「소설의 정치적 함축: 『광장』과 『회색인』의 경우」, 『세계의 문학』, 1979년 가을호.

───, 「소설과 정치」, 『동시대의 시와 진실』, 민음사, 1995.

유현식, 「기억과 행위의 변증법」, 『철학과 현실』, 1999년 봄호.

윤대성, 「서울 시민의 문화 축제로 승화된 연극인들의 큰 잔치」, 『문화예술』 208, 1996.

윤성희, 「『광장』의 이미지 구조물」, 『제대학보』 18, 1977.

윤성희, 「상징의 삼각 공간, 그 초월 지향의 구즈:『광장』」, 『문학과 비평』 16, 1990.

윤정현, 「『소설가 구보씨의 일일』에 나타난 패러디적 양상고」, 『영남어문학』 22, 1992.

윤지관, 「상품인가 물건인가: 국가 경쟁력과 민족 문학」, 『창작과비평』, 1994년 여름호.

윤충의, 「소설다운 소설쓰기와 읽기」, 『현대문학』, 1994. 6.

이광호, 「몽유의 형식과 의식의 고고학」, 『환멸의 시학』, 민음사, 1995.

이남호, 「최인훈의 『화두』」, 『느림보다 더 느린 빠름』, 하늘연못, 1977.

______, 「냉전 상황에 대한 지적 반응」, 『웃음소리』 해설, 책세상, 1989.

이동하, 「관념과 삶:『회색인』」, 『집 없는 시대의 문학』, 정음사, 1985.

______, 「최인훈 『광장』에 대한 재고찰」, 『한국문학』, 1986. 1(『현대 소설의 정신사적 연구』, 일지사, 1989).

______, 「한국 현대 소설과 기독교의 관련 양상에 대한 한 고찰:「목공 요셉」과 「라울전」의 경우」, 『배달말』 14, 1989(『한국문학』 196, 1990).

______, 「통행 금지 시대의 문학: 최인훈 「크리스마스 캐럴」 연작」, 『소설과 사상』 12, 1995.

이보영, 「최인훈론」, 『문화비평』, 1973년 봄호.

이상갑, 「문학의 무력감과 '말'의 위력:「총독의 소리_론」, 『1970년대 장편 소설의 현장』, 민족문학사연구소 현대문학분과 편, 국학자료원, 2002.

______, 「식민국과 식민지의 이분법을 넘어서:『태풍』톤」, 『작가연구』 14, 깊은샘, 2002.

______, 「「가면고」를 통해서 본 『광장』의 주체 의식」, 『한국 문학 이론과 비평』, 2003. 3.

이상구, 「최인훈 희곡 연구」, 『동국대 국어국문학 논문집』 15, 1992.

이상우, 「전통으로서의 비극과 경험으로서의 비극: 최인훈 희곡의 비극성에 관한 고찰」, 『어문논집』 32, 고려대 출판부, 1993.

이상일, 「극시인의 탄생」, 최인훈, 『옛날 옛적에 훠어이 훠이』(전집 1C), 문학과지성사, 1979.

이선영, 「지식인의 의식 구조:『서유기』」, 『세계의 문학』, 1977년 겨울호.

이 순, 「최인훈론」, 『연세어문학』 5, 1974.

이원희, 「두 희곡 작품에 나타난 「심청전」의 패러디 양상」, 「한국 연극학」 7, 1995.

이인석, 「전설과 연극」, 『한국연극』, 1976. 12.

이인숙, 「최인훈의 「춘향뎐」「놀부뎐」: 풍속의 시대즈 편차에 따른 고전의 해석」, 『봉죽헌 박봉배 박사 회갑 기념 논문집』, 배영사, 1986.

______, 「최인훈의 『서유기』, 그 패러디의 구조와 의미」, 『미원 우인섭 선생 회갑 기념 논문집』, 집문당, 1986.

이인숙, 「소설 속에 나타난 미궁 이미지 연구 : 미셸 뷔토르의 『시간의 사용』과 최인훈의 『구운몽』을 중심으로」, 『국제어문』 18, 1997.

______, 「최인훈 소설 『구운몽』의 담론 특성에 대하여」, 『국어교육』 99, 한국국어교육연구회, 1999.

이정숙, 「모티프motif」, 『소설과 사상』 21, 1999.

이종대, 「최인훈 희곡의 극언어」, 『작가연구』 14, 깊은샘, 2002년 겨울호.

이종천, 「W시로의 여행」, 『문예중앙』, 1984년 봄호.

이지훈, 「'꿈과 생시' 최인훈의 「둥둥 낙랑둥」」, 『연극학 연구』 3, 1992.

______, 「(탈)근대를 넘는 세 접면interface : 보이지 않은 인간, 흑체, 구름」, 『오늘의 문예비평』 30, 1998년 가을호.

이창기, 「화두는 내 정신과 삶이 빚어낸 자발적 구조입니다」, 『동서문학』, 1994년 가을호.

이창동, 「최인훈의 최근의 생각들」(대담), 『작가세계』, 1990년 봄호.

이철범, 「관념 세계의 설정과 그 한계」, 『사상계』, 1968. 12.

이태동, 「문학의 인식 작용과 야누스의 얼굴」, 『세계의 문학』, 1978년 여름호.

______, 「오늘의 작가 최인훈씨」, 일간스포츠, 1978. 5. 12.

______, 「전통과 개인의 재능 : 이상과 최인훈의 경우」, 『부조리의 인간 의식』, 문예출판사, 1981.

______, 「'사랑과 시간' 그리고 고향」, 『현대문학』 459, 1993(『최인훈』, 서강대학교 출판부, 1999).

______, 「'광장'과 '밀실'의 변증법 : 최인훈의 『광장』」, 『문학사상』 317, 1999.

이형기, 「한국이라는 나라」, 『현대문학』, 1966. 4.

임경순, 「최인훈 『광장』 연구」, 『반교 어문 연구』 9, 반교어문학회, 1998.

임재걸, 「최인훈씨의 희곡 「한스와 그레텔」」, 중앙일보, 1981. 10. 27.

임헌영, 「『광장』론 시비」, 『문학 논쟁집』, 태극출판사, 1977.

______, 「증언과 예언 : 『태풍』」, 『문학과지성』, 1979년 봄호(『최인훈』, 은애, 1979).

임환모, 「최인훈 『광장』의 서사성과 서사 담론 연구」, 『한국 언어 문학』 41, 1998.

장병호, 「이념 혼란 시대의 이상향 찾기 : 최인훈 『광장』에 나타난 소외 의식」, 『비평문학』 12, 1998.

장수익, 「한국 관념 소설의 계보」, 『1960년대 문학 연구』, 예하, 1993.

______, 「회의적 주체와 타자에 대한 사랑 : 최인훈 초기 소설에 대하여」, 『작가연구』 14, 2002.

장양수, 『한국 패러디 소설 연구』, 이회문화사, 1997.

장　현, 「관념에 갇힌 현실과 죽음의 의미」, 『성심 어문 는집』 24, 2002.

장혜전, 「「봄이 오면 산에 들에」의 희곡 언어 연구」, 김병익 · 김현 편, 『기순어문학』 8·9, 수원대, 1994.

田中明, 「한국 문학사에 등장한 새로운 인물」, 김병익 · 김현 편, 『최인훈』, 은애, 1979.

정과리, 「자아와 세계의 대립적 인식」, 『문학과지성』, 1980년 여름호.

______, 「지식인의 사회적 자리」, 『존재의 변증법』 2, 청하, 1986.

______, 「꿈 이야기: 한국적 모더니티의 한 심연」, 『현대문학』, 2000년 5월호.

______, 「모르기, 모르려 하기, 모른체하기」, 『시학과 언어학』 1, 시학과언어학회, 2001.

정대화, 「최인훈의 『서유기』 연구」, 『국어국문학 논문집』 35, 서울대, 1988.

정명환, 「현실 · 언어 · 문학」(대담), 『문학』 창간호, 1966년 5월호.

______, 「전쟁과 한국 작가」, 『한국 작가와 지성』, 문학과지성사, 1978.

정미숙, 「최인훈 희곡과 패러디: 「달아 달아 밝은 달아」를 중심으로」, 『경상어문』 4, 1998.

정영곤, 「최인훈 문학의 장르 변경의 본질」, 『부산사대 어문 교육 논집』 11, 1991.

정찬영, 「온달 설화의 현대적 변용」, 『한국 어문학 논총』 27, 2000.

정현종, 「개인과 상황의 항로: 『서유기』」, 『세계의 문학』, 1977년 겨울호(『최인훈』, 은애, 1979).

정호웅, 「1945년 이후 소설사의 주제사적 재조명」, 『소설과 사상』, 1995년 여름호.

______, 「『광장』론: 자기 처벌에 이르는 길」, 『시학과 언어학』 1, 시학과언어학회, 2001.

정희모, 「1960년대 소설의 서사적 새로움과 두 경향_, 민족문학사연구소 현대문학분과, 『1960년대 문학 연구』, 깊은샘, 1998.

조남현, 「소설에 나타난 소리의 사상성(事象性)과 도식성」, 『동아일보』, 1973. 1. 8.

______, 「자아 완성 혹은 구원에의 몸짓」, 『달과 소년병』, 세계사, 1989.

______, 「『광장』 똑바로 다시 보기」, 『문학사상』 238, 1992.

______, 「최인훈의 『광장』」, 『한국 현대 소설의 해부』, 문예출판사, 1993.

조동길, 「최인훈론」, 『국문학』 8, 공주사대 국어국문학희, 1974.

조동일, 「「심청전」에 나타난 비장과 골계」, 『계명논집』 6, 1971.

조보라미, 「최인훈 소설의 탈식민주의적 고찰」, 『관악 어문 연구』 25, 서울대 국어국문학과, 2000.

조선희, 「함께 되물어야 할 변혁 시대 글의 사명」, 한겨레신문, 1989. 6. 7.

조우석, 「국내 창작극 최다 공연 기록: 「옛날 옛적에 훠어이 훠이」」, 세계일보, 1989. 10. 13.

진덕규, 「작가의 상상력과 현실」, 『세대』, 1977. 1.

진선주, 「최인훈의 『화두』: 마뜨료쉬카 인형의 ‘이피퍼니’」, 『어문논총』 4, 충북대, 1995.

______, 「최인훈의 『화두』와 조이스」, 『세계의 문학』, 1998년 봄호.

진형준, 「두 욕망의 사이」, 『오늘의 역사, 오늘의 문학』 21, 중앙일보사, 1987.

______, 「기억을 찾아서 가는 소설의 길」(대담), 『상상』, 1994년 여름호.

차봉준, 「최인훈 패러디 소설 연구」, 『숭실어문』 17, 숭실어문학회, 2001.

차혜영, 「자율적 주체의 개인주의와 모더니즘적 글쓰기」, 민족문학사연구소 현대문학분과, 『1960년대 문학 연구』, 깊은샘, 1998.

채정상, 「이데올로기의 누망 속에서의 미로 찾기: 최인훈 「금오신화」의 기호학적 분석」, 『동국대 국어국문학 논문집』 17, 1996.

채호석, 「최인훈론: 『광장』의 창작 방법에 대한 비판적 검토」, 『한국 현대 작가 연구』, 민음사, 1989.

천이두, 「한국의 두 가지 소설」, 『현대문학』, 1966. 8.

______, 「나와 남들과의 관계: 『구운몽』」, 『현대 한국 문학 전집』, 신구문화사, 1974.

______, 「밀실과 광장」, 『문학과지성』, 1976년 겨울호.

______, 「추억과 현실의 환상」, 최인훈, 『하늘의 다리/두만강』(전집 7), 문학과지성사, 1978.

______, 「제재와 방법」, 『문학과 시대』, 문학과지성사, 1982.

최애열, 「최인훈의 『회색인』 연구」, 『대전대 대전 어문학』 6, 1989.

최인자, 「최인훈 에세이적 소설 형식의 문화철학적 고찰: 『소설가 구보씨의 일일』을 중심으로」, 『서울사대 국어 교육 연구』 3, 1996.

최정식, 「최인훈 「웃음소리」에 나타난 상징 구조」, 『동래여자전문대 논문집』 7, 1988.

최준호, 「아름다운 언어로 구축된 최인훈 희곡의 연극성」, 『시학과 언어학』 1, 시학과언어학회, 2001.

최혜실, 「『소설가 구보씨의 일일』에 나타나는 ‘산책자’ 연구」, 『관악 어문학 연구』, 1988. 12.

탁석산, 「『회색인』의 고민」, 『문예중앙』, 2001.

하동훈, 「혼돈 속의 질서」, 『최인훈』, 민음사, 1973(『느릅나무가 있는 풍경』 해설, 민음사, 1981).

하재봉, 「작가 정신의 본질 드러낸 단상집: 『길에 관한 명상』」, 『출판저널』, 1989. 5. 20.

하정일, 「탈식민 서사와 식민적 무의식: 『화두』론」, 『작가연구』 14, 깊은샘, 2002년 겨울호.

한 기, 「『광장』의 원형성, 대화적 역사성, 그리고 현재성」, 『작가세계』, 1990년 봄호

______, 「분단 시대의 소설적 모험: 최인훈론」, 『전환기의 사회와 문학』, 문학과지성사, 1991.

한 　 기, 「광장과 밀실 사이 또는 예술가의 초상」(대담), 『문학정신』, 1992년 12월호.

______, 「최인훈의 볼 만한 소설들」, 『낮들의 지붕 밑에서』 해설, 청아, 1992.

______, 「인간은 생각하는 짐승!」(대담), 『문예중앙』 22, 1999.

한수영, 「체험과 회상의 두 가지 양식: 최인훈 『화두』와 이호철의 「남녘 사람 북녘 사람」을
　　　　중심으로」, 『시문학』 345, 2000.

한승옥, 「신화의 진액을 퍼올리는 고독한 예술가의 초상」(대담), 『동서문학』, 1989. 8.

한형구, 「분단 시대의 소설적 모험: 최인훈론」, 『문학사상』, 1989. 4.

______, 「『소설가 구보씨의 일일』 계보 소설을 통해 본 20세기 서울의 삶의 역사와 그 공간
　　　　지리의 변모」, 『서울학 연구』 14, 2000.

한혜경, 「『광장』의 서사 구조 분석」, 『이화 어문 논집』 8, 1986.

한혜선, 「최인훈의 「춘향뎐」을 읽는다」, 『한국 패러디 소설 연구』, 국학자료원, 1996.

홍사중, 「탈출과 좌절: 『광장』」, 『현대 한국 문학 전집』, 신구문화사, 1974.

홍진석, 「「달아 달아 밝은 달아」의 주제 의식 고찰: 「심청전」과의 서사 구조 대비를 중심으
　　　　로」, 『한국 언어 문학』 31, 1993.

황순재, 「최인훈 소설의 환상 기법 양상과 표현적 효과」, 『문학과 비평』, 1989년 겨울호.